有爱的青春陪伴者

图书在版编目（CIP）数据

今天青梅恋爱没 / 越懒著. -- 成都：四川文艺出版社, 2025. 6. -- ISBN 978-7-5411-7235-9

Ⅰ. I247.5

中国国家版本馆CIP数据核字第202575TT78号

JINTIAN QINGMEI LIANAI MEI
今天青梅恋爱没

越懒 著

出 品 人	冯　静
责任编辑	姚晓华
特约编辑	伍　利
装帧设计	Insect　唐卉婷
封面绘制	巳　汍
责任校对	段　敏

出版发行	四川文艺出版社（成都市锦江区三色路238号）
网　　址	www.scwys.com
电　　话	0731-89743446（发行部）　028-86361781（编辑部）
排　　版	长沙大鱼文化传媒有限公司
印　　刷	长沙鸿发印务实业有限公司
成品尺寸	145mm×210mm　　开　本　32开
印　　张	10　　　　　　　　字　数　414千字
版　　次	2025年6月第一版　印　次　2025年6月第一次印刷
书　　号	ISBN 978-7-5411-7235-9
定　　价	42.80元

版权所有·侵权必究。如有质量问题，请与大鱼文化联系更换。0731-89743446

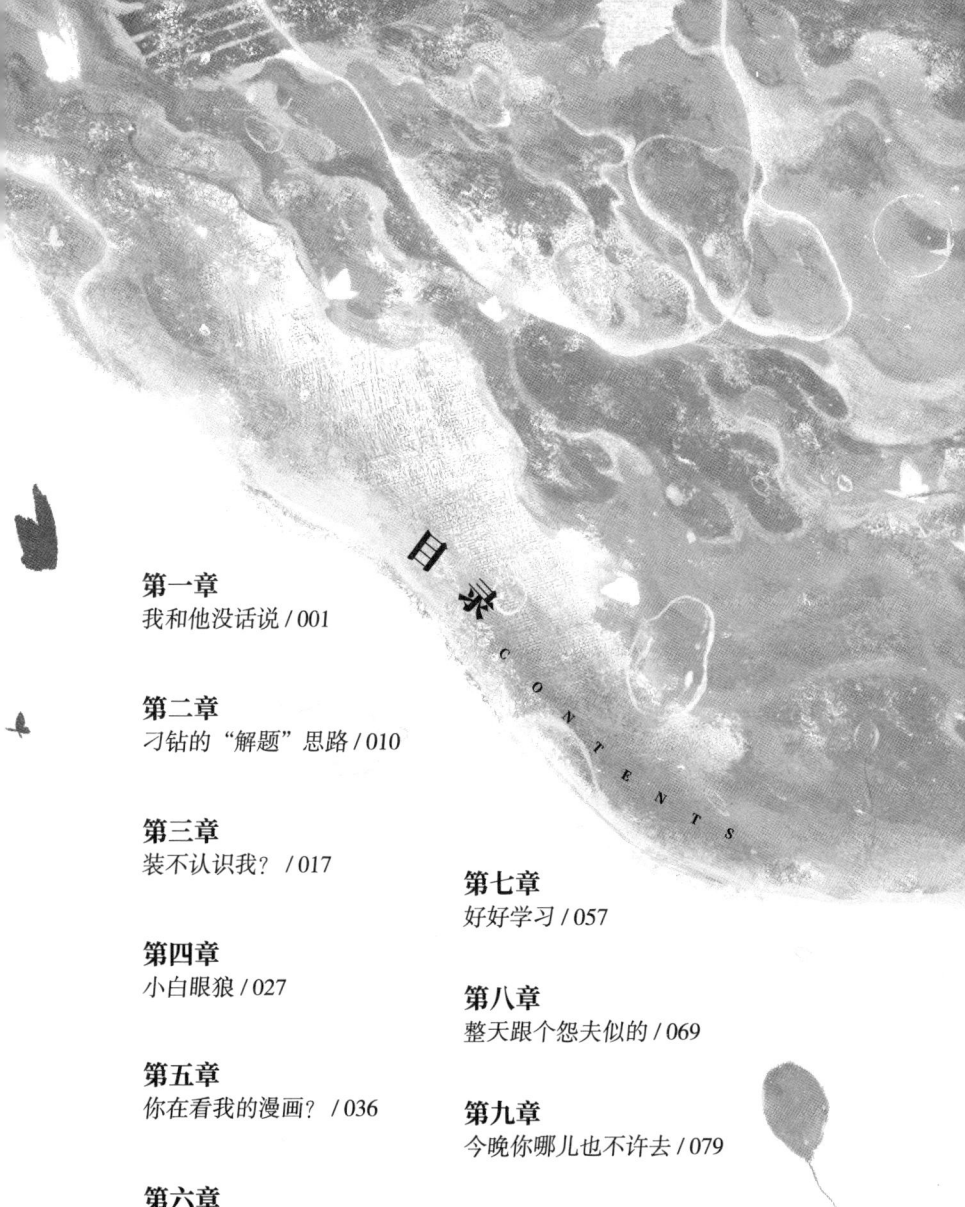

目录
CONTENTS

第一章
我和他没话说 / 001

第二章
刁钻的"解题"思路 / 010

第三章
装不认识我？ / 017

第四章
小白眼狼 / 027

第五章
你在看我的漫画？ / 036

第六章
朋友标准 / 047

第七章
好好学习 / 057

第八章
整天跟个怨夫似的 / 069

第九章
今晚你哪儿也不许去 / 079

第十章
搬家 / 090

第十一章
你是不是谈恋爱了 / 104

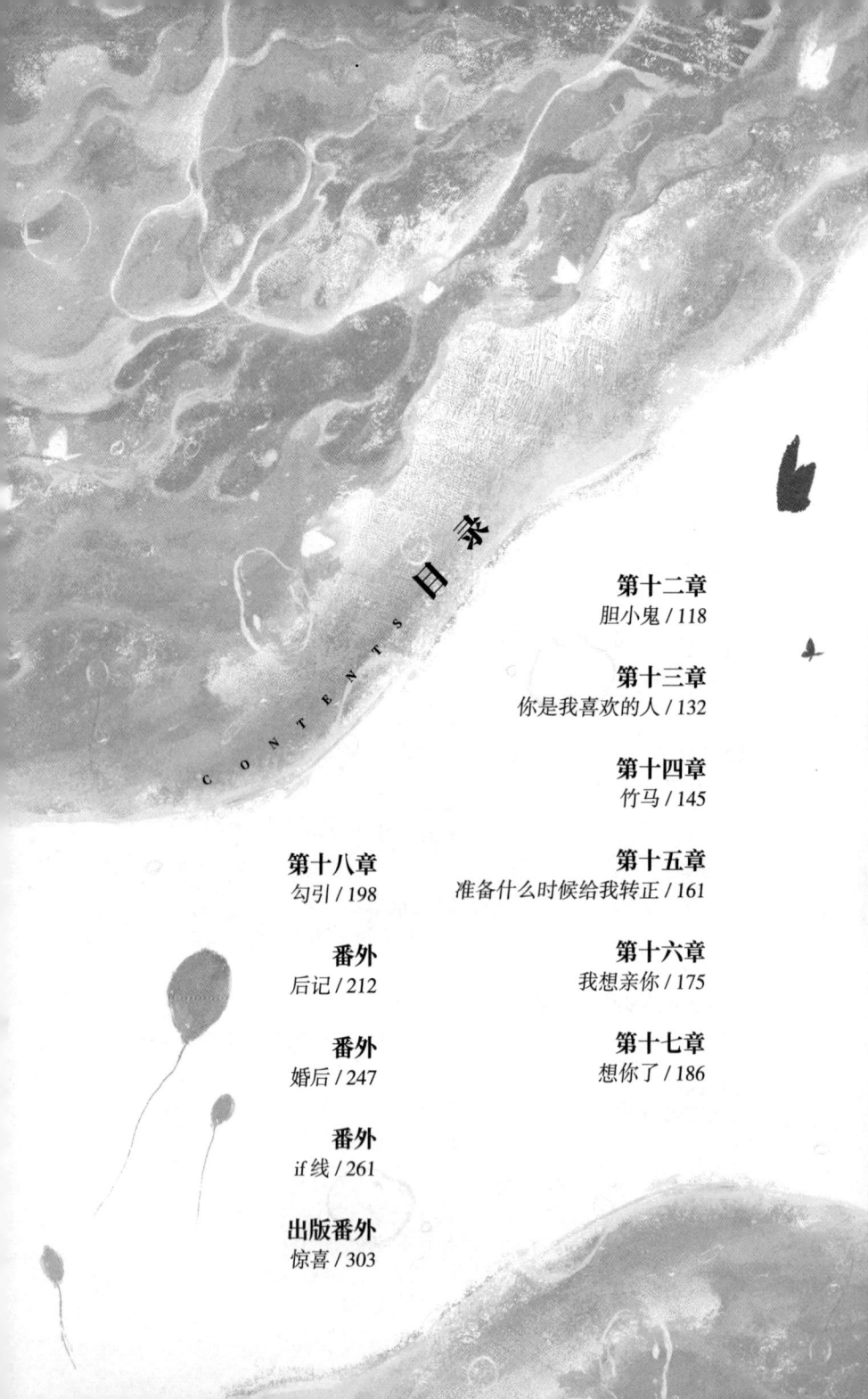

CONTENTS 目录

第十二章
胆小鬼 / 118

第十三章
你是我喜欢的人 / 132

第十四章
竹马 / 145

第十五章
准备什么时候给我转正 / 161

第十六章
我想亲你 / 175

第十七章
想你了 / 186

第十八章
勾引 / 198

番外
后记 / 212

番外
婚后 / 247

番外
if线 / 261

出版番外
惊喜 / 303

第一章
我和他没话说

八月末的宁洲,即便立了秋,空气中也没能多添一丝凉意,热意忙着弥散至教学楼的每一个角落。

宁洲一中高三教学楼的走廊上,白色连衣裙衣角翻飞,从嬉笑打闹的人群中穿行而过,掀起一阵风。

南知额角透着细细密密的汗,快步走在通往班主任办公室的走廊上,耳边还得听着简一妍跟在她旁边叽叽喳喳——

"还是我去找老何认错吧。"

"毕竟漫画是从我手上收走的。"

"没必要让你去挨骂。"

"没事。"南知擦了下细汗,好脾气地摆摆手,"那是我的书,我去拿回来就行。"

"可是老何很生气啊。"简一妍丧着脸懊恼道,"早知道我就在桌上放个镜子对着窗口了,谁知道老何会突然从后面过来检查。"

前几天,简一妍问南知借了一本典藏签名版恐怖漫画,这段时间一直在课上偷摸着看。

本来还剩一点马上就看完了,谁承想今天老何在语文课的时候突然袭击。

简一妍的座位靠窗边,所以老何直接在窗外抓了个现行。

她也知道那是南知爸爸特意托关系帮南知去漫画家那里讨到的生日礼物,所以一下课就去找南知道歉了,又想去办公室问老何要回来。

然而,南知却准备自己去找老何。

一旁的简一妍跟了一路,最后在办公室门口拉住了她:"还是我去吧,毕竟是我的问题。"

"你去了,老何只会更生气。"南知一脸正色地提醒她,"我去的话,他还不一定会发火。"

这话倒是事实。

南知的成绩一直稳定在年级前三,可以说是一只脚早已迈进顶尖学府的大门,加之性格乖巧、不吵不闹,各科老师都把她当宝贝。

所以,看漫画这种事放在南知身上,还真算不上什么大事。

但如果是别人去的话……结果可能就完全不一样了。

. 001 .

简一妍犹豫了下，手上的力道下意识地松了松。

南知把胳膊从简一妍手里抽出来，抬手准备敲门："你先回教室吧。"

然而，还不等她敲门，门却从里面被人打开了。

南知一扭头，办公室内的空调冷气便扑面而来。

一个印在黑色T恤上的银灰色史努比剪影也跟着从门缝露了出来，猝不及防地映入她眼帘。

她愣了一瞬，第一反应是这图案好像有点眼熟，似乎今天刚见过。

等她的目光顺着史努比往上抬、看见贺弦那张玩世不恭的脸时，她才骤然想起今天早上贺弦从楼上下来的时候，他穿的就是这件衣服。

此刻，贺弦高大挺拔的身形正立在门口，将屋内挡得严严实实。

空调的冷气裹挟着他身上那股柠檬香一同袭来。南知认得这个味道，毕竟她昨天刚被抢走一瓶沐浴露。

而罪魁祸首就站在她眼前。

贺弦这人长了一双乌黑深邃的桃花眼，笑起来时让人心神荡漾，但不笑的时候，那双眼配上他高挺的鼻梁和凌厉的剑眉，总会透出一丝傲慢的冷淡。

后者是南知经常看到的样子。

此刻，贺弦眼眸低垂，目光从眼睫下投落到她脸上。

他似乎也没料到南知在门口，面色明显顿了一瞬，而后轻嘲道："哪儿来的门神？站岗吗？"

南知回过神来正要回答，又听办公室里传来一道熟悉的女声："小弦，待会儿我来跟你妈妈解释，你先回去上课吧。"

听见这声音，南知倏地怔在原地。

下一瞬，贺弦将门彻底打开，跟南知妈妈曲江柔齐齐从办公室里走了出来。

曲江柔看到她时也是一愣："嗯？知知？你怎么也来了？"

"我……"南知不知道为什么自己妈妈会和贺弦一起从班主任办公室出来，一时间没反应过来，看了看贺弦，又看了看曲江柔，温吞道，"我找何老师问问题。"

不知道她这句话哪里好笑，一直站在一旁的贺弦突然意味深长地笑了一声。

南知的余光轻瞥过去，就见贺弦正看着她。

两人对视的刹那，贺弦挑了下眉，然后垂眼，随手翻了两下手里的书。

南知总觉得哪里不太对劲，目光顺着他下移。结果就发现，贺弦翻着的那本书，居然正是自己刚被没收的那本宝贝漫画。

南知的脸色骤然一僵。

她动了动唇，想说点什么把书要回来，但因为现在曲江柔又在面前，最后她还是挪开眼，把话咽了回去，假装无事发生。

"噢，好，那你去问吧。"因为南知向来成绩优异也从不惹事，所以曲江柔也没觉得她找老师问问题有什么奇怪，"我先回去了，你好好上课。"

南知乖巧地点头："好。"

贺弦的视线从她乌黑的发顶一扫而过，然后哼笑着拎着她的书走了。

他甚至还故意把手背在身后，让南知眼睁睁看着书跟他一起走。

南知气得抿起了唇。

临走的时候，南知还听见曲江柔无奈一笑，温柔地提醒道："小弦，上课还是别看杂书了，回头又被收了我也没法帮你拿回来了。"

"好。"贺弦弯着唇，好脾气地应声，"我不看了，我回家就锁保险柜里。"

音量不大不小，正好能让南知听个清楚："……"

看着贺弦和曲江柔一同离开的背影，一旁的简一妍这才反应过来，目光呆滞地拽了拽南知的衣摆，问："那是贺弦的家里人吗？你怎么和他家人很熟的样子？"

贺弦这人长得好，又见人说人话、见鬼说鬼话，凭着那张痞帅多情的笑脸及幽默风趣的嘴，俘获了宁洲一中众多少女的心，也向来是学校的话题中心。

现在碰到一点风吹草动就开始八卦，也算是众人的常态。

但对南知来说，贺弦才不像别人看到的那么绅士阳光。

在她眼里，他就是个阴晴不定的混世大魔王。

南知是个坚定不移的计划执行者，所以向来不喜欢多变的东西。

从小到大，让她觉得最讨厌的，就是宁洲的天气。

以及贺弦的脑子。

但她也没有要在别人面前嚼贺弦舌根的意思，所以被问到和他有关的问题，也是尽可能地撇清关系："不是，那是我妈妈，不是他家人。"

只不过她以为撇清关系的话，在简一妍看来反而是拉近了她和贺弦的关系："可是贺弦怎么会认识你妈妈，还帮他见老师？你们两家认识？"

"嗯。"南知点点头，言简意赅地解释了句，"之前就认识了，现在我妈妈在他家做家政。"

她本以为将一段平平无奇的长辈关系解释清楚，这事也就过去了，但她没想到这话反而给她和贺弦蒙上了一层暧昧色彩。

简一妍仿佛听见了什么惊天大秘密般，瞠目结舌地看着南知："真的假的？！你们两家认识啊？！那之前来学校接你的豪车是贺弦家的吗？"

南知疑惑地皱了皱眉："怎么了？"

"我去，那你俩应该住一起的吧，平时怎么跟不认识似的？同班两年了也从来没见你们两个人说过话。"

这个问题问得南知陡然一愣。

其实她和贺弦不止同班两年，而是从小学三年级开始就一直同班。

那年因为家中一些变故，和曲江柔一同去了贺家，又转学到了贺弦所在的小学。

之后他们两人初中在同校同班，高中在同校同班，分班后还在同班。

这么一算，今年已经是第十年了。

这些年来，贺弦对她的态度惯来算不上友好，好在南知心大无所谓，也早就习惯了。

日常生活尽量跟他井水不犯河水，她觉得也算不上什么大事。

反正开学就高三了，距离离开贺家也就剩一年的时间，很快就不用再跟贺弦有交集了。

只不过这些复杂的事南知懒得解释，只是言简意赅地说："我和他聊不来，没什么话好说。"

"啊？"简一妍看了眼已经走到走廊拐角的贺弦。

恰逢此刻，贺弦微微侧头，视线朝她们的方向扫了过来。

他瞥了南知一眼，对着她晃了晃手里的书，然后比了个口型：来找我。

南知脸色一滞。

旁边的简一妍显然也看见了贺弦的口型。

只不过她理解的和南知不太一样。

她指着他手里的书，疑惑地接上刚才的话："那他为什么要帮你把漫画拿回来？"

南知很想说，贺弦拿走她的漫画，肯定不是为了还给她，十有八九是故意让她不爽。

但她又觉得，自己和贺弦的关系解释起来太麻烦了。

要是她如实说贺弦讨厌她，那简一妍肯定还要问贺弦为什么讨厌她，之后必定要被刨根究底。

南知并不擅长回答这些问题，所以她抿了抿唇，也懒得再说。

两人赶在上课前回了教室。

现在是准高三生的暑假补课时期，晚上没有晚自习，所以距离放学只剩下午最后一节自习课。

自习课向来是大家偷闲的时候，虽然有个老师在讲台看着，但大多数人在底下偷偷摸摸干点别的，只要不太过分，老师基本睁一只眼闭一只眼。

南知一回来，她的同桌孙若芙就探了个脑袋过来跟她聊八卦："知知，你刚去老何办公室了？那你听说贺弦的事没？"

听见贺弦的名字，南知抽试卷的手一顿，又面不改色地说："没。"

"我听说他跟隔壁班齐潇早恋被老何逮着了，今天被喊了家长。"孙若芙小声感慨，"果然烈女怕缠郎啊，我还以为贺弦这么久没答应已经算没戏了呢。"

她在那儿说得起劲，然而南知的关注点却不在八卦上，而是莫名飘到了"烈女怕缠郎"这句话上。

不知道为什么，她把贺弦代入"烈女"形象之后，脑海中莫名浮现出了一段画面——

贺弦发丝凌乱，裹着被子可怜巴巴地蹲在墙角。见她一步一步走来，原本瑟缩的他忽然慌乱抬头，朝她大喊一声："你不要过来啊！我把漫画还给你还不行嘛！"

南知面无表情地甩了甩头，回头看了最后一排的贺弦一眼。

此刻，贺大少爷还不知道自己已经在南知心里被践踏过了几百次，正在后面和其他同学聊笑："小组长，数学卷子借我抄抄？"

话音刚落，坐在他前面的女生马尾一甩，回过头来，把数学卷子拍到了他桌上。

贺弦弯着唇角，拖腔带调道："谢……"

他刚蹦出来一个字，后面那个"了"还没出口，他的余光却瞥见了回过头的南知，然后下意识一挪——

目光就这么不偏不倚地和南知对了个正着。

视线交错的刹那，贺弦鬼使神差地闭了嘴。

而南知也没想到自己一回头就被发现了。

但她又觉得，自己只是看了他一眼而已，又不是没看过，也没什么好心虚的。于是，她思忖两秒，又一脸镇定地看了他一会儿，才若无其事地收回了目光。

徒留莫名被观赏了一番的贺弦在那儿百思不得其解："？"

从他的角度看去，刚好能看见南知单薄的背影和乌黑亮丽的马尾。

他沉默地盯着南知的马尾，有一搭没一搭地转着手里的笔。

过了片刻，也不知想到了什么，他忽然哼笑一声，抬手用笔点了点前面女生的肩，把卷子往前一递，懒声道："还你。"

"嗯？"前桌女生莫名其妙地看了他一眼，"你抄完了？这么快？"

"懒得抄了。"贺弦弯了弯唇，"我找人写。"

前桌："？"

而远在第一排的孙若芙，见南知突然回头看贺弦，也有点莫名其妙："怎么了？你看他干吗？"

"看看绯闻男主角有什么魅力。"南知面无波澜地拎出一张卷子，淡定道，"然后我发现，也就那样。"

孙若芙："？"

"就那样吗？"孙若芙愣了，小声说，"可班里的女生都对他挺有好感的。"

南知十分匪夷所思："为什么？"

"长得帅呀！又高又白，还特别会打篮球！"

"而且你不觉得他平时对待女生挺绅士的吗？待人和和气气的，也不会像那些不学无术的混混一样惹人烦，虽然成绩一般但他还挺招老师喜欢的。"

绅士？

南知思索了下。

她觉得，绅士应该是不会来抢她新买的沐浴露的。

更不会。

把别人的漫画。

据为己有。

当天晚上回家，南知一如既往慢半拍地收拾书包，等班里同学都走得差不多了，才慢吞吞地出了校门。

其实大多数时候，她是不会跟贺弦刻意保持距离的，毕竟贺弦也懒得搭理她。

唯独早晚上学放学的时候，为了避免遇上认识的同学问东问西，她会跟贺弦拉开时间差。

今天也不例外。

只不过今天她更磨蹭一点。

因为在前往校门口的路上，她费心思考了下待会儿要怎么从贺弦那儿把漫画要回来。

虽然贺弦让她来找他，但她并不觉得贺弦能轻易地把书还给她。

"知知来啦？"司机陈叔叔见她出来了，帮她拎过书包，掂了掂重量，笑道，"作业是不是在学校做完了？比小弦的轻多了。"

"嗯。"南知点点头，"陈叔叔，贺弦已经在车上了吗？"

"早就在了，在打电话。"陈叔叔帮她打开车门，"上车吧。"

车门一开，南知就见贺弦正歪七扭八地靠在窗边。

他看见她来了也只是淡淡扫了一眼，然后收回视线继续跟翟婉打电话——

"不是啊妈，我真没早恋。"

"……那人家来找我帮她搬东西我能不帮吗？老爸和齐叔叔关系那么好，我不帮忙多尴尬啊。"

"那得怪你吧，谁让您长那么好看又把我生得这么好看？您长丑点儿不就什么事儿都省了？"

"你们也知道我最烦哄人了，我早恋不是自己找罪受吗？"

见他在忙，原本准备问他要漫画的南知，此刻也只能把酝酿好的措辞咽回去。她坐在另一侧窗边，心无旁骛地打开微博。

南知平时除了喜欢看漫画，偶尔还会画点小漫画，但都是纸上画的，画完了之后会拍到微博上留个纪念。

久而久之，她还攒出了一小撮粉丝。

像这种碎片时间，她会把这一周攒下来的画一起发出去，然后回几条评论。

谁料正当她打着字时，一只白净修长的手却突然从旁边伸了过来，拦截了她的视线。

这只手里还拿着一部正在通话的手机，通话界面显示"翟女士"。

南知疑惑地抬头："干什么？"

"给我解释解释。"贺弦朝她挤眉弄眼了一番，对着手机努努嘴，万般不耐地从嗓子眼里小声挤出一句，"我妈最信你。"

平时翟婉对她一直不错，南知也不太好意思撒谎骗翟婉，所以一时间有些犹豫。

见她没反应，贺弦盯着她，朝她比了个口型：你漫画还想不想要了？

想起自己的宝贝漫画,南知默了默,只能忍气吞声道:"阿姨,贺弦没有早恋,是何老师误会了。"

只不过翟婉还是挺了解自己儿子的,即便听南知这么说,她心里还是有些疑虑:"真的吗知知?你不会是被那臭小子威胁了吧?"

"你要是被威胁了就跟阿姨说啊,我回去收拾他。"

虽然南知确实是被威胁了,但为了自己的漫画,她只能暗戳戳瞅一眼贺弦,夹枪带棒地说:"真的阿姨,您放心吧。贺弦一直都是上课抄作业、下课打游戏,根本没有时间去早恋的。"

南知这话一出口,空气莫名静了一瞬。

几秒后,翟婉透着凉意的声音从手机里传出来:"贺弦,你上课下课业务还挺繁忙啊,等我回家你看我怎么收拾你。"

话落,翟婉便挂了电话。

通话声在这一瞬间戛然而止,整个车厢重归静谧。

使了坏的南知故作镇定地收回视线,继续低头翻微博。

贺弦"啧"了一声,烦闷地把手机往座椅上一扔,扭身将视线转向南知。

看她那副事不关己高高挂起的淡定样,贺弦气不打一处来,凉凉道:"你还挺坏的啊,故意的是吧?"

"我这是在帮你。"南知抬眼,一本正经地看着他,"这叫避重就轻,你能不能多读点书?"

"行,你读书多。"贺弦告饶般点头,意味深长道,"我回头看看你读的都是什么书,我得好好向你学习。"

想起自己的漫画书还在他那儿,南知忍了忍,尽量心平气和地说:"我刚才帮了你,你是不是可以把漫画还我了?"

"帮我?"贺弦像是觉得有些荒唐,整张脸都透着一股匪夷所思,"南知,你把我从一个火坑拎出来丢进另一个火坑,这就是帮我?"

"还想要漫画?做梦呢你。"

大概是对南知耍小心机的事非常不满,贺弦到底是没把漫画还她。

但南知还是想再试试。

晚上,她听见门外的卫生间传来开门的声音,想着贺弦应该是去洗澡了。

趁着这个时间,她思忖了下,莫名想起了孙若芙说的那句"烈女怕缠郎"。

她觉得,贺弦可能吃软不吃硬?

这么一想,自己估计得忍辱负重贿赂一下他,才有可能把漫画拿回来了。

但是她跟贺弦认识这么多年,从来没有探究过他的喜好,完全不知道他到底喜欢什么,她只能从自己曾经被他抢走的东西里推测。

小时候被抢走的大多都是些玩具零食之类的小玩意儿,贺弦现在这么大人了,应该没兴趣了。

而最近被他抢走的是一瓶柠檬味的沐浴露。

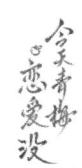

她斟酌片刻，干脆从自己房间拿了一瓶没拆封的沐浴露出来，然后跟门神一样站在浴室门口。

听着浴室里传来哗啦啦的水声，南知有一搭没一搭地抠着沐浴露的塑封。

其实在南知刚搬来贺家时，贺弦的房间是有独卫的，二楼只有他的房间带独卫。

但在他俩上初中的时候，翟婉有天突然意识到南知一个女孩子，没有独卫不太方便，于是让贺弦和南知换了房间。

换房间的那段时间，她明显能感觉到贺弦对她的态度更加冷淡。

这件事也是当初导致他们两人关系僵硬的原因之一。

回想起以前的种种，南知心里越发没底，默默叹了口气。

贺弦应该是非常讨厌她的，她有点不太确定这漫画还能不能拿回来。

正思考着，浴室的门突然被人打开。

温热潮湿的空气混含着柠檬的香气扑面而来，南知的身子微微往后仰了下，就见贺弦穿着一身灰色居家服，擦着头发走了出来。

贺弦大概也没料到她在这儿，明显晃了一下神。

他漆黑的眸光从南知脸上一掠而过，而后轻飘飘道："你最近怎么回事儿？当门神当上瘾了？"

南知默了默，把手里的沐浴露递给他："没有，就……问问你还有需要吗？"

贺弦歪着脑袋擦了擦头发，看了眼那瓶子，莫名其妙道："我上次不是刚从你那儿拿了一瓶？"

说完，他又见南知脸色有些不自然，忽然福至心灵般挑了挑眉："噢，你该不会是想拿这个贿赂我吧？"

虽然目的被发现了，但南知还是敛了神色，故作镇定道："那我看你上次把我的沐浴露抢走了，我还以为你挺喜欢的。"

她又把沐浴露往前递了递："所以能把漫画还我了吗？"

贺弦呵呵一笑："不能。"

见她吃瘪，贺弦心情极好。

他抱臂靠在门边，扯着唇，勉为其难地慈悲了一下："这样吧，帮我把今天的作业写了，我就考虑下。"

南知看了眼走廊的挂钟，已经十点半了。

她今天的作业在学校就做完了，根本没带回来，现在突然被要求写作业，她也没有能抄的。

这明显是故意为难她。

南知的灵魂在漫画和睡眠中挣扎片刻，终究还是为了漫画折腰。

她试探道："你哪科没做？"

"我哪科都没做。"贺弦哂笑一声，"但这个对你来说应该不难吧，大学霸。"

"这么多？"南知完全没想到他一个字都没写，霎时怔住了，"阿姨会骂死你的。"

"干吗？你要告状？"贺弦侧目睨着她，"那这漫画我只能锁保险柜里了。炸都炸不开的那种。"

想着自己的漫画，南知垂着脑袋沉默片刻，咬咬牙："行，你把卷子给我，我写完给你。"

见她低头，贺弦宛如胜利者般弯起唇角，转身就进自己房间把书包拿了出来，往她怀里一塞。

临进屋前，他还探了个脑袋出来嘱咐道："按我的水平写啊，字迹也不用那么端正，要是被老师发现了我也不会还给你的。"

南知忍了忍："知道了。"

虽然今天南知已经做过一遍了，但现在她没东西抄，还得模仿贺弦的字迹和水平，再做一遍还是费了点时间。

再加上她平时作息优良从不熬夜，十一点准时睡觉，写到后面，她完全是趴在桌上，一边打着瞌睡一边写的。

等她把语数外加理综全部写完的时候，已经凌晨一点了。

她费劲地抬起沉重的眼皮看了下时间，正准备把贺弦的作业收进他的书包，但不知想到了什么，动作霎时一停，整个人忽然精神了。

南知盯着书桌上的电子闹钟沉思了几秒，干脆拿起那一摞练习本和卷子，蹑手蹑脚地去对面敲了敲贺弦的房门。

这个时间点，走廊黑漆漆的，只有卫生间门口的小夜灯亮着，整栋房子都陷入沉睡之中。

在这悄无声息的环境里，她的敲门声显得异常突兀。

但是她不在意，依旧咚咚咚地敲。

只不过贺弦好像早就睡熟了，完全没听到敲门声。

南知盯着紧闭的房门看了会儿，忽然试探性伸出手。

"咔哒"一声，门应声而开，极低的空调冷气顺着门缝钻了出来。

南知被冻得一个哆嗦，沉沉呼了口气，而后蹑手蹑脚地走进屋里，探到贺弦床边。

此刻的贺弦侧卧在被子里，发丝微乱，双眸紧闭，狭长的睫毛在他眼底投下一抹淡淡的阴影。

清浅的呼吸混合进空调的运作声中，听得不甚清晰。

看他睡得这么美滋滋，南知心里就不太美滋滋了。

于是，她把本子、卷子往床头柜一撂，抬手按在他的被子上，冷不防大力摇晃起来，嗓音却跟她的力道完全相反，甚至柔和得让人根本不好意思发火——

"贺弦贺弦。"

"我作业做完啦。"

"你快点起来检查一下呀。"

第二章 //
刁钻的"解题"思路

贺弦睁眼的时候,感觉自己的灵魂都出窍了。

他恍惚地看着南知,缓了好一会儿,才回过神来,表情渐渐从呆滞转变为惊愕。

片刻过后,他下意识地压紧了自己的被子,那眼神仿佛在看什么奇怪的东西:"南、南知?"

"嗯。"南知罕见地对着他弯起眉眼,语气温和,"你醒了?那快点起来检查作业吧。"

不知怎么,贺弦好似晃了下神。

过了好一会儿,他才反应过来要去看床头的电子闹钟——

此刻,"01:39"正在黑暗中散发着幽幽的光。

看着这串数字,贺大少爷宛如被人兜头泼了一桶凉水,猛地清醒了。

他像是不敢相信自己的眼睛似的,探过头去又确认了一遍,然后抹了把脸,语气透着一丝荒唐:"凌晨一点?"

"你凌晨一点把我叫醒检查作业?!"

"怎么了吗?"南知无辜地看着他,小声道,"我刚写完就来找你了。"

看她这副样子,贺弦气乐了,一把拍开床头灯:"南知,你故意的是吧?"

"故意什么?"南知那双圆圆的杏眼透着水光,被灯光一照立马变得水汪汪的,"我只是怕明天老师会发现你作业是别人做的,然后让你罚站。"

"我这不是为了你好吗?"

贺弦沉默片刻,咬牙切齿道:"那我还得谢谢你?"

"不用这么客气。"南知图穷匕见,"你把漫画还给我就行。"

贺弦阴森森地看着她,一字一顿道:"做、梦。"

说完,他抬手指着房门,无语地抹了把脸:"出去,回你房间睡觉去。"

"你不检查作业了吗?"南知拿起床头柜上的作业,"我都带来了。"

"出去。"

"你真的不看一眼吗?"

"我让你出去。"

"哦,那好吧。"南知大概是折腾够了,终于不再折磨他了。

她把作业放下,懒洋洋地打了个哈欠,困倦道:"那我回去睡觉了,晚安。"

· 010 ·

晚安个鬼。

翌日清晨，贺弦毫不意外地睡过头了。
他上车睡，上课睡，下课还在睡。
坐在他旁边的付尧本来想喊他打球，但看他困成这样，没忍住感慨道："我的妈，大哥，你昨晚干吗去了？偷地雷啊？"
贺弦头埋在臂弯里，精神萎靡地摆摆手，闷声道："别提了。"
不得不承认，南知这招对贺大少爷来说是真狠。
贺弦向来金贵，也是个作息优良的人，无论作业做没做完，反正觉是要睡的。
天塌下来都要睡。
这也是他成绩向来中不溜秋的原因之一。
结果昨晚南知这么折腾了一通，简直给他留下了巨大的心理阴影。
以至于他现在一闭眼，就是南知半夜三更站在他床边笑意盈盈温声软语的样子："你醒了？那快点起来检查作业吧。"
画面是美好的，就是说的话太残忍了。
贺弦觉得自己要神经衰弱了。
偏偏此刻还有人要来烦他——
门外，一个黑皮男生兴冲冲跑了进来，摇了摇正趴在桌上的贺弦："弦哥！齐大美女找你！"
"滚。"贺弦烦躁地挥开他，"爱谁谁别烦我。"
那黑皮男生叫周麟，平时跟贺弦付尧他们玩得一直挺好，也清楚贺弦的脾性。贺弦这人私下脾气怎么样暂且不论，但至少表面上从来不对女生发火，一般都会给面子，所以周麟才这么无所畏惧地来摇他。
结果现在突然被他凶了一顿，周麟愣住了，指了指贺弦朝付尧比口型：他咋了？
付尧耸耸肩，表示自己也不知道。
恰逢此时，旁边有人笑道："哎，南知，你去打水吗？帮我也打一杯呗？"
南知好脾气地应声："好。"
听见南知的名字，贺弦捏了捏指节，噌地坐了起来。
周围的人被他这大动作吓了一跳。
刚好路过最后一排的南知也顿了顿。
她的视线从贺弦侧脸一掠而过，然后视若无睹地走进了教室后面的小房间。
宁洲一中的每间教室后方都配了个储物间，里面有各自的储物柜，专门用来放当天用不到的书，来保证教室桌面的整齐。
包括垃圾桶、饮水机、学生带的篮球羽毛球拍之类的东西，也放在这个储物间里。
此刻正值课间，储物间里有几个同学正在排队接水，还有几个在偷摸玩手机。南知拿着两个杯子走到接水的同学身后。

"话说你有没有觉得今天贺弦很奇怪啊？"前面的一个女生小声说道。

正在打水的女生头也没回地问："怎么了？"

"刚才你进来的时候没看到吗？"那个女生心有余悸地拍拍胸口，"他刚才跟周麟说话的时候好凶的。"

"啊？我没注意哎。"打水的女生把水杯盖子扣上，随口道，"是不是跟齐潇的事啊？我听说昨天老何因为这事找了他家长来着。"

前面两个女生又聊了两句，接完水便走了。

南知往前挪步，正要弯腰接水，谁料马尾却被人从后面猛地拍了下。

柔软的发丝骤然扫过颈间，她下意识偏头看了眼，就见贺弦正一脸不爽地站在她身后。

此刻储物间里已经没有接水的同学了，只剩他们两个人。

气氛有些凝固。

南知瞥了他一眼，又自顾自地弯腰接水："干吗？"

"你还想不想要漫画了？"贺弦低着头，脸上还挂着被手臂压出来的红痕，神色怏怏，"想的话就再帮我个忙。"

"什么忙？"南知松开饮水机的水阀，直起身仰头慢吞吞地喝了口水，眼睛斜睨着他，"还是晚上替你写作业吗？"

他哪还敢让这祖宗给他写作业。

贺弦冷笑一声："你还敢提？"

"那不是你让我写的吗？"南知觉得他很不讲道理，一脸正色地跟他说，"我真的是在帮你。"

然而，贺弦已经不想再在这件事上费口舌了。

他闭着眼揉了揉额角，往身后随手一指："隔壁班齐潇，认识吗？"

南知当然认识。

并不只是因为她和贺弦传绯闻，而是因为齐潇之前来过一次贺家。

齐家和贺家生意上有来往，所以齐潇和贺弦其实早就认识了。

只不过小学、初中并不在一个学校，到高中才考到了一起。

前几年春节的时候，齐爸爸带齐潇来过一趟贺家。

大人总有很多生意上的事情要谈，所以接待齐潇的工作理所当然地落到了贺弦头上。

贺弦懒得动脑，干脆就把齐潇带到二楼客厅打游戏。

南知那天接到爸爸回国的电话，正准备和曲江柔出门，所以一出卧室就看见了贺弦和齐潇。

齐潇是个很活泼的小姑娘，看见她的时候愣了一瞬，估计是没想到贺弦家还有其他人在，反应过来后便笑嘻嘻地问她是不是贺弦的妹妹，看起来好小。

那天大概是贺弦玩心大起，他扫了南知一眼，挑着眉应声道："嗯，我表妹。"

而南知也觉得没什么好解释的，毕竟对她影响不大，就算他说她是奶奶、女儿之类的,她都无所谓。

所以她只是朝齐潇笑了笑,然后便离开了。

现在听贺弦提到齐潇,她点了点头:"认识,怎么了?"

"帮我拒绝一下她。"贺弦胳膊搭在饮水机上,散漫地打了个哈欠,"别让人家下不来台,我爸跟她爸还认识呢。"

闻言,南知眉心不由得皱了皱:"你这是转嫁矛盾,你能不能有点担当?"

然而,贺弦懒得反驳她,只说了两个字:"漫画。"

南知咬着唇,忍了忍:"好,只要别让人家下不来台就行对吧?"

"嗯。"贺弦看好戏般摆摆手,"加油。"

回到座位后,南知砰地把水杯往桌上一搁,吓了孙若芙一跳。

"知知怎么了?"孙若芙很少看见南知生气,忍不住问,"有人欺负你了?"

南知顿了顿,摇头道:"没有,就是手滑了。"

她敛了情绪在座位上坐下,沉思了一会儿,突然转头看向孙若芙:"若芙,问你个问题。"

见她表情如此正经,孙若芙也不由得正色起来,放下笔道:"嗯?你说。"

"就是……"南知视线飘忽,"如果你原本喜欢一个男生,那在得知什么事情之后,你会突然就不喜欢了?"

"啊?"孙若芙被她问得有点蒙,反应了半天才回过神来,"比如他喜欢别人了?"

"唔……除了这个呢?"南知挠挠头。

"除了这个?"孙若芙思索了下,"那大概是不讲卫生?我最讨厌那种不洗澡、不刷牙、不洗脸、不剪指甲、浑身臭味满脸油滋滋的男生了。"

南知一边"嗯嗯"点头听着,一边用笔飞速在纸上记下来几个关键词——

贺弦不洗澡、不刷牙、不洗脸、不剪指甲……

不知道为什么,贺弦总觉得自己这几天走在校园里不太得劲。

打篮球的时候有人指着他嘀嘀咕咕,吃饭的时候有人指着他嘀嘀咕咕,去超市买东西的时候还是有人指着他嘀嘀咕咕。

甚至在班里,有时候还能听见有人嘀嘀咕咕。

虽然平时他也是校园里的风云人物,一直有不少人议论他,但以往议论的人表情明显都是略显艳羡的感慨。

但最近,议论他的人,表情都变成了发自肺腑的嫌弃。

贺弦有点摸不着头脑。

他坐在球场边的长椅上,一边仰头喝着水,一边用余光扫着周围的看客。

片刻后,他随手把瓶子一捏,投进远处的垃圾桶里,扭头一脸不解地问付尧:"我最近干吗了?"

"什么玩意儿?"付尧刚下场就听见他没头没尾的一问,莫名其妙道,"我哪知道你最近干吗了？"

"你不觉得，最近别人看我的眼神都怪怪的吗？"贺弦扫了眼篮球场边的人，抬手指着自己的鼻子，认真地问，"我很好笑吗？"

付尧"噗"地乐了，笑得前仰后合："哈哈哈哈，我的天，你说这个啊。"

他胳膊搭在贺弦肩上，表情很贱："你不知道？没人跟你说啊？"

"什么啊？"贺弦无语地把他的手挥开，不耐烦道，"快说。"

"哈哈哈，就是最近，不知道哪儿传出来的谣言，说你这个人……"付尧笑得腰都直不起来，说话都断断续续的，"平时不洗澡、不刷牙、不洗脸，还不剪指甲，哈哈哈！"

"而且，你没发现吗？"付尧疯狂拍着他的肩，笑得贱兮兮的，"最近来找你要微信的女生少了，连齐大美女都不来找你了哎。"

他这笑声颇大，引得周围人纷纷侧目。

几个和贺弦玩得好的男生也凑了过来："什么什么啊？带我也笑一个！"

"你们不是知道吗？"付尧乐得合不拢嘴，"就那个最离谱的。"

"噢，说弦哥不洗澡那个？"另一个人摆摆手，"嘁，没意思，谁信啊。"

几个人一哄而散。

然而不知道是不是付尧笑点太低，其他人都散了，他却还在笑。

贺弦面无表情地转头看着他。

空气莫名凝滞。

"哈……哈哈……"见贺弦表情不对，付尧终于收敛了几分笑意，心虚地摸摸鼻子，"哎，不是，你这是什么表情？"

"就几句谣言嘛，也没几个人信，消消气消消气。"

"没几个人信？"贺弦缓缓转头看向他，面无表情道，"那这几天他们议论的是什么玩意儿？"

"嗯……"付尧尴尬一笑，"你看我们不就没信嘛，我们几个还能不知道你这大少爷有洁癖吗？"

"剥个虾嘛要你命，洗个手嘛洗八遍，尿个尿嘛都用纸。"

然而话落下后，他见贺弦脸上依旧没有笑意，心里也有点虚了。

他摸摸鼻子，试图缓和一下气氛："对了，你最近惹着谁了啊？居然敢这么造谣我们贺老爷？你这不得找人把他揍一顿啊？"

"揍？"贺弦呵呵一笑。

南知这人五官长得小巧精致不说，就连身高也小巧玲珑，比贺弦矮了一个头都不止。

就她那细胳膊细腿、细皮嫩肉的，扛得住他揍吗？

贺弦若有所思地捏了捏指节："我是那种不讲道理的人吗？"

付尧："你可不就是吗？"

贺弦懒得理他，径自从长椅上站起身，把吸汗带摘了下来，一字一顿地道："我这次——"

·014·

"就跟她讲道理。

"好好地——

"讲道理。"

当天晚上写完作业，南知正准备把试卷塞进书包里，却听见门口传来一阵敲门声。

有时候曲江柔会在她写作业的时候给她送点水果，所以南知想也没想就跑去开门了："来了妈妈。"

谁料，她一打开门，门外出现的却是贺弦那张似笑非笑的脸。

南知愣了愣，缓过神来问道："有事吗？"

"当然。"贺弦弯着唇，别有深意地朝她招了招手，"来，你出来。"

"干吗？"虽然有些不解，但南知还是走出了卧室。

她把房门反手关上："你要把漫画还我了吗？"

贺弦就纳了闷儿了。

她怎么还好意思跟他提漫画的？

她。

怎么能。

在造了他的谣后。

还这么厚颜无耻地问他要漫画的？

贺弦一脸不可思议地望着她："你还好意思问我要漫画？"

"为什么不好意思？"南知觉得他很是莫名其妙，觑了他一眼，"你要我帮你做的事，我都做到了，你也该信守承诺。"

"你做到什么了我的小祖宗？"贺弦气得直乐，抬手指着自己的鼻子，"你做到的就是诋毁我、诽谤我、污蔑我？"

"可那不是你说的吗？"南知斜睨着他，"你自己说的，不能让人家下不来台。"

贺弦惊呆了："所以你就让我下不来台？你们大学霸的解题思路都这么刁钻的吗？"

"其实也，还好吧。"南知谦虚道，"有时候就是得拓宽一下思路。"

南知不想跟他废话，所以直接无视了他那张白里透绿的脸，一本正经地问他："所以你能把漫画还我了吗？"

贺弦被她问得额角一跳："做什么梦呢？"

"那你不还我，你喊我出来干吗？"南知觉得这人真难伺候，暗戳戳白了他一眼后扭头就想走，"我回去了。"

谁料，她刚转身，身后的贺弦却一把抓住她的胳膊。

一阵力道骤然传来，她被贺弦硬生生拽着走了几步："贺弦？！"

贺弦力气大，南知挣扎了半天也没挣脱开，于是脾气也跟着上来了："贺弦，你干吗？！"

.015.

"你来。"贺弦把她一路拽到了浴室门口,抬手按住她的肩,"你就站在这儿。"
　　南知甩开他的手,揉了揉发红的手腕,不耐烦道:"我站这儿干吗?"
　　"你不是说我平时不洗澡吗?"站在她面前的贺弦忽地弯下腰来,跟她平视,"既然你都这么觉得了,那我总得证明一下。
　　"所以——
　　"你今天。
　　"就站这儿看我洗澡。"

// 第三章
装不认识我？

贺弦的话宛如一记沉闷的钟声，在南知的脑海中留下重重一击。

他的脑回路可以说是震惊南知三百年的程度，以至于她向来淡定的脸上罕见地出现了惊愕的表情。

走廊上的空气也像是被震蒙了般，霎时沉寂。

不知过了多久，南知终于从他的回音中缓过神来，指了指自己，又指了指贺弦，吞吞吐吐道："我，看你，洗澡？"

"对。"贺弦看着她这副呆滞的样子，像是扳回一城似的，立马就乐了，"怎么，不是你说我不洗澡？"

"我……"南知噎了噎，"我那只是说给齐潇听的。"

"可现在别人知道了。"贺弦直起身子抱臂靠在墙边，居高临下地看着她，悠悠道，"我不管啊，反正你要么给我澄清，要么看我洗澡，二选一。"

刚才听到这句话的时候，南知脑海里的震惊大过一切，所以她一时间没有心思仔细思考其他的。

现在震惊的余韵过去了，她再一次听到这句话，突然发觉哪里怪怪的。

这种奇怪的要求……

须臾的安静过后，南知的脸颊和耳朵尖慢半拍地染红。

她抿了抿唇，忽然愤愤道："变态呀你！"

大概是没见过她这副模样，贺弦被她凶得整个人一呆。

就在他愣神的时间里，南知羞恼地瞪了他一眼，然后顶着发红的脸，飞快地跑回了自己的房间。

"砰"的一声传来的刹那，贺弦感觉地板都震了三震。

南知觉得贺弦这个人真的好奇怪。

他到底是什么脑回路，居然能……邀请她一个女生看他洗澡？！

是变态吧！

南知无语地呼了口气，趴在床上把脸埋在枕头里，暗骂了贺弦几百遍，但又觉得在心里骂不够解气，于是干脆拿出枕头底下的速写本，勾勾画画出了一只"变态鸭"。

"变态鸭"脑袋圆圆身子也圆圆，表情呆愣，像个十足的傻大个，脖子上

还挂了个围兜，上面写了两个大大的字母"HX"。

暗指谁，不言而喻。

南知看着自己的画，又拿出手机拍了张照片上传到微博。

片刻过后，几个经常出现在她评论区的铁粉冒了出来。

——哇哦，小知了更新啦！

——这是新角色吗？叫什么呀？

——哈哈哈哈，看起来很蠢的样子。

南知看着鸭子围兜上的"HX"，想了想回复说：叫憨大叉。

在微博上指桑骂槐了一番，南知心情终于平复了些许。

只不过当她正准备翻身缩进被窝里睡觉的时候，门外却传来了浴室门被拉开的声音。

她动作一停，不由自主地屏住了呼吸。

走廊上，脚步声渐行渐近，似乎已经从浴室门口走了过来。

下一瞬，声音在她门外戛然而止。

可南知也没有听见对面卧室的开门声。

她下意识地回头看向房门。

尴尬的空气顺着门缝在屋里屋外缓慢流淌。

过了不知多久，门外才再次响起脚步声。

接着，便是对面卧室门被打开的声音。

几秒过后，"咔哒"一声传来，对面的门应声关上。

南知盯着房门，悬到嗓子眼的心也终于放了下来。

她松了口气，把床头灯关掉，缩进被窝里闭上眼。

贺弦从浴室出来后，在南知卧室门口踌躇了好一会儿。

刚才他其实也没想太多，就是被愤怒和震惊冲昏了头脑，想着非得让南知吃一次瘪不可。

但被南知骂了句"变态"后，他也后知后觉地发现……

自己提的要求，还真不是一般的变态……

是相当变态。

他抹了把脸，想解释点什么，却又不知道该怎么解释。

总不能跟南知说：你别误会，我只是单纯想证明一下自己热爱洗澡。

那他可能不仅是变态，还有可能再加一条神经病。

贺弦站在门口，一脸烦躁，用毛巾胡乱地擦了擦头发，犹豫半天后终究还是放弃了解释，转身回了自己房间。

只不过回房间后，那颗别别扭扭的心还是在不停地挣扎。

他在心里咬牙切齿地问自己：我怎么就变态了？

想着想着，他又把视线转向自己床头的那本恐怖漫画。

封面上，一个脸色惨白、齐刘海的黑发女生眼底布满了红血丝，眼睛下方还有一滴血滑落,像是在流血泪。

她的视线正双目无神地看着前方,像是在神游,又像是在看面前的人。

盯得贺弦直发毛。

他忍不住搓了搓胳膊,心里暗暗道——

平时看着文文静静一小姑娘,结果私下里居然看这种东西!

也不知道谁变态!

贺弦冷笑一声,坐到床边,再次拿起了他这几天反复拿起放下却没敢翻开看的书——

我倒要看看你有多变态!

只不过还没等他领略南知的变态程度,他却发现了一些其他东西。

书的扉页上,有一段来自漫画作者的 To 签。

具体内容跟鬼画符一样,贺弦没看懂,但他看懂了开头是"To:小知了"。

他盯着"小知了"这三个字看了一会儿,突然鬼使神差地拿起手机,在搜索引擎里输入了"小知了"。

几秒后,搜索结果跳了出来。

前面几条基本都是关于昆虫知了的科普,直到往下划拉了几页,才终于出现了一条关于人的。

是一条微博,名字叫"小知了 nz"。

如果说前面的昵称还可能是意外撞名,那后面的"nz"却基本能让贺弦确认,这就是南知的号。

他挑了挑眉,像是发现了什么新大陆般,好奇地点进了这条微博。

贺弦大致扫了眼,发现"小知了 nz"发微博的频率并不高,一般是一周发一次,基本都在周末。

最近一条却是十五分钟前。

发的是一只圆头圆脑的鸭子,没有配任何文字。

贺弦匪夷所思地放大看了一眼。

结果就这么一眼,他就看见了那傻不愣登的鸭子围的围兜,以及上面的"HX"。

大概是人都会对自己名字的首字母比较敏感,他也不例外。

所以贺弦几乎是一瞬间就反应了过来,这画的是他。

贺弦:"???"

他盯着那圆咕隆咚的鸭子看了一会儿,忽然咬牙切齿地笑了一声:"我有这么胖?"

他正想在评论区谴责南知这种捏造谣言诋毁帅哥的行为,结果却看见了南知回复的一条评论。

有人问这只鸭子叫什么——

小知了 nz:叫憨大叉。

翌日清晨，南知洗漱完从房间出来。

路过二楼卫生间的时候，她余光瞥见卫生间的门大敞着，贺弦正站在洗漱台前刷牙。

从她的角度看去，刚好能从镜子里看见贺弦的脸。

也不知道昨晚他干什么去了，眼下比之前多了一片隐约的青黑，眼皮也半垂着，似乎睡得很不好。

只不过昨晚的事让南知心里还有些残余的尴尬，她迅速收回视线，继续往楼梯口走。

倒是贺弦，从镜子里瞥见南知后，眸光倏地顿了顿，含着牙刷含糊地喊住了她："站住。"

南知脚步一停，挥散开脑海中昨晚那段奇怪的对话，故作镇定道："干什么？"

贺弦吐掉泡沫，漱了漱口，抬眸幽幽地看着镜子里的她。

他原本是想找她好好算算背地里画大鸭子骂他的账，但不知怎么，看见她之后，他又有点说不出口了。

他思索了下，与其现在就戳穿她这个表面装乖内心变态的两面派，还不如再多观赏一段时间。

然后，在未来的某一天，回头找她狠狠算一次总账。

于是，他刚到嘴边的话蓦地拐了个弯，随口换了个话题："看见了吧？"

南知一头雾水："看见什么？"

贺弦把牙刷往杯子里一搽："看见我刷牙了？"

"所以，你凭什么说我不刷牙？"

南知憋了憋："我都说了，那是为了完成你布置的任务。"

"那我不管。"贺弦打开水龙头，一边洗脸一边闭着眼睛说，"我得证明我不是那种人。"

南知有点忍无可忍，不由得呛声道："那我是不是还得录个视频发群里，帮你澄清？"

"行啊。"水滴顺着贺弦脸颊轮廓缓缓落下。

他随手抹了一把，轻飘飘地拿起刚放下没多久的牙刷："你录吧，我再刷一次。"

南知到底还是没搭理贺弦。

毕竟这个人刷牙要澄清，洗脸要澄清，那是不是晚上洗澡也要录个视频澄清？

她觉得这确实是贺弦能干得出来的事，所以干脆无视了他，免得他再来烦人。

只不过在晚上放学的时候，南知还是避无可避地要跟贺弦面对面了。

她满心无奈地上了车。

好在这次她早有准备，带了一副耳机在书包里。

一上车，南知就把耳机塞到耳朵里，然后拿出一本漫画书，从眼睛到耳朵再到心灵，全身心地无视贺弦的存在。

可惜贺弦并不是个老实安分的主。

他安静了没几分钟，又开始闹腾南知了："喂，南知。"

南知没理他。

贺弦本来想找她问问有什么办法能给他澄清谣言，但目光却不由自主地落在了她手里的那本书上。

书中的人物长得奇形怪状，黑洞般的眼睛正直勾勾地盯着前方。

……又是一本恐怖漫画。

贺弦不由得咽了咽口水。

只不过，他在回想起南知那本被没收的签名版漫画时，又忍不住有些纳闷。

他默了默，抬手扯掉她的一边耳机，鬼使神差地问："你为什么爱看这种东西？"

"哪种东西？"南知瞥他，举了举手里的书，"这个？"

"嗯，就……"贺弦指着那恐怖漫画，沉默片刻，才缓缓道，"你不觉得这玩意儿有点……吓人吗？"

"不觉得。"南知收回瞥着他的视线，继续一脸淡定地看书，"我觉得很刺激。"

贺弦嘴角一抽："你小小年纪还挺爱找刺激。"

南知翻了一页，随口道："小时候一个人在家太无聊了，总得找点好玩的事做。"

一听这话，贺弦不乐意了："你哪一个人在家了？我不是人啊？"

南知无语地看了他一眼："我说的是三年级之前。"

"而且，"顿了顿，南知又毫不留情地继续道，"你在我这儿确实也算不上什么活物。"

这倒也不怪南知，毕竟贺弦平时从来不找她玩，出门也不带她，在南知看来最多就是个对门邻居。

显然贺大少爷自己也想起这茬了。

他顿了顿，不自在地挪开视线，轻咳两声："那你不也没找我玩嘛。"

"找你玩？"南知匪夷所思地转过脸来，视线毫不掩饰地上下打量了他一番，"你有什么好玩的？"

那表情，那语气，仿佛贺大少爷多没内涵似的。

贺大少爷顿时不乐意了。

他撇撇嘴，轻哼道："我好玩的多着呢，你来找我，我不就带你玩了？"

然而南知并不觉得他能带她玩什么有意思的东西，只是敷衍道："哦，等我有空再说吧。"

"别有空再说了，就这周末。"也不知道贺弦哪根筋搭错，像是跟她杠上

了似的,"我带你去玩好玩的。"

"不用了谢谢,我还有卷子要写。"南知觉得自己应该跟他玩不到一起去,"你把漫画还我就行。"

大概是贺大少爷从来没被女生拒绝过,他气得两天没搭理南知。

南知倒也乐得清闲,该上课上课,该刷题刷题,刷累了就看看漫画放松一下。

除了自己的签名版漫画没要回来以外,日子过得快乐得很。

可惜这悠哉快乐的日子在这天放学的时候被打破了——

今天贺弦也不知道哪根神经搭错,明明都走到自家的劳斯莱斯门口了,他却一反常态,站在边上愣是没上车。

司机陈叔叔也觉得很奇怪:"小弦,你不上车吗?"

"这不是南知还没出来嘛。"贺弦靠在车门边划拉着手机,漫不经心道,"等她出来再说。"

以往贺弦都是能坐着绝不站着,今天突然跑到车外来迎接南知,不由得让陈叔叔有点疑惑。

他忍不住往贺弦的方向偷瞄了一眼。

只见贺弦的手机屏幕正停留在某点评平台界面,似乎在找恐怖惊悚密室之类的娱乐项目。

他以为今晚两个小孩约好了要去哪个密室玩,正想问他待会儿车往哪儿开。

不过还不等他开口,南知就背着书包和孙若芙一起从校门口出来了,两个人有说有笑。

然而出乎意料的是,南知在看见站在车门边的贺弦时,笑容直接凝固在了唇角。

她脚步顿了一瞬,又飞快地拐了个弯,跟孙若芙一同朝公交车站的方向走。

"知知你今天坐公交车呀?"孙若芙还以为她家人没来接她,"我坐19路,你坐几路?"

南知抿了抿唇,还没想好怎么回答,就听身后有人喊她名字。

贺弦大步流星地走到她身后,一把揪住她的书包,眉心轻蹙,说:"往哪儿走呢?我这么大个人没看见?"

因为平时贺弦从来没跟南知有什么交集,所以即便孙若芙刚才看见贺弦了,也没想到他会来找南知。

她不由得怔愣了下,视线在贺弦和南知之间睃了一番。

南知搞不懂贺弦今天闹哪出。

她顶着孙若芙好奇的视线,憋了憋后,挤出一句:"你有事吗?"

"什……"贺弦本来想问她在说什么梦话,但还不等说完,他就察觉到气氛有一丝微妙。

尤其是在看到孙若芙充满八卦和惊奇的眼神之后。

长期处于众人注目下的他,几乎是一瞬间就反应过来其中的含义。

于是，他立马换了副表情，弯唇一笑，语气温和道："其实也没什么事，就是想送你回家，可以吗？"

孙若芙："嗯？"

南知不知道他在搞什么，不由得皱了皱眉。

但孙若芙却像是捕捉到什么惊天大八卦似的，一脸兴奋地推了推她："噢噢噢，那你跟贺弦聊吧，我先走了，拜拜！"

话落，她便朝公交车站飞奔而去。

奔的时候还不忘一步三回头，生怕漏了什么细节。

南知无语地叹了口气，轻皱着眉看向贺弦："你这是干什么？"

"我还想问你是干什么呢。"贺弦睨着她，语气不爽，"装不认识我是吧？"

南知心想我能装这么久你也功不可没。

只不过虽然心里这么想，但她嘴上却没说话，径自绕开他，朝劳斯莱斯的方向走去。

贺弦看着她的背影，眉心紧皱，跟上她的脚步，忍不住问了句："我就奇了怪了。和我一起走是一件很丢脸的事吗？我们好歹也是同班同学。"

南知倒没觉得丢脸，只是觉得麻烦。

毕竟贺弦那张脸走到哪儿显摆到哪儿，跟个旅游景点似的，她又不习惯处于话题中心，也不擅长沟通和解释，所以并不想和贺弦这种显眼的人在大众面前有太多交集。

更不想被参观，甚至是揣测。

于是，她如实道："和你一起是一件很麻烦的事。我不想被人当八卦议论。"

话音一落，她便迅速钻进了车里，仿佛生怕被同学看见和他待在一起似的。

贺弦很难理解。他觉得南知简直是嫌弃透他了。

于是，贺大少爷立马就不乐意了。

他坐在车里，偏头看着南知，忽然冷笑一声，从口袋里拿出手机，接着便调出相机，明目张胆地对着南知拍了一张照片。

"干什么？"南知一头雾水地看着他。

她这种状态下表情有一种冷萌的呆滞，原本正恼火的贺弦一看就乐了。

他无视了南知的疑问，直接将照片发到了班级群。

南知感受到手机振动，拿起来看了眼，就见自己呆头鹅一样的照片出现在了班级群。

等她反应过来要去找贺弦算账的时候，他又突然撤回了，然后在群里发了句：不好意思发错了。

发丑照这种事对南知的攻击力几近于零，她并不在意这些，只是对贺弦的行为有些莫名和无语："你好幼稚。"

然而贺弦却毫不在意她的抨击。他靠在椅背上，懒洋洋地侧头看她："多亏了你这位大学霸，拓宽了我的解题思路。"

"我想了想,你之前的那些避重就轻、无中生有,简直棒呆了。"

"所以我这次准备模仿一下,来个围魏救赵,拯救我的形象。"

"你不是爱造谣吗?不是嫌弃我吗?"贺弦歪着头,宛如胜利者般翘起唇角,"你猜明天我的绯闻女主角是谁?"

本来南知只当他是恼羞成怒,才拍一张她的丑照发班群里出出气。

结果贺弦的套路却跟她想的完全不一样。

现在班群里显然有不少人已经看到刚才的照片了,正议论纷纷。

付尧:你刚才发的谁?@贺弦

李东岳:我看错了吗?怎么好像是南知?

周麟:南知在你家车上?

何芮:怎么个情况?

付尧:你本来想发给谁的?

她看着这些如潮水般的消息怔了怔,这才意识到了贺弦的本意。

原本还无所谓的她,忽地气恼起来:"你怎么能这样?你不知道老何最喜欢小题大做吗?回头传开了,他把翟阿姨和我妈找过来怎么办?!"

"找就找了,之前曲阿姨不是来过了吗?"贺弦像是扳回一城似的,语气里的无所谓毫不掩饰,"也不差这一回。"

"你……"南知被他噎得不知道该说什么。

他是无所谓,但对南知来说并不一样。

她听曲江柔说过,翟婉和她是多年的至交好友。

当初南程锡创业失败,南家突遭变故,当了七八年家庭主妇的曲江柔已经不能适应职场,也找不到适合可以一边照顾南知、一边补贴家用的工作,走投无路之时就是翟婉帮的忙。

正巧翟婉平日工作忙,没时间照顾贺弦,她便借着"希望曲江柔来帮忙照顾孩子"的名义,邀请她带着南知一起来贺家同住。

虽然说是请来帮忙的,但曲江柔也不好意思在别人家白吃白住,便主动承担起大部分家务。这么一来二去,翟婉也拗不过她,干脆以聘请的方式和她结算薪资,这样曲江柔的工作问题也解决了。

之前贺弦被请家长的时候,翟婉在电话里问的那些话,明显是不希望贺弦早恋。

如果现在被误会,那她能不能继续住在贺家都是个问题。

她可能要面临搬家、转学,甚至连累曲江柔重新面临找工作的境地。

想到这些她难以承受的后果,南知简直又气又急,语气难得冲了起来:"你做事为什么总是这么随心所欲?你不知道会给别人带来很多麻烦吗?"

"……我怎么了?"贺大少爷并不能理解南知为什么突然这么大火,被凶得怔了一瞬。

他纳闷道:"我给你带来什么麻烦了?不就几句八卦?给我造谣的时候你不挺开心的?"

"再说了，我们两家又不是不认识，就算老何误会了，让我妈去跟他解释不就行了？你怕什么？"

"你……"南知噎了噎。

她觉得贺弦的脑回路跟她完全不同，说也说不通，最后只能烦闷地挤出一句："算了，我跟你说不清，鸡同鸭讲。"

话音落下的瞬间，车也开进了贺家的停车坪。

南知不想再理他，车一停，她就抱着书包径自下车。

回到房间，南知气恼地往床上一趴，翻出枕头下面的速写本，又勾勾画画出了一幅鸡同鸭讲图，转头就拍了张照，泄愤般发了微博。

画面里，一只圆滚滚的小鸡正在叽叽喳喳，而对面那只戴着HX围兜的鸭子却满头问号、呆不愣登的。

南知还配了注解文字：鸡同鸭讲。

不一会儿，有几个经常和她聊天的粉丝在底下评论：

——小知了这是遇到傻子啦？

——哈哈哈，像极了我和我领导。

——我觉得更像我和我那傻叉前男友。

这么发泄了一通，南知的情绪总算转晴了点。

恰逢此时班级群又弹了消息，她打开看了眼。

之前有关贺弦和她的消息已经刷了过去，但依旧有几个和她玩得好的朋友在私聊问她和贺弦的事。

还有唯一的知情人简一妍，也来询问情况：知知，贺弦他发你照片在群里是什么意思？现在年级群都传开了，说贺弦私藏你照片，估计关注你很久了。

看见这句话，南知没忍住回了句：那不是私藏，那是今天现拍的。

简一妍：但是别人不信呀。

南知刚转晴的心情又阴云密布了。她烦闷地把脸埋在枕头里，叹了口气。

她并不擅长处理这种事。

她也很难理解，为什么贺弦能够那样随心所欲。

明明他随便一个想法，都会打乱别人的步调、影响别人的生活，偏偏他还不自知。

南知抱着枕头沉思许久，觉得自己应该在事情发酵前，跟贺弦拉开距离。

惹不起，她总躲得起。

于是第二天清晨，南知比往常早了半小时起床。

看了眼对面贺弦卧室那扇紧闭的房门，她蹑手蹑脚地下了楼。

"知知？"正在做早饭的曲江柔看见她，忽然一愣，"你今天怎么起这么早？"

"我有张英语试卷落学校了。"南知紧张地捏着裙摆，温吞道，"我早点去补。"

. 025 .

"这样啊。"曲江柔在围裙上擦擦手，拿了一袋吐司给她，"那你是不是来不及吃早饭了？带着吧，去学校吃。"

南知接过吐司，垂着眼乖巧地点头："好。"

六点整，贺弦的闹钟准时响起。

他不耐烦地把闹钟按了，翻身从床上爬起来。

昨晚他被南知指责了一通后，心里莫名有股气梗着一直没下去，搞得他半夜三更都没睡着。

没睡着也就算了，他想着自己闲着也是闲着，干脆刷刷微博。

结果一打开微博，他就看见了南知画的那幅鸡同鸭讲图。

点开的一瞬间，贺弦额角一跳，原本就梗着的气顿时又膨胀了几分。

以至于他一整夜没睡好，半夜惊醒都在思考自己到底哪儿错了。

贺大少爷的身心向来金贵，受不了这种失眠的折磨，所以他决定在吃早饭的时候找南知问个清楚。

打开门，他看南知的卧室房门紧闭，想着她应该是下楼了。

于是他迅速洗漱了一番，急匆匆往楼梯口走。

只不过临下楼时，他又脚步一顿，折返回房间，随手拎了一张卷子出来。

只要他当着曲江柔的面问南知题，哪怕南知再不想搭理他，都不可能拒绝他。

贺弦觉得自己简直聪明绝顶。

谁承想他到餐桌边的时候，却发现餐桌上虽然摆满了各式各样的早餐，但座位却空空如也，甚至连椅子都没有被拉开过，桌上也只有一副餐具。

贺弦："？"

恰好曲江柔从厨房端着粥出来，贺弦愣了愣，问道："曲阿姨，南知呢？"

"知知啊，"曲江柔擦了擦手上的水，温声说，"她说有张卷子落学校了，所以早点去补。

"半小时前就走了。"

// 第四章
小白眼狼

今天的宁洲下了雨,空气中弥漫着沉闷的热意。

南知独自坐公交车到学校的时候,背上已经浮了薄薄一层汗。

只不过一半是因为天气,一半是因为紧张。

昨天那照片的事,听简一妍说都传到年级群了,那知道的人应该很多。

再加上贺弦在学校的知名度,南知有点担心碰到熟人问她这件事。

她实在不知道该怎么解释,总不能把从小到大她和贺弦结下的恩怨都说一遍。

南知叹了口气,压低了伞,一路磨磨蹭蹭地往教室走。

因为时间有些早,班里只有寥寥几个同学,正埋头奋笔疾书。

期间时不时传来几声:"老周,英语作业借我抄抄!"

"没写啊!"

"谁物理写完了?救个命!"

南知一推门进来,空气莫名静了一瞬,以往经常问她要作业抄的同学都鼻观口口观心,没来找她。

她默了默,假装无事发生,径直走到自己的座位前坐下,开始按今天的课表整理桌面上的书。

她正像强迫症一样给书一本本排序,简一妍突然凑了过来,把着她胳膊小声道:"知知,上次那本漫画还能再借我看一天吗?我还剩一点没看完。我发誓,我今天绝对不在课上看了,不会再被没收的。"

闻声,南知动作停了一下,又垂眼继续整理:"可书不在我这儿,你想看的话问贺弦要吧。"

"啊?"简一妍反应过来,"贺弦没还给你吗?"

"没有。"南知想到这几天贺弦一直拿漫画书威胁她的事,忽然意识到一个问题。

贺弦这人,说不定压根儿就没准备把书还给她。

她默了默,干脆说道:"我跟他关系不好,他不会还我的。"

"哦哟?"

不知道什么时候开始,付尧也坐到她们后面来了。

也不知道他到底是来抄作业的还是来听八卦的,他手在卷子上鬼画符,脑袋却兴致勃勃地凑到她们身后。

现在冷不丁冒出个声,把南知和简一妍吓了一跳。

"我去,你什么时候来的?"简一妍心有余悸地瞪了他一眼。

付尧挑了挑眉,揶揄道:"南知,你跟贺弦到底什么情况啊?偷偷跟我讲讲,怎么就关系不好了?"

这能怎么说。

果然还是被问到这种问题了,南知烦闷地抿抿唇,但面上还是好脾气道:"说不清,总之就是关系不好。"

"真的假的啊?"付尧一脸不相信。

他的直觉告诉他,这两人之间肯定有猫腻,于是故意逗她:"你不说我待会儿问贺弦了啊。"

说曹操曹操到,他这边话音刚落,教室那边的前门就忽然被人推开。

贺弦似乎淋了雨,发丝湿漉漉的,肩上的衣服也被水浸湿。

他臭着脸,手里拎着一袋东西走了进来。

他的座位在第一组最后一排,南知在第四组第一排,两人完全就是个对角线,但他今天却穿过讲台走到第四组,把那袋东西往南知桌上一扔。

南知刚理得整整齐齐的书突然被撞歪,还溅了几滴塑料袋外面的雨水。

班里同学也很少见贺弦发这么大火,整个教室顿时鸦雀无声。

南知看了眼自己溅了水的书,皱着眉抬头看向他。

然而,贺弦却板着脸凉凉道:"别看我,曲阿姨让我带给你的。"

说完,他抬脚就想走。

而一旁的付尧却眼疾手快地拽住他,凑热闹般吹了声口哨:"大清早的哪儿来这么大火气,来,跟我说说。"

贺弦的视线从南知的马尾上一掠而过,低头对着付尧,欠嗖嗖又阴森森地说:"看不出来我淋雨了?"

"……淋个雨就这么大火?"付尧被他撑得有点莫名其妙,"你自己不带伞怪谁?"

"没伞,有人出门的时候把伞拿走了。"贺弦轻嗤出声,又瞥了南知一眼,扭头就走。

"有人"很想说,你家劳斯莱斯车门里不就有伞?但她又觉得说多了更解释不清了,于是她忍了忍,还是没说话。

她没再搭理贺弦,打开刚才被丢在桌上的塑料袋,发现里面都是面包、饼干、牛奶之类的食物,看起来像是曲江柔给她准备的早饭。

但南知出门前明明已经拿了一袋吐司,所以看到这些东西的时候有些疑惑。

只不过她没多想,径自收到桌肚里,准备晚上回家的时候跟曲江柔说清楚,之后不要再让贺弦给她带东西了。

因为过几天就是正式开学的日子,要提前给住宿生排宿舍,所以班主任老

· 028 ·

何在放学前，拿着一沓意向表走进教室。

老何是个四十来岁的中年男人，头发半秃不秃，有时还能跟他们开开玩笑，但严格起来也是真严格，一点小事都不会放过。

就连住宿意愿这种事，他都要认认真真地给大家分析："今天这个住宿意愿登记表，你们带回家跟父母商量好，让父母签字，然后周一把回执表带过来。"马上高三，我的建议是大家尽量住宿，毕竟走读生少一节晚自习，回家之后的学习效率和学习氛围也未必就有这里好，而且路上还费时间。

"当然，如果家里条件好能够接送，或者住得近，可以随意，看你们和父母的意愿，不强求好吧。"

说完，他便把表格发给了第一排的人，让他们传了下去。

南知捏着表格，听一旁的孙若芙问道："知知，你住宿吗？要不要一起？听说宿舍是按学号排的，我们俩学号这么近说不定可以当室友。"

其实南知有点想住宿。

因为贺弦那金贵的大少爷肯定不会住宿。

只要她住校了，她就可以自然而然地跟贺弦保持距离。

但这事她还得征求下曲江柔的意见，所以她只是保守回答："我挺想的，但不知道我妈妈同不同意，我回去问问她。"

"好，那我等你消息。"

老何讲完这事，也到了放学时间了。

今天的宁洲一直处于乌云之下，雨下了一天都没有停，甚至还有越下越大的趋势。

孙若芙一边收拾书包，一边看了眼被雨砸得噼里啪啦的窗户，懊丧地说："这雨也太大了吧，我又要崩一裤子泥。"

南知也跟着看了一眼，点点头："是有点大。"

"对了，知知，你怎么回去？"孙若芙还惦记着昨天贺弦说送南知回家的事，小声问，"还跟贺弦一块儿吗？"

闻声，南知理书包的动作一停，抬头正色道："不，我坐公交车。"

"可是这么大的雨，你去公交站都费劲吧，伞都要吹没了。"孙若芙回头看了贺弦一眼，忽然愣了，"哎，知知，他手里拿的是你的伞吧？"

曲江柔之前给她买了把粉色的自动伞，底下的伞柄是个粉白猫爪的形状，在一众灰灰沉沉的伞里很显眼。

中午，南知吃完饭回来后，便把雨伞放到教室后面晾着，想着等放学再收回来。

结果现在一不留神，就被贺弦截和了。

听见孙若芙的话，南知下意识地看向贺弦。

果不其然，他一手拎着书包一手勾着伞，正靠在教室后门。

他看见南知回头了，突然面无表情地抬手，晃了晃指节上挂的伞。

那姿态，宛如一个耀武扬威的胜利者，但那脸色，看起来也并没有多喜悦。

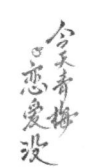

. 029 .

南知猜不透他的意图，不由得皱起眉。

贺弦盯着她，无声地朝她比了个口型：跟我走。

贺弦步子大，这么一会儿工夫就已经走到楼梯拐角了。

南知背着书包跑了好半天才追上他。

她走在他后面，语气有点恼："贺弦，你能不能别闹了？那是我的伞。"

"我知道啊。"贺弦一脸从容地继续往楼下走。

见他不还，南知直接拽住他的衣服，指责道："你怎么总喜欢抢别人东西？"

"我不就借一下伞？"贺弦停下脚步转过身，匪夷所思地看着她，"而且早上我不就说了？我没带伞。"

"你要借你可以说，而不是自己拿。"南知一脸正色，试图跟他讲道理，"而且我们不顺路，我也要用伞。"

听她这话，贺弦眼睛一瞪，扭头就气乐了："我说姐姐，全校没有比我们俩更顺路的了，你搞没搞错？"

南知抿了抿唇，低声说："我不坐你的车回去，我自己坐公交车。"

"不是，我没懂，你现在这是什么意思？"贺弦神色霎时一敛。

他靠在墙边，低眸看着她，像是看不明白似的，蹙着眉问："今早你自己一人跑了我还没问你，现在又什么你的车我的车、你的伞我的伞的？我们俩住都住一块儿，屁大点的事儿有必要分这么清？就因为我发了张你的照片？"

"当然有，而且也不只是因为照片。"南知心里那种跟他说不清的无力感又涌上来了。

她烦闷地摆摆手："算了，你要用的话我就把你送到校门口，然后我自己去坐公交车。"

不知道哪句话又戳中了贺大少爷的玻璃心，他像是被刺激了似的，突然开始喋喋不休："行，不是因为照片，那就是因为我这个人了？南知，你是不是太没良心了点儿？"

被他谴责得有些莫名其妙，南知皱眉："我怎么了？"

"小时候你刚来我家的时候，我妈特意给你重新装修了房间，还专门给你加了衣柜怕你不够放。

"你过生日，我爸又带你去了什么主题乐园，我还是沾你光才跟去的。

"后来期末你考了满分，我妈是不是给你买了一套什么芭比娃娃梦幻城堡？"

说着说着，贺弦忽然冷笑一声："我都没有。"

"……你一个男生，"南知不知道为什么他突然翻这么离谱的旧账，但还是忍无可忍，从牙关挤出一句，"你要芭比娃娃干什么？"

"你管我？我就要。"贺弦本就比她高很多，即便在她下方的台阶，却依旧可以居高临下地看着她。

他敛着眉，目光落在她脸上，一字一顿地指责道："从小到大你让我损失了那么多,而你现在,居然还嫌弃起我来了?

"甚至为了一把破伞就要跟我分家?

"你简直就是个没良心的——小、白、眼、狼。"

说完,他面无表情地把伞往南知怀里一甩:"行啊,分就分,有什么了不起的。"

南知到家的时候,贺弦已经到家好一会儿了,正在楼上洗澡。

见她进门,曲江柔迎了过来,接过她手里的伞,忍不住问道:"知知,你今天怎么没跟小弦一起回来?"

"他好像还没带伞,回来的时候衣服都湿透了。"

"我……"南知心虚地挪开眼,"我去看了下学校宿舍,就让他先回来了。"

"看学校宿舍干什么?"曲江柔奇怪地道,"你要住宿?"

"嗯。"见话题转移了,南知心里松了口气,乖乖点头,"老师发了意向表,让我们和家长商量。"

"住这儿多好呀,妈妈还能照顾你。"曲江柔似乎不太赞同,"在学校跟别人一起,能睡得好吗?"

"能的,我想节约点路上的时间。"南知乖乖巧巧地转达了老何的建议,"而且我们班主任也建议我们住宿,能多上一节晚自习。"

听她都这么说了,曲江柔只能退一步:"那好吧,你自己拿主意,你觉得好就行。"

跟曲江柔聊完住宿的事,南知准备上楼写作业。

只不过走到楼梯口的时候,她忽然想起了什么,又跑去厨房和曲江柔小声说道:"妈妈,你以后能不能别让贺弦给我带东西了?"

"嗯?"正在做晚饭的曲江柔,被她说得一愣,"我让他带什么了?"

"今天的早饭。"南知温吞道。

她怕曲江柔问她和贺弦之间发生了什么,于是又补充了句:"反正就不太好,我们班老师不让男女生走太近,我怕老师误会然后喊你们过去。"

"嗯?"曲江柔听完后,表情有点古怪,"可是今天的早饭不是你自己带去的吗?我没让小弦带给你呀。"

晚上吃饭的时候,南知才发现翟婉和贺耀城都已经回来了。

因为刚从国外回来,他们俩时差还没倒过来,白天一直在补觉,现在才起。

看见南知,翟婉笑眯眯地招招手:"知知来,阿姨给你带了礼物,快来看看你喜不喜欢。"

两人正聊着,从放学后就闭门不出的贺大少爷终于趿着拖鞋从楼上下来。

他似乎心情欠佳,绷着一张脸毫无笑意,整个人也凉飕飕的,不知道的还以为他刚洗的是冷水澡。

.031.

见他来了，翟婉立马就变了脸色，板着脸道："总算下来了，我是不是还得三请四邀你才肯下楼？"

贺弦在餐桌边坐下，拿起筷子，懒声说："刚洗澡，手机在房间没看见。"

说完，他眉心一皱，没忍住扭头咳嗽了两声。

南知面色微凝，偷偷看了他一眼。

"你这是什么情况？感冒了？"翟婉见他状态不对，也没心思找他算之前早恋之类的账了，"怎么搞的？"

这话音一落，南知不由得心虚起来。

她抿着唇，又看了贺弦一眼，结果这次却跟他撞了个正着。

南知立马收回了视线，埋头吃饭。

坐在她对面的贺弦沉默了一会儿，忽然轻嗤一声："不知道，空调开太低了吧。"

"都说了空调不要开整宿。"翟婉忍不住抱怨，又扭头瞪贺耀城，"你儿子真跟你一个德行。"

贺耀城突然被波及，有点无辜，只能清清嗓子顺着翟婉道："对，听你妈妈的，晚上把空调关了。"

"知道了。"贺弦漫不经心道。

"对了，"翟婉看见他和南知，又想起了什么，突然道，"你们学校是不是发了个什么住宿意向表？"

"嗯。"也不知道是因为不舒服还是别的什么，贺弦似乎有些无精打采的，嗓音慵懒，"怎么了？"

"我听说知知想住校？"翟婉朝南知笑了笑，又瞥向贺弦，"所以我来问问你的意见，你是住校还是走读？"

闻言，贺弦筷子一停，忽然掀起眼皮，蹙着眉看向南知。

炽热的目光投过来的刹那，南知的动作也跟着顿了顿，但她没说话，继续安静地吃饭。

过了两秒，对面突然传来"啪"的一声。

贺弦把筷子一撂，冷声问她："你要住校？"

"你一惊一乍的干什么？"翟婉不知道他哪儿来的这么大反应，有点莫名其妙，"你们何老师都建议住校，我看你也住校算了。"

然而贺弦却没回答，目光依旧紧紧盯着南知："你为什么要住校？"

话音刚落，一旁正在喝汤的贺耀城忽然抬头，古怪地看了他一眼。

一直没说话的曲江柔也抿了抿唇。

不知道为什么，气氛莫名有些凝结。

南知被他问得一愣，斟酌片刻后小声道："因为何老师说了，在学校学习效率会高一些，而且也省来回路上的时间。"

她这话贺弦是一个字都不信。

但他没反驳，只是扯了扯唇："行，住校是吧？"

"你什么毛病？"翟婉看他一副咄咄逼人的样子，心里也有些奇怪。

默了默，她忽然想到了什么，意味深长地试探道："你也要住校？"

"我才不住。"贺弦轻嗤一声，"那破宿舍，狗都不住。"

"你说这臭小子什么意思？"吃完饭，翟婉上楼后，忍不住和贺耀城吐槽起来，"本来他之前主动提出和知知换房间，我还以为他对知知的态度总算缓和了点，结果现在又这副狗脾气，我真是看不懂了。"

"小孩嘛。"贺耀城揽过她笑了笑，一脸从容，"而且你儿子你还不知道？一直都心高气傲的，等哪天栽了跟头，就什么毛病都好了。"

"我倒想让他栽呢。"翟婉气不打一处来，"可他从小就被惯成这副狗样子，要风得风要雨得雨的，成绩单跟狗啃的一样他也无所谓，压根儿就没什么事能让他栽跟头。"

"现在不是有了？"贺耀城朝楼下努努嘴，乐呵一笑，"知知嘛。"

因为刚才那顿饭有些不欢而散的意思，南知故意磨蹭了一会儿，没跟贺弦一块儿上楼。

她见曲江柔在收拾碗筷，干脆跟着一起帮忙。

端着碗筷进厨房的时候，曲江柔看了她一眼，随口问："知知，你和小弦最近是不是闹矛盾了？"

闻声，南知眸光微凝，但还是面不改色地把碗筷放下："没有。"

曲江柔也没多问，只是点点头，状若无意地提醒道："那就行，马上高三了，不要因为其他事情影响学习了。你要住校的话，回头我去帮你把宿舍收拾一下。"

"嗯，我知道的。"南知乖乖应声，"那我先上去写作业了。"

本来南知以为自己磨蹭了这么久，贺弦肯定已经回房间了。

然而上楼后，她却又在二楼客厅碰上了贺弦。

他似乎刚接了一杯水，正端着杯子往回走。

中途，他往楼梯口随意瞥了一眼，显然也看见她了。

但大概是大少爷的自尊心作祟，他停了一瞬后，又继续迈步，避开了南知，径直往自己房间走。

期间，他没再给她一个眼神。

只不过也不知道是端着杯水太累脚了还是什么，他拖沓半天才走到门口。

按下门把手的时候，他又没忍住咳嗽了两声。

本来南知想着他刚才在饭桌上的态度，也没准备跟他说话。

然而现在听他咳嗽，她又不由得想起今天他淋了两次雨的事。

虽然这事贺弦本身也有责任，但南知感觉自己也算半个罪魁祸首。

大概是愧疚使然，她思索着，自己或许也应该跟他好好解释一下她的想法。

她并不是嫌弃他，只是觉得他平时太显眼了。

于是，她沉默两秒后，犹豫地喊住他："贺弦。"

贺弦脚步一停，冷淡道："干吗？"

南知并不擅长和人沟通，被他一反问就有点噎着了。

她不自然地挪开视线，选了个比较友好的切入点："你是不是感冒了？我去给你拿药？"

"不要。"贺弦最讨厌吃药，想也不想就拒绝了，"这点儿小毛病有必要吗？"说完，他便头也不回地进了房间。

"砰"的一声传来，门被重重地关上。

见他依旧这个态度，南知抿了抿唇，只能默默在心里叹口气，独自回房。

今天是周五，再加上也算是暑假，宁洲一中并没有要求他们周末也要上课，所以南知今天也不急着写作业。

她找了一本之前没看完的漫画，趴在床上百无聊赖地翻着。

然而翻着翻着，她的心绪渐渐飘离了漫画。

今天听贺弦翻旧账，她才后知后觉地意识到贺弦从小到大一直看她不爽的原因。

也不是因为她做错了什么，而是因为她的好成绩，夺走了翟婉和贺耀城的目光，影响了贺大少爷的地位，他心里有些不平衡。

而最近生她的气，也是因为从小众星捧月的他突然被人避之不及，他发现自己居然沦落到这种待遇，觉得困惑费解，甚至非常不爽。

只不过她没想到贺弦的幼小心灵这么脆弱，反应比她想象的要大得多。

她本以为贺弦就算察觉到她的回避，也只会洒脱地视若无睹，毕竟之前上学的时候，她故意拖沓晚一会儿下车，他也没说什么。

想着想着，南知不知不觉熬了个夜。

思绪回拢的时候，她抬头扫了眼时间，发现已经快两点了。

没想到已经这么晚了，她赶忙收拾东西睡觉。

谁料在她正准备关灯的时候，却听到一阵咳嗽声。

南知动作霎时一滞。

整个二楼除了她，大概只剩感冒的贺弦了。

听着这如雷贯耳地动山摇的咳嗽声，南知捏着被子，犹豫了好半晌，终于还是起身出了门。

她走到贺弦的房门口敲了敲，小声问："贺弦？"

门内的贺弦听见敲门声，顿时止住了咳嗽。

他往门的方向瞥了一眼，闷哼了声，心道之前半夜擅闯他房间，现在倒还敲起门来了。

装模作样。

也不知道是哪点又让他这个大少爷不爽了，他故意安静了一会儿，没搭腔。

然而听他不吭声，南知以为贺弦还在生她气不想搭理她，于是只能放弃道："那你要是不舒服再喊我吧。"

丢下这句话后,她转身就想走。

谁料她刚抬脚,却听身后的屋里传来贺弦气若游丝却又透着一丝焦急,甚至还有些像叫魂的声音——

"南……知……"

第五章 //
你在看我的漫画？

听他声音这么娇弱，南知踌躇两秒，还是忍不住按下门把手："我开门了？"

她也没等他回答，就兀自开了一条门缝，探头进来问道："你没事吧？"

"你觉得我像没事儿吗？"贺弦躺在床上瞪她一眼，又重重地咳嗽了几声。

南知默了默："那你不吃药，我能怎么办？"

贺弦不乐意了："你这人怎么这么容易放弃？我不吃你不会劝我吃？"

南知好气，她从来没有见过这么不讲道理的人。

但是看在他是个病号的份上，她只能无奈地叹一口气："行吧，那我去给你拿？"

贺弦在黑暗里，借着走廊小夜灯的光线，悄咪咪地瞥她："随你。"

平时别人说"随你"的时候，南知都会默认对方不需要。

但今天大概是因为贺弦生病和她有那么一点关系，所以她也没计较太多，扭头就去楼下翻医药箱了。

她先是冲了一杯感冒灵颗粒。

然而临上楼的时候，南知又觉得，贺弦这人看起来很龟毛很难伺候的样子，怕他不愿意喝药，所以干脆把医药箱也拎上了。

不得不说，南知还是有些先见之明的。

她把冲剂递给贺弦的时候，果然收获了他一记皱眉："这什么玩意儿？"

"药，喝的。"南知把杯子放在床头，又从药箱里翻出一板药片，"或者你吃这个也行。"

贺大少爷一言难尽地看着面前两个选择，别扭道："哪个不苦？"

"应该都还好吧。"南知斟酌了下，"要不你吞药片吧，吞下去就没味道了。"

话落，贺弦从床上坐起来，视死如归般伸出手："那就药片。"

南知看了下说明，给他掰了两粒出来，和水一起递给他："你先吃两粒，明早饭后再吃两粒。"

贺弦"嗯嗯"两声，也不知道听没听进去，反正药是咽下去了。

见他吃了药，南知便把药箱收拾好，拎起来转身就想走。

然而不知道为什么，作妖的贺大少爷又喊住了她，似乎非常不满意："你这就走了？"

南知一头雾水地回过头："那不然呢？"

"你就这么无情地走了？"贺弦漆黑的眸光直勾勾落在南知脸上，"你就没准备跟我解释点儿什么？"

"你这人到底有没有良心？"

被他愤愤地谴责了一通，南知终于后知后觉地想起来他俩之间还有点问题没解释。

于是她沉默片刻，问他："你想知道什么？"

"我就想知道，"贺弦盯着她，"你真就那么嫌弃我？"

"我跟你讲句话你都避如蛇蝎似的，我这人嘴里吐刺还是身上有毒啊？"

"……不是。"南知被他说得尴尬地捋了捋头发。

"那是什么？"贺弦非得问出个所以然。

南知安静须臾，不自在地扯出一抹笑："我只是觉得，你在学校里太显眼了，跟你一块儿走压力很大。"

这话让贺弦整个人一怔。

他像是被噎着了似的："不是……这也能怪我？"

"不是怪你，就是……"南知说起这事也有点不好意思，"就是我不太擅长处理这种事，到时候别人问起我们两个的关系，我不知道该怎么说。"

就像当时被简一妍问起，她如实解释了之后，简一妍却依旧有很多问题穷追不舍。

她并不喜欢这种被人八卦、探究的感觉。

然而不知道为什么，听南知说完后，贺弦却忽然沉默了。

床头昏黄的灯光落在他的侧脸上，将他的五官线条映刻得清晰分明。

但漆黑的眸光却依旧一动不动地落在南知脸上，似乎在观察着什么，又似乎在出神。

过了不知多久，贺弦才慢半拍地回过神来，缓声问道："我们什……"

然而话说到一半，他却又顿住了。

气氛凝滞三秒，他吊儿郎当地改口道："噢，就这事儿啊？"

见他语气轻蔑，像是她小题大做似的，南知不服气地撇撇嘴，正想反驳，却又听他补了句——

"以后谁再问你这些有的没的……

"你什么都不用说。

"直接让他们来问我。"

虽然只是个小感冒，但由于贺大少爷向来金贵，这个周末翟婉和曲江柔都忙上忙下，一会儿给他煮这个一会儿给他炖那个。

南知作为半个罪魁祸首，写完作业后也心虚地跟着帮忙，但她会做的东西不多，只能帮着端端碗。

唯独贺耀城，乐呵呵地跑到儿子房间，调侃了一番："淋次雨就感冒了？

你现在身体这么娇弱吗？"

贺弦正在那儿包"小馄饨"呢，听见这话后没好气地把一团团纸扔进垃圾桶："爸，您要是闲就去给我妈打下手去。"

"心虚个什么劲儿呢？"贺耀城一眼看穿他的小心思，莞尔，"算了不问了，你自己的事自己看着办吧。"

父子俩正聊着，一阵敲门声忽然传来。

本来门就没关严实，南知也只是象征性地敲了下，便端着碗进来了。

看见贺耀城在，她乖乖喊了声："贺叔叔好。"

"好好好。"贺耀城笑着点点头，"你们给他煮什么了？"

"鸡汤，翟阿姨煮的。"南知把碗放到床头柜上，"说是增强抵抗力。"

闻声，贺耀城斜睨了贺弦一眼，乐呵道："煮这么多？喝完了得十年百毒不侵吧，小弦能乐意吗？"

"爸，您有事儿没事儿？"贺弦现在顶着鼻音本来就不乐意说话，偏偏贺耀城还一直挤对他，他不爽道，"没事儿帮我把作业写了。"

"你是爹还是我是爹？"贺耀城被他气乐了。

大概是想树立点威严，他指着贺弦枕头底下露出的书角说道："没事儿少看杂书，自己多大胆心里没数吗？小时候听个鬼故事半夜都哭爹喊娘，现在还敢看这玩意儿了？我都怀疑你这次感冒就是受惊了。"

说完，他也不管贺弦那白里发绿的脸色，朝南知笑了笑后，便离开了房间。

南知听了贺叔叔的话，也跟着觑了一眼贺弦枕头底下的书角，咕哝道："所以，我的漫画你什么时候还我？"

"急什么？"贺弦瞥着她，又把书往里塞了塞，"我这不还没看完呢，小气鬼。"

闻言，南知忽地一愣："你也看这种书？"

上次她听贺弦说这种书吓人的时候，还以为他肯定没兴趣。

"干吗？"而贺弦大概是刚才被贺耀城挤对狠了，现在宛如一只惊弓之鸟，不能接受一丝丝质疑。

他轻哼一声："我看很奇怪？"

"……有点。"南知如实点点头，"毕竟贺叔叔说你听个鬼故事都哭爹喊娘。"

"那是小时候。"贺弦似乎有些恼羞成怒，说话都咬牙切齿的，"我现在敢看了。"

"噢，那好吧。"南知对待和她爱好相同的人向来包容度很高，所以也就没再急着要了。

她大大方方地道："那漫画你就继续看吧，看完再还我也行。"

周日晚上，南知刷完化学题整理书包的时候，忽然发现住宿意向回执表还没有给曲江柔签字。

她把表格从书包里拿出来，在意向上勾选好，准备去楼下找曲江柔。

然而在路过贺弦房门的时候,她想起贺弦这两天一直柔弱地卧病在床,估计也没签,干脆帮他一起拿去签了。

于是她敲了敲门:"贺弦,睡了吗?"

最近因为他生病,所以翟婉不让他把门窗关严,说是细菌会一直闷在房间里,容易把他们这些进出的人也传染了。

因此现在贺弦的房门是虚掩着的。

这种情况下并不隔音,但南知也没有听见回应。

她思索了下,想着开条门缝看看他情况应该不算什么,于是抬手推了下门——

只见一坨不明物体正窝在灰色被子里,边缘翘得高高的,像是被什么东西拱起来了。

贺弦房间是没开空调的,她很难理解他大夏天为什么要缩被子里。

南知有点摸不着头脑,但又担心他是感冒加重开始怕冷了,于是走近拍了拍他:"贺弦?"

谁料她这一拍,被窝里的贺弦却猛地翻过身爬了起来:"妈呀!"

这一惊一乍的样子把南知也吓了一跳:"你干吗?"

"我去……"贺弦一看是她,忽然闭了闭眼,心有余悸地往被子里一倒,松了口气道,"是你啊……你走路怎么没声儿啊。"

"我敲了门的。"南知不服气道。

说完,她又不由得对贺弦刚才"狗狗祟祟"的行为有些疑惑。

于是,她眼珠微微一转,视线一偏,就瞟见了贺弦枕头上的那本漫画。

南知眸光顿了顿,心下了然:"你在看我的漫画?"

听见她问话,半死不活躺在床上的贺弦勉强"嗯"了一声。

南知瞅着他这副受了惊吓的样子,十分善解人意地给他留了颜面,没戳穿他,只是道:"那你继续看吧。"然后问他要了住宿回执表就走了。

她拿着两张回执表去楼下找正在看电视剧的翟婉和曲江柔签字。

签贺弦那张的时候,翟婉随口吐槽了一句:"这臭小子连自己住宿意向都不知道要勾。"

话落,她便自顾自地把"否"勾上了。

签完后,南知拎着回执表上楼。

她正准备把贺弦的那张还给他,结果她才到楼梯口,就一眼看见正在卧室门口"狗狗祟祟"的贺弦。

也不知道他要干什么,手里拿着枕头,怀里卷着被子,跟要去逃荒一样。

南知一头雾水地走上前:"你这是要干吗?"

见她来了,贺弦眼睛噌的一下亮了。

但转瞬后,他又恢复了平时那副别扭的样子,嘴上嘀嘀咕咕挤出一句:"那个……打个商量?"

"什么?"

. 039 .

"我能不能,"贺弦憋了憋,半晌后终于还是闭上眼认命地开口,"去你房间睡一晚?"

这个要求属实让南知震惊了好一会儿,一时间不知道该怎么回答。

贺弦大概也意识到自己说的话有些不妥,立马补充道:"我没别的意思,我只是想睡地上。"

南知当然知道他没有别的意思,毕竟她也并不觉得贺弦会对她有什么别的意思。

但她还是难免尴尬地"呃"了一声:"那,你直接睡你房间的地上不就行了?"

贺弦被她问得一噎,半天才支支吾吾地顾左右而言他:"你自己的漫画,你自己没看吗?"

"嗯?"南知不知道他话题怎么这么跳跃,"看了呀。"

"那你不记得里面说什么了?"贺弦悄咪咪地觑着她。

南知回想了下,还以为他要来跟她探讨剧情:"你说的哪段?"

"就那个,"贺弦挪开眼,哼哼唧唧地挤出一句,"有个嬉皮笑脸的女鬼到处抓小帅哥,专门掏小帅哥的心脏那段。"

听他这么说,南知这才反应过来他的意图,哭笑不得地叹了口气:"不会有鬼来抓你的。"

"那谁说得准啊?"贺弦咕哝道,"毕竟我这么帅。"

南知安静地看了他一会儿:"贺弦,你该不会是害怕了吧?"

"谁害怕啊?我是怕你害怕。"贺弦耳尖一红,似乎有点恼羞成怒,开始絮絮叨叨地给自己找补,"书里不还有一段吗?有个鬼专挑长头发女生下手。"

南知看了眼自己的头发。

这也不算长啊,才到锁骨下面一点。

于是,她故意噎了贺弦一句:"不会的,我的头发还没到腰,那个鬼只找长发及腰的。"

"你也没差多少了,万一那鬼今天来踩点预约呢?"

南知:"唔,那我就拍扁他。"

被她这么一堵,贺弦突然就没话说了。

他动了动唇,哑然了半天,也没想出一个合适的理由,最后只能不甘不愿地幽幽道:"哦,没想到你这么猛,是我多虑了。"说完,他便转身抱着被子枕头回自己房间。

虽然话是这么说,但他整个背影却散发着一股落寞,像是窝在街边取暖却突然被人赶走的流浪小狗。

大概是他这种模样太过罕见,南知看着他失落的背影,心里忽然出现了一丝松动的迹象。

她沉默片刻,还是在他关门的一瞬间喊住了他:"贺弦。"

话音刚落,对面的房门被猛地推开,贺弦又抱着一堆东西探出头来:"怎么,你害怕了?"

南知暗暗白他一眼,懒得跟他计较:"你想睡地上就睡吧,自己打地铺。"

话落,她便转身回了自己房间。

只不过房门却没有关上。

贺弦观察了她一会儿,见她确实是同意了,才抱着被子枕头快步跟了进去。他全程自助似的在床边找了一块地方,把垫子铺好。

南知径直走到书桌前,把回执表放进书包里,顺口一提:"你的那张回执表,翟阿姨签好了,你现在拿回去?"

"先放你那儿吧。"贺弦正忙着给自己打地铺,没空关心这些,头也不回道,"明天再说。"

闻言,南知也就没多说,直接把他的表格一起放进了书包里。

等她收拾完书桌回到床上的时候,贺弦已经在床边找了个位置安顿好了,正往床底下探头探脑。

南知跟着他看了一眼:"你在找东西?"

"没有。"贺弦把床单放下,"我看看你床下有没有鬼。"

南知无语片刻:"我床底下是抽屉。"

贺弦:"所以我想看看抽屉里有没有鬼。"

"没有,你安心睡觉吧。"南知爬到床上,自顾自把被子盖好,嘀咕了句,"这么害怕还看恐怖漫画干吗?"

"干吗?这玩意儿只能你们胆大的人看啊?"贺弦瞥着她,不服气道,"好看的东西还不让人看了?"

南知觉得贺弦这人真是又菜又爱玩。

但是她又隐隐有些开心,毕竟她从来没想过贺弦会对她的喜好认可。

就连她爸爸,当初帮她托关系拿到那本典藏签名版漫画的时候,也没忍住唠叨了她两句,问她怎么会爱看这种东西。

所以现在,即便贺弦害怕了点,但看他确实还挺感兴趣,南知也就十分宽容地没吐槽,只撂了一句"帮我关下灯谢谢",便闭上了眼。

贺弦大概是第一次被人使唤,没忍住看了她一眼,但因为寄人篱下,他还是乖乖抬手把灯关了。

整个房间顿时陷入一片漆黑之中。

屋内静谧,只剩空调细微的运作声回荡在耳畔。

南知渐渐放空思绪。

然而还不等她陷入睡眠,耳边却突然传来一道叫魂般的声音:"南知,南知。"

"干吗?"南知偏头往他的方向看去。

只见贺弦正伸手拍着她的床边,小声问道:"那个漫画的主角,最后怎么样了?"

南知一头雾水:"你这两天不是在看?"

"我还没看完呢。"贺弦探了个脑袋趴到床沿,听着很理直气壮的样子,"这不是明天要上学吗?我哪好意思熬夜。"

不敢就不敢,还说得这么清新脱俗。南知莫名有点想笑。

她在黑暗中偷偷弯了弯唇角,故意给他使绊子:"那你这几天放学回家看吧。"

被她堵了一回,贺大少爷有点恼羞成怒:"你这人怎么……"

"我怎么了?"南知强压下笑意反问他。

"怎么这么……"贺弦噎了半晌,又不情不愿地躺了回去,抓着被子嘀咕道,"善解人意啊,还知道要我放学回家再看,免得挨老何骂是吧?"

"噗……"南知一个没忍住笑了出来。

她半撑起身,借着月光看向贺弦,低声说:"你害怕的话,可以一边听歌一边看,我一开始看的时候也害怕,然后我就放《西游记》动画片的片尾曲,听着听着看就不怕了。"

"嗯?"贺弦眉梢一挑,"你倒还挺有办法,那我看完了晚上睡觉怕怎么办?"

南知面上淡定,心底却忍不住有些小得意。

她躺回床上,拽了拽被子,又给他出了主意:"那你可以抱个玩偶。"

说到这个话题,南知想起二楼客厅有一面玩偶墙,上面挂的全是贺弦以前夹娃娃带回来的小玩偶,现在都快塞不下了,于是顺势道:"你客厅里不是有挺多的吗?随便拿几个放床上就是了。"

"我哪有这玩意儿?"贺弦想了会儿才想起来她说的是那个玩偶墙,"噢,你说那个啊,那些也太小了吧,鬼来了直接一口一个,还不够塞牙缝的呢。"

南知:"……"

南知默了默,一边想着这人真难伺候,一边伸手往自己被子旁边一抓,然后反手把一坨不明物体甩了下去。

躺在地上的贺弦像是一头栽进枕头里似的,突然被软绵绵的东西扑了一脸。

他一脸蒙地撑起身:"什么玩意儿?"说着,他摸了摸那横在他身上的不明物体。

体积不小,比枕头还要大一点,软趴趴的,手感还不错,有根长尾巴。

"借你的,猛兽。"南知闭着眼睛,淡定道,"我从小就抱着它睡觉,应该可以一口一个鬼。"

借着窗外的月光,贺弦眯着眼定睛一看——

一只看起来很傻大个的绿色豆豆眼小恐龙。

看着这玩意儿不太聪明的样子,贺弦有些欲言又止。

他跟它大眼瞪小眼了好一会儿,忽然鬼使神差地问了句:"它有你猛吗?"

南知觉得,这傻不愣登的恐龙当然是没有她猛的。

然而,也不知道是不是因为人处于深夜的时候会多想,她总感觉贺弦问得怪怪的。

毕竟就算她猛又能怎么样呢？

难道还能借他抱着睡不成？

而贺弦似乎也意识到自己的问题很奇怪，不自在地闭了嘴，一时间没好意思再吭声。

屋内越发静谧，就连空调运作声都变得几不可闻，仿佛在屏气凝神等待着什么。

良久，还是南知结束了这个匪夷所思又气氛微妙的话题："还是它猛一点。"

闻声，贺弦面色一顿，侧过身抱着小恐龙闭上眼，低低地"哦"了声："那我就放心了。"

翌日五点半，南知的闹钟准时响起。

她迷迷糊糊地从床上爬起来，掀开被子下床。

谁料她刚探下脚，却踩中了一摊软绵绵的东西。

这东西甚至还会叫："咳咳……"

听见贺弦的声音，南知这才想起来昨晚贺弦在她床边打地铺来着，连忙抬了脚："不好意思。"

贺弦被她踩得一脸生无可恋，揉着胸口幽幽道："你这一脚踩的，我还以为有女鬼来掏我心脏了。"

"我忘记这还有个人了。"南知莫名有些尴尬，忍不住蹭了蹭鼻子。

贺弦从地上撑起身，幽怨地看了眼时间："这才五点半？你起这么早干吗？"

被他这么一提醒，南知才想起来自己上周为了避开跟贺弦一起去学校，把闹钟往前调了半小时。

但是现在让她当着贺弦的面坦白解释，她又有点说不出口。

毕竟贺大少爷这玻璃少男心太过脆弱，她怕刺激到他岌岌可危的神经。

于是，南知随便扯了个理由："我这是给你定的，想让你早上提前回自己房间。"

贺弦有一瞬间的不明所以。

但是须臾过后，他突然后知后觉地反应过来——

如果被其他人看见他早上从南知房间出来……

贺弦出神了一刹，立马回过神来，翻身抱着被子枕头站了起来，敛了表情故作镇定道："哦，那我回去了。"

然而站在原地顿了一会儿后，他又垂眼看向那只被卷在被子里的小恐龙。

沉默片刻，他忽然问了一句："对了。

"你这猛兽……

"能再借我几天？"

因为南知马上要住校,她也并不准备带玩偶过去,于是十分大方地把小恐龙借给了贺弦。

也不知道贺弦是不想欠人情还是什么,在前往学校的路上,他突然提了一嘴:"这周末带你出去玩?"

"嗯?"南知正戴着耳机听英语节目,没太听清他说话,"你说什么?"

"我说,"贺弦伸手把她耳机拽了下来,凑过去道,"周末你陪我去玩密室。"

"这才周一。"南知不知道他怎么这么跳跃,"周末再说,说不定作业很多呢,要赶紧写完。"

"你哪儿来的那么多作业要做?"贺弦简直匪夷所思,"我和你不是一个班的?"

闻声,南知瞥了他一眼:"你都是抄的,能一样吗?"

"哦,还有别人给你写的。

"有空的话,还是自己多写几张卷子吧,不然翟阿姨又要扣你零花钱。"

大少爷觉得自己的脸有点疼。

他憋了憋,扯着嘴角想找补,但憋了半天愣是没憋出一句话来。

最后还是司机陈叔叔看了一眼后视镜,笑呵呵道:"小弦,上个礼拜你不是就在计划去玩密室的事了?我还以为你俩周末去过了呢。"

南知原本正要把耳机戴上,听见这句话后却愣了一瞬,转头看向贺弦:"嗯?"

贺弦刚被陈叔叔拆穿,脸上有点挂不住,现在余光又瞥到她看过来,只能绷着脸道:"看什么看?没看过帅哥啊?"

南知古怪地看他一眼:"没什么。"

她就是觉得奇怪,贺弦上礼拜计划这事干什么?

上周她跟贺弦的关系还处于水深火热之中,她也并不觉得贺弦会良心发现带她出去玩。

但南知想了想,贺弦这大少爷的脑子向来想一出是一出,阴晴不定多变至极。说不定就是单纯地想去玩密室了又没人跟他去罢了。

这么一想,南知也就没在意这件事,车一停她便下了车。

贺弦跟在她身后,看着她若无其事的背影,似乎有些气恼:"我说你这人怎么老这样啊?"

南知莫名其妙地被指责了一通,回头疑惑道:"我又干吗了?"

"你不是都听见了?"贺弦刚才被陈叔叔拆穿,有种被剥光了示众的感觉。

示众也就算了,现在见南知还装傻,他顿时就不爽了,气恼地瞪着她:"你都知道我看了一礼拜的密室了,你到底去不去?给个准话啊。"

南知默了默:"你说这个?"

"那不然呢?"

"这周末我确实不一定有时间。"南知慢下脚步,稍微等了一会儿贺弦,才继续往楼上走,"下周就开学了,这周末宿舍可能就排好了,不出意外的话

· 044 ·

我写完作业要来收拾宿舍。"

听她提起这事,贺弦忽然想起了什么,若有所思地"啊"了一声:"我的住宿回执表是不是还在你那儿?"

"嗯。"南知点点头,"要我帮你交吗?"

贺弦默了默,正要开口,结果身后突然传来一声:"贺弦!"

两人循声看去,就见付尧和周麟两人大步窜了上来,一下扑到贺弦的背上:"兄弟,你这两天跟失踪了一样跑哪儿耍去了啊?电话不接消息不回的。"

贺弦一脸不耐烦地甩开他:"我在家看书呢,谁像你们整天跑出去玩。"

南知古怪地看着他,一时没搭腔。

如果看漫画也算他所说的看书的话,确实也没说错。

然而付尧却没有想到漫画这一层,还以为贺弦真在学习:"不是吧你?你还看书?"

"当然啊。"贺弦轻嗤一声,朝南知努努嘴,"不信你问她。"

南知脸色霎时一僵。

她顶着付尧和周麟疑惑又审视的眼神,一时间不知道该怎么解释。

"嗯?"好在周麟率先反应了过来,没再盯着她,而是扭头去问贺弦,"什么意思?你俩住一块儿啊?"

"嗯。"贺弦一脸随意地点点头,风轻云淡道,"家里人认识,所以南知就先住我家了。"

"啊?那你俩什么时候开始一起住的啊?之前怎么没听你俩提过呢?"付尧惊了,又疑惑地看了南知一眼,"而且上次,南知你不是说你俩关系不好吗?"

"什么?"贺弦倏地低头看向南知,那脸上的错愕仿佛被人背叛了似的,"你说什么?"

南知无力反驳。

毕竟她自己确实说过这句话。

但她看着贺弦这委屈的样子,只能心虚地笑笑,选择岔开话题:"我要去收作业,你们聊吧。"

撂下这句话后,她便加快脚步飞速离开了这令人尴尬的现场。

也不知道是付尧和周麟嘴巴太大,还是贺弦这人在学校的知名度太高,不到一天,他们两家人认识并且住一块儿的事就已经被传开了。

只不过,这次居然没有一个人来找南知八卦。

只有孙若芙感慨了一句:"怪不得上次贺弦突然说送你回家,原来你现在住他家呀。"

正在背书的南知顿了顿,"嗯"了一声后又忍不住转移话题道:"不过我马上要住校了。"

"哦,对,你也要住校了。"孙若芙早就跟南知对过意愿,顺道跟她聊了起来,"我今天刚问了下我们学号前面的女生,我算了算,我们俩可以在一个宿舍呢。"

正聊着这个话题,教室门口不巧不巧传来了老何的声音:"大家先停一下,听我说两句。"

"上次的住宿意愿回执表，现在传给各组的小组长，小组长交到我这里来。"

话音一落，教室里一片窸窸窣窣的声音，大家纷纷往自己的小组长那里传表格。

南知把自己的表格拿出来的时候，突然想起贺弦的还在她这里。

但因为她和贺弦的座位离得太远，横跨教室对角线，再加上她还要收表格，所以她也就没跑去还给贺弦，直接收在一起帮他交了。

等她把回执表收齐交给老何后，回到位置上时突然收到了来自贺弦大老远传来的纸条——

我的呢？

南知回头看了一眼，就见贺弦正皱着眉直勾勾地盯着她，似乎生怕她没帮他交似的。

于是她指了指窗外老何离开的方向，跟他比了个口型：帮你交了。

然后她便把纸条一扔，继续背书了。

贺弦看着空无一人的窗外，额角突然一跳。

坐他旁边的付尧一边偷吃早饭一边瞟他："你看什么呢？目送老何啊？"

"……目送个鬼。"贺弦烦闷地把书一合。

不知道为什么，刚才得知自己的回执被交上去后，一股莫名其妙又突如其来的焦躁在刹那间涌了上来。

贺弦一手撑着脑袋，一手烦躁地转着笔，视线时不时往南知的方向瞥一眼，似乎在气着什么。

付尧见他一副心事重重的样子，把嘴里的包子咽下去，嫌弃兮兮地嘀咕道："你最近脾气真是越来越烂了，阴晴不定的，我真怀疑你是不是来大姨夫了。"

"滚蛋。"贺弦不耐烦地瞪他一眼。

"你看，又发火。"付尧摇了摇头没再吭声，继续自顾自地缩在课桌底下喝粥。

过了片刻，他正准备把塑料碗扔脚边的垃圾袋里，却听旁边的贺弦突然"啪"的一声把笔一撂，沉沉吐了口气："你爸是不是让你住宿了？"

"是啊。"付尧头也不抬，"他说看我在家打游戏就烦，让我滚到学校，接受文化熏陶。"

贺弦无语地看了他一眼，也懒得点评，只道："那你……下课跟我去看一眼宿舍楼？"

第六章
朋友标准

因为班级里大部分人都选择住校,只有寥寥几个人走读,为了让他们有时间整理宿舍,这周末作业少了很多。

周日上午,南知把衣物被子和生活用品都收拾好后,跟曲江柔一同去了学校。

宿舍里已经有两个床铺收拾好了,大概是昨天来过了。

"知知,你舍友人都怎么样?平时熟吗?"曲江柔正帮她铺着床铺,"宿舍关系要搞好呀,不然很影响学习。"

"她们人都挺好的,平时也挺熟。"南知一边擦桌子一边道,"而且若芙也和我一个宿舍。"

"那就好。"曲江柔点点头,"待会儿收拾完,你是和我一起回去,还是留在学校?"

因为有不少离家远的住宿生是周日晚上来学校的,所以宁洲一中周日就开始晚自习了。

南知想了想:"我留在学校上晚自习吧,一来一回有点浪费时间。"

"那你晚上记得好好吃饭。"曲江柔道,"有什么需要就打电话给妈妈。"

"好。"

下午的时候,孙若芙和她妈妈来了趟宿舍,但是因为她今晚还要回家,所以晚上只有南知一个人去食堂吃饭。

今晚食堂只开了两个窗口,队伍都很长。

南知正在窗口排队,中途却收到了来自贺弦的微信消息。

贺:在学校?

知了:在。

贺:帮个忙?

知了:你说。

贺:[图片]

贺:这玩意儿怎么套?

南知点开图片看了眼,发现是一坨团在一起皱皱巴巴的被子和被套。

她不由得有些疑惑。

知了:我妈妈应该回去了呀,你怎么自己套被套?

以往在家，被套都是曲江柔套的。

谁料那边的贺弦却回复道：我不在家。

贺：我在学校宿舍。

知了：？

知了：你不是说学校宿舍狗都不住？

贺：……

对面的狗沉默了。

见他没再说话，南知自然也没继续回。

过了好半响，她都快排到窗口了，又突然接到了贺狗打来的电话。

他劈头盖脸就是一句："你到底帮不帮我？"

"啊？"南知被这话砸得一愣，"你真住宿了？那翟阿姨没有过来帮你收拾宿舍吗？"

"没有。"贺弦避重就轻道，"我妈说让我自己搞定，但我没搞过啊。"

也是，这大少爷平时在家十指不沾阳春水的，套个被套真是难死他了。

南知叹了口气："那我也不能进男生宿舍呀，要不我说你听吧。"

此时贺弦正在阳台打电话，听见她这句话后回头扫了一眼："能进的吧，我看付尧他妈妈和妹妹全来了。"

闻言，南知探了个头，看了看即将排到她的队伍，犹豫道："可是我在食堂打饭呢，马上就排到我了。"

"别呀，我待会儿带你出去吃大餐还不行吗？"贺弦"哎哟"了一声，开始耍赖，"祖宗您帮帮我OK？不然我今晚又感冒了啊。"

南知踌躇片刻，还是从队伍中挪了出去，叹气道："那你宿舍号报我。"

"B506。"贺弦说，"你在哪个食堂呢？我去找你。"

"不用。"南知快步往宿舍楼的方向走，"我就在旁边的食堂，很近。"

虽然她是这么说，但在往宿舍楼走的时候，还是看见了贺弦赶过来的身影。

他正跟付尧走在一块儿，脸上莫名透着一股不爽。

而付尧依旧不怕死地勾着他的肩，似乎在嘲笑他："哈哈哈哈，没妈的孩子果然像根草，无人在意的滋味如何啊我的弦。"

"滚。"

"啧，"付尧嫌弃地看着他，"不过说真的，你是真难伺候，我妈说要帮你收拾你还不要。"

"你管我？"贺弦懒得搭理他，继续径直朝前走。

走了两步，他看南知从路口拐了过来，便甩开了付尧搭在他肩膀上的手，懒声道："我祖宗来救命了，你自己玩去吧。"

付尧正寻思他哪个祖宗，就见远处的南知正朝他们走来。

他愣了一刹后猛地反应过来，狐疑的目光开始上下打量起贺弦："不是，你们俩就暂住了一段时间，关系就这么好了？"

不知道为什么，他这句话落下后，贺弦却莫名怔了一瞬。

但这抹怪异的疑惑只是从心底一闪而过,须臾便没了踪影,以至于贺弦也不知道自己在疑惑什么。

恰逢此刻南知即将走近,他挥散了脑海内飘忽的思绪,只是随意敷衍了一句:"我人缘好呗。"

此刻正值饭点,宿舍楼人并不多。

南知上了楼后直奔贺弦宿舍。

宿舍构造和她们宿舍一样,门边是洗手台和浴室,一墙之隔的地方放了两张上下铺的床,床对面一排桌子柜子,角落里还有一台饮水机。

此刻,两张下铺都乱七八糟的,但南知还是一眼认出了贺弦的。

不是因为别的,而是因为她的那只小恐龙正趴在乱七八糟的被子上。

南知视线一滞,沉默片刻后忽然转向贺弦,语气听着有些无奈和无语:"你怎么把它也带来了?"

"干吗?"贺弦还以为她又要凶他,脑海里的弦一绷,嘀咕道,"你不是都借我了吗?我不能带啊?"

"不是,我就是觉得,"南知一言难尽地看着那张狭小的单人床,"你不觉得占位置吗?"

宿舍的床就那么点宽,再放这么大一只恐龙,直接少了一半,显得非常拥挤。

然而贺弦却一副无所谓的样子:"不觉得,它现在是我的好朋友。"

说着,他甚至还抬手拍了拍小恐龙的尾巴,仿佛在寻找盟友的认同:"我觉得非常热闹,是吧呆那嗦。"

南知并不关心他给恐龙取名叫呆那嗦还是呆这嗦,她只关心自己的晚饭在哪儿嗦。

好在贺弦这人虽然平时折腾人的时候挺浑蛋的,但在某种程度上还算讲良心。

南知帮他把被子套好后,他倒是不白占便宜,选了附近一家除了贵以外没有缺点的火锅。

只不过大概是今天学校的住宿生太多,再加上马上开学,临近"坐牢"出来吃最后一顿大餐,所以周边商场各个餐厅都要排队。

南知取了个号后,在门口的位置坐下。

贺弦正百无聊赖地拨弄着桌上打发时间的飞行棋:"玩不玩?"

"玩吧。"南知看了眼排队的桌数,"感觉还要一会儿才到我们。"

谁料两人刚下一会儿棋,南知就听旁边突然传来一声:"这不是弦哥吗?也来吃火锅?"

闻声,南知抬头扫了一眼,只见一位个子很高、皮肤黝黑的男生正站在他们旁边,笑起来的时候,一口白牙被肤色衬得相当突出。

这男生叫岳临迪,是楼上体育班的,经常跟贺弦一起打球。

他和贺弦还挺熟的,直接弯下腰把胳膊往贺弦肩上一搭,盛情邀请道:"要不要一起啊?我们那大桌快到了,加两个人也没问题。"

贺弦拨弄了下自己的棋子,而后抬眸看向南知:"要去吗?"

"嗯?"南知正在数自己的步数是不是能把贺弦的飞机撞回去,一时间没反应过来,"你问我吗?"

"那不然呢?这不是请你吃吗?"贺弦一个不留神,自己唯一一个飞机就被撞回快乐老家了,又没忍住"啧"了一声,"你讲不讲武德啊?我就出来这一个。"

"不讲。"南知眼眸微弯,偷乐着转移话题,"去吧,我也饿了,早点吃完早点回宿舍了。"

"行。"贺弦把飞行棋潦草地收了收,起身看向那男生,"那走吧。"

"啊?哦,好好好。"岳临迪也不知道为什么愣了,好一会儿才反应过来,忙不迭带他俩去他们那边。

中途,他还不忘偷偷凑到贺弦旁边拍个马屁:"哥,原来南知是你朋友啊,长得还挺好看哈。"

贺弦莫名其妙地看了他一眼,问了句:"你怎么知道她叫南知?"

"啊?"岳临迪不知道他有什么好奇怪的。

毕竟南知长得漂亮、成绩好,有时候还作为学生代表在国旗下讲话,年级里想不知道都难。

只不过,他虽然疑惑,但还是如实回答了:"嘻,人家长这么漂亮,年级里谁不认识?"

恰逢他们那大桌排到号了,南知贺弦跟着他们一行人浩浩荡荡地进了店。

坐下来的时候,其他人见贺弦带了个女孩来,都不约而同地你看看我我看看你,一时间没人吭声。

还是岳临迪招呼道:"愣着干吗?点菜呀。弦哥好不容易跟我们聚一次餐。"

"嘻,"旁边一男生反应过来,笑嘻嘻地挑眉,"这不是等弦哥介绍呢吗?"

闻声,一直在出神的贺弦这才像是想起来什么似的,回过神来"噢"了一声:"南知,我们班的。"

南知一开始还以为也就五六个人,结果没想到人居然这么多,一时半会儿还有些尴尬。

此刻听见贺弦的话,她跟着打招呼道:"你们好。"

"哎哟,"那男生朝贺弦暧昧笑着,"我们当然知道人家叫什么,我是说……"

"快点菜吧。"岳临迪见贺弦没有想特别介绍一下的意思,连忙堵上他的嘴,"饿死了。"

"啊?哦……"

贺弦兴致缺缺地扫了点菜的码,把手机递给南知:"自己挑吧。"

"我没什么要挑的,不是很辣就行。"南知不太挑食,直接把手机推了回去,

"你挑吧，我先去弄蘸料了。"

"噢，"贺弦随手点了个菌菇和微辣的鸳鸯锅，"顺便帮我弄一份。"

闻声，南知刚起身的动作一顿："可我不知道你吃什么样的。"

贺弦划拉手机的指腹停了停，颇为不满地"啧"了一声："随便，跟你一样就行。"

这倒是还挺简单的，于是南知很爽快地应了："好。"

等南知离开后，其他安静看戏的人才开始七嘴八舌：

"没见你带哪个女生一起吃饭，现在一带就带了个级花，听说人家还住你家，是真的吗？"

不知道为什么，贺弦听完后却诡异地沉默了，一时半会儿没搭腔，也没解释自己为什么带南知吃饭。

恰巧此时南知端着蘸料碟回来了，众人便没再明目张胆地聊笑，只是颇为意味深长地对视了几眼，然后换了个话题聊。

南知调的蘸料很简单，她把其中一个放在贺弦面前："我不知道你吃不吃得惯，我不怎么吃辣所以都是蚝油、蒜蓉、葱花，待会儿再盛点清汤拌一下就行。"

贺弦一手托着脑袋，半耷拉着眼皮，很随意地点了下头，然后继续安静划拉手机。

不知道为什么，就这一眨眼的工夫，他就兴致不高了，南知奇怪地看了他一眼。

不过转念一想，这人平时也阴晴不定的，她也无心探究什么，干脆坐在一旁玩手机等着上菜了。

吃饭中途，那几个体育班的男生聊着聊着忽然喊了她一声："南知，你是不是跟我们班霍鸣认识啊？我之前听他说想和你交个朋友来着。"

听见有人喊自己，南知筷子一停，认真回忆了一番霍鸣这个名字，迟疑道："不算认识吧，就是说过几句话。"

高一的时候，霍鸣不知道从哪儿要来了南知的联系方式，加上之后一直给她发消息。

当时南知都不知道他是谁，只觉得烦，然后删了他。

所以现在要说认识，还真说不上。

他们东一句西一句地聊着，南知只是尴尬地笑了笑，继续埋头吃菜。

倒是贺弦，眼尾余光状若无意地往南知的方向一扫，忽然不咸不淡地抛了句："所以你……"

"你们女生都愿意和什么样的男生交朋友？"

他音量不大，被淹没在众人七嘴八舌的聊笑中，几乎无人察觉。

但离他最近的南知还是听见了。

她一脸莫名地抬头："你在问我吗？"

贺弦瞥她："那不然？这桌还有其他女生？"

南知莫名其妙地看了他一眼："你打听这个干吗？"

.051.

"就我一朋友……"说着,他像是要证明什么似的,反手一指,"就他,岳临迪,平时最爱和别人交朋友,所以就好奇你们女生都比较青睐什么样的。"

一旁的岳临迪突然被点名,不由得一愣。好在他反应快,迅速接下这口"大锅":"对对对,我比较好奇。"

南知觉得自己和大部分男生的关系都只能算普通同学,还没达到朋友的范畴,她无从参考,只能按照自己和孙若芙以前聊到过的来说,犹疑道:"比如爱干净讲卫生的?"

刚被她造谣过不洗澡的贺姓受害者陡然沉默了。

岳临迪:"还有吗?"

南知:"还有……脾气好,情绪稳定的?"

百变小弦又一次沉默了。

岳临迪:"哦哦,还有吗?"

南知:"可能……还有成绩好的?"

就算被作业压弯了脊背也要睡觉的贺大少爷再一次沉默了。

只不过沉默的不止他一个,因为南知最后这一句把桌上所有人都干沉默了。

这一桌人基本都是体育班的,是年级里几乎吊车尾的存在,还剩几个普通班的,也是不上不下的中不溜。

贺弦在这儿,都可以说是这桌男生里成绩最好的人了。

但跟南知比起来,还是望尘莫及。

话音落下后,有人忍不住哀号:"啊?!那我这烂成绩,直接被淘汰了?"

"你醒醒,你被淘汰是因为成绩吗?"旁边的人呵呵一笑,"不是因为长得丑吗?"

"滚。"

"就是,你要是能长弦哥那样,还怕啥?"

"滚滚滚。"

而被他们提及的贺弦,只是坐在一旁,半垂着眼有一搭没一搭地戳着碗里的虾滑,时不时哼一声,完全没有搭腔的兴趣。

南知莫名其妙地扫了他一眼。

一顿饭就这么在一声声聊笑和八卦中结束。

在回宿舍的路上,南知看贺弦好像一直兴致不高,沉默了一会儿后还是忍不住问:"你今晚怎么突然不高兴?"

"干吗?"贺弦踢了一脚路边的石子,抬眸睨她,"你在指责我脾气不好?"

南知不懂他思维怎么这么跳跃,一时间有些无语:"我哪有这么说?"

本来,她因为漫画的事还对贺弦这人改观了不少,结果现在她又感觉,贺弦还是之前那个阴晴不定的讨厌鬼。

于是,她也没好气道:"不过你脾气确实不好。"

贺弦被数落得额角一跳,咬牙问她:"你就想说我不讨人喜欢呗?"

听他说到"喜欢",南知才勉强意识到,贺弦可能是因为刚才她说的而不高兴。

　　毕竟贺弦成绩不上不下，脾气也就那样，唯一拿得出手的爱干净讲卫生也被造谣了，现在除了脸以外毫无竞争力。

　　于是，南知顿悟道："你是不是觉得自己很差劲？"

　　贺弦："……"

　　贺弦咬着牙："放屁。"

　　见他恼羞成怒，南知也明白了个大概。

　　虽然贺弦差不差劲跟她没什么关系，但她还是忍不住提醒了句："你先把成绩提高了再说吧。"

　　"……"

　　不知道为什么，她话音落下后，贺弦却突然停下了脚步。

　　南知余光瞟见旁边的人没了，于是也跟着疑惑地停下："怎么了？"

　　贺弦站在路边的树下，阴影洒落下来的时候，他的表情很难看得真切。

　　他盯了她一会儿，忽然抿了抿唇："你老管我干吗？"

　　南知被他说得一愣。

　　其实她并不觉得自己这叫管，这最多就是一句友善的提醒。

　　但见贺弦不领情，她也就不再多说，收回目光转身继续走："是我多管闲事了，我下次注意。"

　　贺弦眼皮倏地一跳，突然大步跟上她，抬手抓着她的肩膀把她转了回来，语气凶巴巴的："管一半不管了？你耍我呢？"

　　南知突然被他转了个面，一时间有些茫然。

　　但她反应过来后，又觉得贺弦这人真难伺候。

　　她莫名其妙看了贺弦一眼："不是你不爱被人管吗？"

　　贺弦被她噎了噎，好半响才磕磕绊绊地回道："不是，你不是学霸吗？人的习惯需要慢慢养成你不知道吗？"

　　说到一半，他又突然理直气壮起来，仿佛他才是一个大学霸："不都说养成一个习惯需要二十一天？你就这么随口说两句是什么意思？玩我啊？"

　　南知一言难尽地看着他："所以，你的意思是，我要管你二十一天？"

　　贺弦理直气壮："那不然呢？"

　　南知认真回忆了一番以往翟婉管教贺弦时的场景……

　　好像每次被贺弦气疯，翟婉都要买个包包奖励自己。

　　但是南知的零花钱并不多，她觉得自己这是赚不到精神损失费的赔本买卖，连忙痛苦地摆摆手："还是算了吧。"

　　"好麻烦啊。"

　　一句话，让贺大少爷这个麻烦精自闭了好几天。

　　正巧这段时间开始住校，南知在教室和他没什么交集，在宿舍就更不可能跟他有什么交集，一时半会儿都没意识到贺大少爷自闭了，上课刷题苦学的日子依旧过得平静。

就连周末回家的时候，两人坐在同一辆车里都毫无交流。

南知也不是健谈的人，他不开口，她自然也不会没话找话，两人就坐在各自的车窗边，安静地刷着自己的手机。

然而这份相安无事的平静却止于周五晚上。

起因好像是开学考的成绩下来了，贺弦的成绩单非常难看，从中不溜一路滑到了倒数几名，被翟婉劈头盖脸一顿臭骂。

期间还多次提及"你能不能看看人家南知""人家南知怎么就年级第一"诸如此类的话。

以至于南知都忍不住探头出来看。

结果她不探头还好，一探头，就和贺弦的目光对了个正着。

南知视线一滞，正想收回头，结果翟婉好像察觉贺弦的视线偏移了，顺着一看，也看见她了，立马朝她招手道："哎，知知，你来得正好，来来来。"

既然都撞上了，南知再装死也不合适，于是只能从房间里出来，走到翟婉面前："翟阿姨。"

"知知，阿姨想麻烦你个事。"翟婉一改刚才凶神恶煞的样子，笑意盈盈地招呼南知，"就是……现在离高考也就剩不到一年了，小弦这成绩不进反退，我实在是焦心。"

"所以阿姨想问问你，你平时有时间的话，能不能给他讲讲题什么的？"

大概是怕南知为难，翟婉倒是也给她留了台阶："不过高三也确实忙，你要是实在没时间，我就给他请个家教。"

平时翟婉待南知一直不错，给贺弦买东西的时候也从来少不了她的份，几乎把她当成了自己的女儿，所以南知自然也不会拒绝。

只不过想到贺弦那个性格，她并不想去主动嫌，于是委婉道："没事的阿姨，给别人讲题也是复习，不算浪费时间，贺弦有什么不会的题直接来问我就好，我肯定会为他解答的。"

"那就好。"翟婉朝她莞尔一笑，又扭头对着贺弦换了副凶巴巴的表情，"听见没啊你，有不会的题多问问知知。"

贺弦抿唇瞥了南知一眼："知道了。"

也不知道是信不过贺弦，还是怕贺弦不好意思找南知问题，翟婉简直操老心了，还不忘给他们俩铺好台阶："对了知知，这两天能给他讲讲上回考试的错题吗？他那卷子我真是看不下去。"

"可以的。"南知点点头，"我今天就可以给他讲。"

"那行。"翟婉眼风一扫，看向贺弦，"愣着干吗？拿卷子去啊。"

贺弦顿了顿，低低地"哦"了一声后，转身朝房间走去。

见贺弦回屋了，南知便跟翟婉道了个别，然后跟着去了贺弦的房间。

她走到贺弦桌前，俯身问道："今天讲哪科？"

"随你。"贺弦把一沓卷子往她面前一推，"你挑吧。"

南知大致翻了下他的卷子。

她发现，贺弦似乎脑回路真的不同寻常，错题总能让人两眼一黑。

只不过翻着翻着，南知又颇为意外地看了贺弦一眼。

因为贺弦这人的语文居然不算差。

她本以为贺弦是个干什么都很懒散的大少爷，根本没耐心去琢磨语文，结果他现代文阅读竟然能拿不少分，丢分的点反而在一些错别字上。

比如古诗词默写，简直是他的丢分地狱。

南知把他语文卷子抽出来，指着古诗词那部分说道："你这里要是好好背，不就又有六分了吗？"

贺弦顺着她指尖的位置看去，结果视线一扫，突然扫到了自己脑抽写的"知知为知知"。

气氛凝滞须臾，一阵热意霎时漫上耳尖。

贺弦忙不迭抽过自己的卷子往旁边本子里一塞，含糊道："知道了知道了，还有吗？"

"我还没看完呢。"南知不知道他这么大反应干吗，古怪地看了他一眼，但也没多说，只当他是觉得错别字太多丢人，"其他的我还没看，今天先给你讲数学？"

"行行行。"只要不扯语文什么都行。

南知讲题很细，会把每个知识点都掰出来，再加上性子温柔，从来不会不耐烦，所以她一直都是班里抢手的讲题学霸。

但她平时这种温和的方法并不适用于贺弦。

因为南知发现，贺弦这个人真的是太容易开小差了。

他的思维仿佛随时随地都能发散。

看着她的笔尖，他能突然冒出来一句："这笔不是你的吧？"

看着她试卷错题旁边的草稿，他能突然冒出来一句："这字也不是你写的吧？"

南知被他烦得要死，把笔一撂："你能不能别关注这些没用的东西？"

"你凶我干吗？"贺弦觑着她，也有点不爽，皱眉咕哝道，"你怎么不去凶蒋如松？"

蒋如松是他们班的学霸之一，也是常年稳定年级前三的存在，但平日为人低调一直没什么存在感。

最近开始上晚自习，他和南知的成绩又不相上下，两人时不时会在晚自习的时候讨论题目。

但南知搞不懂他为什么突然提别人，无语地瞪了贺弦一眼："人家又不像你一样烦人。"

"哦，嫌我烦了呗。"贺弦冷笑道，"蒋如松就不烦呗。"

说着说着，他好像突然想到了什么，冷哼一声学着南知的语气说："什么爱干净讲卫生、脾气好成绩好……"

"合着你说的那些标准都是照他的边儿描的是吧？"

南知很难理解他的思维到底为什么这么跳跃，但被他莫名挤对了一通，也有点不耐烦了："我就给你讲个题，你干吗老说这些有的没的？"

然而她这模样落在贺弦眼里，就像心虚了似的。

于是贺弦立马得理不饶人："干吗？敢做不敢当啊？"

"我做什么了？"南知简直莫名其妙。

"你当我没看见啊？"贺弦冷笑着指出她最近的种种细节，"你跟蒋如松讲题的时候，眉来眼去的干什么呢？"

"还有你这支笔，"贺弦把南知撂在桌上的笔拿了起来，又"啪"一下甩在桌上，"你自己没笔啊？别人的笔香啊？"

南知忍了忍："这是我的笔。"

"是你个头。"贺弦扯着嘴角点出其中的细节，"你笔芯里面的尾油是透明的，这是黄的，你是色盲还是我色盲？"

闻声，南知这才定睛端详起笔芯里的尾油。

她平时用的笔都是学校超市里卖的最普通的签字笔，跟别人的几乎一样，所以和蒋如松拿错了她也没在意。

现在听贺弦找碴，她忍不住吐槽道："你这观察能力要是放在学习上，默写也不至于错那么多字。"

贺弦额角一跳："你别转移话题。"

"拿错了一支笔而已，你有必要小题大做吗？"南知搞不懂他的脑回路，只当他是因为被她讲题讲烦了所以不高兴，"你不想听我就不讲了，不用这么拐弯抹角把我支走。"

撂下这么一句话后，她便不再搭理贺弦，自顾自收拾桌上的文具。

贺弦坐在一旁，抿唇看着她的动作。

一时间无人开口。

屋内的气氛在此刻变得僵硬无比。

过了一会儿，直到南知把自己的文具和卷子收拾完准备离开的时候，贺弦才堪堪动了动唇："我哪有不想听你讲。"

南知没理他。

"我找你讲题的时候你又不管我。"

听见这句话，南知才皱着眉停下脚步："你什么时候找我讲题了？"

"你还问。"贺弦似乎被她气着了，瞪了她好半天都没再吭声。

南知被他瞪得莫名有些心虚，不由得怀疑起自己是不是真漏了什么，小声问道："什么时候？"

贺弦气恼地看了她半响，终于不情不愿又骂骂咧咧地挤出一句："你晚自习除了知道跟蒋如松讨论，还知道个屁。"

第七章
好好学习

被贺弦这么一吐槽，南知才后知后觉地想起来，最近晚自习她确实基本都在跟蒋如松探讨题目。

她隐隐有些怀疑贺弦是不是中途来找过她，只不过她沉浸在数学题里没察觉到。

南知面色一滞，正想再问点什么，但贺弦又不知道哪根神经搭错，突然恼羞成怒地把她从门口拱了出去："你走，你不乐意讲就算了，我还不乐意听呢。"

"砰"的一声，房门在瞬间闭合，连走廊的小夜灯都被吓亮了。

看着面前紧闭的卧室门，呆愣的南知终于迟迟回过神来，捏着试卷心虚又尴尬地叹了口气。

周一晚上，南知和孙若芙从食堂吃完饭回教室。

进门时，孙若芙顺口提了一嘴："哎，知知，今晚蒋如松是不是又要来找你讨论题目啊？我又得被发配边疆了？"

蒋如松和南知钻研题目也不是立马就能钻研出来的，一时半会儿讨论不出结果时就会跟孙若芙换个位置。

但他个子高坐在最后一排，所以孙若芙戏称自己被发配边疆。

"不过边疆也好，付尧总是有好吃的。"孙若芙又开始安慰自己，"他桌肚跟哆啦A梦的口袋一样，里面什么吃的都有。"

闻言，南知心不在焉地"嗯"了一声，而后又觉得不太对劲，回过神来："蒋如松什么时候跟付尧坐一起了？"

付尧旁边不是贺弦吗？

孙若芙解释道："我坐贺弦的位置。"

南知一愣："那贺弦坐哪儿？"

"坐你后面啊，你不知道吗？"

看南知这表情，孙若芙也讶异了："贺弦说要找你问问题呀，所以就跟小庞子换位置了，你这么久没发现？"

南知沉默了。她还真没发现。

毕竟她后脑勺没长眼睛，也没有回头讲小话的习惯，后面的人不吭声，她根本不会回头。

　　暗暗叹了口气，南知瞄了一眼坐在最后一排的贺弦，心情忽然复杂起来。

　　第一节晚自习下课，蒋如松一如既往地拿着刚刷到的难题来找南知。

　　坐在旁边的孙若芙瞟见有人来了，识趣地拿着东西站起身，调侃道："知知，我去边疆了哦。"

　　闻声，南知笔尖一顿，突然转头看了一眼。

　　她后桌的庞岳正坐在原位跟同桌埋头捣鼓着什么。

　　而远在教室后门口的贺弦，也依旧侧坐在椅子上，一手撑着脑袋，懒洋洋地倚着墙玩手机，没有要挪窝的意思。

　　过了几秒，也不知是手机不好玩还是什么，贺弦毫无征兆地掀了下眼皮，朝南知的方向看过来。

　　目光猝不及防地在空中交错。

　　两人皆是一怔。

　　只不过贺弦反应稍快一点。

　　他回过神来，立马挪开了视线，继续垂下眼玩手机，直接把南知当成了空气。

　　南知唇瓣一抿。

　　"南知？"

　　恰逢蒋如松看见她在发呆，也跟着往后看了一眼，疑惑道："你在看什么？"

　　南知收回思绪："没什么。"

　　她囫囵扯开话题："你刚说是哪题？"

　　"就这个。"蒋如松站在她桌前，半弯下腰，伸手指了指试卷上的题目。

　　这套卷子是老师发给他们几个尖子生提高用的，南知也有，但她还没开始做。

　　南知心不在焉地扫了一眼，歉意地笑笑："不好意思，这个我还没做，晚点我再跟你说吧？"

　　说完，她便抱了笔记和卷子径自往后排走去。

　　与此同时，坐在后门口的贺弦正歪七扭八地靠在墙边，两条长腿伸得笔直，十分霸道地占了付尧的位置。

　　他垂着脑袋，有一搭没一搭地划拉手机。

　　中途，他察觉到余光位置忽地一暗，像极了老何突击检查时的情景。

　　只不过他大概是习惯了，察觉到有人来了也是不慌不忙地收起手机，然后才慢腾腾地抬眼问好："何……"

　　然而刚冒出一个字，贺弦突然哑火了。

　　因为来的人并不是老何，而是南知。

　　此刻，南知正蹙眉看着他这坐没坐相的样子，吐槽道："付尧平时是不是都坐地上？"

"怎么，你还怕他着凉了？"贺弦把腿收了回来，没好气地白了她一眼，"来干吗？"

被这么一问，南知也有点不好意思，沉默片刻后扭头清了清嗓子，一本正经道："上次的题我还没给你讲完。"

"哦。"贺弦一边转笔一边睨她，"南老师不是嫌我烦不乐意教我吗？"

南知被他挤对得有点挂不住面子，但因为自己理亏，她还是多分了一点耐心给这位大少爷，干巴巴地解释道："我不知道你前段时间来找我问过题目，你也没喊我。"

"你跟人家讨论得热火朝天的，我横插一脚岂不是不懂事儿？"贺弦轻哼一声，像是对她这种倒打一耙的行为十分不满，"你还指责我？"

"我没有那个意思。"南知抿着唇，沉沉地呼了口气。

看他这吹胡子瞪眼的样子，似乎并不欢迎她，她也不好意思再热脸贴冷屁股："算了，你要是不想听我就回去了。"

话落，她便抱着东西准备离开。

结果贺弦更火大了："你这人怎么这么讨人厌啊？说来就来说走就走的，你脚是租来的赶着还啊？急什么呢？"

听他哔哔叽叽了一通，南知走也不是留也不是，迷茫至极。

她头疼地叹了口气："你有话能不能直说？我真的跟你对不上脑电波。"

贺弦正想呛她"你跟蒋如松就对得上"，但看南知的表情，他觉得再呛下去南知肯定要走了，于是只能把话硬生生咽回去。

他憋闷地哼了一声，抬脚踢了下付尧的椅子："我都给你腾位置了，你说我什么意思？"

说完，他也不管南知这次到底能不能听懂了，转身就趴在了桌上。

整个背影就差写上一个"烦"了。

南知顿了顿，踌躇了两秒后还是在付尧的位置上坐了下来。

椅子拖动声从边上传来，贺弦耳尖一动，忽然偏过头看了一眼。

只见南知已经坐了下来，正在整理带来的卷子。

从侧面看去，她鼻梁精致挺翘，细密的睫毛纤长卷曲，开合时宛如小扇子般，在眼底挥落下一层浅浅的阴影。

再加上肤色白里透红，整个人看起来就像个精雕细琢的洋娃娃，笑起来柔柔的，但不笑的时候又酷酷的。

贺弦思绪忽地一飘，莫名想起那次和体育班吃饭时听到的话。

好像有人说南知是级花来着？

当时他没什么感觉，但现在一看，好像也确实……

名不虚传？

"你看我干吗？看题。"南知似乎是察觉到了他的视线，秀气的眉毛倏地一皱，"我脸上有题吗？"

也许是被南老师的气势压到了，贺弦终于没再想那些有的没的。

他讪讪地从桌上爬起来,拎出一张卷子就开始看。
"你遇到不会的题就问我,我知道的话都会告诉你。"南知手在卷子上翻飞,嘴却忍不住吐槽道,"你别老憋着让人猜,我又不是你肚子里的蛔虫,很累。"
贺弦捏了捏笔,过了一会儿才别别扭扭地应声:"知道了。"

就这么维持了一段时间下来,南知发现贺弦这人并不是学不会。
相反,他学什么都很快,但他最大的问题在于没耐心。
遇到一道题,他看完了感觉会就是会,感觉做不出来也不乐意去花时间细想。
这也是他平时成绩上不下不的原因之一。
有一次,南知忍不住好奇地问:"语文不是更需要耐心吗?你阅读为什么做得还不错?"
"嗯?"贺弦头也不抬地顺口回,"哦,可能小时候杂书看多了。"
南知:"……"
南知无语地噤了声。
由于贺大少爷做起题来稀奇古怪的疑问太多,南知几乎没时间管别人,他们这种晚自习一对一的补习模式持续了好几个月。
付尧的位置也被南知征用了好几个月。
以至于被踢到教室流浪许久的付尧,终于忍不住指责贺弦:"你这人真自私。"
"?"贺弦正对着一道物理题抓耳挠腮,突然被骂了一句一时也没想到要反击,"骂我干吗?"
"我们学霸美女的时间都被你占用了,其他人都问不到了。"付尧啧啧两声,"你是不知道,你最近在班里风评急剧下降,因为大家都说从来没见过有人能把南知问到发脾气。"
"还要我来告诉你,你不懂珍惜美女,就请把美女还给大家。"
"我就奇怪了。"贺弦无语地把笔一摆,"班里学霸又不止南知一个,他们不能问别人啊?非逮着南知薅干吗?"
"这有什么奇怪的?"付尧像看傻子一样看他,"顶尖学霸跟普通学霸能一样吗?南知成绩特别好啊。"
闻言,贺弦轻嗤一声:"成绩好怎么了?有本事教会我。"
付尧噎了噎:"可是南知还脾气好啊,讲题温声细语的还特别有耐心。"
闻言,贺弦又冷笑一声:"脾气好怎么了?有本事冲我凶。"
付尧被噎得再次沉默片刻,终于抛出了最关键的理由:"可是——"
"南知还长得好啊!"
贺弦:"?"
不知道为什么,这次付尧话音落下后,贺弦却忽然沉默了。
气氛像是凝固般死寂。

一旁的付尧还当贺弦正在找话反驳他，于是他也想着罗列几条南知漂亮的地方来说服贺弦。

谁料还不等他开口，他却忽然听贺弦幽幽地质问——

"你几个意思？"

付尧自然不敢有几个意思。

但他看贺弦那带着狐疑的审视眼神，忽然觉得哪里不太对劲。

他呆了一会儿，倏地福至心灵般反问他："那你几个意思？"

贺弦忽然回过神来："我能有什么意思？"

"兄弟。"付尧意味深长地搭上他的肩，"你最近有点儿意思。"

他这意思不意思的，贺弦很难理解他的意思，于是不耐烦地甩开他："滚一边儿去。"

然而，付尧不依不饶："你不觉得你现在就跟护鸡仔的老母鸡一样吗？南知是鸡仔，你是老母鸡。"

"你才老母鸡呢。"贺弦再次甩开他，重新拿起笔算题，"滚蛋。"

虽然被骂了一通，付尧却依旧打量着他，语气别有深意："你真不觉得吗？"

"你有屁快放行吗？"贺弦烦闷地挥开他，"不放别吵我做题。"

"不是，兄弟！我说真的！"付尧晃着他的肩膀，一点点指出他最近的问题，"你自己没意识到吗？你对南知的态度真的太诡异了。

"别人一来问她题你就要插队。

"我晚自习想回自己座位你都要我滚。

"就连她去储物间打水！你都要把她按回座位帮她打，就跟怕她跑了似的。"付尧直勾勾地看着他。

"请问兄弟，你这是什么意思？"稍顿，他把贺弦一切插科打诨的可能都堵死，"别跟我说你乐于助人，你这人懒得跟猪一样天天让我给你打水。"

贺弦："你才跟猪一样。"

"你能不能别转移话题？"付尧像是非得从中八卦点什么出来似的，追根究底道，"哎，我说你……怎么就对南知这么上心？"

原本付尧罗列那些事的时候，贺弦的情绪还算平静。

毕竟都是他确实干过的事，被调侃两句也算不上什么。

但不知道为什么，当付尧最后这句话冒出的一瞬间，贺弦却像被雷轰了似的，脑海里电闪雷鸣过后，霎时只剩一片空白。心跳也在此刻跟着骤然加速，怦怦的剧烈声响仿佛在撞击耳膜。

可他一直都是个散漫的人，对很多事都不上心，也鲜有这种激烈的情绪。

以至于他都无从分析自己到底为什么会这样，甚至第一反应就是反驳："不可能。"

这是他一直以来的认知。

因为在南知来他家的第一天，他就把南知惹哭了，然后被翟婉揍了一顿。

那是翟婉第一次揍他，还是为了一个不知道哪儿来的外人，他理所当然地把外人南知当成了罪魁祸首。

从此，他便给南知贴了个标签：就知道装乖的两面派。

然而付尧却很不能理解："人家多好啊。"

"你懂什么？"贺弦堪堪回过神来，开始疯狂在大脑里搜刮南知从小到大惹他生气的地方，像是在巩固自己的认知，"她有多道貌岸然你知道吗？"

"她还……还……"他顿了顿，终于又扯出来了一个，"窝里横！"

"她就知道凶我，她不凶别人就凶我。"贺弦像是终于找到佐证了似的，碎碎念道，"我是多欠得慌才会对一个凶我的人上心啊？我有病？"

不知道为什么，当他说完这一堆话后，付尧的表情忽然变得一言难尽起来。

付尧似乎有些尴尬，十分不自然地挪开了刚才还在打量贺弦的视线，甚至绝望地闭上了眼。

贺弦看着他的反应怔了怔："你什么表情？"

"没……"付尧像是牙疼似的捂了脸。

电光石火之间，贺弦看着付尧的眼神，像是明白了什么似的，猛地回过头——

南知就站在后门口的位置。

她好像是准备去储物间打水，结果刚路过就听见了贺弦这么一番慷慨陈词。

她轻飘的视线从贺弦脸上一扫而过，表情没生气也没难过，平静得出奇。

收回视线后，她朝尴尬的付尧笑了笑，转身进了储物间打水。

看着南知的身影消失在储物间门内，贺弦才如梦初醒般回过神来。

他脸色一白，连忙起身跟进了储物间。

此刻储物间里没人，贺弦脚步虚浮地走到南知旁边，磕磕巴巴想解释点什么："不是……南知……"

"嗯？"南知慢吞吞地倒了杯热水。

保温杯口冒着丝丝热气，就像她温和的语气一样："怎么了？"

"我……"贺弦看她这反应，心里的慌乱又添一层。

他唇瓣一颤，语无伦次道："我刚才，我不是那个意思……"

闻言，南知像恍然大悟般"啊"了一声："你说那个啊。"

她顿了顿，斟酌了一番措辞，平静地表述道："没关系的，其实我从小就知道你不太喜欢我，你对我有那样的评价也挺正常。"

"毕竟我来你家之后，确实分走了叔叔阿姨一部分目光，你觉得被冷落了也情有可原。

"我可以理解你的心情，所以我也觉得没有关系，不会怪你。"

"没、没关系？"不知道为什么，看着南知这么云淡风轻的样子，贺弦不但没有庆幸，心脏反而像是被攥紧了似的。

他怔愣了好半晌都没能反应过来。

而南知的话还在继续:"对,没关系,你不用觉得尴尬。
"不过有个问题,就是马上要高考了,可能得委屈你再忍我半年,等上了大学我就会从你家搬出去,到时候我就不会再影响你了。"
这句话宛如一道惊雷劈在贺弦耳畔,甚至耳中还带着震颤的回音。
他愕然许久:"你说什么?"
"我说,"南知又坦然地重复了一遍,"等上了大学我就会搬走了,你的房间也可以还给你了。你不用有心理负担,之后我还是会给你讲题补习,就当我报答叔叔阿姨好了。"
说到这里,欢快的上课铃忽然在头顶响起。
南知提醒道:"上课了,回座位吧。"
话落,她便径自拿着保温杯走出了储物间。
留贺弦一个人僵硬地站在原地,魂不守舍。

自从这天两人说开之后,南知感觉自己和贺弦的关系好像又恢复了以前那种"对门邻居"的状态。
有重要的事才说两句,没事或者小事都互不打扰。
什么套被套、抢沐浴露这种芝麻大的小事,贺弦再也没找过她。
两人之间联系最多的事只剩补习。
并且还是毫无感情的机器人模式的补习。
一个问,一个答,全程再无其他交流。
这种状态维持了好几个月。
再加上两人都忙于备战高考,更没心思去想其他的,南知甚至习惯了这种状态。
直到高考分数出来后、填报志愿的那段时间,两人才终于有了些其他交流。
因为贺耀城在饭桌上提了一句:"知知准备报哪个学校?"
闻声,南知筷子顿了顿,如实道:"华都大学。"
"华都好啊。"翟婉笑眯眯地给她夹了块肉,"大城市,机会多,而且又是名校,知知以后肯定有大出息。"
一旁的曲江柔笑道:"我也不求她留在大城市打拼,能回来考公最好了。"
"也是。"翟婉点点头,"当然是留在爸妈身边更好。"
说着,她又扭头看向贺弦:"你呢,想好填哪儿了没?"
贺弦这几个月下来也不是白补习的,再加上心态好高考发挥得稳,分数足够上211,甚至985里也能挑一挑。
听见翟婉问话,贺弦面不改色地说:"南港。"
"南港大学?那很不错的。"曲江柔似乎对南港很了解,温和地笑了笑,"南知爸爸就是南港人。"
"啊对,他也是南港人来着。"翟婉朝贺弦看了一眼,"话说华都跟南港离挺远的吧。"

"是啊。"贺耀城搭腔道,"来回飞机好像要几个小时吧?不考虑一下华都理工?"

华都理工和南港大学大差不差,每年分数线都缠缠绵绵,而且企业管理专业也不分上下。

再加上华都相较于南港来说,离家更近,翟婉和贺耀城其实都希望他能去华都。

然而,贺弦却并不想。

"不就三小时吗?"他似乎对这个话题有点不耐烦,"矫情。"

话落,他便放下筷子上楼了,留一桌人面面相觑。

在这诡异的氛围里,还是翟婉先反应了过来,跟贺耀城吐槽道:"不是,这小子到底怎么回事?之前我还当他是考试压力大,脾气大就算了,结果成绩出来了还这副死德行?谁招他了?"

贺耀城讪讪一笑,朝南知的方向状若无意地扫了眼:"知知,他是不是跟谁闹矛盾了?"

闻声,南知从碗里抬头,乖巧道:"我也不太清楚。"

见她都这么说,翟婉和贺耀城也不好再问什么,只能自顾自数落贺弦几句。

南知在一旁安静地埋头吃饭。

吃完后,她收拾好碗筷上楼,在二楼客厅碰上了不知道是在打游戏还是打电话的贺弦。

他还是像以前那样懒洋洋地瘫在沙发里,胡乱按着手柄,手机放在茶几上开着免提,偶尔才漫不经心地回两句。

南知路过的时候,付尧的声音恰好从手机里传出:"我说大哥你到底去不去啊?我们都做好攻略了,要去的话得一起买机票了,暑假票很贵的啊!"

"再说吧。"贺弦似乎没什么兴致,随意敷衍了句便想挂电话。

"别再说了,今晚给我答复啊大哥!"付尧嚷嚷道,"对了还有南知,你顺便问一下她去不去?孙若芙也去来着。"

听见这话,贺弦额角一跳:"你自己不会⋯⋯"

话音未落,南知就走了过来,半弯下腰对着手机道:"去哪儿?"

南知在电话里跟付尧聊了几句,才知道他们策划了场毕业旅行,只不过因为最近南知新买了个平板电脑,一直在画画,没怎么关注班级群消息。

她了解完地点和大致费用后思索片刻:"我问下我妈妈,晚点答复你。"

"行行行。"付尧连忙应声,"最好今晚告诉我啊。"

"好。"

挂了电话,南知把贺弦的手机放回了茶几上后,便转身朝楼下走去。

贺弦的视线从手机上一掠而过,没吭声。

过了一会儿,南知再次上楼。

她似乎在回消息,全程低头盯着手机,没看贺弦一眼。

贺弦也没搭腔。

直到身后传来关门的声音,他才像是解除封印了似的,突然开始抓耳挠腮。

他盯着茶几上的手机看了许久,终于别别扭扭地拿起来,给付尧发了条消息:现在多少人要去?

付尧:7。

贺:都有谁?

付尧:我、孙若芙、简一妍、周麟、何芮、李东岳、南知。

付尧:大哥,你到底来不来?

贺弦看着名单沉默了一会儿,烦闷地闭了闭眼。

纠结须臾,他在和付尧的聊天框里发了句:单数不去,双数去。

然后,他扔了个骰子——

三。

而手机另一端的付尧,在眼睁睁地看着贺大少爷扔了个点数为三的骰子后,正想去小群里通知大家财神爷不去,结果却突然看到财神爷把骰子撤回了。

接着,他便见到了一个人间奇景,财神爷逆天改命——

贺:[/ 骰子一]

[贺撤回了一条消息]

贺:[/ 骰子五]

[贺撤回了一条消息]

贺:[/ 骰子六]

贺:去。

付尧:?????????

毕业旅行的地点定在了滨海城市伏洲。

一是因为,可以去海边玩,还能吃海鲜;二是因为,这里的云极塔蹦极全国闻名;三是因为,这里最近有一家大型恐怖密室逃脱在网上爆火。

付尧他们看见后嚷嚷着非得去玩不可,想知道到底有多吓人。

然而对南知来说,虽然她挺喜欢这种游戏,但在听到第三条理由的时候,她其实是非常疑惑的。

因为她觉得,贺弦这种怕鬼的人,肯定不会同意去这种地方。

毕竟很容易丢脸。

结果……贺弦居然同意了。

这让南知始料未及。

甚至在进密室前,他都表现得非常淡定。

疑惑的南知忍不住回头看了他好几眼。

"知知,你是不是不怕鬼?"孙若芙和简一妍一人抱着南知一条胳膊,"待会儿我们一起走?"

南知确实不怕鬼,简一妍虽然也看恐怖片和恐怖漫画,但她属于又菜又爱玩的那种，到了这种地方该怕还是怕。

孙若芙更别提了，胆子可能跟贺弦差不多。

于是，南知很好说话地应声了："好。"

只不过理想很丰满，现实很骨感，说好一起走也不代表就真能一起走。

开局三分钟，八个人就在黑暗中被吓得四分五裂。

南知本来在找钥匙，结果在听到一声声惨叫过后，身后只剩一个脸色惨白的"鬼"、一扇脆弱颤抖的门了。

她跟"鬼"大眼瞪小眼了一会儿，最后在"鬼"的目送下拿着钥匙出了门。

出了这间教室是一条逼仄狭长的走廊，一眼望不见尽头，只有几盏壁灯勉强散发着冷白瘆人的光。

南知往前走了几步，准备试试手里的钥匙是开哪个教室的。

可惜还不等她找到，就听前方传来付尧和孙若芙的惨叫："嗷——嗷——"

南知："……"

他们俩好像躲进哪个屋里后又被藏在里面的"鬼"吓到了，此刻跑得慌不择路："啊啊啊，南知！南知救救我！"

不知道是不是付尧的叫声引来了NPC，又有两个拿着斧头和电锯的"鬼"从后面冒了出来。

三个人顿时被前后夹击。

孙若芙和付尧朝南知的方向飞奔："知知，怎么办怎么办？"

南知正想说别跑了，要不先找个屋子进去躲躲。

结果还不等她开口，旁边的门却突然开了。

一只劲瘦有力的手从门缝里伸了出来，猛地一下抓住南知的肩膀，直接把她带了进去。

整个过程猝不及防，南知完全没反应过来。

还是付尧的拍门声吵得她回过神来："啊啊啊，贺弦！是你这个狗东西吧！我都看见你手表了别给我装！"

"你关门是不是人啊！啊啊啊啊，快把门打开！老子要被追杀了！"

"滚啊。"贺弦不耐烦地朝他喊道，"放你进来'鬼'不也进来了？你滚别的地方玩去。"

话音一落，门外便响起了付尧和孙若芙的"嗷嗷"惨叫声和认怂求饶声。

又过了几分钟，大概是"鬼"放他们过去了，南知听见付尧骂骂咧咧地走了。

没了他们的声音，狭小黑暗的屋子顿时沉寂下来。

几乎只剩两人的呼吸声回响在耳畔。

南知很久没和贺弦好好聊天了，贺弦不开口，她也不知道该和他说点什么，于是一时间没吭声。

她只能透过门上的玻璃往外看，来回扫了一眼，确认安全后，抬手按下了门把。

结果此刻，一直没出声的贺弦突然按住了她的手："你干吗？"

.066.

"出去找线索。"南知面色一顿，却没抽手，依旧按着门把，"不然怎么通关？"

"那你打开门万一外面还有'鬼'等着你呢？"贺弦现在宛如一只惊弓之鸟，找到了一间安全的房间后就不想挪窝。

南知提醒他："我还好，我不怕。"

贺弦嘴角一抽，不爽地道："那你开了门，'鬼'钻空子进来，我岂不是要任'鬼'宰割？"

"那你刚才不也开门了？"南知疑惑地看向他，"你就不怕抓的是个'鬼'吗？"

怎么不怕？

贺弦都快怕死了。

他真怕伸手拽了一只"鬼"进来把自己吓死。

但是他听南知在外面，心里又觉把一小姑娘撂外面喂"鬼"那他也太不是人了，干脆眼一闭心一横，伸手把人拽了进来。

得亏没抓错，不然贺大少爷心态当场就能崩。

但让他跟南知说这些是不可能的。

他只会一本正经地装相："我这不还是为你好？付尧那个狗东西除了嗷嗷叫什么用都没有，待会儿他肯定要把你推出去喂'鬼'，你能不能别好心当成驴肝肺？我是你的救命恩人OK？"

"好的。"南知无奈地顺着他的话点了点头，"那恩人你在这里待着吧，我去找线索。"

"你一个人？"贺弦的表情似乎有些一言难尽。

南知拎着他的手腕，把他的手从自己手背上挪开："不然我也不能半个人吧。"

南知把这个密室的恐怖程度提升到了一个不该有的高度。

她在这间屋子认真搜寻了一番，确定没有扮鬼的NPC后，跟贺弦说道："这里是安全的，你在这儿等着吧，我去找。"

见她真要走，贺弦踌躇一秒，又不情不愿地跟了上去。

南知一脸莫名地回头看他："你跟着我干吗？"

贺弦觑她一眼，愤愤道："让我独守空闺你一人通关？你想得美。"

南知想说独守空闺不是这样用的，但她觉得大概是贺弦一个人待着会害怕，所以还是没说什么，就让他跟在自己身后当尾巴了。

他们俩走到了一间学生宿舍。

南知的钥匙正好能够打开这间宿舍门。

之前她看到过提示，说要找到剧情里受害女生的洋娃娃，再把洋娃娃给对应的女鬼NPC，才能进行下一步。

"所以……"贺弦指了指乌漆墨黑的宿舍，"我们俩要进去找洋娃娃？"

"嗯。"南知点头，径自走进去，"你要是害怕，就在这儿等我。"

"谁怕了？"贺弦恼羞成怒似的瞪她一眼，跟上了她的脚步。

他就像有疑心病似的，明明害怕，却依旧要在屋里左看看右看看，这里掀一下那里拽一下。

南知没管他，踩着床梯在上铺摸了摸，终于找到了一个洋娃娃。

她正要转头跟贺弦说可以走了，结果却看见门后探出来一个头。

南知一愣，想提醒他："你……"

话音未落，一声鬼叫骤然划破静谧。

"啊？！"贺弦被吓得一颤，慌不择路地往床上扑来。

接着，南知便感觉脚下突然一空："？"

她起先还以为是床梯塌了，结果意料之中的疼痛却没有传来，反倒在一阵天旋地转后，她背部猛地陷入柔软的被子里，而眼前却一片漆黑。

南知四下摸了摸，发现贺弦好像把她从梯子上抱下来塞进了被子里。

她出神片刻，忍不住探出头，结果又被贺弦一把按了回去。

紧接着，女鬼NPC尖锐的声音便慢腾腾地响起："别藏了，漂亮的小姑娘。

"我等待貌美的肉体很久了。

"既然你闯进来了，那你的肉体就借我一用吧。

"为了报答你，等我借尸还魂之后，我会送你的朋友离开哦。"

听见女鬼的台词，南知才想起来之前好像确实提到过，他们的主线任务是复活受害者。

但她不确定这个女鬼是不是那位受害者。

她正思考着要怎么确认这个问题，却突然听贺弦磕磕巴巴的声音在她耳边响起。

他坐在被子外面死死按着被子边角，眉心紧皱，眼睛半睁不睁，整个人一副视死如归的模样——

"她、她不行。

"我可能更貌美一点……

"要不然，我借你还个魂？"

第八章
整天跟个怨夫似的

"哈哈哈哈哈哈哈!"

出了密室,付尧似乎是从工作人员那儿听说了貌美贺弦的英勇事迹,笑得极其大声:"兄弟,你当时是怎么想的?人家是女鬼!要你一男的干什么?

"还你更貌美一点,哈哈哈哈,笑死我了!"

他这嘲笑声颇大,贺弦被他笑得面子挂不住,却又不知道该怎么解释,于是臭着脸没吭声。

一旁的孙若芙嫌弃地睨着付尧:"你还笑别人呢,你那胆子还没人家大,人家好歹还知道谈判,你见到'鬼'跑得比谁都快。"

后半段付尧因为被"鬼"吓着了,自己一人连滚带爬地跑了,留孙若芙在那儿独自面对,所以孙若芙现在怨气颇大。

付尧也心虚得根本不敢说话。

闻声,贺弦这才鄙夷地扫了付尧一眼:"哟,你这么英勇呢!"

脸疼的付尧嘴角一抽,没再好意思开口。

一行人结伴离开时,南知隐约听见有几个工作人员在小声调侃:"你别说,他确实貌美哈。"

"是吧,他来的时候我就注意到了。"

"应该是个大学生吧?你去打听下哪个大学的?"

"别了,我不好意思老牛吃嫩草。"

话音入耳后,南知忍不住跟着弯唇笑了笑。

"你笑什么笑?"贺弦瞥见她唇角微弯,以为她还在因为刚才的事笑话他,立马就不爽了。

他正想谴责她这不识好人心的行为,就听南知忽然开口道:"刚才那几个姐姐夸你好看。"

贺弦刚到嘴边的话拐了个弯,轻哼一声:"那你笑什么,我不好看?"

听见他的话,南知忽然抬眼,认真打量了一番贺弦的脸。

明明贺弦的五官没变,但不知道从什么时候开始,他以前那种琢磨不透的傲慢和冷淡似乎褪色了很多,甚至多了一些显眼的小情绪。

就像是一张黑白线稿,现在被人一点一点填上了颜色。

南知眸光顿了顿,下意识地点头:"好看。"

然而贺弦却像是没想到她会坦然承认似的,也跟着顿住了。

接着,他又听南知一本正经地点评了句:"也确实比我貌美。

"我自愧不如。"

然而再貌美的贺大少爷晚上也逃不过一个人睡的命运。

他们这一行人五个男生三个女生,注定有一个男生和一个女生在酒店住单人房。

而贺弦就是那个落单的倒霉蛋。

南知也是,但南知不怕鬼,所以她并不觉得自己倒霉。

偏偏今天贺大少爷受了惊吓,也没把呆那嗦带来,晚上回酒店后,他一边喊话让蓝牙音箱放《西游记》动画片的片尾曲,一边在浴室、衣柜、床下各种检查。生怕有鬼埋伏在房间。

见屋里确实没第二个生物,贺弦这才战战兢兢地钻进浴室洗澡。

洗完澡吹了头发后,他直接就缩进了被子里。房间还开得灯火通明。

临近十一点的时候,埋在被子里的贺弦突然听门口传来了轻轻的敲门声。

他脸色霎时一僵,屏气凝神地探出头来看向门口。

大概是没听见回应,敲门声持续了几秒后忽然停了。

被窝里那个已经熄了屏的手机骤然一亮,南知的消息跳了出来:睡了吗?

看见这三个字,贺弦噌地从床上坐了起来,立马下床去开门。

果不其然,南知正站在门外给他发消息。

她似乎是刚从外面回来,指节上挂了两个小玩偶。

其中一个是绿色的豆豆眼小恐龙,像是缩小版呆那嗦。

还有一只是披着粉色恐龙衣服的兔子。

贺弦垂眸看了她一会儿,捏着门把的手指忽地一攥:"有事?"

南知回过神来,抬手把那个绿的给他:"我刚抓的,送你吧。"

"你抓的?"贺弦接过缩小版呆那嗦,"你去夹娃娃了?"

"嗯,回来的时候刚好看见门口有娃娃机店。"说起这事,南知好像还挺不好意思,"不过我不会,就夹了两个。"

闻声,正在跟小呆那嗦大眼瞪小眼的贺弦眸光一滞:"花多少钱夹的?"

"嗯……"南知尴尬地挠挠头,"一百块钱,一百四十个币。"

"一百四十个币你就夹了两个?"贺弦惊呆了,"两个币一次?"

"一个币一次。"

贺弦一把夺过她手里的另一个玩偶,往屋里床上一抛,然后扭头拽着她往电梯的方向走:"走走走。"

"干吗?"南知被他这一通动作吓了一跳,"去哪儿?"

"再带你玩一次。摊低成本,补仓。"

不得不说,贺弦这人确实是夹娃娃的一把好手。

同样是一百四十个币，贺弦这人居然能夹三十多个。

只夹到两个的南知被震撼了。

她顶着旁人艳羡敬佩的目光、推着装娃娃的小推车去换大玩偶的时候，整个人脚步都是虚浮的。

她难以置信问："你怎么做到的？"

"玩多了。"贺弦随意地翻了翻推车里的玩偶，"我以前抓娃娃可没少被我妈骂。"

南知第一次对贺弦产生了一丝由衷的敬佩："好厉害啊。"

稍顿，她又忍不住感慨道："你要是能把这毅力放学习上多好啊。"

"你得了啊。"贺弦没好气道，"快挑，有喜欢的就留下，丑的就拿去换大玩偶。"

南知在玩偶堆里翻了两下，留下一只小玉桂狗后，便把其他的给工作人员数数量。

"三十七个，是存起来还是现在换？"工作人员问道。

贺弦看向南知："你决定。"

"现在换吧。"毕竟他们是来旅游的，存着也没用，"能换什么？"

"玻璃柜里的都可以。"工作人员朝柜子的方向一指，"兑换数量上面有，可以算一下。"

闻言，南知便拉着贺弦走到玻璃柜前。

"你有什么想要的吗？"南知大致扫了一圈，目光定格在和她同款的恐龙上，"给你换个呆那嗦？"

"我不是有了吗？"贺弦并不觉得要两个一样的玩偶有什么意义。

南知睨了他一眼："那是我借你的。"

自从他们似吵非吵的那天过后，南知就一直没把呆那嗦和漫画书要回来。贺弦也像是毫无自觉似的。

再加上彼此的那番话，他们相处的时候总有些尴尬，南知也不好意思开口要。

今天终于逮到机会，她便顺口一提："还有我的漫画，你看完了吗？"

贺弦沉默了一会儿，才动了动唇："过段时间还你。"

看他这么不情不愿的样子，南知狐疑地道："你该不会是弄坏了吧？"

"怎么可能？我是那种人？"贺弦无语地呼了口气，似乎对她这种怀疑非常不满。

见他不高兴，南知便也没再说什么。

然而，过了一会儿，贺弦又抿了抿唇，忽然别别扭扭地开口道："我就是觉得……"

此时南知正在斟酌换什么东西比较好，听见他说话也只是"嗯"了声。

贺弦看着她白净的侧脸，憋了一会儿后，才慢吞吞跟挤牙膏似的说——

"就……你这漫画还挺好看的。"

"嗯。"

"我想多看几眼也很正常。"

"嗯？"

"所以……"贺弦呼吸一窒，突然挪开视线，轻飘飘地说，"等你寒假回我家了，我再还你。"

"嗯？"南知愣了愣，但又觉得贺弦好像确实挺喜欢那漫画的，态度也算诚恳，所以也没太计较，十分大方地答应了，"噢，好啊。"

见她没反驳，贺弦觑了她一眼，又强调一遍："说好了啊，寒假回我家我再还你。"

"嗯。"南知没多想，点点头后继续在玻璃橱窗里挑玩偶。

最后南知在娃娃机店选了只大玉桂狗，贺弦选了只大皮卡丘。

他们俩抱着玩偶回酒店的时候，刚好碰上正在敲贺弦房门的付尧，以及周麟、孙若芙他们。

看到他们俩一起回来，几个人都不由得一愣。

最后还是付尧先反应过来，嚷嚷道："你俩出去夹娃娃不带我们啊？"

"你菜得要死，带你干吗？"贺弦嫌弃地把他拱开，"别挡着我进门。"

"别急着回去啊。"付尧一把拉住他，"我们搜到了一家台球俱乐部，去不去打球？正好今晚我也睡不着。"

毕竟白天受到了巨大惊吓。

贺弦瞥着他，轻嗤一声："你那台球水平也好意思丢人现眼？"

他一边说，一边拿出房卡把门打开，显然是不想跟他们玩。

于是，付尧扭头看向南知："哎，南知，那你去玩吗？"

"嗯？"其实南知对她没尝试过的活动都感觉挺新鲜刺激的，但因为完全不会而有些犹豫，"可我不会。"

"不会没事啊。"付尧大手一挥，"我教你就是了。"

"——你能不能别误人子弟？"

贺弦人未到声先到，话音落下后人突然从房间里出来，不爽地扫了付尧一眼："你菜成什么样了心里没数？能教个毛线球。"

"得得得，我教不了。"付尧连忙告饶，给他比了个请的手势，"您来您来。"

南知之前从来没接触过这些娱乐项目，进了台球俱乐部后忍不住四下打量了一番。

一旁的孙若芙揽着南知的手臂，抬头看着大厅里奢华的吊灯，感慨道："我之前还以为他们挑的是那种街边很普通的台球厅，没想到这么豪华。"

"哎呀，那种街边的台球厅乌烟瘴气的，我们财神爷不乐意去。"付尧抬起手肘捅了捅贺弦，"是吧财神爷？"

贺弦懒得搭理他这种调侃，甚至眼神都没给他一点儿，径自开了张台后便挑杆子去了。

孙若芙看着他的背影，小声跟南知说："话说这次出来旅游，我感觉贺弦和我以前想象的不一样哎。"

"嗯？"南知眨了眨眼，"哪里不一样？"

"其实他好像挺有脾气的，不像我以为的那么……嗯，温柔。"孙若芙思索片刻，忽然问道，"你跟他住一块儿的时候有发现吗？"

南知一顿，摇了摇头："没有，我跟他在家不怎么说话。"

"啊？"孙若芙似乎对她这个答案很意外，诧异道，"你不是还给他补习吗？我听付……"

"姐姐们，愣着干吗呢？快过来观摩。"付尧在台球桌旁招呼道，"来看我一杆清台。"

"你最好是。"贺弦杵着球杆，懒洋洋地倚在桌沿，"不然待会儿你连杆都不用拿。"

付尧愤愤地"呸"了一声："我已经不是从前的付尧了，我现在是钮祜禄·付尧。"

然而"钮祜禄·付尧"的表现实在不尽如人意。

他开球后，抓耳挠腮、想方设法以各种诡异的姿势进了两个球，然后就被贺弦接管了比赛。

付尧把球杆往旁边的台子上一撂，一脸愤懑地在沙发上坐下："又没我事了。"

话音刚落，一声清脆的撞击声传来，贺弦一球入袋。

孙若芙探头看了眼，好奇地问："贺弦台球打得很好吗？"

"他除了成绩不好，这些花里胡哨的东西都玩得挺好的。"付尧托腮看着贺弦，"他这人，搁古代都得叫执绔。"

站在一旁看贺弦打球的南知忽地一愣，欲言又止道："你是想说纨绔吗？"

"啊？那两个字叫纨绔吗？"

您是真纨绔。

他们几个正聊着，那边的贺姓纨绔不乐意了："请你们，看我，表演，OK？"

"OK！OK！"付尧连连点头，拽着旁边人起身，"都来给我看！看我们弦哥一杆清台！"

南知正侧目瞟付尧这浮夸现眼的样子，谁料眼前光线忽然一暗。

不知道什么时候，贺弦已经走到她面前来了。

他一手杵着台球杆，一手掐着腰，视线定格在她脸上，像极了一位恨铁不成钢的老师："说你呢说你呢，往旁边看什么呢？不会还不好好听讲？付尧脸上有球啊？"

南知沉默片刻，还是决定配合他："好的，贺老师，您快讲吧。"

见她这位同学学习态度还算端正，贺老师轻哼了一声，转身开始打球。

南知站在桌边，认真观摩了一番。

她难得发现，贺弦在夹娃娃和打台球的时候，并不像平时那样散漫，脸上罕见地出现了一丝认真。

好像真的在计算每颗球下一步的落点。

偶尔，她还能听见身后周麟的惊呼："这个跳球这么帅的吗我的弦！"

以及付尧的吐槽："你差不多得了啊，看看你这孔雀开屏的样子。"

"要不你也开。"贺弦掀了掀眼皮，瞥他的眼神里透着毫不掩饰的不屑。

话落，他在付尧的注视下，利落出杆，把最后一颗8号球击入袋中。

"……我就知道我的高光时刻只有开球。"付尧愤愤道，"不跟这人玩了，毫无游戏体验，周麟我们俩打！"

"我还不乐意跟你玩呢，菜鸡。"贺弦满不在乎地把杆子放了回去。

然而刚放下，他视线忽地一停，又拎起了另外一根杆子，悠哉地走到南知身后："学得怎么样啊大学霸？"

"嗯？"南知正在看周麟开球，闻声头也没回，"我觉得好像还挺有意思。"

稍顿，她忽然想起了什么，好奇地问他："你打球的时候会计算位置吗？"

"啊，"贺弦懒洋洋道，"打多了就知道了。"

说到一半，他扫了眼南知的表情，问："你想玩？"

南知其实还挺手痒的。

但是她完全不会，很有可能在大庭广众之下出现一些奇怪的操作，于是干脆摆摆手："算了吧，不想丢人，我看看就行。"

"这有什么丢人的？"贺弦朝付尧的方向努了努嘴，"他一开始玩台球的时候，还把球捅到对面大哥身上了，都没嫌丢人。"

听了这话，南知下意识地看了一眼他们这桌对面的大哥。

那膀大腰圆的体格，再配上那大花臂和大金链子……

她心虚地咽了咽口水，连忙摆手："算了，我要是打到这大哥身上，应该是要被揍的。"

南知到底还是当了一晚上的围观群众，并且看了一晚上付尧和周麟稀烂的台球技术。

还好有贺弦给她讲解，并且会在他们打出烂球之后告诉她怎么打最好，她觉得自己已经把理论知识学得差不多了。现在就差实践了。

只不过一时半会儿她也没实践的机会，所以暂时抛到了脑后。

倒是几天后的晚上，他们在吃海鲜自助的时候，南知突然接到了翟婉的电话。

她似乎是打贺弦电话没打通，于是打到南知这里来了："知知，贺弦在你边上吗？"

"他……"南知抬眼扫了一圈，发现贺弦不在座位上，干脆如实回复，"我们在吃自助，他好像去拿吃的了，阿姨您方便的话就跟我说吧，我来转达给他。"

"噢，我也没什么大事，"翟婉顿了一瞬，深深地吸了口气，"你就帮我问他两句……

"他没事弄个台球桌到家里来是作什么妖呢？

"需不需要老奴我明天再把房顶推平了给他弄个停机坪？"

南知听完翟婉的话后沉默了许久。

久到翟婉已经挂了电话、其他去拿东西的人都回来了，她都没有回过神来。

贺弦一回来，就看她正对着一只皮皮虾发呆，还以为她不会剥，顺口问了句："你要吃这个？"

听见他的声音，南知终于堪堪反应过来："哦，不是。我就是刚才接到了翟阿姨电话。"

"哦，说什么了？"

"她说……"

南知卡壳卡了好半晌，似乎非常难以启齿："要不你自己回个电话过去吧。"

闻言，贺弦一脸莫名："很重要的事？"

"好像也不是很重要。"南知揣摩了下，欲言又止道，"但你还是回个电话过去吧。"

"干吗？"贺弦抽了副手套准备剥皮皮虾，"有事你直接跟我说不就得了。"

"唔……"南知纠结片刻，终于一言难尽地把翟婉原话转达给他，"翟阿姨说……

"你没事弄个台球桌到家里来是作什么妖呢。

"需不需要她明天把房顶推平了给你弄个停机坪。"

话音落下的瞬间，他们两人之间的空气仿佛凝固了。

过了两秒，宕机的贺弦大脑终于上线。他耳尖也不知道为什么突然一红："不是……我、我妈跟你说这事儿干吗？"

"她好像打你电话没打通。"南知如实道。

"……服了。"贺弦咬牙切齿地闭了闭眼，把手套一摘，径自拎着手机起身，"我回个电话。"

他鬼鬼祟祟地走到一处僻静的角落，拨通了翟婉的电话，恼羞成怒道："我的亲妈！你跟南知说那些干吗呀！"

"怎么了？"翟婉不知道这有什么不能说的，"你突然搞个台球桌回家我还没找你算账呢，你倒还埋怨起我来了？"

"不是，我没埋怨您。"贺弦懊丧道，"我这不是……"

说到一半，他似乎也不知道该怎么解释了，只能"哎哟"一声："算了算了，反正都这样了，无所谓了。"

"什么无所谓？你这台球桌准备放哪儿啊？"翟婉简直被他气死，"你二楼那客厅给你摆了一堆乱七八糟的东西，哪还有地方放台球桌？"

"二楼不是还有个空房间？放那儿不就得了。"

听他这话，翟婉不满地"啧"了一声："那个房间我是准备等你上大学之后重新装修一下，到时候等你带女朋友回家，给人家住的。"

贺弦被她这远见震惊了："这多老远的事儿啊，您操这闲心干吗？"

"怎么就远了？你马上不就上大学了？"

贺弦无语地扶额："不用整那些花里胡哨的，我没有这个需要。"

"你现在这是年轻觉得没必要，到时候你就知道了。"翟婉以一副过来人的样子信誓旦旦道。

"到时候我也没有这个需要。"贺弦咬牙切齿道，"就算有，住南知房间不就行了？"

翟婉眉心一蹙："那你让南知住哪儿？"

也不知道他到底是被问住了，还是有什么难以启齿的想法，好半晌过去，他都没有说一句话。

大概是母子连心，见他沉默了，翟婉也跟着安静了一会儿。

又过了片刻，翟婉才终于幽幽冒出一句："别当我不知道你那点儿小心思。"

翟婉冷笑一声，直往他心口插刀子："你也不看看今天几号了，还做梦呢？志愿都改不了了，你在南港，人家在华都，四年下来，人家恋爱说不定都谈几轮了，还能有你什么事儿？"

还是亲妈最懂戳人心窝子，翟婉一说完，平时再怎么巧舌如簧的贺弦也没话说了。

甚至在接下来的好几天，他都跟歇气了一样，吃喝玩乐都好像没什么兴趣，整天绷着张脸，跟别人欠他五个亿一样，看得南知和付尧一头雾水。

临近旅行结束的最后几天，南知实在是看不下去了，小心翼翼地问了句："你不会没拿到录取通知书吧？"

贺弦一手托着脑袋，一手用筷子戳戳碗里的鹌鹑蛋，耷拉着眼皮道："拿到了。"

看他依旧无精打采，南知沉思两秒，又问了句："那是没录上自己喜欢的专业？"

贺弦："录上了。"

"那你整天跟个怨夫似的干什么？"付尧一脸莫名地从碗里抬起头，"你失恋了啊？"

贺弦："滚。"

他这恼羞成怒的反应让整桌人都呆滞了：

"不是吧？你真失恋了？"

"不应该吧我的弦？你还能失恋？"

贺弦气恼地扫了眼付尧："我没失恋，能不能盼我点儿好？"

"那你恼羞成怒干吗？"付尧嘀咕着夹了口菜，"你这反应让我们很难不怀疑啊。"

贺弦视线飘忽了一会儿，敷衍道："你管我呢，我就是想到开学要军训有点烦。"

"嘁，矫情。"付尧嫌弃地摇摇头。

虽然被骂了一句，但贺弦却跟没听见似的，依旧垂着眼，自顾自地说："像我这样的，军训之后就会成为全校的香饽饽。"

说着，他冷不丁扫了眼付尧："而你，是永远体会不了这种烦恼的。"

"而你，"话到一半，贺弦的视线倏地一转，突然落到了南知身上，"还是很有可能体会一下的。"

"等进了大学，你就会发现外面的男人有多可怕。"贺弦一脸嫌弃地"啧"了一声，"像付尧这样的垃圾简直遍地都是。"

"但是没关系，"贺弦一本正经地拍了拍南知的肩，"对付这些见色起意的男人，我，有经验。"

贺弦："遇到困难了，你可以随时来咨询我，我呢，可以给你提供定制服务，帮你针对性地甩掉每一个肤浅的男人，让你不用再饱受困扰，在学习的海洋里自由徜徉。"

大概是被他这发散的思维震惊了，餐桌上的说话声戛然而止。

他这话槽点颇多，南知一时不知道该从何吐起。

她欲言又止，沉默了好半天才勉强挤出一句："呃，所以……

"你是被很多男人追过吗？"

大概是南知的反应哪里让贺大少爷不满意了，这人又二话不说地自闭了。

直到他们吃完饭回去的路上，几个人嚷嚷着明天去云极塔玩蹦极的时候，他才勉强有了点反应。

"真去啊？我听说那里三百多米高呢。"孙若芙有点不太敢，嘟囔道，"你们可真爱找刺激。"

恰巧一阵扰人的"嗡"声传来，一群炸街的鬼火少年从街上呼啸而过。

付尧顺势朝他们离开的方向扬了扬下巴："好歹景区有安全保障，你看他们这样的不更刺激？"

"再说了，"付尧把地上的石子往旁边灌木丛里一踢，"好不容易来一趟伏洲，还不去云极塔啊？都去云极塔了，还不蹦极啊？来都来了，不玩一把也太亏了吧。"

孙若芙被他噎得没话说，只能道："那你上去蹦吧，我们在旁边给你拍照。"

说到这儿，一直没吭声的贺弦忽然瞥了付尧一眼，轻嗤道："就你那胆量也敢蹦极？"

"哎哟，怕鬼跟怕高又不一样。"付尧悻悻地摸了摸鼻子，"再说了，那不还有双人蹦极吗？你跟我一起不就得了。"

"滚一边去，谁要跟你蹦极。"贺弦一脸嫌弃地退了老远，"自己玩去。"

"别嘛弦哥。"付尧见他不乐意,反倒娇滴滴地凑上来硌硬他,"人家怕怕。"

贺弦径自绕开他往前走。

路过南知和孙若芙旁边的时候,他隐约听见南知在说:"我搜了下他们蹦极的视频,感觉好像挺有意思的。"

"知知你胆子这么大的吗?"孙若芙没想到南知平时安安静静的,居然会喜欢玩这种惊险刺激的东西,"上次在密室也是,你还一个人找钥匙。"

"因为我知道那些是人扮的。"南知想了想说,"如果真有鬼我就怕了。"

"我也知道是人扮的,但我看见那种面具还是害怕。"孙若芙像是心有余悸似的,拍拍胸口,"就像过山车我也知道有安全措施,但我也害怕。"

听到这里,走到前面的贺弦,脑海里莫名浮现起小时候去游乐园时的记忆——

南知好像一直喜欢这种刺激的项目。

有一回南知考了第一名,翟婉和贺耀城奖励带她去游乐园玩。

贺弦也趁此机会沾了光。

那时候的小南知就已经表现出了对跳楼机、过山车这种东西的憧憬,路过看见过山车从头顶呼啸而过时,总会眼馋地停下脚步。

但因为年纪没到项目规定,只得作罢。

当时的小贺弦正处于对她怎么看怎么不顺眼的时期,他看到小南知这副样子,还在心里吐槽了句:看看看,看什么看,你那么点儿大的个子从椅子上掉下来还得要我接你,烦人精。

想起这件事,贺弦忽然鬼使神差地顿住。

跟他只有一步之遥的南知和孙若芙吓了一跳,赶忙"刹车"。

但因为距离太近,南知还是一头撞了上去。

她后退一步揉了揉鼻子,抱怨道:"你怎么突然停下?"

贺弦扭头看了她一眼,安静须臾,忽然问了句:"你是不是要蹦极?"

"嗯?"南知下意识地回答,"我挺想的,但具体得明天去了再看。"

"哦。"贺弦瞅着她,偏开头轻飘飘道,"那一起?"

// 第九章
今晚你哪儿也不许去

"知知,你不觉得,贺弦好像对你有点意思吗?"

回到酒店后,孙若芙和简一妍没有回自己房间,而是跟着进了南知房间说悄悄话:"他刚才是在邀请你双人蹦极的意思吧?"

"对啊,我也觉得。"简一妍认真地思考了一番,"谁没事邀请异性一起蹦极啊?"

"而且之前他还特意帮你把漫画从老何那儿要回来。"

"还有你给他补习,我听付尧说贺弦一直不让你走?"

"还有还有……"

被她们两张嘴轮流念叨,南知听得头都大了。

她无奈道:"不是,真的不是,你们想多了。"

她觉得,贺弦既然怕鬼,那说不定也怕高,找她一起蹦极很有可能只是单纯地找个伴安抚一下自己柔弱的心灵。

再加上贺弦之前也确实说过,自己不可能喜欢她,所以南知更不会自作多情地误会什么。

但她又觉得在背后说贺弦不敢蹦极有点像说坏话,于是她沉默了一会儿,最后只说道:"找人一起蹦极还挺正常的,毕竟这项目太刺激了,我看别人也找朋友一起。"

"而且,"南知话音一顿,再次指出漏洞,"他也没说是双人蹦极,可能是各跳各的,只是找个人一起玩这个项目而已。"

"那我们打赌?"孙若芙笑吟吟地打了个响指,"就赌明天他会不会找你一起双人蹦极?"

其实南知不太明白为什么要打这个赌。

赌赢了输了又怎么样呢?贺弦又不会喜欢她,她也不会喜欢贺弦。

她自己也不会从中获得什么成就感,很没有意义。

加之南知不乐意给人当乐子,所以她干脆地摇了摇头:"我感觉没必要吧,他肯定不喜欢我。"

话音未落,她脑海里又不知不觉地浮现起贺耀城之前问贺弦的问题——为什么在华都理工和南港大学之间选择了后者?

翟婉和贺耀城明显是希望他去华都的,但他却自己选择报了南港。

说不定就是因为想避开她才这样的。

沉思片刻后，南知越想越觉得有道理，于是反问道："而且，南港和华都那么远，要是他真喜欢我的话，为什么去南港大学？华都还有华都理工呢。"

"唔……"这个问题倒是把孙若芙和简一妍问倒了。

她们俩支吾猜测道："可能当时填志愿的时候没感觉，这几天相处下来开始对你有意思了？"

虽然南知确实觉得贺弦善变，但他应该也没善变到这种随便的地步。

她摇头："不会的，而且我跟他也没可能，他不是我喜欢的类型。"

"啊？可是贺弦那么帅哎。"简一妍似乎觉得南知的想法很不可思议，"高考后回校那天还有妹子找他表白，人家还问他考了哪所大学。"

"帅是帅，但我不是很看重颜值。"南知也没喜欢过谁，她只能凭着自己的感觉描述，"我比较喜欢脾气好的，情绪稳定能相处得舒心的。"

"啊，这么平淡？"孙若芙趴在床上，晃着腿调侃道，"我还以为你又喜欢鬼屋又喜欢蹦极，可能会喜欢刺激的恋爱呢。"

"像狗血剧那样？"南知连忙摆摆手，"还是别了，好麻烦啊，我喜欢安稳一点。"

"这倒也是。"孙若芙点点头，下意识地在脑海内搜寻了下符合南知条件的身影，灵光突然一闪，"那知知，你觉得蒋如松怎么样？"

"对哦！"旁边的简一妍闻声猛地一拍脑袋，激动道，"蒋如松不就很符合知知的描述吗？而且他也上了华都大学！感觉确实可以发展。"

"对吧对吧！我就是这么觉得的！蒋如松还总是找知知讲题，说不定还真有点意思！"

南知被她们的脑补惊得一怔，一时间不知道该说点什么。

虽然她描述得形象，蒋如松似乎很符合，但她总感觉哪里不太对……

她想象了下，如果自己和类似蒋如松的人在一起，她大概会觉得生活少了点什么，索然无味。

可她也不知道到底少了什么。

恰好一阵敲门声适时传来，解救了水深火热的她。

她不想参与话题，于是立马从床边起来去开门："来了。"

门一开，只见贺弦正绷着脸站在门口。

他脸色似乎不太好，视线定定地落在南知脸上，眸色幽深漆黑，深不见底。

看着他这眼神，南知愣了愣，心里没由来地一紧："怎么了？"

贺弦沉默两秒："周麟不知道吃了什么上吐下泻的，付尧他们已经带他去医院了。"

说到这里，他又莫名顿了顿，忽地挪开视线："我就来跟你说一声。"

"上吐下泻？"南知一愣，"很严重吗？那其他人有症状吗？"

"没有。"贺弦瞄了她一眼，别扭地嘀咕，"你确定你没问题啊？没问题的话我走了，我去医院看周麟。"

"我也去吧。"南知从门口抽出房卡,"他应该是吃坏东西了,说不定我们也吃了一样的,只是发作晚了点。"

听她这么说,屋里孙若芙和简一妍也跟着跑了出来:"也是,我们也去吧,不然等发作就晚了。"

于是,他们一群人浩浩荡荡地去了医院。

八个人打了两辆车,贺弦跟南知她们三个女生一辆,比周麟那辆车到得晚了点。

他们到医院的时候,正好碰上附近一起车祸的伤者被送过来。

医护人员推着伤者从他们旁边路过时,南知下意识地往那边看了一眼——

其中一位伤者是个怀孕的女人,脸上沾着血,看不清面容。

另一位好像是个中年男人,脸上也没好到哪里去,一样糊着血迹,看得人胆战心惊。

但南知在看见这个中年男人的时候,却觉得有种熟悉感骤然袭来,莫名恍惚了一瞬。

某个角度,她觉得这人和她爸爸长得很像。

然而就在她想定睛仔细观察一番的时候,视线却被贺弦阻隔。

他步子本来就大,往前一步好巧不巧挡着了她。

南知顿了顿,立马伸手拍了下贺弦,想让他让开一点。

结果贺弦却转过头,垂眸看向她,轻皱着眉问:"打我干吗?"语气似乎带了点谴责的意味。

"我……"南知被问得一愣,小声说,"我感觉那个男人有点眼熟,跟我爸爸长得好像。"

贺弦是见过南程锡的,每年春节前后,南程锡回国会来贺家接曲江柔和南知。

只不过南知也没指望他记得,毕竟一年才一面。

但贺弦却顺着她的话认真看了眼那个受伤的男人,回答道:"不像啊,哪像了,叔叔回国了还能不告诉你?"

前几天南知在得知录取结果后,还跟她爸爸报过喜,但南程锡因为工作原因暂时没法回国,只能给她寄一份礼物回来,现在也不可能突然悄无声息地回国。

所以在听到贺弦的话后,南知跟着点了点头:"这倒也是。"

"你这是前段时间在密室里看见太多鬼了。"贺弦打了个哈欠,轻飘飘道,"所以觉得脸上沾血的都眼熟。"

"可能吧。"恰好伤者被推进了电梯,南知便收回视线,没再纠结这件事。

他们一行人后脚到了急诊,就看见周麟病恹恹地正坐在墙边挂水。

他并没有太大的事,是吃坏了东西导致的急性肠胃炎,其他人都没什么反应,估计罪魁祸首是周麟今天独自在路边买的烧烤。

付尧听完他买烧烤的事就乐了:"让你吃独食,歇菜了吧。"

"那……那不是你们跑太快了吗?"周麟小声道,"我还问了南知她们要不要吃呢。"

"吃了还得了?"贺弦靠在墙边轻嗤一声,又转头看向南知,指着周麟说,"看到了吧,外面的男人真不靠谱。"

无辜被喷的周麟愣了愣,反应过来后立刻愤愤道:"我不就买了个烧烤吗?你怎么还上升高度?"

然而贺弦没搭理他,依旧自顾自地跟南知说道:"这叫以小见大,见微知著,细节决定成败。

"像他这样不靠谱的男人可太多了。

"你以后就会见识到物种的多样性。"

"所以,"贺弦一脸正色地拍了拍南知的肩,认真地道,"你自己一人跑到人生地不熟的华都上学,真的要小心。"

南知:"……"

南知实在不明白他最近为什么这么喜欢给人上"男人科普小课堂",所以完全不知道该怎么回答,只能沉默地听着他胡扯。

一旁的孙若芙听见他的话后,好像想起了什么,视线在贺弦和南知之间意味深长地睃了一番,忽然道:"知知也不算一个人去吧?"

"就蒋如松,"她看了眼贺弦的表情,嬉笑道,"他不是和知知一个学校?他们俩郎才女貌的,结伴一起去探索华都,对一个城市从陌生到熟悉,岂不是很浪漫嘛。"

也不知道这些客观事实又哪里惹到了贺大少爷,孙若芙话音落下后,他一言难尽地跟孙若芙对视了好半响,然后又跟来大姨夫似的开始自闭了,很长时间没再吭声。

他一不说话,这一圈的气氛霎时沉寂下来,只剩旁边付尧他们的说话声。

南知虽然察觉到了贺弦的情绪变化,但她觉得这人本来就是一会儿一个态度的百变小弦,阴晴不定已经是他的常态,很有可能是因为被人反驳伤及了他脆弱的少男心。

所以她没把这点小事放在心上,扭头就靠在椅子上睡了过去。

贺弦看着她毫无波澜的样子,额角一跳,忽然感觉自己气息都不顺了。

他兀自在那儿咬牙切齿了好半天,结果却见南知完全没有搭理他的意思。

又过了一会儿,直到确认了她是真的要睡觉,他才顶着一张不甘不愿的脸,以一声闷闷的"哼"终结了今晚的话题。

因为这一晚上他们在医院度过,一个个都没睡好,所以原本去云极塔蹦极的计划现在也没精力去了。

旅行最后一天就直接在酒店躺着了。

倒是付尧这个闲不住的,休息完又精力旺盛了,吃晚饭的时候突然提议说要去酒吧——

"我们都成年了！成年了啊！"付尧敲着桌子道，"现在不玩什么时候玩啊？七老八十再玩啊？"

"你能喝吗？"孙若芙一脸嫌弃，"别到时候喝醉了我们还得扛你回来，费劲。"

"能喝能喝。"付尧拍拍胸脯保证，"而且我都打听好了，那家酒吧离得很近，就在酒店过去拐个弯的地方，没几步路，只要不是昏过去都能回来。

"大家有没有其他意见？没有的话待会儿就走起！"

南知并没有去过这些地方，也不会喝酒，心里有些好奇也有些担心，于是问了下旁边的贺弦："去酒吧一定要喝酒吗？"

"不一定。"贺弦还在自闭，闻言也只是兴致缺缺地撂了句，"可以喝果汁。"

虽然这是南知自己问的问题，但听他回答了，她还是觉得怪怪的，忍不住问道："你偷偷去过酒吧？"

贺弦："……你诈我呢？"

"不是，我就好奇。"南知狐疑地看着他，"你什么时候去的？"

贺弦盯着她，无语片刻，忽然被她气乐了："我知道不代表我去过。我还知道月球呢，我也没登上啊。"

好像有道理。

付尧似乎早就在这附近打探好了，居然在跟他们商量之前就约了台，大概是今晚势必来这儿嗨一次才肯罢休。

他点完酒水后又拿了一副扑克牌，嚷嚷着要玩真心话大冒险，说是在临别前增进一下大家的感情，别到时候寒假回来一个个都生疏了。

全桌只有他和贺弦最会嗨，现在贺弦不搭腔，其他人自然都是听付尧的。

见大家没意见，付尧笑了笑，把牌推给了贺弦，意味深长道："你来洗？"

贺弦看他一眼，接过牌："玩什么？"

"贴牌呗，一人就一张牌，简单点。"付尧看向其他人，"玩过吗？没玩过我给你们讲规则。"

大家都是刚高考完的乖宝宝，大多一知半解，只能靠付尧给他们讲规则："就是每个人轮流拿一张牌，贴在自己脑门儿上。不能看自己的牌，但可以看其他人的。

"A最大，2最小，数字大小相同的情况下看花色，红桃大于方块大于黑桃大于草花。

"然后每个人根据别人的牌和表情，猜测自己的牌的大小。

"如果觉得自己的牌最小，可以主动投降，接受真心话或者大冒险的惩罚，不愿意真心话大冒险的话呢，那就喝酒，然后随机换一张牌，继续玩。

"直到没人投降，所有人亮牌，最小者受罚，由牌面最大的人提出惩罚条件。"

规则倒是简单，就是有点考验演技和判断力，实在不属于南知擅长的范畴。

再加上她也是真的手气差，每次拿牌一直在2、3、4徘徊，所以她也输得最惨。

得亏大家先问的都是一些平平无奇的问题，比如出过什么糗事之类的，南知觉得没什么大不了。

只不过也架不住惩罚次数一多、大家酒一喝，上头了之后开始嗨起来——

"哎，我都不忍心欺负南知了。"付尧嘴上虽然这么说，却依旧嬉皮笑脸地道，"不过这么多回了，总归要来点有意思的吧？"

"什么有意思？"南知认命地把自己的草花2放到桌上，"我还是选真心话。"

"行。"付尧是牌面最大的，所以他来提问，他清了清嗓子，"我们先热个场。"

"我就问……"他的视线状若无意地从贺弦脸上一扫而过，看向旁边的南知，贱兮兮地笑道，"如果一定要在我们班的男生里，选一个最接近于你理想型的人，你会选谁？"

他这个问题落下的刹那，在场的人纷纷开始起哄："南知大胆地说，要是真喜欢我们帮你搞定！"

"对对对，你放心，我们班男生可稀罕你了。"

就连贺弦的视线，也似有若无地朝她扫了过来。

南知在这万众瞩目的氛围里，认真思考了一番。

但她感觉班里好像没有她的理想型，只能如实道："说实话，没有。"

"真的假的？"

"我们班里帅哥也不少啊。"

付尧听见她的回答后，视线下意识往旁边飘了下，又继续试探："就相较于其他人而言更接近的，不用完全一样。"

南知又皱着脸绞尽脑汁想了半天，还是感觉没有符合的。

她觉得班里男生除了贺弦各方面出挑一点以外，其他都大差不差。

但她又不可能当着贺弦的面说贺弦，所以一时间不知道该怎么回答。

大概是看出了她面色为难，一旁的孙若芙眼珠子一转，一边咬着西瓜一边帮忙说了句："蒋如松不就是嘛。"

"完了兄弟，我没辙了。"去洗手间的时候，付尧一言难尽地拍拍贺弦的肩，"你说你要是没暴露你那狗脾气就算了，还能装一装。"

"但南知和你住一块儿，她应该挺了解你脾气的吧？"

"而且你跟蒋如松的脾气简直是两个极端，南知要是喜欢那样的，跟你应该就没什么关系了。"

"实在不行就放弃吧，天涯何处无芳草呢。"

付尧一个人在这儿哔哔叨叨了半天，而一旁的当事人贺弦看起来却情绪稳定。他洗了把脸，淡声道："知道了。"

"嗯？"付尧对他这平静的反应很是惊讶，"你就知道了？没点别的情绪要发泄一下？"

贺弦随手抽了张纸擦干脸，面无表情地反问他："发泄什么？"

"就……"付尧看他这状态，心里有些发虚，"你不觉得生气吗？"

"生气干吗？"贺弦嗤笑一声，"不喜欢就不喜欢呗，我也不喜欢就是了，有什么大不了的。"

反正。

他也只是试探一下。

要是没希望就拉倒。

多大点事儿。

话落，他把纸往垃圾箱里一扔，兀自转身出了洗手间，中途还不忘嘀咕一句："地球没了谁还不能转啊！"

闻声，付尧连忙跟上他的脚步，嬉皮笑脸道："哎，你这心态可以啊。"

"废话。"贺弦轻哼一声。

付尧是发自肺腑地感慨他心态可以。

毕竟对贺弦来说，一直以来只有别人追他的份，从来没有他追别人的份，付尧还以为南知会是贺弦人生中的第一个打击。

没想到贺弦还挺看得开的。

看他这么拿得起放得下，付尧也就放心了，搭着贺弦的肩道："没事，大不了我来给你介绍对象，你喜欢南知那样的我就给你介绍那样的。"

"不要。"贺弦懒洋洋道，"谈恋爱好麻烦，我不想哄人。"

"哎哟，你这样的还怕找不到愿意哄你的？"付尧摆摆手，"放心，包在我身上。"

然而付尧没想到的是，回到卡座后，心态极佳的贺大少爷却频频输游戏。

输了他不选真心话也不选大冒险，直接喝酒，不带一点儿犹豫的。

看他一杯接一杯地下肚，其他几个不明情况的男生也跟着嗨起来了："可以啊！来来来，给我们弦哥满上好吧！"

有贺弦开了头，大家也没闲着，再加上这是旅行的最后一天，一个个都喝上了，甚至还有点放飞自我的架势。

南知倒是没喝酒，但在这吵嚷的氛围中，她鬼使神差地往贺弦的方向看了一眼。

贺弦从洗手间回来后，他就没再坐她旁边，而是坐到了付尧那一侧，在她对面。

炫彩的灯光下看不清他的脸色，但能看见他半垂着眼，似乎在出神。

瘦白的手指圈着酒杯口，整个人动作有些迟缓，不知道在想些什么。

某个瞬间，南知总感觉贺弦的情绪好像比之前还要低落，也不知道上个洗手间能有什么不高兴的。

但南知也没什么话好说，毕竟贺弦现在一副谁也不想搭理的样子，她也不想多说什么去讨嫌。

因为明天的飞机在下午四点，不用早起，所以他们一行人嗨到了凌晨两点，大家都喝不下去了才依依不舍地回酒店。

付尧和周麟属于酒品最差的人，发起疯来什么事都干得出来，于是只能由其他几个喝得少的男生给强行押送回去。

反倒是喝得最多的贺弦，全程都安安静静的，一个字不说，也不作妖。

甚至比平时没喝酒的时候让人省心。

大概是众人见他状态还可以，所以也就没管他。

只不过南知还是多看了他两眼，生怕他过马路的时候突然作妖。

但也不知道是不是她的目光太明显，原本安安静静的贺弦像是被戳炸了的气球似的，莫名就不乐意了。

他突然停了下来，不爽地看向南知："你别老看我行不行？"

南知被问得愣了一瞬，温吞地解释道："我怕你被车撞。"

贺弦："……"

贺弦定定地看了她一会儿，唇瓣一动，似乎是想说点什么。

但他磨叽了半天，最后还是抿了抿唇，没搭理她，收回视线重新抬脚往前走。

因为刚才他停下耽误了点时间，现在绿灯扑闪，即将变成红灯。

南知看见绿灯闪烁，连忙拽住了他的衣服："等下吧，来不及了。"

这么一会儿时间，其他人已经过了马路朝酒店走去，只剩他们两个人掉队落在后面。

气氛异常安静。

深夜的风从面颊划过，吹散了南知披散的发丝，也吹来了贺弦身上的醉意。

那股醉意钻进鼻尖的刹那，南知捋了捋发丝，鬼使神差地问道："你喝这么多干吗？"

"怎么？"贺弦靠在红绿灯柱边，没分她一点眼神，甚至一脸若无其事的样子，"我高兴。

"我今天特别高兴。

"我简直高兴死了。"

"……"南知觉得自己真是脑子有问题，居然试图从一个阴晴不定的醉鬼口中问出什么。

刚才真是被他安静的样子蒙蔽了双眼。

南知沉沉叹了口气，敷衍地点了下头："行吧。"

恰逢绿灯再次亮起，她不想再浪费时间，干脆拽着贺弦的手腕，一脸无奈地牵着他过马路："走了。"

微凉柔软的指腹触感霎时袭来，贺弦下意识垂眼，视线落在她细白的手上。

过了几秒，两人走到马路中间的时候，他突然不耐地冒出一句："你别扯着我。"

"过了马路我就松。"南知不希望他在大马路上发酒疯，快步拽着他走了过去。

等到了对面，她也没食言，自然而然就把手松开了。

明明是顺了贺弦的意，但贺大少爷又不知道哪根筋搭错，眉心一蹙，又不爽了。

他抿了抿唇，忽然指着旁边的娃娃机店，开始磨人："我要夹娃娃。"

南知回过头，匪夷所思地打量了他一番："你喝成这样还能夹娃娃？"

然而贺弦依旧不依不饶："你瞧不起我？"

"……不是。"南知没有哄醉鬼的经验，看他这架势也不知道怎么办才好，只能干巴巴道，"现在时间太晚了，明天玩吧。"

"我不。"贺弦直勾勾地盯着她，一副赖皮鬼的样子，"我就要玩，你不跟我玩我就自己玩。"

贺弦向来是个说一不二的人。他从小到大，想要的东西就必须得到，哪怕是星星、月亮都得摘下来。

所以南知也没别的办法，只能依着他，带他进了娃娃机店。

这家娃娃机店是二十四小时营业的，大概是因为附近酒吧夜店多，现在依旧有零星几个人在玩。

南知买了一百块钱的币后，问道："你要抓哪个？"

贺弦的视线在屋里绕了一圈："随便。"

既然他都这么说了，南知干脆就近投了个币。

她把位置给贺弦让开："你来。"

"我不来。"贺弦皱着眉，"你给我抓。"

这就是为难南知了，她尴尬道："我不会。"

然而，贺弦却丝毫没有松口的意思："我不管。"

看他这副耍赖的样子，南知忽然就明白了一个道理——

人还是不能顺着醉鬼的意。她有点后悔带贺弦进来了。

但币都买了，不给他抓估计又要闹，无奈之下，南知只能试着抓几次。

结果皆以失败告终。

偏偏贺弦这个醉鬼还要在旁边嘀咕："你好菜。"

南知默了默，坦然地承认自己并不擅长这些游戏："我知道，所以我想让你抓。"

然而，贺弦却像是跟她作对似的，得意道："我就不抓。"

眼看着跟他说不通，南知悄悄白了他一眼，干脆放弃跟醉鬼交流，专心致志地抓起娃娃来。

她不搭理贺弦，贺弦就一个人在那儿唱独角戏似的，一会儿说她菜一会儿说她呆，一会儿说她抓的娃娃丑。

南知也不恼，她不跟醉鬼计较，继续自顾自地抓娃娃。

抓到后面，两人就逐渐演变成了南知在前面玩，贺弦在后面推着车，跟个小尾巴一样，当气氛组。

只不过是喝倒彩的气氛组。

最后南知抓了八个出来，比上次进步了不少。

她问工作人员要了个袋子，把这些丑娃娃全装了进去。

一旁的贺弦看她装好了，忽然一把抢过了她的袋子。

南知手上一空，冷不丁怔了怔。

反应过来后，她才抬头看向他，语气饱含谴责："你怎么又抢别人东西？"

而贺弦却丝毫没有愧疚的意思，他抱着袋子，从鼻子里闷闷地哼了一声，兀自往酒店方向走。

看着他醉醺醺的背影，南知也不想和醉鬼计较，只能跟上他的脚步。

结果走到半路，前面的百变小弦又不知道哪根筋搭错，他看着远处高耸入云的云极塔灯光，冷不防蹦出一句："我要蹦极。"

我要崩了你。

南知自认脾气还行，但现在被贺弦磨得也没什么耐心了。

她抿着唇，十分强硬地拽着贺弦进了酒店大门，一路拖拖拽拽地朝电梯走去。

本来她以为贺弦这么高的个子拽起来应该挺费力，但她没想到贺弦喝醉了虽然烦人但还挺听话的。

整个过程都没挣扎一下。

就是进了电梯后，他依然在嘀咕："我要蹦极，你为什么不跟我蹦极？"

南知已经不想跟醉鬼讲道理了，她没说话，等电梯门一开，就直接带着他走到房门口。

大概是她这爱搭不理的态度激怒了醉鬼贺弦，他又冒出一句："行。"

"你不跟我蹦极是吧。"贺弦的视线不偏不倚地落在她脸上，语气幽怨，"没关系，我待会儿自己蹦。"

闻言，南知下意识看了一眼自己的房门号——

2308。

他们在二十三层。

南知也不知道为什么，总之话音落下的刹那，一个奇怪的想法不受控地从脑海内闪过——

贺弦不会喝高了自己从楼上蹦下去吧？

也许是恐怖漫画看多了让她想象力颇为丰富，下一瞬，脑袋里便是宛如定格动画般的一帧帧画面——

喝醉的贺弦破窗而出，从天而降，摔了个头破血流。

路过的人尖叫逃窜，然后120和110相继赶到……

这个想法扑闪过后，南知眼皮一跳，立马刷开了自己的房门，把贺弦往里面一推。

贺弦本来就喝多了有些不平衡，现在被她推得直接一个趔趄，扶住了墙后才一脸蒙地回过头谴责她："你干吗？家暴我？"

但南知没搭理他。

. 088 .

她径自走了进来,把房门反手一关。

"砰"的一声,贺弦被她这难得的气势吓得虎躯一震,整个人僵在原地不知道该干什么。

就在他迷茫无措的时候,只见南知抬手指向房间的空地,语气中透着一丝罕见的强硬——

"今晚你哪儿也不许去。"

"就睡这儿。"

第十章 //
搬家

不知道是被南知的话震惊了，还是被南知的气势震惊了，贺弦抱着一袋子玩偶直挺挺站在墙边，一时间没有反应。

莫名有种小学生罚站的既视感。

而南知也没搭理他，径自走到窗前把所有窗户都锁好后，才扭头看向他。

贺弦被看得一个激灵，整个人僵硬无比："干、干吗？"

南知走到他面前，朝他伸出手："你的房卡呢？"

"你要干吗？"贺弦一副被欺负的小媳妇的样子，"你抢劫啊？"

南知不想跟他废话了，直接往他裤子口袋里掏。

贺弦被吓得一怔，然后连滚带爬地缩到了角落的单人沙发上："你变态啊！"

南知并不在意他的话，干脆利落地跑去他的房间抱了他的被子过来，然后往地上一铺。

铺好后，她指着地铺说道："你今晚就睡这里。"

"凭、凭什么？"贺弦还想再垂死挣扎一下，"我凭什么要睡地铺？我就没受过这种委屈。"

说完，他又摆出一副气势汹汹的架势，直接扑到床上："我要睡床，地铺谁爱睡谁睡，狗都不睡。"

南知是彻底确认他是真的醉了。

明明这人在她房间打过地铺还不承认。

然而，南知也不想受这种委屈。

毕竟她好心收留有可能跳楼的贺弦又做错了什么？干吗要她睡地铺？

所以她果断拒绝了他的要求："不行，我要睡床，你就睡地上。"

"我不要。"贺弦死死抱着床上的被子，"我就要睡床。"

"不行。"南知皱着眉，伸手去推他，想方设法把他弄下去，"你喝这么多都臭了，你不能睡床。"

"那我洗澡。"贺弦很好说话地退步道。

南知觉得，以贺弦的百变程度来说，说不定进了浴室又突然想潜水，然后一头把自己淹死了。

所以她又一次拒绝了他："不行，你明天再洗澡。"

"这也不行那也不行。"贺弦似乎是烦了，直接把脸埋在枕头里，瓮声瓮气道，"蹦极不让蹦，澡也不让洗，床也不让睡，别以为我不知道你下一步就是饭也不让吃。"

"想饿死我我就直说呗。"

"你这人怎么这么烦人啊，我讨厌死你了。"

"讨厌就讨厌吧。"南知无所谓地把他从床上踹了下去，"反正我也不喜欢你。"

也不知道贺弦的脑子里是不是有什么关键词触发系统，话音刚落，他就从地上爬了起来，趴在床边蔫巴巴地接了句："哦，你喜欢蒋如松。"

南知无语地看着他，一字一顿道："我不喜欢蒋如松。"

"你就是喜欢蒋如松。"贺弦闷声道，"怪不得你不让我蹦极，你就是想让他蹦极。

"怪不得你不让我洗澡，你就是想看他洗澡。"

"……我不想看他洗澡。"

"怪不得你不让我睡床，"说到这儿，贺弦突然抬起头盯着南知，满脸的幽怨愤懑，"你就是想让他睡床，然后让他早上下床的时候一脚踩死我。"

南知怀疑他是不是有什么被害妄想症。

她真的快被他烦死了。

眼看着都快四点了，她也无心再跟他扯皮，只能沉沉地长叹一口气，皱着眉妥协道："算了，随便你吧，你爱睡哪儿睡哪儿。"

反正贺弦这状态也不会干什么。

只要明早她比贺弦醒得早就不会尴尬。

她这话一落下，趴在床边的贺弦就立马爬上了床。

那副样子就像是一只大狗狗，跟人摇着尾巴祈求了半天上床睡，最后终于如愿以偿。

好在这狗喝醉了倒也还算讲良心，还知道只占一半，留一半空位给她。

南知看着他那副小人得志的样子，无奈地摇摇头，拿了换洗衣物钻进浴室洗澡。

等她从浴室出来后，贺弦早就睡熟了。

他侧躺在床上，发丝凌乱，呼吸清浅，脸颊上还透着酒精带来的红晕，怀里正抱着之前南知换的那个大玉桂狗。

整个房间寂静无声，落针可闻。

看着贺弦安静的睡颜，被折腾了一晚上的南知终于松了口气。

她疲惫地爬上了床，特意调了个八点的闹钟，才轻手轻脚地把灯关了。

然而，谁也没想到的是，人算不如天算。

即便南知调的闹钟只能睡四个小时，但喝了酒的贺弦却依旧醒得比她还早。

于是叫醒南知的不是闹钟，而是贺弦的一句脏话。

· 091 ·

南知睡眠不足，听见后一时间没反应过来，只是蹙了下眉便继续睡觉了。

结果贺弦却跟见了鬼一样，又来了一声。这回南知忍不了了。

她揉着惺忪的睡眼，闷闷道："你干吗呀？大清早的。"

贺弦被她若无其事的态度震惊了。

他好半响才反应过来，一脸错愕地问："你、你要不要看看你睡在哪儿？"

说着，他又连忙举起双手自证："我先说！可什么都没干啊你不能污蔑我！"

南知当然知道自己睡在哪儿。

但贺弦大概是喝断片了。

她叹了口气，翻了个身背对着他，闭上眼平静解释道："你昨晚嚷嚷着要去蹦极，我怕你从二十三楼跳下去，所以就让你来我房间打地铺。

"但是你非要爬床，我犟不过你，只能让你睡床了。

"你现在清醒了吧，清醒了就自己回去，我要睡觉。"

一口气把这些话解释完后，南知直接拽过了被子蒙在头顶，试图与贺弦隔绝。

但也不知道是自己喝醉了做的事比较让人震撼，还是南知这泰然自若的态度更让人震撼，贺弦被噎得好半响都没说出话。

他瞪着眼睛，唇瓣颤了半天，才勉强挤出一句匪夷所思的话："不是，我、我要睡床你就让我睡床？"

"我是个男的啊！"

"我知道啊。"南知没睡够，现在心情欠佳，所以语气也比平时不耐烦了许多。

她烦闷的声音从被窝里传来："但这是你非要睡的，你还一直要赖。"

贺弦惊呆了，直接伸手把她从被窝里挖了出来，质问道："我要赖你就让我睡啊？那换个男的也这样你也让？"

南知不知道他哪儿来那么多废话和幻想，她现在只想睡觉。

她拍开他的手，重新背过身，不想再理他。

然而，贺弦也不知道在纠结什么，依旧不依不饶："南知！你知不知道你这种想法很危险啊！"

"这也就得亏是我，要是换个人你不就完蛋了？！"

南知听着他在耳边嘟嘟囔囔好烦，再次抓过被子蒙住脑袋，说话声音从被子底下闷闷传出："这句话还给你，要不是我收留，你昨天说不定都从二十三楼跳下去了。"

贺弦："你不要避重就轻！"

南知："你不要不识好歹。"

贺弦瞪着那坨雪白的被子看了好半响，感觉自己被噎得气都不顺了。

他深深地吸了口气，试图尽可能地平静下来和南知沟通。

但是……他就是平静不下来！他真的很难理解南知的脑回路。

就因为他说要蹦极还不愿意打地铺,她就能放任一个男人跟她睡同一张床?

那要是换个人也来这招呢?!甚至是……换她喜欢的人呢?

贺弦越想越觉得脊背发凉,二话不说再次把南知的被子拽了下来,又开始念经:"南知,你这个做法真的很危险!

"这种情况你就应该把我踹下去,或者把我泼清醒让我滚回去,而不是放任我睡在床上!

"你这是引狼入室你知道吗?

"你对我这个不喜欢的人都能这么心慈手软,那要是换成你喜欢的蒋如松呢?!"

"哎呀!"南知被他烦得不行,腾地坐了起来,"你好烦呀!"

她本来就只睡了四个小时不到,现在还要听贺弦念经,脾气猛地就上来了,恼火道:"又不是谁喝醉了都会像你一样那么难缠!

"你老想那些有的没的干什么?我让你睡床是因为知道你不喜欢我、你对我没想法、你不会对我做什么,所以我才同意的。

"你能不能别好心当成驴肝肺?"

她话音落下后,整个房间霎时陷入一片诡异的死寂之中。

刚才一直在絮絮叨叨的贺弦也骤然沉默下来,没有开口,只是沉默地盯着她,眸色晦暗,看不出情绪。

这奇怪的氛围让南知觉得有点不自在。

她抿了抿唇,正想说一句"没事你就回自己房间"来结束这个话题。

谁料,还不等她开口,贺弦却猝不及防地冒出一句:"谁告诉你有些事必须得喜欢才能做的?"

南知被问得一怔,思绪也陡然混乱起来。

她还没有从这份混乱中回过神来,贺弦就猛地伸出手,毫无征兆地抓住了她手腕,把她朝自己的方向用力一拽。

电光石火之间,一阵天旋地转骤然袭来,南知反应不及,整个人直接被贺弦压在了床上。

两个手腕被他一只手钳制着,完全动弹不得。距离近到甚至可以感受到彼此的呼吸。

四目相对的刹那——

南知回过神来,近距离看着贺弦那张毫无表情的脸,莫名紧张地咽了咽口水:"你……"

"今天我醒得比你早,"贺弦嗓音沉沉,目光不偏不倚地落在她眼底,透着一丝罕见的肃穆,"那如果我当时没吵醒你,而是对你这样,你觉得你能有什么反抗余地吗?"

"别说我抓着你手腕,"说着,他直接把南知手腕松开,让她两只手都有活动空间,"我就算让你推你都推不开我,你凭什么睡得那么毫无防备?"

南知被他质问得愣了一瞬,下意识道:"因为你不会。"

"事实就是你没有这么做。"南知从混乱的思绪中回过神来,跟他摆事实讲道理,"因为我知道你不会做这种事,所以我才放任你睡床。

"换个人我不会让他睡我的床,我甚至都不会让他进我房间。

"我又不是傻子,连这点道理都不明白。"

明明听着是一件可喜可贺的事,但不知道哪句话又戳着贺大少爷那敏感的神经了。

他忽然闭了闭眼。

就在南知想问他"你还有什么问题吗"的时候,他却猛地从南知身上爬起来,低骂一声然后步履匆匆地离开了房间。

自从这天过后,贺弦再也没跟南知说过话。

坐飞机的时候不说,回家路上不说,回到家后依然不说,一天到晚绷着个脸不知道在摆什么谱。

南知也很难理解这件事到底哪里惹着贺弦了。

明明就是他把她的好心当成驴肝肺,结果他倒还生起闷气来了。

所以她心里也有气,更是不想理他,两人直接进入了冷战状态。

每天南知就在房间里整理之前的画稿,在平板电脑上重新润色一遍然后发到微博上去。

偶尔,会有零星几个评论区铁粉来问她,之前那个鸡同鸭讲图里的憨大叉怎么好久都没出现了。

南知托着腮,沉思良久后,敲下一句:因为最近鸡鸭都没话讲。

这样的生活一直持续到八月中旬,南知准备搬家的时候。

当初南知住进贺家主要是方便曲江柔照顾她,现在她长大了,又要去华都上大学,自然是没必要再住在别人家里了。

所以在飞往华都前,南知准备把自己所有东西都整理好,清空房间还给贺弦。

但她这十年下来积累的东西也不少,光是翟婉给她买的衣服就能装好几个大行李袋,最近又送了她几套护肤品化妆品,更不用提她平时收藏的漫画、杂七杂八的东西了。

全部从柜子里收拾出来后,她发现自己房间根本放不下。

看着堆到无处落脚的房间,南知擦了擦额角的汗,只能一点点把东西搬到门口。

她正跟松鼠一样来来回回搬东西,放在房间书桌上的手机却忽然响了。

南知走到桌前看了眼,发现是来自蒋如松的微信电话。

她和蒋如松之前从来没打过电话,现在突然接到,不由得有些奇怪。

但因为他俩考的一个学校,所以南知也没想太多,干脆接起:"喂?"

"南知,"蒋如松清润的声音从手机里传出,"我想问一下,你哪天去学校报到？"

"我的话，"南知一边打着电话，一边顺手拖了个小行李袋出去，回答道，"大概16号吧，提前两天去华都转转。"

她话刚说到一半，对面的卧室门忽然开了。

贺弦拎着衣服从屋里走出来，似乎准备去洗澡。

瞥见她卧室那一侧的墙边堆了一排箱子袋子，贺弦的脚步倏忽一停，眸光缓缓移到了南知身上。

但是因为南知背对着他，再加上耳边的手机里还有说话声，她一时不察，依旧在自顾自地回电话："哦，但是我飞机票已经买好了，和我妈妈一起。

"就上午十点的那班飞机，直飞华都。"

"可以的，那到时候一起。"

话音刚落，还不等南知嘴里的那个"拜拜"说出口，就听身后突然传来一声："南知。"

她动作一顿，下意识地回头看去。

结果就看见贺弦正靠在墙边，唇线紧绷，目光定定地落在她脸上，看不出在想些什么。

南知视线跟着一滞。

她不知道贺弦突然喊她干吗，再加上两人正处于冷战期间，这个时候开口她总觉得气氛有些尴尬和怪异。

但看在贺弦先跟她说话的份上，她还是好脾气地应声了："怎么了？"

"……我妈今天给你买东西了。"贺弦神色恹恹地靠在墙边，嗓音轻，微垂的视线若有似无地从她手机上一扫而过。

他停了一瞬，而后猝不及防地抬高了音量："把你口红从我屋里拿走。"

南知觉得贺弦这人真的是越来越不可理喻了。

就这么点小事，他到底为什么要摆个仿佛别人欠了他五个亿的脸。

还那么大声。

是因为没给他买口红吗？

大不了给他涂就是了。

南知简直无语至极。

但她不想临走还激化矛盾，于是她忍了忍："知道了，待会儿我就去。"

"现在就去。"贺弦的语气意外强硬。

无奈之下，南知只能先挂了电话，去他房间拿东西。

然而贺弦不耐烦的声音依旧在身后回响："还有，你门口摆这么多东西还让不让人走路了？"

"不是有留一大半空着？"南知觉得他事可真多，走到一半又调头回来了，指着空地道，"我又没有把路堵上。"

只不过贺弦依旧抱臂站在门口，嗓音冷淡："放不下，拿你房间去。"

"我房间也放不下。"南知朝对面的房间示意道，"你看，我地上也摆满了。"

.095.

闻声，贺弦掀了掀眼皮，视线却没有扫向地上那大包小包的东西，而是从空荡荡的柜子上一掠而过。

不知道什么时候起，南知的房间几乎要清空了。

米白色的柜子在此刻显得洁白空净，崭新如初。

仿佛使用者早就料到了这么一天，一直在小心翼翼地维护着房间的每一个角落。

看着这空无一物的柜子，贺弦脸色阴沉，语气也生硬至极："那么多柜子不够你放？你非得放地上？"

南知被他磨得无语了很久。

她想辩驳，但她又不得不承认贺弦没搬过家。

说不定他是不懂这些流程。

于是，她只能勉为其难地耐心跟他解释："搬家都是这样的，得把东西打包好，我再放回柜子里的话，我还怎么搬家？"

也不知道贺弦听没听进去，目光死死地盯着她，却依旧绷着脸不吭声。

见他不说话，南知也没再开口，兀自进他房间拿东西。

看着她的背影，贺弦更是气恼。

他唇瓣开开合合了半响，想谴责她点什么，但最后还是闭上了，拿着衣服转身朝浴室的方向走去。

接着一声重重的撞击声传来，浴室推拉门被他猛地一关。

南知脚步一顿，走出来看了眼。

只见浴室门紧紧闭合着，哗啦啦的水声被紧闭的门阻隔，透着一丝沉闷与阴郁。

南知回到贺弦房间，一眼就看见了书桌上放的那长长一套黑色丝绒口红套盒。

本来她还以为就一支，结果看着这么大的盒子，她有点摸不着头脑。

因为之前翟婉已经帮她配过一套大牌化妆品了，里面并不缺口红。

但她也没多想，毕竟翟婉平时看到合适的东西也会给她买回来。

说不定就是逛街的时候凑巧看到了。

南知把盒子抱回房间，给里外都裹上一层气泡膜后，装进了走廊的大纸箱里。

最后她抽空收拾了三天，才终于把自己的房间彻底清空了。

临搬家前，南知在空荡荡的屋子里检查了一遍，确定没有遗漏的地方后，才去敲了敲贺弦的房门。

贺弦跟没骨头似的往门边一靠，眉眼间萦绕着浓浓的倦意，像是没睡好似的，语气也冷淡至极："干吗？"

"那间卧室我已经清空了。"南知不是很在意他这垃圾态度，自顾自地往下说，"我也打扫过了，你可以检查一下还有什么问题。"

贺弦耷拉着眼皮,垂眸看了她一会儿:"没有问题。"

南知不知道从她脸上能看出什么名堂。

但她也懒得多问,反正他说没问题就没问题。

她点点头:"那我走了。"

贺弦唇线紧绷,没吭声。

恰逢此刻搬家工人到了,两个人上楼搬南知堆在门口的东西。

南知在楼上监工,曲江柔在楼下车前监工。

来来回回了几趟,那堆成小山般的箱子、袋子终于要被清空。

而整个过程中,贺弦依旧像刚才一样靠在门边,冷眼看着他们,没有开口说一句话。

仿佛他才是那个监工。

最后一个袋子被搬家工人拎了下去,南知又检查了一遍房间,确认没有问题后,关上了门。

她房间是有一把小钥匙的,南知从包里翻出来,递给贺弦:"给。"

贺弦垂眸看着那晃荡的钥匙,没说话,也没接。

南知不知道他在发什么呆,等了一会儿后见他没反应,她就直接把钥匙插在了门上。

"我走了。"南知整理了下自己的包,温声道,"你可以搬过去了。"

贺弦依旧没吭声。

然而等到南知走到了楼梯口,一直不肯开口的贺大少爷,终于纡尊降贵地动了动唇,低声说了句:"你就非得搬走?"

听见动静,南知停下脚步,回过头疑惑道:"你不是一直希望我搬走?"

尤其是最近他的态度,整天臭着脸,跟她欠他的一样。

要说这是一种挽留,未免也太过牵强。

贺弦被她反问得顿时闭嘴了。

看他这副冷脸别扭的样子,南知难得灵光一闪,意识到了什么。

她哑然片刻,似乎有些不可思议:"难道你现在是不想让我搬走?"

贺弦抿了抿唇,僵着脸挪开视线:"不然我问你干吗?"

"但是我没有理由继续麻烦你们了。"南知虽然不知道他怎么突然就变卦了,但还是认真解释起来,"而且我住在这儿对你来说也很不方便,我妈妈说你以后肯定是要带女朋友回来见叔叔阿姨的,到时候如果没有房间住很不合适。"

"更何况,"南知顿了顿,又继续道,"人家看到我住在你家,你要怎么跟她解释我们两个的关系呢?还是像当初跟齐潇解释的时候一样?说我是你表妹?"

"……不是,我当时只是开个玩笑。"贺弦哑然半晌,忽然有些气恼,"你还说我想那些有的没的,你自己不也是?八字还没一撇的事你不也思考得起劲?"

南知叹了一口气:"我这是有理有据的设想,你那是无凭无据的幻想,不一样。"

"再说了,"她看了贺弦一会儿,最后还是没忍住提醒他,"你现在觉得别扭只是因为家里少了个人不习惯,等过几天,或者几个月后寒假回来,你就觉得无所谓了。"

谁料她这话一出口,却引发了贺弦的另一个问题:"那你为什么没有不习惯?"

"你现在就很无所谓。"

这个问题把南知问住了。

她怔了一瞬,却发现自己根本没想到要怎么回答。

她确实没有不习惯。

就好像早就预料到有这么一天,她要离开贺家,所以早早就有了心理准备。等真到了这么一天她也可以坦然接受。

她也一直以为这是和贺弦的共识,自己走的时候贺弦大概会敲锣打鼓地庆祝,而她也会云淡风轻地离开。

但南知现在忽然发现,贺弦是个巨大的变数。

至少他现在的反应,跟她想象的完全不一样。

她想不透这个变化到底从何而来,所以一时间也没有回答。

然而贺弦漆黑深邃的眸光却依旧落在她脸上,似乎是想从她神情中捕捉到什么。

两人沉默许久。

最后还是贺弦的一声嗤笑打碎了这份平静:"行了,我知道了,因为你从来就没把这儿当家。"

"你就只是把这当成了个宿舍、酒店,一个暂住的地方。"

"这里是大是小、是好是坏,跟你一点儿关系也没有。"

贺弦挪开视线,朝自己的房间看了眼:"甚至,你对面住的是人是狗你都无所谓。"

话音一落,他也不管南知到底什么反应,直接摆了摆手:"行了,我知道了,你走吧。"

撂下这么一句,他便进了房间,"砰"的一声关上了房门。

南知也很不明白为什么会有人这么善变。

明明她和贺弦的关系也不是一直那样僵,明明中间也有缓和的时候。

结果这人翻脸的时候谁都不认。

甚至,她都搞不懂他翻脸的点在哪儿。

但是南知转念一想,她以后大概也不会和贺弦有什么交集了。

他们两个大学一南一北,几乎也没有共同爱好,应该不会有话聊。

所以她也没必要在见不到的人身上思虑太多,内耗自己。

开学后的日子，平静如水，毫无波澜。

唯一掀起一点浪花的事，大概就是军训的时候，南知的照片上了校园公众号。以至于很长一段时间里，都有人在表白墙上"捞"她。

"知知，你知道吗？"南知的舍友展霜又刷到一条表白墙的动态，兴奋地拖着椅子坐到南知旁边，"这回居然有人实名制'捞'你！是计科院的那个院草！他大概觉得自己能十拿九稳！"

南知正在画画，闻言头也没抬："哪个草？"

"就那个，长得很痞帅的！"展霜的指腹在手机屏幕上飞快划拉着，似乎在找照片，"喏！这个！"

照片里的男生刘海略长，遮着眉，肤色因曝光过度显得格外白，唇边挂着一丝玩味的笑。

很像各大短视频软件里受欢迎的男网红。

但是南知看了一眼后，莫名皱了下眉："我感觉……还行。"

"啊？你不觉得很帅吗？"展霜看着她的表情，不由得有些讶异。

一旁躺在上铺床上玩手机的姜茵听见后，跟着嬉笑道："知知看男人的眼光可高了，我上次给她看最近很火的那个胡清润，她都觉得只是还行。'还行'两个字在知知这儿应该已经算很高级的评价了。"

"真的假的？"展霜震惊了，扭头瞪着眼睛看向南知，"胡清润好歹是明星，比我们这儿校草都帅，知知你觉得他也就还行？"

"也不是，就是……"南知纠结了会儿，脑海里莫名闪过了贺弦的脸。

贺弦好像也是那个什么院草同类型的长相，平时脸上总是一副玩世不恭的样子，绷着脸的时候如坠冰窖，笑起来的时候如沐春风。

南知觉得，论颜值，还是贺弦更胜一筹。

哪怕比较的对象是个男明星。

但她并没有贺弦的照片，只能干巴巴地靠嘴解释道："我高中有个同学比他们还好看一点，所以对我来说那个院草只能说还行。"

"你说的不会是生化院那个经常找你吃饭的蒋如松吧？他也是你高中同学来着。"姜茵趴在床沿，探着个脑袋问道。

南知摇摇头："不是我们学校的。"

"真的吗？！还有另外的帅哥？！"展霜眼睛一亮，"给我看看照片！不然我不信！"

南知是真没有贺弦的照片。

毕竟她实在想不出自己有什么理由要跟贺弦拍照。

就连那次旅游都没有。

南知沉沉叹了口气，如实道："我真没有照片，我和他不算很熟。"

"啊……"展霜眼尾一耷拉，看起来很遗憾的样子，"如果我今天看不到那位比胡清润还帅的帅哥，我会睡不着觉的。"

或许是有些事有些人真的不能念叨。

这几个月来南知只提及了这么一次,当晚,就莫名其妙地接到了来自贺弦的消息。

甚至还是一条视频电话。

当时她正在坐在宿舍里,一边陪展霜看剧,一边吃米线。

吃到一半,放在桌面上的手机突然嗡嗡振动起来。

南知放下筷子,起身去自己座位旁边拿手机。

只不过她没想到的是,来电的人居然会是几个月没联系的贺弦。

那两个字落入眼中的刹那,南知不由得怔在了原地。

一旁的展霜见她一直发呆没接电话,顿时觉得有些奇怪:"怎么了知知?"

"没……"南知莫名踌躇了起来,"就,我接个视频方便吗?"

"你接就是了。"展霜擦了擦嘴,忽然又意识到哪里不太对劲,"怎么了?对面是男生?"

"……嗯。"南知犹豫片刻,"我还是去阳台吧。"

"不不不!"展霜立马反应了过来,揶揄地笑了起来,"是暧昧对象吧?你就坐这儿聊吧,我保证不让他看到我。"

南知:"不是暧昧对象。"

展霜:"那你怕什么呢?"

大概是为了证明对面真的不是暧昧对象,南知只能硬着头皮在座位上接了贺弦的视频。

展霜就站在摄像头照不到的地方,探头探脑,想看看对面的男生是谁。

只不过很可惜的是,贺弦的镜头并不是对着他的。

而是对着一排调料。

南知看着这些调料有些莫名其妙:"怎么了?你打错电话了?"

贺弦沉默了几秒,不情不愿的声音才终于从手机中传来:"没有。"

"我就是想问问,"他顿了顿,拿手机扫过这些调料,语气听着似乎还有些烦闷,"你上次那个火锅蘸料,怎么调的?"

南知也没想到贺弦居然会因为一个火锅蘸料,纡尊降贵地打电话给她。

毕竟火锅蘸料已经是一年前的事了。

而且她调的也不是什么人间美味。

但南知也没多问,还是直接告诉他了:"就蚝油、蒜蓉、葱花,然后加点清汤。"

贺弦:"哪个是蚝油?"

"就那个,"南知看了眼他拍到的调料,"你左手边,第一排第二个。"

"哦……"贺弦应了一声后,作势就要挖一大勺。

南知连忙制止他:"别舀那么多,会很咸的。"

闻声,贺弦的手一停,往自己的碗里抖了一点后把勺子放了回去。

见状,南知放下心来,试探地道:"蒜蓉和葱花你总应该认识?"

贺弦不乐意地回她:"我又不是傻子。"

也没差多少。

趁着他舀葱花和蒜蓉的工夫,一旁的展霜疯狂朝南知使眼色:这人是谁呀?

南知默了默,跟她比了个口型:待会儿跟你解释。

"你在跟谁说话?"贺弦忽然问了句。

"嗯?"南知一顿,"我舍友。"

贺弦低低"哦"了一声。

气氛诡异地沉默起来。

南知不知道该跟他说点什么,再加上还有展霜的视线一直在徘徊,她只能硬着头皮问道:"还有别的事吗?"

贺弦静默片刻:"有一点。"

南知:"什么?"

"就,"贺弦停滞了下,别别扭扭挤出一句,"我妈问你寒假什么时候回家。"

南知下意识地看了眼日历——

12月9日。

看见这个数字的时候,南知视线倏地凝固了。

今天好像是贺弦的生日。

往年他的生日总是过得很热闹,翟婉会在酒店给他安排生日宴。

偶尔几次不想出门,就邀请了他的朋友同学来家里开Party。

但每到这个时候,南知都待在自己房间里不出去。

因为她很难解释自己为什么住贺弦家,干脆在屋里写作业。

而贺弦也没喊过她。

今年贺弦在南港上学,翟婉不可能跑去南港给他过生日,于是贺弦就跟舍友一块儿出去吃了顿火锅。

南知微微一怔,犹豫片刻,先是回答了贺弦刚才的问题:"不太确定,等考试安排出来了我才能知道什么时候回去。"

"哦。"贺弦干巴巴地应了一声,"那等你知道了再跟我说吧。"

稍顿,他又补了句:"不然我没法跟我妈交代。"

"好。"南知点点头。

大概是开学前搬家时的对话让他们还有些尴尬,之后两人好像就跟哑巴了一样,一时间都不知道该说什么。

过了不知多久,两人又突然不约而同地开口——

贺弦:"你知不知道……"

南知:"生日快乐。"

因为自己在说话,南知没听清贺弦的声音:"你刚才说什么?"

"……没什么。"贺弦仗着镜头没对着自己,肆无忌惮地弯了弯唇角,但嘴上却故作淡定,"哦,你还记得啊。"

稍顿,他轻咳两声,又不动声色地飘了句:"我还以为你光顾着跟蒋如松谈恋爱呢。"

南知丈二和尚摸不着头脑:"我什么时候跟他谈恋爱了?"

"噢。"贺弦状若无意道,"你俩没谈啊。"

南知心说你真八卦。

只不过她面上倒是没吐槽,直接把话题岔了过去:"对了,你吃生日蛋糕了吗?我给你订一个?"

其实贺大少爷过生日从来不会亏待自己。

但听见南知的话,他看了一眼远处桌上放着的蛋糕,鬼使神差地答道:"没有。"

"那我给你订吧。"南知也来不及买礼物了,既然知道了总得有点表示,"水果夹心你要什么口味的?"

"草莓和黄桃。"

南知点点头:"好,不过可能时间有点久,你给我宿舍地址吧,不然等做好了你们可能吃完回去了。"

贺弦轻飘飘"嗯"了一声。

最后南知只能随口结束这个话题:"没事的话那我先挂了?你去吃火锅吧。"

贺弦心情正好,所以意外地好说话:"行。"

电话一挂,南知立马被展霜逮着盘问了一番:"知知!从实招来!对面的男生是谁?!"

而手机另一头的贺弦也没好到哪儿去。

他一边哼着歌一边端着调料回座位的时候,所有人忽然齐刷刷地扭过头,朝他看了过来。

要是平时,贺弦肯定理都不想理,但此刻他心情还不错,于是勉为其难地搭理了他们一下:"看什么看?"

见他一脸春潮汹涌的样子,贺弦的舍友高弛突然乐了,一脸坏笑地揶揄起来:"弦哥怎么个情况啊?我听小俊子说你刚才在跟一漂亮姐姐打视频。"

闻声,贺弦掀了掀眼皮,按南知的方法舀了一勺清汤到碗里:"怎么?"

"这不是好奇吗?"高弛嘿嘿一笑,搭着他的肩膀道,"女朋友?没听你说过啊。"

贺弦安静须臾,突然撇了撇嘴:"不是。"

"不是?!"高弛惊了,"不是女朋友你跟人家打什么视频?暧昧对象啊?"

看着贺弦微妙的表情,高弛愣了一下,表情比刚才还要震撼:"不会吧,难道还没追到?!"

贺弦额角一跳,忍不住磨了磨牙:"那么大声干什么?我不要面子的啊?"

"不是……我就是有点惊讶,"高弛尴尬地摸摸脑袋,"我没想到你居然会没追到。"

"我这不是刚准备追吗?"贺弦轻哼一声。

当初那次毕业旅行,贺弦在伙同付尧试探了一番南知后,其实已经准备放弃了。

毕竟南知看重脾性，而他跟蒋如松完全是两个极端。

加之贺大少爷从小在众星捧月的环境里长大，让他改是不可能的。

所以他有一瞬间想得很透彻——

没缘分就算了吧，为难自己干什么。

可偏偏，他喝高了的那天晚上，南知对他表现出了一丝微妙又暧昧的不同。

微妙是真的微妙，一个小姑娘毫无防备地让一个异性睡在自己床上，能不微妙吗？

但暧昧大概是贺弦自己单方面认为的暧昧。

因为他发现，南知是真的觉得，他不会对她做什么。

是对人品的认可也好，是对彼此的暧昧也罢，总之对他就是有些不同。

可这份不同却像一块板砖，把当时想放弃的贺弦拍得七荤八素，让他受到了巨大的冲击。

他感觉自己的灵魂时时刻刻都在疯狂地摇摆、徘徊、挣扎。

南知和蒋如松打电话的时候他在挣扎，南知搬家的时候他在挣扎，南知各种上表白墙的时候他还在挣扎。

然后一路挣扎到了今天。

大概是生日总会让人的头脑多一分感性，贺弦走到调料台前的那一刻，大脑不受控地想起了他第一次带南知出去吃饭时，南知给他盛的那份调料。

那已经是一年前的事了。

眨眼一瞬，还不等他自己反应过来，电话就已经拨出去了。

回神的刹那，他匆忙换了后置摄像头，将镜头对准了调料台。

在等待接通的那几秒，贺弦给自己定了一条底线——

要是南知不记得他生日，他就再也不理她了。

但如果她说一句生日快乐……

那他就想个办法理她一下。

第十一章
你是不是谈恋爱了

因为这一通视频,南知被展霜和吃完饭回来的姜茵轮流盘问了一晚上。

在得知她和贺弦从小一起长大,算得上是青梅竹马后,她们俩恨不得把他们小时候每天的吃喝拉撒都问清楚。

甚至在南知中途躲去洗了个澡、洗完澡出来后,她们俩依旧在聊贺弦的事。

"我的天,南港大学的啊?那也太远了吧?要是知跟他在一起,不得跟小漫一样异地恋啊?"姜茵不赞同地"啧"了一声,"我觉得异地恋十个里面八个都出问题,如果那帅哥真的比胡清润还帅的话,身边肯定也不缺女生追。"

南知的另一个舍友舒云漫有个男朋友,但两个人没能考到一所大学,所以现在正处于异地恋的阶段。

恰好下周一没课,舒云漫便趁着这个周末去了男朋友所在的城市。

现在正好不在宿舍。

"哎哟,知知现在不是还没谈呢嘛。"展霜倒是不以为意,"暧昧期间,有什么异地不异地的,你想想啊,人家网恋暧昧的时候,别说对面是个抠脚大汉,就算对面是坨狗屎都是香的好吧。"

姜茵被她噎得半天没说话。

过了好一会儿,她才嘀咕道:"那暧昧总不能暧昧四年吧,人家帅哥肯定也没那耐心。"

"而且,"姜茵见南知出来了,一脸正色地提醒她,"知知,如果你那个竹马真的帅到惨绝人寰的话,我建议你考察一下,毕竟他在自己学校肯定也桃花朵朵开,说不定是个海王。"

南知没想到她们已经聊到考察期了。

她连忙摆摆手:"没有,你们想多了,我跟他不是那种关系。"

然而这两人沉浸在自己的思维之中无法自拔,依旧自顾自地说道:"反正别一时冲动就答应了,你看小漫异地恋多辛苦啊,好不容易有个周末还要大清早赶飞机。"

其实南知比她们更理解异地恋的难处。

毕竟曲江柔和南程锡都异地不知道多少年了,也就每年春节前后,南程锡能回来一趟。

偶尔翟婉会给曲江柔多放几天假,让她带着南知去国外看看。

所以一年下来，一家人见面的次数不超过三次，加起来甚至都没有一个月。

直到今年开学，她和贺弦都去外地上学了，曲江柔不用时刻在家给他们做饭打扫卫生，于是翟婉给她放了假，让她去国外和南程锡见见。

想到这里，南知鬼使神差地点了点头，轻声道："我知道的。"

临近年底，各个地方的跨年晚会都开始预热。

姜茵算是个追星女孩，墙头无数，目前特别喜欢正当红的小偶像胡清润。

恰好今年胡清润参加了华都台的跨年晚会，于是姜茵让自己舅舅弄了四张票，去现场看跨年晚会。

本来她们宿舍一人一张正好，南知和展霜都同意了，但舒云漫却临时改了行程。

她似乎有些为难，面露歉意道："抱歉了茵茵，我去不了，元旦假期我得去找我男朋友。"

姜茵想了想，帮她出主意："要不然你让你男朋友过来？我再问我舅舅要一张票，你带你男朋友一起？"

"是呀。"展霜乐呵呵帮腔道，"正好我们没见过你男朋友呢，见一面我请他吃饭。"

"可是他来不了。"舒云漫叹了口气，"他课程比我们紧，而且临近考试他要复习。"

听见这话，姜茵和展霜嘴角一抽。

谁课程不紧，谁不要考试，华都大学法学院是出了名的严格，一不留神就有可能挂科，她们还没说话，她男朋友倒是先说上了。

见舒云漫这样，姜茵也懒得再劝："行吧，那我另外再找人一起。"

话落，她扭头看向南知："哎，知知，你跟蒋如松怎么样了？要不然你喊蒋如松一起？"

"嗯？"正在画画的南知被问得一怔，抬头茫然道，"我跟蒋如松？我跟他怎么了？"

"不是吧，他追你这么久你没看出来吗？"姜茵被她脸上的迷茫表情震惊了，"他总是找你吃饭，还经常给你带零食点心，你没看出来？"

南知沉默了几秒，似乎有些讶异："这是追吗？"

"不是吗？"

这跟南知所认为的"追"有极大的差异。

她想了想，如果自己追人，应该会先去了解对方的兴趣和习惯，然后尽可能地找对方感兴趣的话题。

而不是纯粹地吃饭，没完没了地吃饭。

所以她也一直认为蒋如松只是把她当成饭友，没想其他的。

思绪正胡乱飘忽着，南知放在桌面上的手机忽然"嗡"地一振，屏幕应声而亮。

她定了定神，扭头扫了一眼，就见贺弦的消息弹了出来——
贺：你还藏了什么好看的恐怖漫画？
贺：推荐一下？

这段时间，南港大学某男生宿舍里时常出现一阵阵骇人的惊叫——
"啊！"
"啊！！！"
"啊！！！"
也不知道高弛到底看到了什么，吓得把书都扔了。
他双目圆瞪，心有余悸地拍着胸口，转头看向床上的贺弦，表情似乎有些一言难尽："你从哪儿搜罗来的这些东西？不吓人吗？"
然而贺弦正趴在上铺床上聚精会神地看书，闻声理都没理他一下。
他蜷在被子里，一边抱着呆那嗦，一边看得津津有味。
偶尔看到吓人的地方，他会冷不丁一哆嗦，然后紧紧地搂着呆那嗦相依为命。
高弛注视着他，无语地抽了抽嘴角："你怎么会爱看这种东西？"
但贺弦似乎是看入迷了，完全没听见似的。
以至于高弛只能到他耳边大喊："弦哥！贺弦！"
"干吗啊？"贺弦眉心一拧，不耐烦地应声道。
"我说，你看这些东西干吗？"高弛指着他的书问道。
前几天贺弦不知道发什么癫，在网上买了一堆恐怖漫画回来。
起初一整个宿舍的人都还挺兴奋，凑热闹似的问他借了几本看，嚷嚷着谁看得多谁当爸爸。
只不过没坚持两天，有两人就放弃了。
因为真的太吓人了。
唯独高弛和贺弦多坚持了一段时间。
现在高弛也要放弃了，只剩贺弦一个人在独自支撑，担任起了一个宿舍的爸爸。
听高弛问到缘由，贺弦却闲闲地睨了他一眼："你懂什么。"
"我是真不懂。"高弛明显看得出来贺弦也怕，但他不明白这人怎么还能看得这么津津有味，"今天是跨年啊！那么多妹子想约你出去！结果你理都不理就在宿舍看这玩意儿？！"
"你简直是暴殄天物！"
"滚一边儿玩去。"贺弦轻啐一声，"你单身狗懂个屁。"
高弛愣了会儿，忽然反应了过来："不是吧，我们未来嫂子喜欢看这玩意儿啊？"
"怎么？"贺弦瞥他，"不行？"
看他这表情，高弛哪敢说不行，自然是一通："行行行。"

说完，他又顿了一下，讪笑道："就是没想到，嫂子这么勇猛。"

也不知道为什么，贺弦闻声突然仰了仰头，一副骄傲的表情："那当然了。她玩恐怖密室都不带虚的，一拳一个鬼都不是问题。"

贺弦这吹牛皮的话确实有点夸大其词的成分，毕竟南知只是不怕鬼，不是会揍鬼。

但高弛却听进去了。

以至于没过两天，南港大学的告白墙上突然传遍一条消息——

大一新入学的那个贼帅的大帅哥择偶标准为金刚芭比，欢迎各位猛女侠女踊跃报名！

只不过贺弦现在并不知道南知的形象已经被高弛想象成了这样。

他在看完手头这本书后，拿起手机准备跟南知分享一下。

最近这段时间，他和南知的聊天频率回暖了些许，从之前的几个月空白，再到一周几句，又到现在一天几句的程度。

虽然也不多，但至少关系不再像之前那么僵硬了，贺弦还算满意。

加之今天晚上就是跨年夜，他没出去嗨，而是在宿舍熬夜苦读，想着还能找机会跟南知说句新年快乐，然后再聊几句。

然而他没想到的是，今天南知一反常态地没回复他消息。

往常南知没课的时候回消息都很快，而这么晚了更不可能有课，不回消息就很诡异了。

贺弦瞪着眼睛盯着手机等了一刻钟，见南知还是没回消息，于是又发了一条。

又过了五分钟，南知还是没回。

他对着手机抓耳挠腮了半响，想打电话但是又觉得自己没什么合适的理由，总不能说"我漫画看完了，我就打电话告诉你一声"。

于是贺弦只能像上蹿下跳的猴儿一样，在床上翻来覆去辗转反侧，最后突然灵光一闪，点进了南知的朋友圈，想探寻出一丝蛛丝马迹。

果不其然，晚上九点多的时候，南知发了条九宫格朋友圈。

看起来应该是出去玩了，其中有几张是美食，还有几张是跟舍友的合照。

还有一张……

贺弦的眸光骤然一缩。

他指尖僵硬了许久，来来回回迟疑了半天，终于还是敌不过自己那份想窥探的心思，阴沉着脸点进了第六张的双人合照。

照片里的南知肤如凝脂，正笑眼弯弯地看向镜头，柔软饱满的红唇也跟着翘起，整张脸笑意盈盈。

她似乎还新做了个发型，头发剪短了些，发梢微卷，散落在锁骨前，和上次视频的时候很不一样，整个人粉妆玉琢。

而一旁的男人五官俊秀，笑容和煦，其中一只手正揽着南知的肩膀，姿态略显亲密。

贺弦看着这张照片沉默了不知多久。

一直到头顶的灯毫无征兆地熄灭了，听着高弛他们在床下此起彼伏地嚷嚷着"我还没洗脸"，他才堪堪从中回过神来。

然后在一片黑暗中，默默关了手机。

临近考试周，正在自习室里复习的南知，忽然想起了之前贺弦问她寒假什么时候回家的事。

虽然当时是打电话，没有聊天记录，但她隐约记得贺弦好像还嘱咐了她，要她确定后跟他说一声，好让他跟翟婉交代来着。

于是南知在想起来后，立刻发了条消息给贺弦：我大概1月21号回去。

发完消息，她的指尖在聊天框里随意翻了翻，才恍然发觉贺弦好像又很久没跟她说话了。

两个人的聊天记录始终停留在了跨年那晚，她回复的那句：你看完了？我最近又发现了一本还不错的，你要看看吗？

然后杳无回音。

之前他俩的关系明明缓和了，但现在贺弦又莫名其妙不搭理人了。

南知摩挲了下手机，微微蹙眉。

她总感觉自己好像就是一个没有感情的推书机器，甚至像是条招之即来挥之即去的狗。

就仿佛贺弦突然想看恐怖漫画了，来找她问几句，转头不想看了，就不搭理她了。

南知沉沉地叹了口气，紧抿着唇，垂下眼睑，眼不见心不烦地放下手机。

复习和考试的时间向来让人觉得不够用，稍纵即逝。等期末考试彻底结束后，正在收拾行李箱的南知突然接到了蒋如松的电话。

"南知？"蒋如松温和的嗓音从手机中传来，"我想问一下，你过几天回家的机票买的哪班？"

"21号上午十点多的。"南知答道，"不过现在可能买不到了吧，你没买吗？"

"我买了。"蒋如松笑了笑，"我也正好买的那班，到时候要不要一起去机场？"

其实对南知来说，有没有人顺路都无所谓。

不过他这么说了，南知自然没有拒绝的道理，毕竟说不定路上也会遇到，干脆就应了下来："好。"

贺弦放假比南知要早两天。

他本来不想那么早回家，嫌回去之后看见南知就心烦意乱，但因为翟婉催得紧,他还是迫不得已回来了。
结果刚歇没两天,就被翟婉派了苦差事——
"今天知知回来啊。"前些天曲江柔去国外见南程锡,现在还没回来,所以翟婉扛起了打扫屋子的重任。
她把南知之前的房间收拾好,换上了新枕头被子,扭头跟对面卧室刚出来的贺弦说:"知知十二点到机场,今年她爸爸也不回来,她在我们家过年,你待会儿去把人家接回来。
"哦,对了,你曲阿姨下午四点也回来了,记得再去把人家接回来。"
贺弦闻声,穿大衣的动作一滞,接着冷声道:"不去,我今天去老爸公司。"
"你爸让你去的?"翟婉瞥他,"你爸又不发你工资,你上赶着当苦力干什么?以后你得工作一辈子呢,急这一天两天?"
虽然有道理,但贺弦只是撇撇嘴,没说话,继续往楼梯口走。
眼看他似乎真不准备去,翟婉看着他清瘦孤高的背影皱了皱眉:"你又怎么了?谁招你惹你了?"
他依旧没搭腔,自顾自地走到玄关换鞋,然后头也不回地出了家门。
冬日的宁洲寒风刺骨,吹得人脸颊生疼。
贺弦出门后,在寒风中出神地站了片刻。
大概是这冷风把他吹清醒了,他轻嗤一声,转身去车库取了车,直接开车去了公司。
结果天不遂人愿,他到了之后才发现他爸外出谈项目去了。
明显就是今天没打算带他去,想让他在家任凭他老妈差遣,所以谁也没告诉就悄咪咪地跑了。
贺弦意识到之后,额角倏地一跳,心说不带拉倒,反正他也不会去给南知当司机的。
想到这里,他闷哼了声,又重新回到车上,独自兜风去了。
……
就是这风好像有那么点儿毛病,兜着兜着就把他连人带车给兜到机场去了。
贺弦绷着脸坐在车里,眉心紧蹙,指尖有一搭没一搭地敲着方向盘,心里一阵烦闷。
他双目空洞地注视着前方,沉默着思考了许久。
有那么一瞬间,他清醒过来,想着要不干脆回去得了,不然见着南知他也不知道该说什么好。
但是转念一想,要是她大老远回来没人接,会不会太惨了点。
就这么想着想着,南知趁他一不留神就出来了。
她裹着一件长款的奶白色羽绒服,帽子毛茸茸的,再配上她那张白净的鹅蛋脸,远看就跟个雪球似的。
一旁还拖着个巨大的浅蓝色行李箱,上面印着个小企鹅图案,那圆滚滚的样子跟她也相差无几。

贺弦嘴角一抽，正准备摇下车窗喊她，又见她身后跟出来一个略有些眼熟的人——

蒋如松。

他快步跟上南知，低头跟她说了句什么。

隔着窗户，贺弦死死瞪着他俩，过了好一会儿，他紧绷的唇线终于松了松，朝窗外喊了声："南知！"

南知其实早就知道今天要去贺弦家吃饭，因为曲江柔之前和她说过了。

只不过她以为只要晚上去一趟就行了，完全没想到会有人来接她。

贺弦的声音落耳的瞬间，南知身形一顿，扭头看了过来。

只见贺弦从车窗里探了个脑袋出来，神情相当不耐："上车。"

南知已经几个月没看见他了，第一反应是他好像瘦了点，轮廓线条明显比之前凌厉了几分。

而第二反应是，这人脾气怎么还这么臭。

不想接人就不要接。南知囫囵咕哝了句。

一旁的蒋如松看见贺弦的身影，也倏地一怔，随后问道："你现在还住在他家吗？"

"嗯？"南知抬眼，"你说贺弦？不住了，但是今天要去一趟他家。"

她没太跟别人说过自己家的情况，蒋如松也不是很清楚，只知道当时上高中的时候有过传言，说南知和贺弦两家认识，南知暂住在他家，具体的一概不知。

闻声，蒋如松似乎还想再问什么，但南知没有和他解释的意思，婉拒了他一起打车回家的邀请，而后朝贺弦的车走去。

贺弦盯了她一会儿，看她往自己这边走，才终于纡尊降贵地下了车，接过她手里的行李箱放进了后备厢里。

全程再无别话。

站在一旁的南知回想起之前自己被贺弦当作无情的推书机器一事，也不是很想和他说话。

她径自走到副驾驶门前上了车。

贺弦越过车顶睨了她一眼，闷闷地哼了声。

他砰地合上了后备厢，转身绕到车门口。

两人就这么在一阵诡异的沉默之中上了路。

然而车开到一半，南知忽然想到自己好像应该先回家把行李放了，于是迫不得已开口道："对了，我要先回一趟自己家。"

贺弦瞥她："干吗？"

"我要把行李放一下。"南知想了想自己家就在机场去贺弦家的路上，也不需要绕路，"就在从盛花园，待会儿会路过的，到了我跟你说吧。"

也不知道贺弦是听进去了还是没听进去，他没作声，倒是看了她一眼。

南知也不是咄咄逼人的性子，他不回答就不回答吧，等到了地方她再提醒他也不迟。

沉默重新在车厢内蔓延，窗外的景色忽闪而过。

眼看着从盛花园就要到了，南知出声道："前面就是了。"

然而眼看着小区大门越来越近，车却丝毫没有减速的意思。

南知视线滞了滞，再次提醒道："快到了。"

"我不聋。"贺弦冷嗤一声。

虽然他嘴上这么说，却完全没有停车，直接开着车从小区门口飞速驶过。

看着自己家在和自己无比接近后又骤然倒退，南知一怔，心里有些无语。

她往椅背重重一靠，有些气恼："你要是不愿意送我去，你可以直接说，我自己打车就是。"

"你打车我回去怎么交代？"贺弦没看她，冷冷道，"我家也没你东西，你不带行李过去怎么住？"

"我回家住。"南知说道。

贺弦额角一跳："我妈都把房间给你收拾好了，你回家？你有没有良心？"

南知心里虽然感谢翟婉还把房间留给她，但她依旧对贺弦的反应很是莫名其妙。

又不是他收拾的，他恼个什么劲？

南知赌气没再跟他说话，随便他把车往哪儿开。

见她不吭声，贺弦睨她一眼，也开始跟着生闷气了。

两人后半路再无别话。

到家后，也不知道是不是贺弦不想跟她共处一室，反正这人一把她行李箱拎上楼，脚还没沾两步地，就又跑了。

南知也不可能留他。

看着他的大衣衣摆消失在楼梯口，南知安静片刻，转身回屋整理东西。

一直到将近下午五点，贺弦才再次出现在家里。

他把曲江柔从机场接了回来，然后又闷不吭声上楼了。

南知听见楼下有动静，正准备下去找曲江柔的时候，恰好跟上来的贺弦撞了个正着。

她无心搭话，直接视若无睹地下楼。

贺弦视线一顿，轻嗤了声，脚步也未停，兀自从她旁侧路过。

幸亏楼梯还算宽敞，不然南知都觉得这大少爷要炕蹶子把她拱下去了。

南知撇撇嘴，在迈下最后一层楼梯的刹那敛了情绪，走到曲江柔跟前，笑着接过她手里的箱子："妈妈。"

说着，她目光稍顿，往曲江柔身后扫了一眼："爸爸没回来吗？"

闻声，曲江柔动作停了停，这才像是想起了什么似的，突然一拍脑袋"哎呀"了一声："我都忘了告诉你了，你爸爸今年工作脱不开身，最近又被外派到别的国家了，暂时回不来。

"妈妈怕你过年孤单所以就回来了。"

· 111 ·

原本南程锡允诺说南知高考完，他会想个办法调休或者请假回来陪她，带她们母女二人出去玩。

但去年暑假那段时间还是因为工作耽搁了。

南知想着等到寒假也行，谁承想今年南程锡连春节都回不来了。

所以南知难免有些失落，但也别无他法，沉默片刻后只能遗憾道："好吧，那我回头打个视频给他。"

一旁的翟婉笑吟吟道："知知，既然你爸爸回不来的话，今年就还是住在这儿吧？阿姨都帮你把房间收拾好了，就跟以前一样。"

其实南知打心底是不太想住在这里的。

倒不是因为贺家哪里不好，实在是因为她不知道该怎么和贺弦朝夕相处。

虽然她不一定会一直看见他，但光是上下楼吃饭、出门倒水的工夫，她都觉得烦闷异常。

最怪异的是，她也不知道为什么，自己最近的情绪会被放大到这个程度。

明明以前也是这种相处模式，她应该早就习惯了才对，但现在就是怎么待都难受。

只不过她也确实不好意思拒绝翟婉的一片好意，纠结许久后还是只能笑着应下："那麻烦阿姨了。"

大概是几个月没见到曲江柔，再加上不想面对贺弦的小心思，南知一时半会儿没上楼，而是在楼下厨房给曲江柔和翟婉打起了下手。

翟婉本来不想让她干活，催她去找贺弦玩，说他那台球桌买来之后都没怎么用过，实在浪费，让她赶紧多玩玩。

南知不想面对贺弦，囫囵推辞了。

翟婉看南知似乎对台球没什么兴趣，只能作罢，另找个借口让她把贺弦喊下来一块儿干活。

"没事，你把他喊下来就是。"翟婉摆摆手，"这么大个人了四体不勤五谷不分的，让他下来长长见识。"

无奈之下，南知迫不得已上楼敲了敲贺弦的卧室门。

然而她敲着敲着，卧室门没敲开，远处的台球室的门突然开了。

贺弦穿着件黑色圆领毛衣，锁骨敞露在外，松垮的质地反而将他利落的肩背线条勾勒无遗。

他杵着台球杆擦巧粉，整个人懒洋洋地靠在门口，半垂着眼一脸兴致缺缺的样子："找我？"

南知觑他一眼："嗯，翟阿姨喊你下去……"

说到这里，她顿了顿，慢半拍地补上后面半句："长长见识。"

话音落下后，贺弦掀了掀眼皮，却没应声。

一阵静默如抽丝剥茧般蔓延开，在相隔数米的两人间反复徘徊。

南知不喜欢这种感觉。

她捋了捋耳边的发丝,不自在地找了个理由:"你赶紧收拾一下下去吧,我还要洗菜,先走了。"

说完,她便抬脚朝楼梯口的方向走去。

但因为台球室在楼梯口的另一侧,南知这么一来,反而缩减了和贺弦之间的距离。

而贺弦灼热的视线就落在她脸上。

她离贺弦的位置越来越近。

南知不知道他在看什么,总觉得哪里怪怪的,但也不想多嘴问什么再招来讽刺,于是硬着头皮,干脆错开视线,目不斜视地迈下楼梯。

谁料她刚下了两阶,身后却冷不丁冒出一句凉飕飕的话——

"你是不是谈恋爱了?"

南知被贺弦这没头没尾的话问得有些怔愣。

她正莫名其妙着,然而还不等她回过神来,刚才发问的贺大少爷又像是不想听了,突然闭了闭眼,磨着牙低声挤出一句:"算了。"

然后,他又冷淡地睁开眼,摆摆手:"跟我妈说我头疼,下不去。"

话落,他便回了屋里,反手把门一关。

"砰"的一声传来,南知站在楼梯上,回望着那紧闭的房门,思绪逐渐凌乱。

她定了定神,一边下楼一边回味着刚才贺弦那没头没尾的问题,感觉很是微妙。

贺弦没事问这个问题干吗?

八卦?

可贺弦也不是爱管闲事的人,以前班里的八卦他过耳就忘,知道的比她还少。

好奇?

贺弦明显也不是好奇心旺盛的人,对谁都没有探究欲。

关心?

……刚才那脸色说是关心,也太牵强了。

那副冷硬的模样,要不是南知确定自己没欠他钱,她真的会怀疑是不是她问他借过高利贷没还。

南知皱着脸,沉沉吐了口气。

她懒得再费脑细胞去猜贺大少爷那多变的心思,胡乱敛了思绪后径自下楼。

不得不说,贺弦确实是个四体不勤的大少爷,喊他干活他不来,一直到晚上贺耀城回来、开饭了他才下楼。

他似乎刚睡了一觉,乌黑的发丝有些凌乱,脸上还压着红痕。

看他这副衣来伸手饭来张口还臭着脸的样子,翟婉没好气道:"我还以为你回家一礼拜才会讨嫌,没想到现在才两天我就烦死了。"

然而贺弦听了后却只是半垂着眼打了个哈欠,置若罔闻。

翟婉是个刀子嘴，但也是个实实在在的豆腐心，数落完贺弦后又看他状态确实不好，难免有些忧心。

于是她推了推旁边的贺耀城，给他使眼色让他问问怎么回事儿。

贺耀城接收到信号后，清了清嗓子："怎么了小弦？心情不好？"

"没。"贺弦把手机往桌上一摆，拿起筷子随意夹了一口，"就是有点累。"

"是吗？"贺耀城的视线在他脸上扫量了一番，"昨晚没睡好？"

也不知道是贺弦懒得说还是什么，他囫囵应付了声："嗯。"

听他都这么说了，其他人也不好再继续追问，翟婉也只能顺着话茬提醒道："那你晚上早点睡啊，别老熬夜，在学校也不知道怎么养了个臭毛病。"

"知道了。"贺弦懒洋洋地应道。

一旁的南知安静地竖着耳朵听完全程，默默埋头吃饭。

她知道贺弦是在糊弄翟婉和贺耀城，但以她的身份也不好多嘴什么。

毕竟她感觉现在自己跟贺弦连朋友都算不上。

朋友说话才没有贺弦那么夹枪带棒。

南知低头喝了口汤，没作声。

但她不参与，几个长辈的话题却绕不开她。

现在贺弦明显兴致不高，聊他也没什么意思，所以话题中心立马转向了南知。

"知知，"翟婉笑眯眯地道，"在华都生活得怎么样？习惯吗？我之前也在华都住过一段时间，那里气候干燥，别忘了用我给你买的护肤品啊。"

"嗯嗯。"南知乖巧地点头，"我平时都在用的，脸上不会干。"

"那就好。"翟婉笑着，暗暗多看了她几眼。

这几个月来，南知五官没多大变化，但整个人看起来确实要比之前刚高中毕业的时候精致不少。

额前剪了个细碎的刘海，反倒将人的视觉重心转移到了她那双宛如盛着盈盈秋水的杏眼上。

再加上学会了化妆，那张脸底子又好，略施粉黛就足以吸睛。

看着她那张白嫩红润的鹅蛋脸和沾了汤水的透亮唇瓣，翟婉心下一动，笑着打趣了句："知知现在在学校应该不少人追吧？"

"嗯？"南知没想到她会突然问这方面的问题，拿着汤匙的手停了停，摇头道，"没有的。"

然而不知道为什么，她话音刚落，坐在她旁边的贺弦却忽然哂了一声。

声音低得几不可闻，但因为她离贺弦距离最近，还是听见了。

南知面色一凝，不知道他这是什么意思，也不确定自己是不是听错了，干脆假装无事发生。

只不过翟婉依旧在关心这个问题："怎么会？我们知知这么好看，谁会不喜欢啊。"

"就是。"贺耀城顺着翟婉的话接了下去，"外面那些小伙子就喜欢你这样的小姑娘，知知你可得小心点啊，别被人忽悠了。"

"嗯嗯。"南知对这类话题一直很无力，但是又脱不开身，只能埋头随便应和。

一旁的曲江柔也趁着这个机会提醒了她一句："华都离宁洲不算近，知知你毕业后还得回来考公呢，尽量还是不要在华都谈恋爱了。"

曲江柔对她的期望一直是找一份稳定的工作，不要像她爸爸那样到处跑，所以早就打算好了让南知回宁洲考公。

南知也知道她是为了自己好，所以顺了她的意，在填高考志愿的时候选择了法学。

一直以来都是这么计划的，南知并没有叛逆的心思，于是点头道："我知道的，我不会谈的。"

她本意只是告诉曲江柔自己的想法，让她放心。

但她没想到，自己这话一出口，坐在旁边的贺弦却啪地放下了筷子。

筷子和桌面碰撞的轻微响声突然传来，南知下意识地转头看向他，却发现他也在看着自己。

南知目光一顿，总觉得哪里不太对劲。

果不其然，下一瞬，她就听见贺弦冷淡又不失讥讽的声音从旁边传来："是吗？那你跨年那天晚上 8 点 23 分，朋友圈九宫格第六张合照那个男的是谁？"

也不知道是南知"谈恋爱"这件事让人惊讶，还是贺弦的反应让人惊讶。

反正在他抛出这个问题后，整桌人都安静了一瞬。

鸦雀无声。

空气跟卡了带似的凝固半响。

最后还是曲江柔率先回过神来，一脸讶异地拿起手机，想看看南知的朋友圈："知知你跟谁跨年去了？"

南知怔愣地看着贺弦，思绪一片混乱。

她都忘记自己跨年的照片发了什么，更别提几点几分第几张了。

她定了定神，从头理了一番那晚的事。

只记得那天晚上，她跟展霜、姜茵，还有隔壁宿舍一个女生一起出去吃了顿大餐，然后又去了华都台的跨年晚会现场。

姜茵的舅舅在圈子里有些门路，知道姜茵最近喜欢胡清润，还特意想办法让她们去后台找胡清润要签名。

南知平时并不关注明星，对胡清润也没什么兴趣，要签名也没用，干脆就没凑热闹。

但姜茵说来都来了，照张照片也是好的。

于是给她们和胡清润各单拍了一张合照。

回想到这里，南知猛地记起合照里的男生，肯定就是胡清润了。

但人家是个明星，而且目前也有人气不小的流量，平时一根头发丝儿都能上热搜，贺弦不至于连胡清润都不认识吧？

他该不会是故意给她找麻烦吧？

思忖片刻，南知越发笃定他是故意的，无语地抿了抿唇，干脆收回了看向贺弦的视线，不想搭理他。

而贺弦见她一句话也不解释，不由得冷笑一声。

他正想着再嘲讽两句，结果一直放在餐桌上的手机却意外地响了。

南知没好气地瞥了一眼，就见贺弦的手机上跳出了"付尧"两个大字。

大概是约了人，贺弦给南知惹了一个烂摊子后，直接拿着手机起了身："吃完了，我还有事，晚点回来。"

话落，他也不管别人的反应，径自朝玄关走去。

直到大门被他从外面关上，桌上的人才堪堪回过神来。

曲江柔捏着手机，看了看合照里的男人，又看了看南知，疑惑地道："知知，这是你男朋友吗？我怎么感觉我好像在电视上见过？"

南知费了半天劲跟曲江柔解释了一番跨年夜的事，以及胡清润只是个明星并不是她的男朋友后，才心力交瘁地上楼。

她身心俱疲，无力地往床上一躺，觉得贺弦这人真是个讨厌鬼。

她到底干什么了，明明都搬走了，也把房间还给他了，这人怎么现在还这么讨厌她？

还要当着长辈的面给她使绊子。

南知烦闷地呼了口气，把脸埋在被子里平复了许久心情。

但心里那口气还是下不去，于是她把平板电脑拿出来，趴在床上开始勾勾画画。

这次她画的是一幅四宫格漫画，南知称它为"不可理喻图"。

那只叫憨大叉的鸭子时隔一年终于重出江湖，在第一个格子里对旁边的小鸡热情似火，总是找它聊天。

又在第二个格子里背对着旁边的小鸡，一鸡一鸭无话可说。

第三格，就变成了小鸡找憨大叉说话，但憨大叉不理它。

最后，憨大叉又突然对小鸡凶巴巴地指指点点，出人意料，毫无征兆，简直不可理喻。

南知的配文也就这四个字"不可理喻"。

指桑骂槐地发泄了一通后，她心里的阴云终于散去了几分。

她看了眼时间，将近十一点了，干脆就从床上爬起来，去行李箱里翻翻找找，把自己的换洗衣物找出来后准备去洗澡睡觉。

谁料，她刚拿着衣服进浴室，放在床头充电的手机忽然响了。

听见动静，南知又把衣服一撂，匆匆出来接电话。

来电的人是付尧。

看着这个名字，南知视线一顿，鬼使神差地想起了今晚接了付尧电话出门的贺弦。

付尧找她应该是因为贺弦吧？

虽然南知对贺弦还是来气，但她没有连坐迁怒到付尧的意思，所以思来想去还是接了这通电话："喂？付尧？"

"哎哎，南知！"也不知道付尧在哪儿，那边的音乐声很嘈杂，他还得扯着嗓子大声说话，"你现在还住不住贺弦家啊？"

"最近住的。"南知疑惑地道，"怎么了？"

"噢，那就行，那你能不能过来接他一下啊？"付尧干笑着，侧目扫了一眼正盯着他的贺弦，"他好像喝得有点多。"

话音一落，南知沉默了。

其实贺弦的酒品也算不上不好，至少上次喝高了的时候，前半段他还是很安静很听话的。

就是后半段开始发癫。

南知不知道现在的贺弦处于前半段还是后半段，心里有点拿不准主意："他现在什么情况？"

"其实也没什么太大的事儿……"付尧支吾着，又看了眼安静地坐在卡座的贺弦。

他是真的觉得贺弦没什么事儿。

这人刚才摇骰子都没输一局，头脑这么清醒能有什么事儿啊？

但他说到这儿，又怕南知不来了搞得这贺大少爷不高兴，干脆咬咬牙，闭着眼胡扯道："他现在发酒疯到处搭讪美女呢，我附近的美女都快被他烦死了。"

"你他……"贺弦额角一跳，伸手就想抢他电话。

但付尧灵巧地躲过了攻击，继续对着南知说："他现在就像一条狗！到处冲人摇尾巴！"

"你赶紧把他领回去吧！"

第十二章 //
胆小鬼

南知再次沉默了。

她记得贺弦上次喝醉的时候也没犯这种病，最多就是娇气了点非得睡床。

但几个月没见他，她也不确定这大少爷的臭毛病是不是升级了。

南知忍了忍，想着就算不为了贺弦，也得为其他路过的无辜美女考虑，只能不情不愿地应下："行吧，你把地址发我。"

"好好好。"

付尧忙不迭发了定位过去。

挂了电话，付尧看着手机轻喷一声，坐回了贺弦边上，跟他勾肩搭背道："人家同意来了，舒坦了吧。"

"滚。"贺弦嘴角抽了抽，皱着眉一把拍开他的手，"你让我待会儿怎么解释？"

"哎哟，那算什么？人来了就行。"付尧斜睨着他，又意味深长地笑了笑，"再说了，你解释不解释的，也得看人家想不想听啊。"

半小时后，南知如约来到了酒吧。

她站在花里胡哨的门牌下踌躇了一番，不是很想进去，于是给付尧发消息：我到了，你送他出来吧。

然而一分钟后，付尧回复道：我喊不动，你进来管管吧。

她怎么管？

她又不是他妈。

南知咬牙顺了口气，忍住想把贺弦拖出来揍一顿的冲动，终于还是抬脚走进了酒吧。

她跟无头苍蝇似的在里面转了一番，最后在角落的卡座里看见了付尧、周麟等人。

以及喝得东倒西歪的贺弦。

估计这大少爷确实喝了不少，此刻正闭目仰头靠在沙发上，脸颊罕见地泛了红晕。

找到了人，南知耐心也耗尽了，加上她心底本就不爽，更不想跟哄孩子一样跟贺弦废话，径自走到面前硬邦邦地说道："走了。"

听见她的声音，贺弦睁开蒙眬的眼，眉心一蹙："干吗？"

"回家。"南知脸上没什么表情。

贺弦盯着她看了一会儿，随后又闭上了眼，朝她伸出了手。

南知看着那只骨节分明的手，沉默片刻后，明知故问道："干什么？"

"拉我一把啊。"贺弦再次睁开眼，眼底透着一股不耐，"走不动。"

南知忍了忍，心想跟他这么个喝醉会断片的狗置气也没什么用，干脆顺着他早点带他回去算了。

于是她捏住他的手，用力拽了一把。

本来她以为他这么高的个子，要拉他肯定要费不少劲，她甚至做好了费九牛二虎之力的准备。

结果谁承想，贺弦就这么顺着她的力道轻飘飘地起来了。

但他飘得有些不稳，跟跄了两步后往她身上一栽。

浓郁而温热的醉意扑面而来，南知被他撞得抱着他接连后退几步，才勉强稳住身形。

她定了定神，把他从自己身上推开，跟付尧说了声后，牵着这醉鬼离开了酒吧。

起初她还没察觉到有什么异样，一直到出门后、刺骨的寒风刮过面颊时，南知才意识到哪里不太对——

此刻，贺弦正闭着眼黏糊糊地斜倚在她身上，温热的大掌裹着微凉的小手，两相交错暧昧不明。

南知回过味来，脸色忽地一滞，抬手推了他胳膊一下，想顺势把手抽出来。

然而贺弦却在这个瞬间睁开眼。

他的眸光在清明了一刹后又像是被弥漫上来的酒意所笼，渐渐变得有些茫然无措："你干吗？"

南知看了他一眼，默了默，没再挣扎。

她低不可闻地叹了口气，垂头在手机上联系代驾。

算了。

一只喝醉会断片的狗狗而已。

明天他就忘了，跟他计较这些干吗？多一事不如少一事，赶紧让他乖乖回家才是正事。

然而她没想到贺弦这人能这么厚颜无耻。

她一味的忍让换来的就是得寸进尺。

在等代驾的中途，安分了几分钟的贺弦，也不知道又哪里觉得不舒服，原本裹着南知的手，忽然挣扎了一下，硬生生把指尖从她的指缝里挤了进去。

南知低头看了一眼，又无语地看向贺弦："你在干吗？"

"我手冷，"贺弦一脸理直气壮，"你就知道让我给你挡风取暖，你这人好自私。"

南知心说那不是你自己非得抓着我吗？

但她现在简直就是秀才遇到兵有理说不清，跟他一个醉鬼争辩毫无意义，于是干脆就不理他了，任凭他怎么谴责都不理，就直挺挺地站在寒冷的夜风中。

贺弦自己在旁边咕咕哝哝了一会儿后，大概是觉得她太无趣了，终于没再吭声。

等代驾来了后，快变成冰雕的南知才动了动，带着贺弦上车。

贺弦似乎闹腾累了，一上车就哈欠连天想睡觉。

南知心道也好，省得烦人。

但出乎她意料的是，贺弦睡个觉也是百变小弦。

他先是靠在座椅上，睡了一会儿后东倒西歪觉得不舒服，又靠在了车窗上。

但他又觉得车窗硬邦邦的，硌脑袋，直接调头一倒，躺在了南知腿上。

南知整个人一僵，抬手就想推他。

但看着他折腾了半天才安分下来的睡颜，她的手顿时就停在了半空中。

南知憋了憋，心想算了，把他闹醒还不知道他又要干什么。

她长长地吁了口气，干脆玩起了手机来打发时间。

半小时后，车在贺弦家的停车坪上停了下来。

南知跟代驾小哥道了声谢，起身想下车的时候，又瞥见了贺弦紧闭的眼睫。

在叫醒他和任他再睡会儿中徘徊了一番，南知安静片刻，鬼使神差地选择了后者。

她重新拿起手机，百无聊赖地翻了会儿。

之前发的那幅四宫格"不可理喻图"已经收到了不少评论。

大多都在讨论那只叫憨大叉的鸭子。

——憨大叉！你成功引起了我的注意！

——哈哈哈，是不是小鸡做了什么事惹了憨大叉不开心啊？

南知顺手回复了这条：没有，小鸡很安分守己。

这个粉丝大概本来就在刷微博，收到评论提示后回复得很快：那憨大叉怎么这么讨厌啊？其罪当猪！

看着这个"其罪当猪"，南知没由来地笑出了声。

她心里想着，下次把贺弦画成猪好像也挺不错的，等自己开心了再把他画回去。

正寻思着，躺在她腿上的贺弦似乎被她低微的笑声吵醒，猝不及防地睁开眼，视线直勾勾盯着她，嗓音冷淡："你在跟谁聊天？"

突然听见他的声音，南知始料未及，下意识地熄了手机屏："没谁。"

贺弦黝黑却清亮的眼眸在南知脸上转了一圈，又扫向了她的手机，忽然沉下脸嗤笑了一声。

闻声，南知清秀的眉头微微一蹙，正要问他有什么好笑的，就见刚才还黏糊糊睡觉的贺大少爷忽然坐了起来，头也不回地下了车。

"砰"的一声，车门紧闭，南知愣了愣神，慢吞吞地跟着下车。

她进门的时候，贺弦早已三步并两步地上了楼，完全没有刚才弱不禁风的娇柔样。

看着他的衣摆消失在楼梯拐角,南知简直百思不得其解。

这人到底为什么睡一觉又不高兴了?

果然跟大家说的一样,其罪当猪。

她偷偷撇了撇嘴,径自上了楼。

原本南知出门前就准备洗澡睡觉了,现在好不容易回来,虽然毫无困意但也有些倦了,干脆一头钻进浴室早点洗完早点躺下。

温热的水流从花洒中落下,南知先湿了头发,正想挤洗发水,却突然发现——

角落的架子上空空如也。

南知怔了怔神,回想起自己搬家的时候把浴室也一同清空的事。

她以为这段时间贺弦住进来的话,浴室里肯定什么东西都有,也没想到要提前检查。

谁承想现在这里居然什么都没有。

南知惊了。

霎时间,她的思绪突然混乱无比,不知道自己是应该去思考贺弦没搬过来的事,还是应该思考自己接下来怎么洗澡的事。

她现在头发湿得滴水,自己也没带洗发水沐浴露回来,大半夜也不可能找曲江柔帮她拿东西。

沉思了一会儿,南知烦闷地擦了擦头发,重新套上睡裙,出了房间。

如果贺弦没搬过来,那外面的那间浴室里应该会有他的洗发水、沐浴露。

不知道为什么,想到要进他的地盘去借用他的东西,南知总有一种心虚的感觉。

就跟做贼似的。

有那么一瞬间,她还思考了下要不要去找贺弦说一声。

但一想到刚才贺弦对自己的态度,南知正准备敲门的手又停下了。

她闭了闭眼,心想这应该也不算什么大事,干吗要去讨嫌。

更何况贺弦的沐浴露当时还是从她这里抢走的,她只是用一次而已,没什么大不了的。

想到这里,南知那抹心虚感终于减轻了几分。

她甩了甩头,转身快步朝浴室的方向走去。

然而在她迈进浴室后,贺弦的卧室门忽然"咔嗒"一声开了。

他还是像刚才那般沉着脸,拿着换洗衣物从屋里走了出来。

结果他刚走到浴室的推拉门边,余光却瞥见里面有个鬼鬼祟祟的身影。

浴室没有开灯,只剩窗口洒下的盈盈月光,将浴室的一隅照亮。

南知正站在置物架前,一手拿了一个瓶子,贴着脸仔细分辨着上面的字。

她乌黑的发丝如瀑布般披散在肩头,水迹顺着发梢一滴一滴落下,在睡裙上洇出了一小块水渍。

偶有几滴不听话的，从脸颊一侧滑落，顺着白嫩的肩颈线条流进衣领，最后消失不见。

贺弦看着那滴水珠，视线倏地凝固。

兴许是这画面有些似曾相识，他的脑海里不可抑制地浮现出了被他深埋心底不愿提起的场景。

他记不清到底是几年前了，好像是初中的一个夏天。

当时他还没有跟南知换房间，他依旧是个我的地盘我做主的大少爷，住着那间带独卫的大卧室。

他根本就没学校里的女生想象的那么绅士，他不是个会谦让的人，所以住得十分心安理得，丝毫没有要把房间拱手送人的想法。

而他自己完全没想到，这样的日子在不久后的某个晚上戛然而止了。

那天晚上，他在客厅打完游戏，顺手拿了罐冰可乐回房间。

回去的路上，好巧不巧地碰上了南知。

南知刚洗完澡从浴室出来，身上套着一件米白色的圆领睡裙。

推拉门打开的刹那，一阵湿热的空气裹挟着柠檬香席卷而来。

毫无征兆地扑了贺大少爷一脸。

贺弦嗅觉灵敏，非常讨厌香气浓重的东西，眉心蹙了蹙，正要像往常一样随口扯个话题找南知的碴，结果视线却不由自主地被一滴滑落的水珠吸引。

那滴水珠从南知额角的发丝滴落，顺着白净的小脸畅通无阻地滑了下去。

最后在她小巧精致的下巴上停了一秒，越过脖颈，直接落在了已经发育的胸口。

水渍微微晕开。

贺弦的视线跟着垂了下去，接着脸色骤然一僵，慌张地挪开了目光。

正值青春期的少年并非什么都不懂，相反，甚至会对异性感到好奇。

贺弦平时也不是没听周围的男生讨论过，再加上杂七杂八的书看了一堆，他其实懂得很多。

所以他反而觉得，南知这种"坦然"简直……

离谱至极！

她是蠢还是呆啊？

好歹二楼还有个男的在呢！

她从浴室出来就不能稍微把头发裹好一点吗？！不要让水流出来啊！

而且睡衣就不能穿颜色深一点的吗？！

贺弦眼皮一跳，瞥了一眼南知朝房间走去的背影，心想你这人蠢归蠢，运气倒是可以。

得亏是住我家，要是住别人家还不知道你怎么样了呢。

贺弦冷哼一声，忽然开口喊住了她："站住。"

南知顿了顿，停下脚步回头看他："有事吗？"

"你洗完澡，"贺弦挪开视线，话音稍停，朝地上的水渍扬了扬下巴，"能不能擦干点儿再出来?

"地上这么多水,你是想滑死我,然后继承整个二楼是吧?"

南知看着地上的脚印沉默片刻,忍了忍,说:"我知道了,我待会儿会擦干的。"说完,她便没再搭理贺弦,径自进了房间。

看着门缓缓闭合,贺弦的脑袋里又没来由地冒出一个想法。

这人好像都没有锁门的习惯。

他好像从来都没听见过反锁的声音。

他嘴角无语地抽了抽,轻嗤一声,心想自己可真是个大善人啊。

只不过大善人当晚就做了个荒唐到极点的梦。

他梦见自己变成了那滴扰人的水珠。

起初他紧紧地攥着乌黑的发梢不愿滑落,但不知怎么,一阵柠檬香飘入了鼻尖。

那个瞬间,他眼睫一颤,竟然鬼使神差地放了手,无力地贴着白嫩无瑕的脸颊皮肤滑了下去。

滑下去的时候,他甚至能看见皮肤上细小的绒毛,像白里透红的水蜜桃一样。

接着,他一路滑到了下巴尖。

那里就像是一道悬崖,底下是万丈深渊。

他不想下去,死死地勾着崖边不放。

但是崖底再次传来了诱人的柠檬香,甚至比刚才还要浓郁,似乎还夹杂了些微不同的气息。

有点像他前几天刚吃过的柠檬奶酪蛋糕的味道。

他望着崖底怔住了。

气息越发浓郁,他深深地吸了一口,突然感觉自己的身体一阵酥麻,手也渐渐脱力。

一阵失重感陡然袭来,等他回过神来时,自己已经落了下去,接着便砸进了雪白的柔软之中,整个人渐渐瘫软弥散,被温热的湿意裹挟。

毕竟自己是个水珠,大概是晕开了吧。

贺弦闭眼心想着。

然而须臾过后,他似乎意识到了什么,又猛地睁开眼,从床上弹坐起来。

他静坐在床上怔愣了片刻,忽然掀开了薄被。

他果然是晕开了。

此刻,灰色的床单上已经晕开了一小片水渍,比其他地方的颜色要深上一层。

贺弦看着那块深色区域,逐渐傻眼。

他也不知道自己傻了多久,反正等他回味来的时候,自己已经开始换裤子收拾床单了。

他抱着那堆布料鬼鬼祟祟地打开门,冲进二楼那间浴室,然后一股脑地把东西扔进了洗衣机毁尸灭迹。

看着床单衣服在洗衣机里疯狂翻滚，贺弦蹲在前面，缓缓捂住了脸，有点想进去一起翻滚。

他在干什么啊！

他怎么会做这种荒唐至极的梦！

偏偏洗衣机还在这间浴室里，贺弦闻着狭小房间里弥漫的那道熟悉的柠檬香，牙关轻颤，感觉自己快崩溃了。

南知怎么这么烦人啊！洗个澡都洗不利索吗？是不是还得给她弄个仆人伺候啊！

他非得想个办法把南知弄走不可！

省得她再来烦人！

贺弦记得，自己确实没想出办法来把南知弄走。

毕竟弄走了也是祸害别人。

为了不让南知这个祸害跑出去祸害别人，他选择把她关起来。

给她一间独卫，总不至于还要出来惹人烦吧。

好在这次南知也算顺了贺大少爷的意。

她跟他换了房间后，没再用过外面的浴室，让贺大少爷清净了很久。

但贺弦没料到的是，时隔多年，南知又出现在了这间属于他的浴室里。

而南知显然也没想到，自己就偷偷摸摸出来这么一会儿工夫，居然还好死不死地碰上了贺弦。

她在黑暗中找到了贺弦的洗发水和沐浴露，正想暂时拿回去用一下，结果一转身，却发现贺弦正靠在门边，直勾勾地盯着她。

也不知道看了多久。

偷鸡摸狗的心虚感陡然袭来，红晕逐渐爬上脸颊，南知耳尖一烫，故作镇定地小声解释道："我刚发现我浴室没洗发水和沐浴露，我借你的用一下。"

贺弦没作声。

见他没同意，但也没反对，南知心里有些打鼓。

只不过她还是佯装淡定，朝门外走去。

可惜门是被贺弦堵着的。

本来这间浴室的推拉门就不宽，他往那儿一站，南知根本出不去。

见他丝毫没有让路的意思，南知抿了抿唇："能让一下吗？"

也不知道贺弦听见没听见，他半垂着眼皮，眸色深沉，居高临下地看着她。

他双眼一眨不眨，就这么直直地盯着她，好似在出神，又好似在观察什么。

南知强压下心底的怪异感，抬手在他眼前晃了晃："贺弦？"

大概是听见了自己的名字，贺弦眸光微颤。

见他好像回神了，南知又重复了一遍："让我出去一下。"

然而贺弦却忽然动了动唇，似乎说了句什么。

南知没听清。

又因为贺弦本来就喝了酒,她下意识地以为他现在没清醒,凑过去问道:"你刚说什么?我没听清。"

很奇怪。

明明南知今晚还没洗澡。

但不知道是这间浴室给贺弦留下的印象太深了,还是其他什么缘由,他总觉得自己又一次闻到了当初那种柠檬乳酪蛋糕的味道。

他喉间一滚,有种自己吃了甜腻蛋糕却没喝水的饥渴感。

偏偏南知还没察觉到,依旧蹙着眉在问他:"你刚说什么了?"

贺弦半垂着眼,幽暗的眸光从眼底流露出来。

他盯着南知脸颊上的水珠看了一会儿,忽然弯下腰来,跟她视线平齐:"我说……"

南知还真当他有话要说,直接把耳朵凑了过去。

冷白的月光下,当贺弦看着她那张水蜜桃般的脸离自己越来越近,仿佛连每根细小的绒毛都能看得清时,他甚至产生了一种错觉,好像自己真的变成了当时梦里那颗水珠。

只不过是一颗沸水珠。

明明是冬天,他却感觉自己跟发烧了似的渐渐滚烫起来,忍不住烦躁地闭上了眼。

但闭上眼后,嗅觉却变得灵敏异常。

再加上酒精确实会让人头脑不太清醒,他嗅着那股柠檬香,攥着换洗衣服的指节捏了又捏,喉结动了又动……

最后却依旧难以忍耐。

他干脆放弃挣扎,抬起手抚上了南知的侧脸。

南知被他按得往前一扑——

还不等她反应过来,一阵带着醉意的温热触感,就这么猝不及防地压在了她柔软的脸颊上。

这一幕让南知始料未及。

就连贺弦唇瓣压下来的刹那,她甚至都没有想到,那真的是贺弦的唇。

直到那抹温热轻轻吮掉了她脸颊的水珠,逐渐移至她的唇瓣上时,她才堪堪回过神来。

但这个时候她已经说不出话了。

她错愕地瞪着眼,听着耳旁如鼓般的心跳,嗅着笼罩自己的那抹带着醉意、又急促火热的呼吸,脑海恍若一片空白。

过了不知多久,直到她软绵绵的手脱了力,不小心把手里的沐浴露和洗发露掉到地上、砸出了沉重的声响,她才从这浓重的愕然中清醒过来,抬手去推贺弦。

然而,贺弦却没她那么理智清醒。

. 125 .

他就像是找到沙漠绿洲的旅人，尝到了久旱逢甘霖的滋味，硬是不肯松手。

他的手依旧死死地按着南知的脖颈和细腰，没有给她一丝挣脱的空间，甚至还把南知逼退到了墙角。

瓷砖墙面本就透着凉意，南知的睡衣也并不厚，一阵寒意顺着脊背袭来，她被激得一个哆嗦，开始拼命地挣扎着去躲他："你放开我！"

贺弦置若罔闻。

他重新堵上了南知的唇，将她的话压了回去。

扰人的声音终于止歇，取而代之的却是一阵酥麻的痛感，以及逐渐弥漫的血腥味。

贺弦皱了皱眉，用拇指拨了下南知的脸侧，似乎是想让她松口。

然而他没想到自己居然摸到了一滴温热的水珠。

贺弦倏地停住，大脑霎时一片空白。

他僵了一瞬，陡然回过神来，忙不迭放开南知。

结果就见豆大的眼泪汩汩地从南知的美眸里流出来，正顺着她脸颊滑落。

贺大少爷整个人都僵住了。

他呆愣地望着南知，手足无措道："不是……那个……对、对不起……"

南知攥着衣角，平时透亮的杏眼此刻正悬着泪，顺着脸颊不停落下。

偏偏这种时候她也没有放声哭出来，而是紧紧咬住下唇，正无声地瞪着他。

像是在等他一个合理的解释。

"我……"然而，贺弦支吾了半响，居然发现自己根本不知道该怎么解释。

见他半天都放不出一个屁来，气恼的南知终于爆发了。

她使出全身力气，猛地推开贺弦，踢开了地上散落的瓶瓶罐罐，转身怒气冲冲地跑出了浴室："你烦死了！"

接着，贺弦便听见不远处传来一声关门的巨响，仿佛地板都跟着颤了一颤。

"完了……

"我死定了……

"我真不是人……"

翌日一大早，一宿没睡着的贺大少爷还是没顶住心里的愧疚和压力，选择遁逃来了付尧家。

这两天付尧爸妈不在家，所以昨天才找人出去嗨，本来正闷头睡大觉呢，结果突然就接到了贺弦已经到他家楼下的电话。

他睡眼惺忪地下楼把人接了上来，正想让他自便，准备自己去睡回笼觉，扭头却见贺弦一头栽在了他的床上。

还把脑袋埋在了枕头底下，一副不愿见人的样子，嘴里絮絮叨叨着："我真不是个东西……"

"我是畜生呜呜呜……"

难得见心高气傲的贺大少爷这么辱骂自己，付尧意识到了事情的严重性，困意陡然消散了。

他把贺弦脑袋上的枕头拿下来，问他："你到底干吗了？"

稍顿，他脑海里不由得冒出了一个可怕的想法，忍不住咽了咽口水："呃……兄弟，你该不会犯法了吧……"

闻声，贺弦猛地一抬头。

强吻应该算吧……更何况南知本身就是学法律的。

看她都气哭了，报警抓他也不是没可能。

想着想着，贺弦突然从床上坐了起来，忽而道："要不然我自首吧。

"我去找个牢坐坐。"

听他这么说，付尧惊愕地道："我去，你真这么禽兽啊？！三年起步！你完了！"

"我可不是完了吗？"贺弦懊丧地往床上一歪，双目空洞道，"她肯定觉得我是个变态，她再也不会理我了。"

"这还是理不理你的事儿吗？"付尧一言难尽地看了他一眼，坐在床边开始帮他搜会判几年。

贺弦顶着一张失魂落魄的脸叹了口气，又蔫答答地从床上爬起来，好像想跟付尧说点什么。

结果视线一偏，却看到他在搜"兄弟酒后乱性要被判几年"。

贺弦咬了咬牙，照着他肩膀来了一拳："你有病啊，我没干那种事儿。"

"啊？"付尧猛地转过头来看他，"那你到底干吗了？你倒是说清楚啊。"

"我……"贺弦一噎，跟蚊子哼哼似的挤出一句，"我亲她了。"

付尧欲言又止了半天："就、就这？"

"你还想怎么着啊？"贺弦看着他那副不以为意的表情，顿时有些气恼，"她都被我气哭了！"

"……哦。"付尧收敛了点表情，尴尬地挠挠头，"其实我觉得这个不算什么大事儿，你看电视剧里不都……"

说到一半，他看着贺弦难看的脸色，又噤声了，改口道："这个事儿吧可大可小，你好好跟南知道个歉呢？"

闻言，贺弦脑海里再次浮现起了南知昨晚气愤的模样——

大颗大颗的泪从眼眶滚落，将原本脸颊上那些扰人的水珠取而代之。

她气恼地瞪着自己，眼睫轻颤，却依旧死死咬着唇不肯放声哭出来。

南知平时从来不哭，距离上一次见南知哭，已经过了十年，好像还是她刚搬到他家的时候。

那次也是他把她弄哭的。

贺弦闭了闭眸，再次脑袋一歪，闷头栽在了床上。

南知现在应该恨死他了。

他好像真的完蛋了……

昨晚回到房间后的南知，几乎也是一夜没睡，睁眼到天明。

她眼泪已经止住了，却依旧把脑袋蒙在被子里，不停地回想着贺弦做的事。

这个人！

到底为什么要干这种事！

甚至亲完了也不给她一个解释！

明明是这个人自己说的"我怎么可能会喜欢南知那种人"，结果现在又突然这样……

南知咬着干燥的唇瓣，简直百思不得其解。

她烦闷地呼了口气，感觉自己思绪乱得不行，干脆猛地一掀被子，从床上坐了起来。

清新的空气扑面而来，她却没有舒畅的感觉，目光死死盯着紧闭的卧室门，仿佛要穿透两扇门直接瞪死对面的贺弦。

贺弦现在在干吗？

不会亲完了人就呼呼大睡去了吧？

照他之前醉酒的姿态来看，这人闹腾累了自己倒头就睡也不是没可能。

可他这次醉得也太离谱了吧！

之前他喝高了要夹娃娃是因为看见了路边有娃娃机店，要蹦极是因为看见了远处的云极塔，要睡床也是因为面前有张大床。

那这次亲人是什么意思？！

看见了面前有个人？！

那面前还有马桶呢！他怎么不去亲马桶呢！

正气愤地猜测着，南知脑海里又忽地闪过了去年夏天，两人在伏洲酒店的时候，贺弦跟她说的一句话——

"谁告诉你有些事必须得喜欢才能做？"

盯着雪白的卧室门出神地望了许久，南知忽然觉得自己被羞辱了似的。

他到底把她当什么人啊！

南知简直忍无可忍，一不做二不休，直接翻身下床，去找贺弦算账。

毕竟这人喝醉了就断片，不趁早找他对峙，指不定明天就全忘了。

南知绷着脸，嘀咕着组织了一大段用来……羞辱、谴责、控诉、辱骂他的话，确定自己处于道德制高点后，终于鼓起勇气抬手敲了敲他的房门。

然而敲了两下后，她又觉得，自己好像没必要对他这么客气，毕竟他可一点儿都不客气，干脆推开了门，直接走了进去。

只不过出乎她意料的是，现在才五点，贺弦的床上却不见人影。

徒留凌乱一堆的被子，以及可怜的呆那嗦孤苦伶仃地趴在那儿。

南知看着空无一人的床面，终于慢半拍地回过神来。

她捏了捏拳头，咬着唇瓣牙关轻颤——

贺弦怎么会这么狗！

缩头乌龟！

说出来可能没人信，从小无所畏惧、天不怕地不怕的贺大少爷，这次居然一天没敢回家。

要不是付尧亲眼看见，他也不会信。

但事实摆在眼前，付尧不信也得信。

他看着霸占了自己的床郁郁寡欢的贺大少爷，一时间不知道该怎么评价，只能挠着脑袋给他出主意："说真的，实在不行你跟她实话实说呗。"

"就承认你喜欢她，喝高了有点情难自禁。"

贺弦把脸埋在枕头上，没作声。

虽然这是事实，但实在不属于情有可原的范畴。

要是一句"喜欢""情难自禁"就能这样，那喜欢南知的人不多了去了？全像他一样还得了？！

贺弦翻了个身，顶着一头凌乱的毛从床上爬起来，蔫巴巴不吭声。

他把手机从裤子口袋里拿出来，插上充电线，烦闷地点开了微信界面。

南知的聊天框在第一个。

她的头像还是从小用到大的那只躺着的小企鹅，一直没变过。

贺弦烦躁地揉了揉头发，带着一股试探点开了她的聊天框。

两人的对话停留在南知前段时间告诉他，自己1月21号回家的那条消息上。

当时贺弦没有回复。

因为他觉得实在也没什么好回的。

毕竟南知恋爱都谈起来了，自己还眼巴巴找她多聊两句天干吗？

跟个备胎似的，掉价。

贺大少爷才不稀罕干这种事。

但是现在，贺弦又有点后悔自己前段时间闹脾气。

如果平时他跟南知维持着一段还算友好的关系，那以南知的脾气来看，他诚恳认错解释一番，说不定还能抢救一下。

可他最近除了摆臭脸就是冷嘲热讽，连一句正经话都没跟南知说过。

南知也对他没什么好脸色。现在能原谅他才有鬼了！

想到这儿，贺弦又双目涣散地倒回了床上。

一旁的付尧看他这样，没忍住问了句："话说南知什么时候谈恋爱了？我刚问孙若芙，她说南知没谈啊。"

贺弦的视线缓缓转移到付尧脸上，看他一眼后又闭上："她朋友圈的合照。"

"朋友圈合照？"付尧不信邪，去南知朋友圈翻了一圈，"哪个啊？她最近一个月不就发了条跨年的朋友圈？"

"就那条。"贺弦眼也不睁，重新把头埋回去，"第六张照片。"

闻言，付尧立马点开了那所谓的第六张照片，莫名陷入一阵沉默。

他盯着照片里的男生看了半晌，突然"啧"了一声："这不那谁吗？"

"谁啊？"原本了无生气的贺弦一听这话，又蹿了起来，"你认识？"

"哎哟，我想不起来叫什么了。"付尧摸着自己那猕猴桃般的板寸，皱着脸绞尽脑汁想了半天，"我真想不起来了，反正是个明星，我一舍友暗恋的女生特喜欢他，搞得我舍友都整天看这个人的剧找共同话题。"

贺弦眼皮蓦地一跳："你认真的？"

"对啊。"付尧看南知这架势应该是去看跨年晚会了，立马搜了搜华都台的跨年晚会都有谁。

把当时的节目单从头到尾扫了一遍后，他终于看见了那个眼熟的名字："啊对！胡清润，就这人！南知应该是跟朋友去看跨年晚会了吧，然后找这人拍了张照？"

"所以，"贺弦脸色倏然僵硬起来，甚至又白了几分，"你的意思是，南知没谈恋爱？"

"应该是吧。"付尧猜测道，"这人是明星啊，南知平时又不追星，怎么谈？"

话到一半，他又想起来了什么，一脸匪夷所思："话说你不认识这人啊？你一直以为南知跟他谈恋爱？"

"我怎么认识？"贺弦嘴角一抽，"长得还没我好看呢，谁知道是明星啊。"

虽然他的话说得有道理，但属实欠揍，付尧嫌弃地给了他一拳："得了，你搞明白了就赶紧找人家道歉去。"

这话不用他说贺弦也知道。

他坐在床边，手肘撑在膝盖上，一脸虔诚地拿着手机，在和南知的聊天框里敲敲打打。

他对着这一长串话删了又删，改了又改，终于在抓耳挠腮了一小时之后，写出了一段自己还算满意的道歉信。

言辞恳切，拳拳之心，简直溢于言表。

删改完后，他又斟酌了一遍，确认无误终于点了发送。

付尧看他折腾了这么好半天才发了出去，还密密麻麻发了一段，立刻就探了个脑袋过来凑热闹。

"你发什么了？给我瞅一眼。"

然而他的视线飘过去的时候，率先落入眼帘的却并非贺弦那些道歉的话语。

而是旁边那红得刺目的感叹号。

他下意识地用余光瞄了一眼贺弦。

结果就见贺大少爷原本那张谨慎又紧张的脸，现在像是被人兜头泼了一盆冰水似的，直接给泼得冻住了。

他的唇几乎抿成了一条直线，眼皮轻跳，整个人却一动不动。

仿佛在压抑着某种他从未体会过的情绪。

付尧默了默，支吾着安抚了他一番："呃，要不我手机借你？"

也许是突然冒出的声响唤回了贺弦的思绪，他倏地回过神，直接从床边站了起来，大步流星地往外冲。

付尧"哎"了一声,正想跟出去,却又见他像是想起了什么似的,三步并两步冲回来,拎起椅背上的外套,撂了句:"我回家找她。"

话音还未完全落下,他也不管付尧是什么表情,径直冲出了他家。

第十三章 //
你是我喜欢的人

南知突然发现，有句话说得一点都不错——
逃避可耻，但有用。
贺弦能这么做，她也可以这么做。
既然他不想解释，那她也就不听了，于是她心安理得地把贺弦拉黑了，并且找了个理由，拖着行李箱住回了自己家。
曲江柔见拗不过她，虽然心里觉得奇怪，但还是帮着她在翟婉那边找了个合适的说辞，让她回家去了。
只不过曲江柔暂时没跟她回去，说是要等晚上做完饭忙完再走，南知便自己一个人打车回家了。
她到家后简单收拾了下屋子。
平时曲江柔也很少回来住，家里不少地方已经落灰了，南知草草打扫了一遍，又洗了个澡，在自己久违的小床上躺下。
她家这套房子并不大，两室一厅，总共六十多平方米，是当初南程锡创业失败卖房还债后，贷款买的一套小房子。
当时南知好像才二年级，她对那段记忆的细节早已模糊，但还是清楚地记得遗留下来的情绪。
那段时间，爸爸脸色阴云密布，妈妈整日以泪洗面，两人吵了几次架后，好在达成了共识，决定将家里原本的大房子卖掉，只留个首付的钱，贷款换一套小房子，剩余卖房的钱拿去还债。
南知虽然懵懵懂懂，但也看得出来爸爸妈妈算是和好如初了，所以失落的心情终于跟着回暖。
接着，曲江柔便不让南程锡继续创业了，而是催促他找一份稳定的工作。
只不过这份看似稳定的工作后来也不是很稳定了。
没几个月，南程锡便因为公司业务出国了，和她们母女二人分居两地。
好在工资还算稳定，至少比冒险创业好多了。
近几年的日子过得倒不像当初那样紧凑，只不过当初的那种惶恐灰暗还是给曲江柔留下了心理阴影。
以至于现在，她对南知唯一的要求就是未来要找一份稳定的工作。
她一直以来的打算就是让南知回宁洲考公，既有稳定工作，又能待在自己身边，一举两得。

想到这儿，南知突然记起自己很久没见到爸爸了。

她翻了个身趴在床上，拿出手机给南程锡拨了个视频电话。

今天南程锡似乎不忙，电话没响两声便接通了。

那张熟悉又陌生的脸顿时出现在屏幕内。

"怎么了知知？"南程锡虽然人到中年，可并未发福，脸型依旧窄长，颇有些成熟男人的魅力。

此刻他面上带笑，但眉眼却像是被一层疲惫感笼罩，皮肤比上次见他时黑了一些，下巴上有一层泛青的胡茬："想爸爸了？"

南知其实并不擅长情感表达，她总觉得这些话有点肉麻。

再加上她从小到大跟南程锡生活的时间确实不长，此刻听他这么问，莫名有点不好意思，但还是乖乖笑着应了："嗯，好久没看见爸爸了。"

昨晚南知哭过一通，现在眼睛还有点肿，原本化了个妆看不太出来，然而她刚洗澡卸了妆，倒是被南程锡发现了。

他愣了一愣，不自在地轻咳两声："知知眼睛怎么了？被欺负了？"

南知唇角一僵，又迅速地甩开刚才脑海中一闪而过的贺弦，摇头道："没有，就是昨天赶飞机有点累，没睡好。"

"这样啊。"南程锡松了口气。

父女两人其实都不是话多的性格，聊着聊着就没话说了。

最后还是南知问了句："爸爸，我暑假的时候你能回来吗？"

闻声，南程锡怔了怔，笑道："我尽量。"

"尽量"无非就是个托词，南知心里有些失落，但面上没显，只是乖乖应声："好。"

父女俩又聊了几句，便挂了电话。

狭小的卧室内重归静谧，窗外的天色也早已暗了下去。

南知没有开灯，翻了个身仰躺在床上，出神地望着天花板上的吸顶灯发呆。

原本她很喜欢这种安静的氛围，总觉得可以在这种氛围里做自己喜欢的事非常快乐。

但现在，周围一安静下来，她就不可抑制地想起贺弦那个王八蛋。

王八蛋居然畏罪潜逃！是不是男人了？！

想想就窝火，南知重重地捶了一拳枕头，又把脸埋进了枕头里自闭，试图让自己放空脑袋不再想这个人。

过了片刻，曲江柔回来了。

听见外面门被打开的声音，南知思绪一滞，忽然翻身下了床。

曲江柔猜到她没吃晚饭，买了点菜回来，直接进了厨房。

南知跟了过去，小声道："妈妈。"

她也不知道自己冲出来干什么，大概是因为今天离开贺弦家前，以一些一听就是假的理由敷衍了曲江柔吧。

现在她还遗留着一阵挥之不去的心虚感。

见她来了，曲江柔看了她一眼，柔声问道："是不是还没吃饭？"

"嗯。"南知脸色有些不太自然。

如果今天她没任性离开贺家，妈妈也就不用回家后再给她做一顿饭了。

南知抿抿唇，心想早知道点个外卖了。

好在曲江柔倒没责怪她，而是状若无意地问了句："对了知知，你跟小弦是不是闹别扭了？"

听见妈妈口中突然冒出了贺弦的名字，南知面色一僵，下意识地摇摇头，说："没有。"

"那他刚才回来后，"曲江柔话音顿了顿，似是在斟酌措辞，"看你不在家，脸色好像很不好的样子。"

"他本来还想问我们家在哪儿，来找你来着，但我搪塞过去了。"

原本话到一半的时候，南知感觉自己的心莫名被提到了嗓子眼。

但听到最后，她的心又沉沉地落了下去，分不清到底是什么样的情绪，只觉得很是复杂，像是乱七八糟的线头交缠在一起。

"知知，"曲江柔看着她，帮她把鬓角处凌乱的发丝捋到耳后，正色道，"跟妈妈说说，是小弦欺负你了？不用害怕，妈妈只有你了，你说出来妈妈肯定会帮你的。"

南知挪开视线，抿着唇，盯着篮子里的番茄出神了许久，脑海里不停地运转着。

说实话，她不太想让曲江柔知道这件事。

原因她也说不清楚，就是觉得……让长辈知道这件事不太好，也会让曲江柔难做。

所以她飞快地想了个稍微体面些的理由，并且把责任推到了那个王八蛋贺弦身上："就……贺弦谈恋爱了。"

"嗯？"曲江柔听见这个原因愣了一瞬，"然后呢？"

"他……"南知支吾道，"他昨晚在客厅跟女朋友打视频电话，结果我出来的时候被看见了，他女朋友误会了，跟他吵了一架。我也觉得有点抱歉，所以就主动搬出来了。"

她这个理由，虽然曲江柔有些犯嘀咕，但好像也确实挑不出什么错。

毕竟南知这么大了，再住在贺家还真不太合适。

而且，之前翟婉确实提到过要给二楼那间空房装修一下、给贺弦未来的女朋友做准备的事，但后来因为那间房变成了台球室，装修便也没了下文，现在曲江柔想起来，顿时就有种自家女儿影响到人家儿子找女朋友的感觉。

她心里难免萌生出一丝愧疚："原来是这样，怪妈妈没考虑清楚。以后你就在家住吧，妈妈晚上回来陪你就是。"

见曲江柔信了，南知心里暗暗松了口气。

这事搪塞过去便轻松了不少，接连几天下来，她再没有收到跟贺弦有关的消息。

偶尔曲江柔会提一嘴,但都是鸡毛蒜皮的事。

比如翟婉从她这里得知贺弦找女朋友了,饭桌上一直问他关于女朋友的事。

但贺弦哼哼唧唧藏着掖着不肯开口,搞得翟婉和贺耀城都一头雾水。

诸如此类。

南知听了之后也就一笑而过。

春节一过没多久,寒假便快要结束了。

南知提前飞回了华都收拾宿舍。

她到的时候,展霜和姜茵还没有来,倒是舒云漫居然已经回来了。

"哎?知知?"舒云漫见她来了,面上透了一丝讶异,"你怎么早回来呀?"

显然南知也没想到她来了,惊讶过后跟着问道:"你怎么也这么早?"

"我男朋友那边要早点回校,我在家闲得没事,干脆也回学校了。"说起这事,舒云漫忍不住抱怨,"你说他们南港大学放假晚就算了,怎么连开学都这么早。"

听见"南港大学"四个字,某个王八蛋的身影又跟烦人精似的从她脑海里一闪而过。

南知面无表情地把他拍开,心里却不由得嘀咕起另一件事。

南港大学放假晚吗?

她回家那天是贺弦那小子接她的,按理说应该比她们还要早吧。

但她转念一想,可能是专业不一样,考试时间也不一样,说不定是贺弦考试比较早,一考完就回来了。

所以她也就没多嘴,只是随口附和了句:"你男朋友南港大学的?那离我们这挺远的。"

"是呀。"舒云漫反趴在椅子上,托腮看着南知收拾东西。

也不知她想起了什么,忽然又笑了起来:"不过今年情人节正好在周末,他说情人节那天来华都看我。"

聊着聊着,她又关心起南知的感情生活:"对了知知,你还没谈恋爱吗?那几个追你的你都没兴趣?"

闻声,南知摇了摇头:"没有。"

"蒋如松也没有吗?"舒云漫惊讶道,"你俩不是高中同学吗?我以为你们肯定能有故事呢。"

"要有故事的话应该早就有了吧。"南知整理书的动作顿了顿,不知想起了谁,又忽地转头一笑,"这么久都没有,以后也不会有了。"

然而,南知没料到的是,她觉得没故事,不代表别人也这么觉得。

情人节那天,她收到了来自蒋如松的消息,和一则陌生电话。

她没有接陌生电话的习惯,所以没多想便挂断了,转头点开了蒋如松的消息——

方便下来一趟吗？我在你们宿舍楼下。

南知看着这条消息沉默许久，心里默默萌生出一丝预感和愧疚。

她正想找个理由回绝，却见去阳台晾衣服的展霜回来了，八卦兮兮地拍了拍她："知知！你猜我刚才看见谁在楼下？"

"蒋如松哎！他拿着花和礼物！我猜他肯定是在等你！"

南知默了默，想说她不准备下去，然而一旁的姜茵听见后也跟着出去凑了个热闹，回身便联合展霜一起把她推了出去："快快快，去看看，就算要拒绝也得好好跟人家说吧，好歹是个帅哥！"

看着宿舍门在她面前飞快地关上，她叹了口气，又低头看了眼自己身上穿着的玉桂狗珊瑚绒睡裙以及裸露在外的一截小腿，重新抬手敲了敲门："好歹让我换身衣服。"

华都这个时节，温度还没回暖，这么出门肯定要被冻死。

好在展霜和姜茵还是人，放她进来换了身衣服后，还亲自上手给她化了个妆。

本来南知不想搞这么大阵仗，毕竟她不是去接受告白的，而是去拒绝告白的，但她被按在座位上，眼影、刷眼、线笔还在她眼皮上刷刷刷，她一动都不敢动。

过了二十分钟，展霜和姜茵才拍拍手上的粉，放她下了楼。

南知如获大赦。

出了宿舍楼，她一眼就看见了在对面湖边树下等着的蒋如松。

见她来了，蒋如松眼睛一亮，似是松了口气，朝她温和地笑了笑："南知。"

然而南知却不像他这么轻松。

她捏着手机，视线低垂没好意思看他。

也没好意思看他手里的花。

大概是察觉了她的情绪，蒋如松神情微微一滞，但事到临头还是只能硬着头皮把花递给她："南知，今天我是来……"

然而他话还没说完，南知就迫不及待地打断了他的话："抱歉，我……我大概知道你要说什么。"

闻言，蒋如松顿了顿，笑道："那你的想法是？"

"我……"南知抿着唇，没说话，但摇了摇头。

其实她的反应，也算是在蒋如松的预料之中。

尤其是在他刚才看见贺弦也出现在附近后。

他隐隐有一种预感，贺弦应该是来找南知的。

但他还是想试一试，所以继续在这里等了下去。

好在南知来了。可似乎不是为他来的。

意识到这一点后，蒋如松僵硬地笑了笑："你是跟贺弦在一起了吗？"

南知没想到会从蒋如松口中听见贺弦的名字，不由得怔住了。

见她似乎有些吃惊，蒋如松低眸打量着她今天的装扮，继续道："我刚才看见他了，你应该是跟他约好要一起出门的吧？"

"我好像打乱你们计划了？"

他又自言自语般说了几句，南知却几乎没听进去。

她的思绪依旧停留在那句"我刚才看见他了"。

这话的意思是，贺弦来了？

南知的心情陡然变成一团乱麻，心跳也在这个瞬间开始加速。

就连蒋如松跟她说的后面几句话，她都没听进去，整个人浑浑噩噩的。

直到蒋如松把花和礼物塞给了她，她才堪堪回过神来，宛如接了一块烫手山芋，连忙推了回去："不用了，你还是拿回去吧。"

"我拿回去也没什么用。"蒋如松勉强牵牵嘴角，"收下吧，本来就是买给你的，我拿回去也是扔掉，浪费。"

听她这么说，南知也不知道该怎么回绝，只能迟疑着收下："抱歉。"

蒋如松摇摇头："没事，情理之中的事，输给贺弦的话我也认了。"

看着他离开的背影，南知站在原地踌躇片刻，心里却忍不住再次想起贺弦。

如果他真的来了……那他应该还在附近？

南知垂头看了眼手里的花，犹豫了会儿，咬咬牙，干脆抬脚沿着湖继续走。

既然知道贺弦来了，那趁这个机会，把上次要跟他说的话吐出来也好，不然心里憋着一口气太窝火了。

想到这里，她脚步也不由得加快了，恨不得掘地三尺把贺弦这个缩头王八蛋给挖出来揍一顿。

然而等她绕湖半圈、在附近的长椅上看见贺弦歪靠着的背影时，她胸腔里那口闷气却鬼使神差地散开了些。

她视线微凝，蹑手蹑脚地迈步朝他走去。

只见贺弦正歪七扭八地靠在椅背上，手里举着一枝粉色的玫瑰花，一片一片地揪着它的花瓣，嘴里还不停地念叨着："完了，没完，完了，没完，完了……"

最后一片花瓣落下，贺弦盯着光秃秃的花枝怔愣片刻，忽然嗷嗷叫了起来："呜呜呜，完了！"

南知无语地看着他的后脑勺，终究还是没忍住凑了过去，在他耳边幽幽道："你确实完了。"

贺弦显然也没想到南知会突然出现在他身后，整个人立马弹了起来。

他那双平日里充满了玩世不恭的桃花眼，此刻瞪得浑圆，正惊愕地看向南知："你……你怎么来了？"

南知看他这副样子，心里悄悄哼了一声，莫名有种出了一口气的感觉。

她觑着他，随口道："路过。"

贺弦回过神来，偷偷瞄了眼她手里的花，似乎想说点什么。

但不知道为什么，他的嘴开开合合，最后还是没说什么有用的，眼皮也跟着垂了下去，蔫巴巴地哼唧道："哦……你还有事吧？那你先忙吧。"

说着,他又撇撇嘴坐了回去,留个后脑勺对着她,看起来颇有些不服气,但又敢怒不敢言。

南知总觉得,现在的他就像一只又高傲又落魄的小狗。

很矛盾。

她站在他身后沉默了会儿,忽而道:"你就没有什么话要跟我解释?"

闻言,贺弦回过头来,小声叽叽咕咕:"你不是有事吗?"

话说到一半,他颇为幽怨地瞟了她一眼:"我没名没分的,哪敢碍着你约会啊。"

听他这话,南知眼皮一掀,白了他一眼:"你还有什么不敢的?"

被她嘲讽了一通,贺弦撇撇嘴,但因为自己理亏,没法辩驳,只能咽下这口闷气。

南知绕到了长椅前,径自坐了下来:"你有事就赶紧说吧,明天回南港去。"

见她似乎确实不急着走,贺弦这才低低地"哦"了一声,坦白了此行的目的:"我主要是来跟你……道歉。"

稍顿,他余光轻瞥,瞄了一眼南知的脸色,这才继续磕磕巴巴地说下去:"我那天,不应该那样冒犯你……对不起。"

南知垂眼,捡起散落在椅子上被他揪下来的玫瑰花瓣。

她安静片刻,忽然轻声问出了某个一直困扰着她的问题:"之前你在伏洲喝醉的时候,是断片了的。这次为什么还记得?"

贺弦脸色霎时一僵。

他薄唇紧抿,眼睛闭了又睁睁了又闭,做了半晌的心理建设后,才从牙关里挤出一句:"因为这次我没喝醉。"

南知盯着手上的花瓣,平静地点点头,"所以你是故意的。"

贺弦自知理亏,只能嗓音艰涩地"嗯"一声。

"为什么?"南知问他。

贺弦一怔,之前组织好的措辞脱口而出:"我原本以为你跨年发的那张合照是和你男朋友的,觉得你肯定是谈恋爱了,所以我心里不舒服,那天看你回家了,就想……"

他迟疑了下,还是把自己当时做的浑蛋事说了出来:"找你的碴。"

其实他没有说全。

那晚,他被南知从酒吧接回来、躺在南知腿上听她对着手机笑出声的时候,心里闪现了一个怪异的想法——

手机对面的男人会知道,自己的女朋友在跟他聊天的时候,腿上躺着另一个男人吗?

不知道吧。

但这就像是一把双刃剑,另一边,那轻柔的笑声也提醒了他,自己沉醉在温柔乡的时候,她也在和另一个男人聊天。

他骨子里自然还是高傲的，他对这种事感到不齿。

所以在清醒的刹那，他脱口而出，问她，在和谁聊天。

但南知只是敷衍了句"没谁"。这在当时的他看来无异于心虚。

只不过现在回想起这事，贺弦自己倒更是心虚。

怪他孤陋寡闻了，连一个明星都不认识，闹了这么大的误会。

但是！他才不会把这种羞耻的心路历程说出来！

好在南知没有察觉到他那些弯弯绕绕的小心思，听完后，只是盯着他，平静地点了点头："所以，我可不可以理解为，你只是为了满足自己的恶趣味，让自己心里舒坦一点，才对讨厌的人做那种事？"

"嗯？"贺弦被她盯得发毛，正想解释点什么，结果却见南知突然站了起来。

她偏开头没看他，兀自说道："好了我知道了，你回南港吧。"

话落，她便转身绕过了长椅，朝自己宿舍楼的方向走去。

踩在草坪上的脚步声沙沙作响，贺弦顿时一愣，快步追了上去："等等。"

南知没搭理他。

贺弦看着她毫无表情的脸，脑袋里飞快地回忆着刚才的话是不是哪里不对。

一开始南知态度还算和气，说明是愿意听他解释的。

然而现在忽然不开心了，说明……他解释得不对？

但事实就是如此，也没有什么对错之分，只能说明可能是他解释得不到位？没戳着南知想听的？

出神片刻，贺弦回忆着刚才南知说的话，猛地灵光一现，立刻按住了她的肩膀："不是！"

南知被他拽得转了个身。

她停下来，却还是刚才那副神色淡淡的模样，无声地看着他。

贺弦心里一紧，视线却没从南知脸上移开，依旧盯着她，喉间不由得滚了滚："我不是因为什么恶趣味才那样的，你也不是我讨厌的人。"

"你是……"他唇线紧绷，深深地吸了一口气后，才艰难地挤出一句，"我喜欢的人。"

贺弦："我当时鬼迷心窍、头脑发昏，我想到你谈恋爱了就心烦意乱，又看你来酒吧接我，还纵容我躺在你腿上，我就有点……"他顿了顿，哼哼唧唧地给自己扣了个罪名，"得寸进尺。

"但所有的初衷都是因为喜欢你，不是因为什么恶趣味。"

"就……"他说到这儿，大概是觉得有些羞耻，又忍不住给自己找补，甚至还抬高了几分音量，试图让自己更有气势，"反正都是实话，你不信我也没法逼你，谁让我平时鬼话连篇这么不可信呢。"

听完贺弦这一段陈情发言，南知在剧烈的心跳声中消化了好一会儿，才渐渐回过神来，一时间不知道该说什么。

她确实有怀疑过贺弦会不会是喜欢她。

但是她又不太确定。

所以刚才她没听到自己想听的话后，就准备离开了。

结果现在，在听到自己预料之内的话后，她又不知道该怎么回应了。

这……算是表白吧？

表白好像只有接受或拒绝两种回应方式？

可她并不觉得自己和贺弦已经到了可以谈恋爱的地步。

她对贺弦并不了解，也不知道两人如果真的在一起了，以后应该如何自处。

某种程度上，她其实是个悲观主义者，总是会对一件事做最坏的打算。

她很难不去想四年的异地恋到底有没有结果。

也很难不去想，如果两人分手了，那她妈妈在贺弦家的工作会不会也受影响。

但拒绝的话，她又不可抑制地想到贺弦那副落魄小狗的模样。

他这个大少爷向来过的是众星捧月的生活，从小到大就没受过委屈。

南知心下一松，正斟酌着该怎么开口，就听贺弦已经帮她想好了说辞："你别误会啊，我就是通知你一声，没有非要你现在就拒绝……不是，答复我的意思。

"我知道你不可能因为一番话就喜欢我，所以我就是先告诉你一下，等你哪天真喜欢我了再说吧。"

他话音稍顿，忽然不服气地瞟了她一眼，撇撇嘴咕哝道："当然了，你要是跟蒋如松什么的谈恋爱了，也告诉我一声，我们桥归桥路归路。

"反正我是不可能给人当备胎的！

"就算是你……"

说到这里，他再次瞄向她。

他好像很是纠结，皱着眉头挣扎了好半天，才勉为其难地退让一步，语气凶巴巴的，似是警告又似是求和："那我最多也只能当一天，二十四小时不能再多了！多了你想都不要想！"

贺弦这番话简直让南知气也不是笑也不是。

看他这副气恼又别扭的样子，向来温和善良的南知却莫名萌生出一丝想逗弄他的恶趣味。

她顿了顿，低头看了眼怀里那束来自蒋如松的花，忽然道："那怎么办？我刚才收了蒋如松的花了。"

冷白的路灯光下，气氛猝不及防地凝结。

贺弦面色骤然一僵。

他抿着唇，偏开头不看她，嘴里愤愤地嘟囔道："那就算我已经当了一小时了，还剩二十三个小时。

"你二十三小时内跟他分手的话，我就既往不咎。"

南知漆黑透亮的眼珠悄悄转了下，盯着他紧绷的唇角，又问他："那要是我不分呢？"

"不分？"贺弦额角一跳，咬牙道，"不分我们就老死不相往来呗！有什么大不了的！"

. 140 .

说完，他似乎也来气了，径自转身走向刚才那个长椅，气冲冲地坐了下来。整个背影都散发着一股幽怨气恼又愤懑的气息。

南知看着他的后脑勺，偷偷弯唇一笑，重新走上前。

她坐了下来，把蒋如松的花放到一旁，低低道："骗你的。我没答应他，但他不想把东西拿回去，我就只能收了。"

贺弦一呆，回过神来后，一时间竟然不知道是该控诉南知这戏耍他的行为，还是谴责蒋如松那惹人厌的行为。

他瞪着南知，憋了憋，心里好气，却又不忍心说她，只能对蒋如松骂骂咧咧："他这人怎么这么懒！连个东西都不愿意拿！还好你没答应。你要是答应了，以后还不知道要过什么日子呢。"

南知一直跟不上贺弦的发散思维，此刻听了之后，颇为无语。但她也没说什么，只是问了句："你什么时候来的？"

"今天下午。"贺弦拨弄着手里的花，突然一转身，把自己的那束塞到她怀里，"给你。少了一朵是因为刚才被我揪了，你要是不喜欢我再去给你买一束。"

南知看着这束大了一圈的花，连忙摆手："别买了，都两束了，我宿舍没地方放。"

贺弦瞥了一眼蒋如松买的那束，假模假样地帮她出主意："放不下？那另外一束我帮你拿走好了。"

这心机都挂脸上了，饶是南知再迟钝也听出来了。

她哭笑不得地叹了口气，转移话题道："你怎么知道我宿舍在这里的？"

"问呗。"贺弦对此似乎很是得意，"我一路问过来法学院女生宿舍在哪儿，总有人知道的，我长这么帅谁会不理我啊。"

她就不该问这种问题。

南知无语地斜了他一眼，站起身："你吃晚饭了吗？"

"嗯？"闻声，贺弦掀了掀眼皮，硬生生压下想翘起的唇角，摇头道，"没有。"

"那走吧。"南知收拾起椅面上的礼物和花，"你这么远来一趟也不容易，我请你。"

见状，贺弦率先伸手把蒋如松给她的东西拿了起来："我帮你拿。"

南知懒得再争，睁一只眼闭一只眼随他了。

两人去了学校附近的一家火锅店。

今天情人节，学校附近的餐厅都人满为患，南知提前在手机上取了号，结果到了那边后还是要排队。

想着既然去哪里都要排队，干脆就不折腾了，两人在门口的位置上坐了下来，又下起了飞行棋。

贺弦想起高三那年，他跟南知第一次一起出去吃饭的时候，也是这家连锁火锅店。

也是在门口排队等位下飞行棋。

. 141 .

想到这事,他轻哼一声,谴责道:"你还记不记得你上次把我飞机撞回去了。"

这点鸡毛蒜皮的小事,南知早就忘了,更没想到贺弦这么记仇,嘀咕道:"你好小心眼。"

"这怎么能叫小心眼?"贺弦不服,"是你撞的我才记得的,别人我才不记得。"

南知:"那我还得谢谢你?"

贺弦:"不客气。"

大概下了两盘飞行棋,终于轮到他们进店了。

南知一坐下来,贺大少爷就屁颠屁颠地去盛调料了。

他端着两个碗兴致勃勃地回来:"你上次教我的那个,我会调了。"

"嗯?"南知正点菜呢,闻声奇怪地看了他一眼:"那个不是很……"

她正想说"简单",但看他那一副盯着她求表扬的样子,又莫名说不出口了。

于是这两个字在她嘴边绕了一圈,最后直接变成了:"不是很……难吃吗?"

"谁说难吃的?"贺弦还以为有人说她的调料难吃,看起来比她还不爽,绷着个脸道,"谁啊,没品味,以后不要跟他吃饭了。"

南知觉得挺神奇的。

过去十年,她完全想不到,之前一直讨厌她、处处跟她呛声的贺大少爷,居然……

会跟她表白。

甚至还会帮她说话。

这种事南知以前想都不敢想,她宁愿相信猪会上树。

现在真实地发生在眼前了,她觉得很是恍惚。

"对了,"坐在对面的贺弦点完菜,偷偷瞄了她一眼,一边拨弄着筷子,一边别别扭扭嘀咕了起来,"你把我从黑名单里放出来呗?"

闻声,南知敛了神思,拿起水杯喝了一口,故意道:"不要。"

"为什么?!"贺大少爷当即就不乐意了,"别人追你都能联系到你,就我不行,我岂不是输在起跑线上了?"

"谁说追我的人都能联系到我?"南知故意跟他呛声,"有些人都没有我联系方式,你躺在黑名单里已经超过99%的人了。"

贺弦眸光幽怨,视线定定地落在她脸上,一时间没吭声。

南知被他盯得一头雾水,忍不住摸了摸自己的脸:"干吗?"

看着她一脸茫然的样子,贺弦呵呵一笑,冷不丁磨了磨牙:"果然。"

"果然平时追你的人不少,上次我妈问你,你还不承认。"

"我就说表白墙上都好几个了,你还说没有。"

"骗子。"

冷不防被拆穿,南知一脸尴尬:"你干吗关注我们学校表白墙,无聊。"

. 142 .

"你又不跟我聊天,我不关注我能知道什么?"贺弦酸溜溜地睨了她一眼,"不关注我还不知道那么多人捞你呢,喊。"

这个大少爷闹起脾气来,南知有点无力招架,只能尴尬地清清嗓子转移话题:"你什么时候回南港?"

"干吗?赶我走?"贺弦又找到机会发挥了,"你又赶着跟谁约会?"

南知无力地扶额:"不是,我就问问。"

"真的?"贺弦觑着她,最后图穷匕见,"不行,除非你这两天都跟我约会,不然我不信。"

南知遏制住想给他一拳的冲动,白了他一眼:"你不说就算了,本来想送你去机场的。"

"我明天晚上九点二十的飞机。"贺弦飞快地答道。

贺弦来之前就做好了在华都住一晚的打算,所以在华都大学附近订了酒店。

两人吃完饭后散步回去,本来南知想着贺弦在某种程度上也算是客人,她应该把人送回去。

结果贺弦嚷嚷着说哪有女生送男生回家的,搞得他很没有面子,非得把南知送回宿舍楼。

南知拗不过他,只能带着他往学校的方向走。

只不过在快要路过他订的那家酒店时,他跟汇报似的跟南知提了一嘴:"喏,我订的就是这家。"

南知顺势瞟了一眼,谁料视线偏过去的刹那,却意外地在旁边的街口看见了熟人。

她有轻微的近视,不过平时不戴眼镜,此刻忍不住微微眯了眼,想确认情况。

贺弦也不知道看见了什么,视线一顿,似乎有些疑惑。

但因为他平时不爱管闲事,疑惑只是一闪而过,倒是在看见南知的反应后,才问了一嘴:"你在看什么?"

"前面的人好像是我舍友。"南知确认了那是舒云漫的背影,又看了眼她挽着的男生,恍然道,"哦对,她之前说她男朋友今天来跟她过情人节。"

"你说前面那个米色大衣的短发女生?"不知道为什么,贺弦听完后,脸色忽然变得有些古怪。

南知没太注意,"嗯"了声后,视线依旧落在舒云漫的背影上,顺口提了一句:"对了,她男朋友也是南港大学的来着。"

"……我知道。"贺弦轻啧一声,皱了皱眉,面色透着一丝纠结。

"你知道?"南知愣了愣,讶异道,"你认识呀?"

贺弦不自在地挠了挠眼下:"同一个专业,隔壁班的,一起打过两次篮球。"

南知:"这么巧?"

贺弦看着前面的背影,欲言又止,迟疑了半天没再开口。

一旁的南知听他半天不吭声,这才察觉到不对劲:"你怎么了?"

"我……"贺弦憋了憋,最后还是没憋住,伸手拽住了她,凑在她耳边小

· 143 ·

声说道,"我跟你说个事儿,你别觉得我八卦啊。"

"什么?"

"你舍友的男朋友,还有个女朋友。"

这话宛如平地一声惊雷,震得南知久久回不过神。

直到贺弦抬手在她面前晃了晃,她才堪堪反应过来:"你没认错人?"

"当然没有。"贺弦肯定道。

平时贺大少爷其实不爱记这些无关紧要的事和人,有时候记性好有时候忘性大。

这个男的让他印象颇深的原因,也并不是跟他打了两次篮球。

而是他在某天上公共课的时候,看见了这人在教室的角落跟一女生接吻……虽然对他这种脸皮厚的人来说算不上五雷轰顶,但也能称得上一句无语至极,所以这人给他留下了非常深刻的印象。

然而南知并不知道这些,她还处于挥之不去的震惊之中:"你怎么知道他还有个女朋友的?"

"我看见了啊。"贺弦见她不信,跟她绘声绘色地描述起当时的情景,"我那天去上课,因为上节课在同一栋楼,我一下课就想着先去教室占个后排的位置补觉,到得特别早。结果那人比我来得还早,我从后门进去,一眼就看见他在教室里跟……"

说到这里,他话音莫名一顿。

平时在宿舍里聊这些杂七杂八的事他从来没脸红,但不知道为什么,跟南知说这种事,他总觉得很羞耻很罪恶,耳尖不由得一红。

可南知依旧在催促他:"在干吗?你说呀。"

"在跟……"贺弦支支吾吾地挤出一句,"在跟一个女生亲亲哎……他肯定是又在学校找了个女朋友!"贺弦红着耳尖,连忙岔开这一段,继续道,"不是他女朋友的话,他亲什么亲?"

然而这话刚落下,南知似乎被勾起了某段回忆,脸色顿了顿,清秀的眉忽然一拧,侧目斜了他一眼。

正义愤填膺的贺弦忽然感觉到哪里不对,霎时噤了声。

两人四目相对了一会儿。

贺弦:"打扰了。"

南知:"没事,你继续。"

第十四章
竹马

贺弦察言观色了一番，见南知并没有翻旧账的意思，心里顿时松了口气。

他就像给皇上献计排忧解难的贺公公似的，信誓旦旦地跟南知说道："反正那人肯定是劈腿了，百分之百的。"

南知听了后，紧拧的眉头久久没有松开。

她总觉得，好像应该提醒下舒云漫，但她又不知道该怎么起这个头。

她手上也没有证据，平时也没跟她男朋友接触过，口说无凭听起来跟造谣似的。

眼看着前方舒云漫的背影渐行渐远，南知面色越发为难。

一旁的贺弦瞟见她唇线紧抿，大概察觉到了她的意图，微微一顿："你想告诉她？"

"嗯。"南知迟疑了下，"但是我不知道该怎么跟她说。"

闻言，贺弦默了默："你跟她关系很好？"

"我们宿舍关系都挺好的。"南知如实告诉他，"她和她男朋友异地恋，放假的时候经常去看她男朋友。所以，"她抿唇斟酌了一番，转而叹了口气，"我感觉她知道的话应该会挺难过的。"

看着她这副愁眉苦脸的样子，贺弦沉默片刻，低声道："其实吧……我是不建议你去蹚这浑水的。"

"这怎么叫浑水？"南知不是很认可他的话，忍不住反驳道，"长痛不如短痛，她男朋友做这种事，肯定是越早知道越好，我要是瞒着她，以后知道了不是更难过吗？"

"道理是这个道理，但是，"贺弦看她这么想插手，干脆给她举了个例子，"你还记不记得，小学的时候，有次我在花园和车库跟同学玩捉迷藏，你当时还在二楼窗口趴着看呢。"

这事南知倒是记得。那时候她刚到贺弦家没多久，也没什么朋友，每天就坐在窗口看漫画。

偶尔遇到贺弦心情好的时候，他会邀请朋友来家里玩，但南知知道自己不讨他喜欢，所以从来没跟着下去过，只是坐在窗口边，看着楼下的情况。

起初还有些眼馋和羡慕，但久而久之也就习惯了，不带她就算了，她懒得去计较那些。

她也一直以为自己那偶尔露头的小心思藏得很好，谁知道居然被贺弦发现了。

回想起自己偷鸡摸狗的样子，南知不想再提，尴尬地偏过头："然后呢？"

"然后我藏我爸车里了。"贺弦回忆着当时的情景，没忍住笑了一声，"我还从他车里发现一支口红。"

"我一开始以为是我妈的，就想着拿给她，结果半路被我爸拦下来了，他说是别人落下的要还回去。"

"我当时脑筋一转就觉得不对劲，扭头就跟我妈告状去了。"

听他越说越来劲，南知不免勾起一丝好奇："然后呢？"

"然后我就添油加醋煽风点火呗，让我妈坚信我爸在外面有人了，我妈就去找我爸吵架。"说到这儿，贺弦顿了顿，干巴巴地笑了两声，"结果发现那口红是我姑的。"

"我姑姑你见过的，那次还带我们俩出去玩来着，她开的就是我爸的车。"

"后来我爸妈和好了，又知道是我煽风点火的，两人还揍了我一顿。"

"搞得我简直猪八戒照镜子，里外不是人。"贺弦不服气地嘟囔。

话落，他瞄了南知一眼，突然收敛了表情正色道："所以啊，我是不希望你掺和这小两口的事的。你舍友要是有原则，因为这事跟她男朋友分手了，并且感谢你告诉她这些，那我无话可说。"贺弦默了默，"但是她万一不这么想呢？要是她不计前嫌又跟她男朋友和好了，那你不也成猪八戒了？"

闻言，南知面色一凝，居然有点被他说服了。

舒云漫平日十句话里八句不离她男朋友，看得出来她是真的很喜欢他。

会不会分手还真说不好。

要是真和好了，那自己的处境确实会很尴尬。

但瞒着她让她蒙在鼓里，南知心里又过意不去。

她蹙着眉沉思许久，还是没想出个好办法，只能暂缓这件事："今天就不说了，我过几天想个办法告诉她吧，不然我良心不安。"

见她还是执意如此，贺弦沉默片刻，无奈地抹了把脸："哎哟，算了算了，还是我来想办法吧，你别掺和了。"

"嗯？"南知斜他，"你有办法？"

本来贺弦是不想管这些乱七八糟的闲事的。

毕竟这些破事的男女主他都不算认识，跟他半毛钱关系都没有。

就算有，他也未必想管，因为他始终觉得谈恋爱是关起门来两个人自己的事，别说是外人掺和，自己亲爹妈掺和都不行。

但看南知这么想管，他没办法也得有办法，只能认了："有有有，你让我有我敢没有吗？"

这话说得她像压榨人的周扒皮，南知不乐意地咕哝道："没有就算了，不用那么勉强。"

"真有。"贺弦沉沉地吐了口气，忽然抬手往不远处的小吃街一指，"就

. 146 .

是我得要点报酬。

"就那儿,那个炸鸡给我来一份,加孜然。

"还有炒酸奶,我要黄桃味的。

"还有那个……"

贺弦叽叽咕咕点了一通,转头问南知:"可以吧？"

南知漆黑而沉静的杏眼一眨不眨地定在他的脸上,眼神里就差写几个大字——

要是骗我你就完蛋了。

贺弦顶着她的视线,一脸认真地解释道:"我真没骗你,我有办法让你舍友知情,只不过她之后怎么做,我可管不了啊。"

见他说得跟真的似的,南知无语地抿起唇,忍了忍后还是勉强放过了他:"知道了,我去买。"

撂下这么一句后,她便转身向小吃街的方向走去。

看她挤进人潮的背影,贺弦撇了撇嘴,心说一回生二回熟,这猪八戒果然还是得我来当。

他呼了口气,瞥见南知已经淹没于人海,这才"狗狗祟祟"地拿出手机,一边往前追那两个人,一边给高弛打电话。

今天情人节,单身狗高弛原本在宿舍打游戏,但因为震惊于这人跑到华都约会还打电话给他,所以连游戏都不管了,立马就接起来了:"喂？你不是在约会？怎么还……"

"隔壁班那个谁,就那个和我们一起打球的飞机头,叫什么来着？"贺弦没跟他废话,直接开门见山,"还有他女朋友。"

"什么玩意儿？"高弛被他这没头没尾的问题砸得一蒙,愣了会儿才反应过来,"你说卢泓啊？"

"哦,好像是吧。"贺弦记得球场上确实有人喊他老卢来着,"他女朋友叫什么来着？"

这问题更是问得高弛一头雾水:"你关心别人女朋友干吗？关心关心你自己的女朋友吧。"

贺弦额角一跳:"你别管了,回头再跟你说,这事对我未来女朋友很重要。"

虽然高弛很难理解别人的女朋友跟他女朋友有什么关系,但他还是帮他在宿舍里问了两句。

一分钟后,终于有人回忆了起来:"噢！那个女生好像叫赵书玉。"

确认无误后,贺弦终于挂了电话,快步追了上去。

卢泓和舒云漫并未注意到他,此刻还处于充满爱意的聊天说笑之中。

贺弦在心里默默讥嘲一声,面上却了无痕迹地调整好表情,弯着唇角拍了拍卢泓的肩,故作讶异:"巧了,老卢你跟赵书玉来华都旅游呢？"

闻声,舒云漫和卢泓同时回过头,两人脸上表情各异。

卢泓是震惊于自己会在华都遇到熟人,还提及了赵书玉。

而舒云漫则是对"赵书玉"这个名字十分疑惑。

她一头雾水地看了看贺弦,又转头问卢泓:"你朋友吗?"

贺弦也表现得非常惊讶。

他像是观察了舒云漫一会儿似的,忽然纳闷道:"哎?你不是赵……"

话到一半,他仿佛想起来了什么,自己又噤了声,目光尴尬地转向卢泓,点到为止。

卢泓看见他视线抛来的一瞬间,感觉自己全身的血液都凝固了,简直快要崩溃了!

鬼知道他会在这么大的华都遇到认识的人啊!

遇到了也就算了,这个贺弦还跟缺心眼儿似的,在舒云漫面前提赵书玉!

这下好了,他到底要怎么找理由解释这件事!

他也奇怪了,平时他跟贺弦也没说过几句话,怎么这人突然这么热情了?!

"赵什么?"舒云漫听他两次提及一个姓赵的名字,这才堪堪反应过来,面露狐疑。

卢泓额角冷汗涔涔。

他正想着自己是不是应该假装不认识贺弦,誓死咬定他认错人了的时候,就听给他捅了大娄子的贺弦忽然善解人意了起来:"哦,没谁,是我搞错了。"

说着,他还拍了拍卢泓的肩,弯唇笑道:"老卢你好好跟女朋友约会啊,我先走了,明天回南港的时候叫我啊,我们一起。"

抛下这么一句话后,他便自顾自地转身,离开了这是非之地。

徒留瞠目结舌的卢泓和满腹狐疑的舒云漫在原地,四目相对,气氛颇有几分山雨欲来风满楼的架势。

南知捧着炸鸡、炒酸奶、串串回来的时候,只见贺大少爷正坐在附近的公交站台,悠悠哉哉地玩手机。

看他这气定神闲的模样,南知心里有些半信半疑。

她走上前,把这一堆吃的递给他:"你到底有什么办法?"

听见动静,贺弦掀了掀眼皮,卖了个关子没回答。

他扫了一眼面前的美食,忽然指了指那份黄桃味的炒酸奶,张嘴:"啊——"

南知默默翻了个白眼:"你自己没手吗?"

贺弦轻喷一声,不乐意了:"我都已经解决完了,犒劳一下我怎么了?"

"嗯?"南知本以为他只是趁这个时间想了个主意,没想到他都直接解决了,不由得有些错愕,"你解决了?真的假的?"

"我骗你干吗?为你这几口吃的?"贺弦见她不信,一脸不服,"你信我一下能少块肉?我好像也没骗过你。"

听他语气似乎有点不高兴,南知不好意思道:"不是,我就是有点惊讶。"

闻言,贺弦轻哼出声,又瞥了一眼炒酸奶,得寸进尺地继续张嘴:"啊——"

南知一脸无语，却又没别的办法，只能顺着这大少爷的意，戳了块炒酸奶塞他嘴里："你怎么解决的？"

"就装傻呗，"贺弦囫囵道，"假装偶遇和他打招呼，问他是不是和他那个叫赵书玉的女朋友来华都旅游，等看见你那个舍友的脸后再装疑惑，哎？你居然不是赵书玉。你舍友要不是傻子应该能听出来我这番表演的弦外之音。反正呢，"他自己又戳了一块炒酸奶塞嘴里，"我也就只能帮到这儿了，之后她怎么决定是她的事了，你也别插手了。"

这话不用他说南知也清楚。

毕竟"知情不报"和"报了没用"是两码事，后者也不是她能力范围内能管的事。

能让舒云漫察觉到异样就已经足够了。

南知稍稍放下了心，原本弥漫在心里的担忧也渐渐消散。

贺弦见她脸色缓和了些，漆黑的眼珠倏地一转，开始有意无意地暗示："我这波算不算立功？"

虽然南知不太想看他"小人得志"的样子，但事实摆在眼前，她也只能承认："算。"

说完，她又觉得贺大少爷没事不会突然冒出这一句话的，于是斜了他一眼，谨慎道："你又要干吗？"

"我没名没分的，还能干吗啊？"贺弦看着她的眼神，不服气地"啧"了一声，又转脸故作委屈道，"哎，我这种没名没分的人，无非就是想从某个乌漆墨黑的名单里爬出来、能在好友列表里有个名分而已，还能怎么样呢？"

本来南知是准备回宿舍后就把他从黑名单里放出来的。

但不知道为什么，看到他这种处心积虑、千方百计搞事的样子，又觉得……意外的好笑。

不是嘲笑，就是单纯地觉得很好玩，很好奇他之后还会耍什么心思。

所以南知听完后，并没有立刻答应他，而是故意道："我要是说不行呢？"

"不行？"贺弦眼睛一瞪，顿时气恼起来，"你确定？"

"嗯。"

"真不行？"

"嗯。"

"我最后再问你一次，你确定不行？"

"嗯。"

"好吧。"贺弦眉眼一塌，眼底颇有些不服气，撇着嘴叽叽咕咕道，"那我明天再来问你。"

在某种程度上，南知是很佩服贺弦的，从小到大都是。

哪怕是以前最讨厌他的时候，这种敬佩也没有被讨厌的情绪掩盖。

因为贺弦为达目的真的是不择手段，是南知开了眼界的程度。

小时候为了一辆山地车，他在翟婉面前简直能屈能伸，没两天就把翟婉哄

· 149 ·

得眉开眼笑给他买了。

南知一直很佩服他这点，因为她除了一哭二闹三上吊，根本想不出其他办法来达成目的，偏偏这种方法她也不好意思尝试，所以几乎不向妈妈讨要喜欢的东西。

只不过平时没有目的性的时候，贺弦就拉着一张大少爷的臭脸。

这也是翟婉总是吐槽他的原因，说他鸡贼得很。

所以现在，南知看贺弦一副能屈能伸的模样，思绪逐渐发散到未来如果她真的和贺弦在一起了，这人是不是也会这样忽冷忽热。

这种患得患失的情绪在南知身上很少见，她像是陡然失落了似的，抿着唇，一时间没有说话。

见她脸色似乎不太好，贺弦也跟着顿了顿，还以为自己说错话了，只能道："我可没有逼你的意思啊，我就争取一下，你要是不乐意就算了。"

说着说着，他声音越来越低，好像还掺杂了几分委屈的咕哝："大不了我自己再想办法就是了。"

闻声，南知瞥了他一眼，渐渐敛了神思。

她整理好情绪，才开口道："你还有什么办法？"

"不告诉你。"贺弦重重地哼了一声，"现在告诉你你肯定防着我，别以为我不知道。"

见他誓死不肯开口，南知便也没再追问。

她拿着炒酸奶，抬脚继续朝学校的方向走去。

贺弦拎着其他东西走在一旁，心下揣摩着她为什么突然不高兴了，一时无言。

南知往前走了一段，恰好看见舒云漫和她男朋友吵完架，忍泪离开的背影。

她脚步不由得一停，正想问问贺弦，他俩到底该不该继续往前走，结果又见舒云漫的男朋友追了上去，一下子就从身后抱住了她。

场面一度十分缱绻。

如果南知不知道这人劈腿的话。

她走也不是停也不是，在原地徘徊了两步后，就见那人把舒云漫转了过来，好像还想吻她。

南知顿时一怔，眼睛微微张大了几分，颇有些无所适从。

就在她正思索着是不是该朝反方向走的时候，眼前却突然被一片黑暗笼罩。

接着耳边便传来贺弦慌乱的声音："不行！小孩子不能看！"

南知淡定地拽下他覆在她眼睛上的手："小孩子经历过了，可以看。"

空气凝滞两秒，贺弦嘴角一抽，没好意思再吭声。

只不过他俩沉默之际，预料之中的场景并没有发生。

舒云漫一把推开了卢泓，紧接着一声清脆的"啪"传来——

她给了卢泓一巴掌。

南知和贺弦目瞪口呆，一时间不知道该作何反应。

直到舒云漫哭着跑进了校门，路边的花坛旁只剩卢泓一个人，他俩才勉强回过神来。

两人面色略显尴尬，对视了一眼后又不约而同地思考起到底要不要继续往前走。

南知皱着眉默然许久，粉润的唇瓣开开合合，终究还是没忍住打破这静默的氛围："话说……如果我舍友和她男朋友因为你的话分手了，你不会被那个人报复吧？"

"嗯？"贺弦听了这个问题后，眸光一顿，而后突然扬了扬眉梢，拖腔带调道，"担心这个干吗？"

本来南知也就随口一问，但被他这么贱兮兮地反将一军，脸颊莫名有些热，没好气地回了句："随便问问，不说算了。"

没听见想要的回答，贺弦不满地哼了一声，但还是回答了，语气不以为意："他怎么报复？找人打我啊？我又不是故意的。"

南知觉得他这股理直气壮的劲也挺神奇的，明明就是故意的，但从他口中说出来，居然让她的认知产生一丝动摇。

仿佛他真的不是故意的。

她定了定神，心里嘀咕着贺弦这人果然不能轻易相信。

太容易蛊惑人心了。

回到宿舍后，南知正巧遇见准备去洗手间洗漱的舒云漫。

她大概刚哭过一通，此刻眼睛还红肿着，泛着泪光。

估计是情绪低落，她没太注意南知回来了，自顾自闷头往前走，进了洗手间。

南知身形一顿，继续往里走，就见宿舍内气氛凝重。

倒是坐在桌边的展霜看见她了，招呼了声："知知回来了啊？你跟蒋如松怎么样了？"

她说这话的时候声音很小，大概也是不想戳着舒云漫的痛处。

听见动静，躺在床上的姜茵也探了个头出来，轻声问道："怎么样？在一起了？"

"没有。"南知摇摇头，把炸鸡和串串放在桌上，"吃夜宵吗？我吃不完。"

刚才贺弦走的时候，只拿了炒酸奶，剩下几样东西直接让她带回宿舍了。

展霜和姜茵闻着香气，立马凑了过来："这是蒋如松买的吗？替我们谢谢他。"

"罪过罪过，明天我一定减肥。"

"不是他买的。"南知偷偷撇了撇嘴，"我买的。"

说着，她又看了眼自己桌上的夜宵，忽然感觉好像少了点什么——

她的花和礼物似乎落在火锅店了。

南知面色一顿，拿出手机把贺弦从黑名单里拖出来，给他发了条消息：我东西好像落火锅店了，你出来的时候拿了吗？

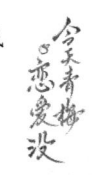

. 151 .

贺：没有呢。
贺：我的错。
贺：[￥520 请收款]
贺：赔你了。
小知了：……
南知看着他这从屏幕溢出来的心机，心里暗骂了一句后，直接熄了屏没再理他。
一旁的展霜边吃着串串，边问道："知知你没答应蒋如松的表白啊？那怎么下去那么久？"
"我……"南知不自在地理了理耳边发丝，不知道该怎么跟她们解释今天的事。
她思索了很久，认真酝酿了一番措辞，才缓缓开口道："刚才我有个朋友来找我，所以我就跟他出去吃了顿饭。"
"嗯？朋友？"看她这怪异的脸色，展霜敏锐地察觉到了异样，"男的女的？什么朋友？"
"男的，就是之前跟你们说过的那个。"南知挠挠头，感觉贺弦在她这里不仅心情百变，身份也很百变，突然不知道该怎么称呼贺弦。
倒是展霜一拍脑袋直接概括道："啊！就你那个竹马是吧？你说长得很帅的那个？"
"什么！那你不喊我们下去看啊！我倒要看看到底有多帅！"
"这是重点吗？"姜茵一巴掌把她拍开，凑过来道，"他来找你干吗？今天情人节，他来找你表白的吧？"
"……嗯。"南知不好意思地点点头。
展霜顿时惊呼起来，满脸八卦："那你俩在一起了吗？"
南知顿了顿："没有。"
听见她的回答，展霜一脸失望地"啊"了一声，姜茵倒是还算镇定。
姜茵以一副过来人的姿态拍拍她的肩，小声凑到她耳边说道："没答应也好，异地恋真的不靠谱，小漫今天就是哭着回来的。我俩问她，她哭得都说不出话，刚刚才微微好了点儿。我猜肯定跟她男朋友有关。"
刚说到这儿，耳边突然传来了洗手间的开门声。
姜茵霎时噤声，给她使了个眼色。
紧接着，舒云漫从洗手间出来，吸了吸鼻子，小声提醒她："知知，赶紧洗澡吧，待会儿要没热水了。"
话落，她便爬上了床，钻进被子里没再吭声。
宿舍内的气氛骤然沉闷了下去。
南知讷讷应声道："好。"
展霜和姜茵互看了一眼，也各自爬上床。
等南知吹完头发从浴室里出来时，恰好到了要熄灯的时间。

她把灯一关，摸黑爬上了床。

她和舒云漫的床是靠在一起的，所以上床的时候，刚巧听见了一阵抽泣声从旁边传来。

南知动作倏地一顿。

她犹豫几秒，还是没忍住伸出手拍了拍她："小漫？"

谁料她这一下却让舒云漫的眼泪像决堤的洪水般倾泻而出。

她抽噎着拉下被子，从旁边的篮子里抽了几张纸出来擦眼泪。

对面床上的展霜和姜茵听见动静，连忙爬起来安慰了几句。

舒云漫独自哭了一会儿后，才抽抽搭搭地说了句："我男朋友好像……出轨了。"

"啊？"展霜问，"你怎么发现的？"

"今天在回来路上，我碰见一个男生。"舒云漫回忆着当时的场景，解释道，"他上来跟我男朋友打招呼，开口就问他'你和赵书玉也来华都旅游了'。我一开始还以为他认错人了，但他管我男朋友叫老卢，还说明天跟我男朋友一起回南港，我就觉得应该真的是认识他的人。"

"我的天？那你男朋友怎么说？"展霜追问道。

说起这事舒云漫就来气，哭得更难受了："他说，他不认识那个人，肯定是诈骗的，还说我宁愿相信一个陌生人的话都不相信他。但是他又一直求我，我现在也不知道到底该相信谁了。"

"要我看的话，"姜茵趴在床上，一脸严肃地帮忙分析道，"他应该是真认识你男朋友，不然也不会管你男朋友叫什么老卢吧，还约他一起回南港，这么精准，十有八九是真的，那人可能是你男朋友同学之类的。

"不过你还记得那男生长什么样吗？有什么特点？要不要去他们学校表白墙问问啊？"

"特点……"舒云漫被问得一呆，想了半天后最后吐露出四个字，"长得很帅。"

"……"

"是真的帅。"见姜茵没吭声，舒云漫连忙解释，"我觉得原地出道都不为过，应该很好找。"

其实姜茵不太相信舒云漫的审美。

一方面是因为她作为一个追星女孩，审美要求一直很高，能让她觉得帅的人少之又少。另一方面是，她看过舒云漫男朋友的照片，反正……在她看来很一言难尽。

但既然舒云漫这么说，姜茵还是帮她搜了下南港大学的表白墙："那我去帮你问问。"

然而话音一落，黑暗中一直没有说话的展霜，忽然幽幽开口道："你们难道不觉得，这个条件跟某个人很符合吗？"

说着，她猛地从床上弹起来，看向南知的床位，一条一条列举过去："南港大学在读，今晚出现在华都，长得帅，足以原地出道媲美明星的程度……

"知知！那人不会是你那个贼帅的竹马吧？"

原本南知已经不想掺和这件事了，毕竟提醒过了就足够了，她只想事了拂衣去，深藏功与名。

谁知道就这么点儿信息，居然能被火眼金睛的展霜扒出来。

她尴尬地笑了两声，含糊道："可能吧。"

"知知你竹马？"舒云漫愣了愣，忙不迭问道，"你竹马是不是很高很白，笑起来眼睛弯弯的？今晚穿的黑色冲锋衣？他一开始跟我男朋友打招呼的时候就是笑着的，我印象特别深刻。"

南知不知道这种情况到底该不该应，只能避重就轻道："是穿的黑衣服，具体是什么衣服我忘了。"

正聊着，那边加了南港大学表白墙的姜茵，已经刺探情报回来了。

她发了张照片到宿舍群里："知知，这是你竹马吗？"

闻声，正在聊天的三个人不约而同地点开了宿舍群。

漆黑的宿舍里，微弱的手机屏幕光瞬间在各个床位亮起。

南知点开看了眼，发现是一张贺弦打篮球时的照片。

南港的天气向来炎热，他穿着深蓝底白边的无袖球衣，额前的发丝下露出了一截同色系的吸汗带，那双桃花眼被阳光刺到微微眯起，正转头看向观众席的人，一边拧着水瓶瓶盖，一边说着什么。

但南知觉得最惹眼的还是他那裸露在外、正流着汗的手臂。

她完全没想到贺弦看起来那么清瘦，肌肉线条居然出人意料的清晰利落。

她一直以为贺弦就是个弱不禁风的娇弱小公主，她一拳就能打哭的那种。现在看见这张照片，她突然觉得，自己从小到大那么惹他烦居然还没被他揍也是怪了。

认知被打破的感觉让她很惊奇。

她正错愕着，就听对面的展霜忽然嗷嗷叫了起来："我的天我的妈我的姥姥！这也太帅了吧！知知这个是你竹马吗？！"

事已至此，她不承认也得承认："是。"

"怪不得你看不上那个院草！我有这么帅的竹马我也看不上！"

"那今天跟我男朋友打招呼的那个人真的就是你竹马啊知知。"舒云漫惊讶道，"你能帮我问问他吗？就我男朋友和那个赵书玉平时到底什么情况？"

"可以是可以。"南知倒是不介意这个，但她要怎么跟贺弦解释……

她们宿舍把他扒出来的事。

总不能直接告诉他"因为我在宿舍提过一句我有个从小一起长大的朋友长得比明星还帅"吧？

那南知都不敢想象贺弦听完后会是什么臭屁的模样。

尾巴都翘天上去了吧。

南知迟疑了下："要不然明天？明天我当面问问吧，现在这么晚了他可能睡了。"

"好。"舒云漫对这段巧合的震惊程度已经盖过了刚才的伤心,现在情绪还不算太低落。

她点点头,又提议道:"或者明天,我请你和你竹马吃个饭?我想了解下具体情况,你方便吗?不方便的话就算了。"

南知自己倒是方便,但她不知道贺弦方不方便,思忖过后只能答道:"我也不太清楚,明天我问问他吧。"

于是第二天清早,她一起床就给贺弦发了条消息:我舍友想请你吃饭,问问她男朋友在学校的情况,你方便吗?

贺:她怎么知道你和我认识?

小知了:……

南知脸颊一热,没好意思说是因为自己说过他帅才扒出来的,只能随便胡扯了个理由:我昨晚看她哭得太伤心,就告诉她了。

好在贺弦没怀疑。

贺:噢,我都行,你说了算。

贺:反正我孤苦伶仃的能怎么办呢。

贺:在华都人生地不熟的,你哪怕把我卖了我都无力反抗。

看到"无力"两个字,她脑海中莫名浮现出昨晚看见的那照片上的肌肉线条。沉默片刻,南知真的很想说你看着一点也不无力,甚至一拳能打十个我。

但是她又不想让贺弦知道自己看他照片的事,于是忍了忍,还是没说话。

见他没什么意见,南知转头告诉舒云漫:"他答应了,你看时间、地点怎么定吧,我待会儿告诉他。"

"好。"说着,舒云漫又沉吟片刻,忽然不好意思地问道,"对了,能带上小茵和霜霜吗?我感觉我一个人跟你俩去吃饭,像电灯泡。"

南知也很不理解,为什么平平无奇的一顿饭,最后居然演变出"室友谈恋爱了男朋友请我们全宿舍吃饭"的既视感。

尤其是在姜茵一脸严肃地代表组织问她"他脾气怎么样""他性格怎么样""平时爱玩吗""对你大方吗"之类的问题时,这种异样的既视感简直更上一层楼。

南知讷讷地答了几句后忽然反应过来,连忙强调道:"我跟他没有在一起。"

"我知道呀。"姜茵一边对着镜子往脸上扑散粉,一边说道,"就是没在一起才更要考察呀,免得以后浪费时间浪费感情。"

"但是,帅到这个程度的让我浪费一点时间和感情也是可以的。"展霜潦草地画着眉毛,一脸无所谓,"只要不浪费我的钱就行。"

于是这顿饭吃着吃着就变成了一顿见面饭。

起初舒云漫还问了贺弦几个关于卢泓的问题,但因为贺弦确实不太了解卢泓和赵书玉的情况,他干脆想了个办法,让南知给他们拉个群,然后他又把高弛拉了进去。

高弛这人平时又爱聊八卦又爱管闲事,让他处理这些事简直是专业对口,没聊几句就信誓旦旦地打包票,说肯定帮舒云漫搞清楚情况。

所以这顿饭的后半段,话题中心就不再是卢泓,而是逐渐偏移到了南知和贺弦身上。

尤其是身为舍长的姜茵,谈笑间状若无意地考察了几个问题。

比如点菜的时候看他有没有点南知爱吃的菜。

再比如随口提了下南知最近爱看的漫画,想看看两人有没有共同爱好,结果贺弦对答如流轻松过关。

又比如明里暗里聊了聊关于前任的话题,结果发现这人没有前任。

总之一顿饭下来,贺弦可以说是应对自如。

展霜和舒云漫基本是代表组织同意这门婚事了。

只不过姜茵向来不信男人的花言巧语,即便贺弦口头功夫过关,但她却没那么轻易被折服。

于是下午的时候,她又准备借着逛街的机会,观察一番贺弦的脾气和耐心。

"知知,"姜茵挑了套衣服在南知身前比了比,"这套衣服很衬你肤色啊,你去试试看?"

南知低头看了一眼,发现是套粉色的针织三件套。

修身无袖毛衣背心加上同色系包臀裙,外面还配了件粉白棋盘格开衫,看起来是她从来没有尝试过的甜酷风格。

南知疑惑地看看里面那件无袖毛衣背心,下意识地道:"这衣服夏天热冬天冷吧?"

也不知道她这话哪里好笑,坐在沙发上的贺弦忽然"噗"的一声乐了。

姜茵受不了南知这老古董思维,直接把她连人带衣服推进了试衣间:"你试试就知道了。"

过了片刻,南知换了衣服出来。

不得不说,姜茵眼光是真好,挑的衣服衬得她肤色白里透红不说,连她那截白皙的细腰都突显了出来,完全就是展露优点的本命穿搭。

看得三个舍友称赞连连,甚至贺弦这种脸皮厚的人都脸颊一热,红着耳尖偏头扇了扇风。

只不过南知自己的脸色却颇有些不自在。

这条裙子并不是高腰裙,和无袖背心之间的距离正好露出了肚脐一圈。

她看着镜子里自己那一截裸露在外的皮肤,尴尬道:"不行,这样穿会拉肚子的。"

"你居然还管拉不拉肚子?!"一旁换了和她同款不同色衣服的展霜,震惊地低头捏了捏自己的小肚子,"我要是有你这身材,我非得穿这身衣服在学校里跑他个三圈不可,让全世界都来见证我的美貌。"

"确实。"姜茵满意地点点头，"这套衣服真的很适合你啊知知，你也没尝试过这种风格，买个新鲜呗。"

南知纠结了片刻，捂着自己的肚脐摇头："不行，真的会拉肚子。"

"你把开衫前面系上就是了。"姜茵直接上手帮她拢好开衫，"喏，这样不就挡住了？"

虽然南知也觉得这套衣服很好看，但她实在没尝试过这种风格，总感觉有些不好意思。

再加上价格超出了她的承受能力，她想买也有心无力。

她正要跟姜茵说这衣服太贵了，却看见一直坐在沙发上没吭声的贺弦突然往旁边一指，冷不丁来了句："要不然就配那件毛绒外套呗，不就不冷了？"

闻声，南知皱着眉扭头瞪了他一眼，正想说他瞎掺和什么，结果贺弦已经把那件衣服拎来了，往她身上一裹。

他后退两步，认真欣赏了一番，忽然满意地翘起唇："就这样了，买单。"

这话一落下，还不等她反应过来，她脖子后面的两个吊牌就已经被贺弦扯掉了。

她愣愣地回过神，忙不迭追上去阻止，就听贺弦低声跟她说了句："你知道我现在每个月生活费涨到多少了吗？"

这问题简直莫名其妙，南知一头雾水地皱着眉，没吭声。

"五位数。"贺弦比了个手势，又问道，"你知道为什么吗？"

"因为有人造谣我谈恋爱了。"贺弦看着她，幽幽道。南知呆滞两秒，陡然回想起自己跟曲江柔散布的谣言，一时无话可说。

"现在我妈整天揪着我问恋爱谈得怎么样，"他看着有点儿心虚的南知，轻哼一声，"如果我告诉她，我的钱都花我自己身上了，那我是不是要回家挨骂？"

"我挨骂对你有什么好处？"

"你就没有一点良心不安吗，南知？"

他的口气很是委屈的样子，然而南知的脑回路却飘到了九曲十八弯的地方。她看着贺弦，怔愣了一瞬后，忽然问道："所以……你是需要女装的发票回去交差吗？"

南知："化妆品的发票行吗？姜茵那儿应该有挺多的，我可以帮你要几张。"

她这副一本正经的样子直接把贺弦气笑了。

他额角一跳，把吊牌一把拍在柜台上，扭头朝收银员咬牙微笑道："小票不用给我了，谢谢。"

当晚回宿舍后，展霜还在因为这件事笑个不停。

作为目睹了南知和贺弦对话全过程的人，熄灯后她笑得连床都在颤："我觉得，那大帅哥肯定觉得自己撩了块木头。"

展霜："他半夜起来一定很怀疑人生。"

南知回想起自己当时的反应，虽然也觉得离谱，但面上还是讪讪嘴硬道："有那么严重吗？"

"那肯定啊。"展霜乐得捶床，"这二话不说直接付钱的霸总态度配上他那张脸，足以让他俘获大部分女生的芳心了，结果你居然一本正经地问他，是不是有什么任务要交差！

"如果是我，我真的会怀疑自己的魅力。"

倒是姜茵，无所谓地笑了笑："没关系，让他怀疑一下也好，男人本来就不能惯，不然飘起来了还真当自己是个东西了。"

说到这里，她停了一下，又忍不住发自肺腑地感慨道："虽然他颜值确实是个东西。"

"那可太是东西了！"展霜一拍大腿，"而且人还大方，搭配衣服都能耐心给建议，这是什么绝世好男友！我觉得这门婚事可以！知知你准备什么时候答应他？"

南知没仔细考虑过这个问题。

她没喜欢过谁，也不知道喜欢一个人的感觉到底是什么样。

而且在她看惯了贺弦那十年来对她不冷不热的样子，现在突然大转变，她还没有适应，也很难想象贺弦这阵新鲜劲过去，会不会又变成之前的样子。

南知缩在被子里，小声道："我也不知道，走一步看一步吧。"

"这样才好。"姜茵认同地附和起来，"我感觉你之前对他好像也没多大意思，最多就是觉得他长得好看吧，现在没必要强迫自己给个答复，等之后看他表现再说呗。"

"好狠的心啊我的茵茵姐。"展霜躺在床上痛心疾首，"还是我怜香惜玉，这么个大帅哥我都不忍心看他受委屈。"

"我看你是中午那顿饭吃饱了。"姜茵嫌弃地嗤了一声，"一顿饭就把你收买了，出息。"

她俩又斗了会儿嘴后，展霜忽然想起了什么，冷不丁问道："话说小漫，你那男朋友的情况打探得怎么样了？"

闻声，正在和高弛聊天的舒云漫从被窝里探出个头来，吸了吸鼻子："听说那个叫赵书玉的女生也不知道情况，高弛帮我跟她拉了个群。"

"什么？！死渣男两头骗，赶紧跟他分手啊。"展霜愤懑地从床上爬起来，"你不分我现在从上铺跳下去。"

"我提了分手了。"舒云漫连忙道，"但是他还不想分。"

"他爱分不分，还轮得到他一个死渣男说话吗？"姜茵不以为意地"喊"了一声。

然而舒云漫却抿了抿唇，迟疑道："主要是他脾气不是很好，今晚我们回来的时候，其实我看见他了，就在我们宿舍楼下的树林里。"

"但可能是因为贺弦送我们回来的吧，我看他动了两步，最后没说话，我也就当没看见了。"

"之后他可能……也不会善罢甘休吧。"

"……你说得怎么有点瘆人呢?"展霜摸了摸胳膊上的鸡皮疙瘩,"他不会跟新闻里那种变态一样蹲点报复你吧?"

听到"报复"两个字,缩在被子里的南知忽然睁开了眼,下意识拿出手机看了一眼。

已经十二点半了。

不出意外,贺弦应该已经下飞机了吧。

南知犹豫了会儿,还是没忍住给他发了条消息:你到南港了吗?

过了几分钟,贺弦的消息回复过来:到了。

贺:你还不睡觉?

南知没搭理他的疑问,又继续问他:你跟那个卢泓一起回去的吗?

贺:同一班飞机。

贺:怎么了?

隔着屏幕,南知都感受到了贺弦毫无危机意识,不由得皱了皱眉,提醒他:他在你旁边吗?你还是离他远点吧。

贺:?

本来南知不太想表现得好像在担心他似的,毕竟贺弦真的太容易飘了。

但此刻,她正巧听见舒云漫聊到卢泓"平时性格急躁""高中的时候和同学打过架"之类的话,甚至还说:"以前我们同学看他长得高高壮壮的还总动手,都不敢惹他。只不过他对我温声细语的,我就没太在意。现在上大学了他脾气也稍微好了点,但兔子急了还咬人呢,他急了我真不敢保证会不会来蹲我。"

这些话落入耳中的瞬间,南知整个人一呆,脑海里霎时浮现出贺弦被揍得嘤嘤嘤的场景。

她不敢多想,连忙发消息道:听说他以前总是打架。我感觉他会报复你。

谁料手机对面的贺弦却发了个"啊"过来。

看他这副云淡风轻的样子,南知心里不由得有些急切:你别无所谓。

贺:不是。

贺:我是想说,他已经报复完了。

小知了:???

贺:你们上楼之后他喊我去交流交流,那我就跟他去交流交流。

贺:不过他没交流过我。

看到这里,南知慢半拍地意识到这"交流"的意思,紧皱的眉头终于松开了几分。

但她还是担心贺弦会因为这事受伤,于是又问了句:那你怎么样了?受伤了吗?

贺:别提了。

这三个字让南知刚落下的心又陡然提了起来。

她没再犹豫，立刻打了个视频过去，想看看他的情况。
然而贺弦似乎在出租车上，车厢内光线昏暗，不太能看清脸。
南知忍不住问道："你伤哪儿了？"
"这儿。"闻声，贺弦这才坐到光线好一些的车窗边，指了指自己的额头，愤懑地抱怨，"你们宿舍楼下那破树林里的虫子也太多了吧，你以后绕着点儿走啊。
"不知道什么玩意儿给我脑门儿上咬了个大包，现在还红着。
"我感觉自己都不帅了。
"气死我了。"

第十五章
准备什么时候给我转正

也许是因为卢泓发现贺弦这人鸡贼得很,自己不仅打不过,甚至还玩不过,几天后他便悻悻地放弃了,没再找贺弦的麻烦。

但他又得知了南知和贺弦认识,于是在舒云漫面前一口咬定是南知因为嫉妒她和他的感情,才编造出了这么一件事,想让他俩分手,试图借此挽回舒云漫。

此时距离那天已经过了两个多月,舒云漫早已从失恋的阴影中走出来,在宿舍里分享这件事的时候甚至还有点想笑。

南知听得一愣,正在画画的笔停顿了下,问道:"那你搭理他了吗?"

"理了,当然理了。"舒云漫笑吟吟道,"我说:'什么狗屁感情还用得着嫉妒?人家贺弦哪点不比你强?知новая嫉妒我找了你这么个长得丑玩得花的臭癞蛤蟆吗?'"

舒云漫提起来还有点不好意思:"不过这是霜霜教我的,她嫌我素质有待降低。"

这几天是五一假期,姜茵本地人已经回家了,展霜家离得近也跑了,宿舍只剩南知和舒云漫。

两人正计划着最近去哪儿玩,结果舒云漫突然接到了一通电话。

南知听对面好像是一道男声,问她宿舍在哪里,心知估计是有人要约她出去了,便没再打扰她,继续画画。

她觉得自己最近的状态很诡异,居然画了很多跟憨大叉有关的画。

灵感大多来自于以前贺弦做的奇葩事,比如被污蔑后要求她看他洗澡,喝醉了闹着要蹦极。

翻遍了自己零碎的记忆,理清了贺弦有时多变的逻辑,南知换了个角度来看贺弦,居然意外地觉得……贺弦这人还挺可爱?

兴许是她的粉丝也这么觉得,最近一段时间,憨大叉的热度居然水涨船高,一日高过一日,盖过了她笔下的其他角色,甚至还在圈内被她粉丝推得小火了一把,微博涨了不少粉。

搞得南知不由得开始担心会被贺弦本人看见,这几天也就没把憨大叉拎出来溜,而是画了些其他角色。

期间倒是有人问她为什么不画憨大叉了。

这人顶着憨大叉当头像,南知想着应该是喜欢憨大叉的粉丝,于是回复道:

最近没什么灵感。"

QxQ：为什么没灵感？

小知了 nz：因为最近没跟憨大叉说话。

QxQ：那你干吗不跟憨大叉说话？

干吗不跟贺弦说话……

因为贺弦最近确实没来找她说话。

所以她没有灵感源泉。

南知撇了撇嘴，点开和贺弦的微信，发现消息停留在三天前，贺弦问她五一假期有什么安排。

她回答"没有"，然后便戛然而止，没了下文。

南知盯着这几条消息来来回回看了几遍，感觉也没什么不对，就是正常的他问她答，完全找不出会导致他生气的点。

但她又觉得贺弦这大少爷平时生气也生得与众不同，说不定他真因为哪句话生气了，只是她没意识到。

于是她思忖了下，正想着是不是要发条消息问问他的情况，就听一旁的舒云漫已经挂了电话："知知，我听说高弛来我们学校了，我猜贺弦应该也来了，你要不要下去看看？"

"嗯？"南知动作一滞，收起手机道，"他们到哪儿了？"

"刚才问我宿舍楼在哪儿，应该快了吧。"舒云漫说。

闻言，南知总觉得哪里不太对劲："可是贺弦不是知道我们宿舍在哪儿吗？"

舒云漫慢半拍地反应过来："对哦。"

话音刚落，两人都察觉到不对劲，寝室内的气氛忽然有些凝固。

南知猜测贺弦应该是没来的，一时间不知道该作何反应，只能弯唇笑了笑："你去跟高弛玩吧，我还有几张画要画，赶着发。"

舒云漫也有些尴尬，没好意思再提贺弦，只能点点头："那我先走了，晚上想吃什么记得告诉我，我帮你带回来。"

等她离开后，宿舍便陷入了沉寂之中。

南知拿起手机又看了一眼，还是没有消息。

她甚至有点怀疑，贺弦当时说喜欢她的那三分钟热度是不是已经过去了。

对这心情百变的大少爷来说，确实也不奇怪。

虽然南知早有这种猜测，也有心理准备，但真正面对这件事的时候，她还是忍不住烦闷地呼了口气。

沉默了几秒，她抿抿唇，开始在平板电脑上戳戳点点。

她新建了一张画布，再次把憨大叉拎出来打工。

之前那幅鸡同鸭讲图里的鸡被南知取名为小鸡智，这次南知安排憨大叉跟小鸡智表白。

只不过第二幅画里，小鸡智看起来很是犹豫，答复道："我考虑一下。"

但憨大叉没有气馁,在第三幅画里义正词严地表示自己会继续努力让她喜欢的。

结果视线转向最后一张图,"努力"的憨大叉戴着猪猪头套,正躺在家里吹空调吃西瓜打游戏。

南知填色完成后,不爽地哼了一声,把图发到微博上去,配文道:骗人精,按律当猪。

与此同时,躺在华都酒店吹空调的贺弦,正在和高弛发消息——

高弛:我听舒云漫说她看着挺失落的。

高弛:你真不去找她啊?

贺呵呵:?

贺呵呵:不是你说的不能当舔狗?

高弛:话是这么说没错。

高弛:但你不都来了吗?还矜持个鸡毛啊。

贺呵呵:……

贺呵呵:我就矜持我就矜持,你管我。

高弛:……

其实贺弦也搞不明白自己在矜持什么。

就是前段时间,高弛看他整天春心荡漾的样子,酸溜溜地来了句"舔狗舔到最后一无所有"。

其他几个舍友也是跟着起哄,说他居然还用得着追人,还追两个月,怕不是人家对他一点意思都没有。

虽然贺弦觉得感情这玩意儿本来就不是一蹴而就的,就算是天王老子来了也得拿出诚意追人,追两年都行,但是被说多了,他心里也不爽。

尤其是在他发现南知几乎不主动找他、让他看起来更像个舔狗之后!

贺大少爷怒了。

再这样下去,他只会泯没于南知的众多舔狗之中。

他觉得自己不能这样,于是他反其道而行之,晾了南知几天,势必要当众多舔狗中最特别的那一个!

结果他发现,他不找南知,南知就不会来找自己。

他简直是自取其辱。

但都取到这份上了,他又眼巴巴上去显得他很没出息,干脆就这么耗着了。

此刻,贺弦虽然已经到华都了,但依旧懒洋洋地躺在床上,指尖反复翻看着最近和南知的聊天记录,试图看出一条新消息来。

不知道是不是他眼神的威力多少起了点作用,他没看出新的微信消息,倒是看出一条新的微博提醒。

来自"小知了 nz"。

看见这个名字,贺弦噌地从床上弹起来,心里冷笑一声:不给我发消息,就知道发微博。

发微博还不发憨大叉。

怎么，觉得他没意思了呗？灵感少了呗？无趣了呗？还不想跟他说话了呗？

贺弦闷哼着点开了微博，心说我倒要看看你发了什么东西！

谁承想他一点开，却发现憨大叉又重出江湖了。

贺弦目光微顿，心尖一动，勉为其难地原谅了南知一小下。

他又点开大图看了眼——

诽谤！这是诽谤！

他只是在吹空调，没有吃西瓜打游戏好吗！

贺弦眼皮一跳，正想愤愤地敲字谴责南知，然而他的视线却瞥见了南知的配文：骗人精，按律当猪。

看着这段话，贺大少爷视线微凝，那股憋在心口的幽怨和愤懑像是被沁凉的水浇熄了似的，鬼使神差地停了手，但心尖却依旧遗留着奇怪的酥麻感在跳动。

仿佛跳跳糖在心里噼里啪啦地融化，扰人却又甜丝丝的。

贺弦不自在地挠了挠眼下，灵魂在体内猛烈挣扎了半响，终于还是没忍住，给南知打了个电话。

铃声响了几秒后电话被接通，南知的声音从手机里传出："干吗？"

她声音柔软却闷闷的，似乎有些不爽。

如果放在以前，贺弦肯定觉得她是在朝自己发火，显得自己更像一只舔狗。

但他刚才看了微博后，忽然觉得，南知好像还挺……傲娇的。

他以前只知道她有脾气，也知道她为了发脾气有时候会在微博上画画骂他，然而完全没想到除了骂他以外，她居然还……

还在背地里……

撒娇哎……

意识到这一点的贺弦突然愣了愣，感觉心都酥了，一个没忍住笑出声。

南知接了电话后没听见正事，就听见他一声笑，简直忍无可忍，气恼道："你干吗呀？有事没事？没事我挂了。"

"哎，别挂。"贺弦回神，眉梢一挑，"我这不是想问问你有没有空吗？"

南知默了默，故意道："没有。"

"没有？"贺弦摆出一副唉声叹气的样子，"那我这套珍藏版恐怖漫画全集不是白拿来了？"

南知听他这话里话外的意思好像是来华都了，南知倏地出神了一刹，之前那股气也莫名散去了些。

但她还是不太确定自己有没有理解错，只能干巴巴地试探："你拿哪里去了？"

"我还能拿哪里去？"贺弦学着她软趴趴的语气，嘟囔道，"当然是拿给某个没良心几天不理人的祖宗了。

"看看能不能唤回她一点良知。"

说到最后,南知终究还是没忍住答应了和贺弦出去玩的要求。

她板着小脸心想:要不是为了漫画我才不会管这个骗人精。

她理了理衣服,收拾好下楼的时候,贺弦已经拎着漫画来了。

南知瞥见他,依旧板着脸道:"你怎么突然来了?"

看她这副故作镇定的模样,贺弦眉梢轻挑,强压下心底的笑意,轻咳两声:"这不是想见你嘛。"

南知心说你最近可一点没有想见我的样子。

但她面上却只是"噢"了一声。

贺弦想笑,但是又不敢笑出声,只能疯狂清嗓子,戳了戳她的肩膀:"但你看起来好像对我很有意见的样子啊。"

闻声,南知一脸莫名地抬头,似乎对他这种倒打一耙的行为很不理解:"我哪有?"

然而贺大少爷依旧理直气壮:"你哪没有?你五天都不跟我说话。"

"哪里有五天?"南知有点强迫症,对于这种夸大其词的错误简直不能忍,下意识反驳道,"不就三天?"

然而话音落下后,贺弦却忽地弯起唇角,挑了挑眉。

看见他这副嘚瑟的样子,南知这才想起了什么,瞬间噤了声。

"你记得倒还挺清楚。"贺弦看她偏头不理人,笑了一声道,"行吧,那看你还算有良心的份上,我就勉强原谅你一下吧。"

贺弦:"喏,漫画拿去。"

看在那套漫画的份上,南知十分大度地没跟贺弦计较他这种倒打一耙的行为。

贺弦在华都待了两天,宛如一个从天而降的财神爷,给南知提供了吃喝玩乐一条龙服务。

南知蹭吃蹭喝多了,也有点不好意思,想给他买点小礼物。

但贺弦却理所当然,说他带她出去玩也是为了自己,因为暑假回家后翟婉肯定要问他钱都花哪儿去了,让她把小票电影票之类的全收好,他不能干了正经事还挨骂。

本来南知以为,他只是随便找了个让她心安理得的理由,让她心理负担少一些。

所以她也就没真去关注那一沓小票,随手放进了收纳盒里后,就没再注意了。

结果她没想到的是,暑假回宁洲的当天,吃晚饭时翟婉还真的问贺弦了。

"寒假就听说你谈了个女朋友,怎么现在都没影儿?"翟婉眉心一蹙,狐疑道,"你不会是在忽悠我吧?忽悠我给你涨生活费?"

这话一出口,当事人贺弦的情绪还算稳定,南知却像是被按了什么开关似的,瞬间回想起那沓没有带回来的小票,整个人霎时呆住了。

一阵心虚扑面而来,她筷子一松,一块肉就这么咕噜咕噜地滚到了地上。

贺弦瞥了眼,抽了张纸把它捡起来往垃圾桶里一扔,好笑道:"你这是喂土地公公呢?"

"你别岔开话题。"掉了块肉这种小插曲在翟婉看来不值一提,她又把话题扯了回来,"说真的,你那女朋友的照片好歹给我们看一眼吧?谈都谈了,藏着掖着干吗?"

"妈,我觉得我得纠正一下您的认知。"贺弦面上云淡风轻地说着,桌下的腿却拱了南知一下,微笑道,"我好像从来都没说我谈恋爱了。"

眼看着一口回旋锅要扣了回来,作为造谣者的南知咬咬牙,直接在桌子底下踩了他一脚。

贺弦被踩得轻咳两声,又幽怨地瞄了南知一眼,补充道:"我是在追。"

"所以,"翟婉细细品味了一番他的话,忽然不可思议地看向他,往他的心窝子里直直插了一刀,"你是想说你追了快半年还没追到?"

果然是亲妈最懂戳人心窝子,她这话一出口,本来情绪还算稳定的贺大少爷,顿时就自闭了。

他幽幽地瞥了南知一眼,没吭声。

察觉到从侧边斜过来的幽怨眼神,南知只能尴尬地闷头吃饭。

见他确实不太高兴,估计是真没追到,后半段翟婉没再提及这些话题,生怕把他整破防了,三个长辈索性放过了他,开始聊别的。

这次暑假,翟婉是没给南知收拾房间的。

毕竟在他们家长看来,上次是贺弦变相把南知从这里赶出去了,曲江柔尴尬,翟婉也尴尬。

有了上次假期的教训,曲江柔不好意思让南知住下来,翟婉也不希望看到自己儿子找碴,闹得大家下不来台。

所以两边家长不谋而合,饭后都没准备留南知在这儿住。

就连南知自己也是这么想的,一切都相当默契。

谁料她们仨是默契了,贺大少爷却蒙了。

吃完饭,他看着南知推着行李箱准备离开,立马按住她,蒙圈道:"哎,不是,你去哪儿啊?"

南知莫名其妙地看了他一眼:"回家呀。"

不仅是她,就连翟婉和曲江柔都对他投来了疑惑的目光。

贺弦整个人直接僵在了原地。

他顶着几位长辈打量的视线,唇瓣动了动,似乎想说些什么。

但就在他开口的刹那,南知却向他投来了警告他不许乱说的眼神。

于是他的话在嘴边打了个转,不情不愿地噎回去了。

他脸色白了又绿绿了又白,最后还是没忍住,绷着脸别别扭扭挤出一句:"就……那什么,楼上不是还有房间吗?"

"你又知道了?"翟婉照贺弦胳膊给了一巴掌,皱眉道,"上次还跟人知知吵架把人赶走了,现在知知不愿意住了,你倒又变脸了,人家得围着你转是吧?"

"我……"贺弦简直生无可恋。

他噎了半响,又不能说那是南知胡诌的,只能暗自咬牙,把锅揽下来:"哎哟,不是……当时是我错了,我现在这不是懂事了想将功补过吗?"

一旁曲江柔看得失笑,安慰道:"不用了小弦,那间房已经清空了,现在也没铺床单什么的,不方便住人,我还是带着知知回家住吧。"

"别,阿姨您俩这么折腾来折腾去也麻烦。"贺弦一边疯狂给南知使眼色,一边千方百计地劝道,"南知暑假住这儿您还能天天看见她,这不是方便多了吗?

"而且我这儿什么好玩的都有,她也不会无聊。

"您要是觉得收拾屋子麻烦,那我去收拾好了。"

在场的三位长辈不约而同地愣了一瞬。

一方面是不太相信这大少爷的家务能力,毕竟贺弦从小十指不沾阳春水,他能收拾什么?

另一方面是……他们都没见过这大少爷上赶着伺候人的。

贺耀城喝了口茶,意味深长地看了他一眼。

翟婉不知道他又要干吗,连忙把他推一边儿去:"你别捣乱。"

"我说真的呢。"贺弦咕哝着,又暗暗看向南知,眼里的幽怨都快溢出来了,脸上就差写几个大字"你不留下来我就哭给你看"。

余光扫见他的眼神,南知不由得迟疑了下。

翟婉大概看出了她的动摇,试探地问:"知知,要不然你就住下吧?给这小子一个将功补过的机会?"

听翟婉都这么说了,南知犹豫片刻,看了看曲江柔又看了看贺弦:"那……麻烦你了?"

话音刚落,贺弦立马反应了过来,撂下一句"那我去收拾房间"后,便拎着南知的行李箱大步上了楼。

看着他风风火火的背影,翟婉眉头直皱:"这臭小子又作什么妖?一会儿一个样。"

吐槽完,她又瞬间收敛了神色,扭头朝南知温柔笑道:"那知知暑假还是住在这里吧,每天都能跟你妈妈待在一起,你妈妈也放心点。"

"好。"南知点点头,"麻烦阿姨了。"

"不麻烦,你不在家的时候家里都冷清了。"翟婉嫌弃地摇摇头,"那臭小子整天摆个臭脸,狗嘴吐不出象牙,没意思。"

南知上楼的时候，贺弦已经把她房间的床单铺好了，正在套被子。

屋内气氛静谧，空调温度舒适，南知走进房间顺手关上门，正想过去帮他一起套，然而中途却忽然想起了什么，轻声道："对了，你那些小票我忘记带回来了，你跟阿姨那边好交代吗？"

"什么票？"贺弦纳闷地抬眼。

"就是你之前带我出去玩，让我收好的那些。"南知心虚地理了理头发。

贺弦自己都不记得这出了。他想了半天才勉强想起来，怔忪一刹后，突然拖腔带调地"啊"了一声，弯唇道："不是吧南知？我的话你记这么清楚啊。"

察觉到贺弦在逗她，南知回过神来，气恼道："你能不能正经点？我说真的。"

被骂了一通，贺弦不服气地撇撇嘴："我也说真的，事实还不让人说了？敢做不敢当啊？"

南知脸颊一热，颇有点恼羞成怒。

她拽住贺弦的胳膊，把他往外拖："你出去，被子我自己套。"

"干吗干吗啊。"贺弦气定神闲地哼哼道："说两句你就生气，你现在脾气都快大过我了。"

他被拽着胳膊，神情却悠哉，脚步挪都没挪一下。

南知费了九牛二虎之力拽了半天，见贺弦依旧站在原地纹丝不动，心里疑惑之际又不由得再次回想起他打篮球的那张照片——

他好像……确实不太娇弱。

南知心思一动，鬼使神差地抬了手。

于是那只手就这么顺着贺弦的小臂往上挪了挪，在他胳膊上掐了一把。

贺弦愣了一瞬，大概是触感有些酥痒，他冷不丁瑟缩了一下，却又没躲，只是别扭道："你、你干吗啊？别对我动手动脚的啊你。"

看他一副被欺辱的样子，南知像是扳回一城似的，刚才那股气恼顿时消散了些。

她清了清嗓子，一脸正色道："我就……看看你这猪前腿的质量。"

贺弦不明所以地看着她，又垂眼看了看自己的胳膊，眼底似乎有些意味深长。

而南知依旧面不改色心不跳："我检查完了，你可以走了。"

说着，她便绕过了贺弦，径自走到床边去把套了半截的薄被拎起来。

而贺弦却还是直勾勾地盯着她，仿佛想从她脸上看出些什么。

过了半响，他冷不丁开口道："你这是怎么个意思？要完流氓不认账？"

"我怎么了？"南知拒不承认，"我不就拽了你几下？"

"你那是拽？"贺弦垂眼看着她，指责道，"你那是摸。"

"我还没被女生摸过呢。

"我的第一次就被你这么无情地夺走了。

"你说怎么办吧。"

由于贺大少爷太过无理取闹斤斤计较，南知简直忍无可忍，直接把他轰了出去。

　　但过了一会儿，他又跟献宝似的，找了个理由回来了。他手里拿着洗发水沐浴露："你那浴室估计没这些东西，先放这儿给你用吧。"

　　闻言，南知垂眼看向他手里的东西。跟她以前用的一模一样。

　　不知道什么时候起，贺弦连洗发水也换成她用的那款了。

　　南知心下一松，收回视线，摇头道："你就放外面吧，我去那里洗澡就是了，拿来拿去的好麻烦。"

　　不知道为什么，她说完后，贺弦却忽地僵了下，似乎有些不太乐意。

　　看着他讪讪的神色，南知一脸古怪："怎么了？有什么问题？"

　　被她这么一问，贺弦立马摇头："没有。"

　　然而这急切的否认反而让南知觉得他心虚。

　　她眉心微皱，猜测道："你是不喜欢别人用你的浴室吗？"

　　贺弦唇线紧绷，摇了摇头。

　　"那你为什么这个表情？"南知很不理解他怎么又突然蔫巴巴了，好像对什么不满却又不敢说似的，耐下性子跟他好声道，"你有什么难处就说出来，不说我们没法沟通。"

　　听她似乎有商有量的，贺弦瞅了她一眼："你真让我说？"

　　"嗯。"

　　"说了不骂我？"

　　"骂你干吗？"南知不知道自己在他心里是什么魔鬼形象，"你说就是了。"

　　"那我真说了。"贺弦又瞄瞄她的脸色，突然深吸一口气，丝毫没有停顿地咕哝了句，"你洗完澡浴室都香香的全是你的味道你让我还怎么洗得下去？"

　　因为贺弦太过变态，南知脸顿时涨得通红。

　　她愕然地瞪着他，过了好半晌才堪堪回过神来，小声骂了他一句，然后再次把他轰了出去。

　　偏偏门一关，贺弦还要在外面谴责她："你怎么说话不算话？说好不骂我的。"

　　"谁知道你那么……"南知噎了噎，小声道，"变态。"

　　"哪有。"贺弦讪讪地摸了摸鼻子。

　　南知不想再提这么变态的事，只能气恼地催促他："你快去洗，等你洗完我再洗。"

　　"好吧。"贺弦撇撇嘴，不情不愿道，"那我先去洗澡了。"

　　话音落下，门外便响起了渐行渐远的脚步声。

　　听他应该走远了，南知这才松懈下来，揉了揉发红发热的脸，闷哼着趴到床上。

　　她正要把充电器插到床头的插座上，却听门口又传来了敲门声："南知！"

听见贺弦的声音，南知头也不回地问道："你又要干吗？"

刚说完，贺弦就把门开了个缝，探头进来："我还有个问题。"

"什么？"

"我先洗的话，"贺弦顿了顿，又深吸了一口气，大气都不带喘地吐露了句，"那你会不会觉得浴室都香香的全是我的味道你也洗不下去？"

南知："不会，走开。"

贺弦："哦，无情。"

不知道是不是贺弦这鬼话真的有些洗脑，南知钻进浴室里时，忽然感觉在这种狭窄的空间内，贺弦遗留下来的那种混合着柠檬香的温热水汽确实有些扰人，甚至在淋浴的水喷洒而出时，她的脑海中还下意识勾勒出了贺弦刚才洗澡时可能发生的画面……

南知身形一僵，忙不迭甩了甩脑袋。

温热的水顺着发丝流淌而下，她闭着眼，心想明天自己一定要抢在贺弦前面洗澡，不再给贺弦烦她的机会。

等她强迫自己心无旁骛地洗完澡后，贺弦已经吹干了头发，正靠在客厅的沙发上倒腾新买来的东西。

南知不知道他又买什么了，但看着像游戏机之类的东西，于是站在沙发边顺口问了句："这是什么？"

"VR。"贺弦晃了晃手柄，"想玩吗？"

之前南知跟展霜她们聊天的时候，聊到过找个时间去玩VR游戏，听说里面还有恐怖类的。

但展霜向来想一出是一出，聊完就忘脑后去了，南知虽然想去但也没好意思提。

此刻突然看见贺弦买了一套VR一体机回来，她忍不住眼馋道："想，有恐怖游戏吗？"

"可以下。"贺弦懒洋洋答道。

然而他刚说完，却忽然瞥见南知眼睛都快黏在VR眼镜上了，不由得一乐："这么想玩？"

闻言，正在擦头发的南知动作一顿，下意识地捏了捏毛巾："也不是……就是好奇。"

"噢。"贺弦点点头，突然转身把东西装回了盒子里，拖腔带调道，"既然也不是很想，那就过几天再玩吧。"

不知道这人为什么翻脸比翻书还快，南知呆了呆，视线依依不舍地从VR眼镜上离开。

贺弦看她那副眼馋又嘴硬的样子，忍不住皱眉嘟囔："你怎么这么呆啊。"

南知没玩到还被骂，不禁有些气恼："骂我干什么？"

"就骂你，"贺弦轻哼一声，"你说点儿好听的我不就让你玩了？"

闻言,她才堪堪反应过来,刚才贺弦那百般为难到底是为了什么。

默了默,南知忍不住吐槽他:"你这人怎么这么……"

贺弦挑眉,把VR手柄也放回了盒子里:"什么?"

南知:"帅。"

"就这?"贺弦似乎对她这种"好听的"不太满意,懒洋洋地说,"这不是客观事实吗?算什么好听的?"

南知在心里暗骂他臭不要脸。

她正绞尽脑汁思考着他到底要听什么好听的话时,一旁的贺弦忽然摆摆手:"哎哟,不为难你了。

"这样吧,你回答我个问题,我就给你玩。"

南知站在沙发边,狐疑地觑着他:"什么问题?简单吗?"

"简单。"贺弦往前一扑,手肘撑在沙发扶手上,仰头看向面前的她,眼睛亮晶晶的,"我就想问问……

"你准备什么时候给我转正啊?"

这问题抛来得猝不及防,直接砸得南知愣在了原地。

客厅的水晶吊灯散发着耀眼的光芒,落在贺弦那双桃花眼里,显得璀璨又夺目。

而这双眼,此刻正一眨不眨地盯着她,饱含着期待,甚至快要从眼底溢出。

南知愣了愣,一时间不知道该怎么回答,却又不敢看他这样的眼神,只能慌乱移开视线:"我……"

大概是察觉到了她的无措,贺弦脸色一滞,摆摆手放过了她,改口道:"算了,换个问题。"

他重重地哼了一声,翻身从沙发上爬起来,居高临下地站在南知面前,一字一顿戳着她的肩膀,像个凶巴巴的恶霸:"你就告诉我……在你所有的舔……追求者里,我现在是不是第一名?会优先录取的那种。"

南知没想到恶霸居然气势汹汹地问了这么个问题,怔了怔后,又觉得古怪:"你问这个干吗?"

"我还能干吗?"贺弦不情不愿道,"你不给我点儿希望,我总得给自己找点儿希望吧?不然他们老说我……"

南知一脸疑惑:"说你什么?"

"说我……"贺弦支吾了一会儿,别扭地吐露出一句,"舔狗舔到最后一无所有。"

南知听得面色一滞:"你的朋友们都这么说你吗?"

"是啊。"贺大少爷还是非常有眼力见儿的,他察觉到南知内心有些松动,立马开始故作委屈装可怜,"我天天被他们羞辱。"

这事南知感觉好像和自己逃不开关系,一时间不知道该怎么安慰他。

她沉默须臾,别开脸小声问了句:"那你就没想过不追了吗?"

贺弦似乎被她的话震惊了，立马就不乐意了，耷毛道："你嫌我烦了呗？"

"……不是。"南知摇头，"就是感觉……你看起来不像是很有耐心的人。"

说到这里，她话音一停，又垂下眼，抿唇笑道："我也没想到你能追我这么久，我其实还挺惊喜的。"

瞟见她的样子，贺弦心尖一酥，脸色霎时缓和了。

他罕见地有些不好意思，耳尖渐渐泛起一抹粉红。

这人明明心里暗爽，却又要装出一本正经的样子偏过头："这就惊喜了？你让我转正还有更多惊喜呢。"

"或者这样，"贺弦深谙以退为进之道，怕步步紧逼只会适得其反，于是又故作大方地给南知铺了条退路，"我让你试用两个月，就到暑假截止好了，你要是觉得合适，我们俩再继续。"

这个提议听起来真是又奇怪又诱人，南知默了默："怎么试用？"

"你想怎么试用就怎么试用呗。"贺弦在沙发上坐下，大大方方往后一靠，"就正儿八经给你当俩月男朋友，你想怎么着就怎么着，我不占你便宜。"

白捡两个月男朋友，自己还什么都不用干，这条件确实听起来很有诱惑力。

南知舔舔唇，眼馋地看着他摆在一旁的东西："那我想我的男朋友陪我玩恐怖游戏，可以吗？"

两人在沉默中大眼瞪大眼了半响——

贺弦脸色煞白。

南知眼含期待。

就这么诡异地对视了好一会儿后。

最终以贺弦咬牙认输告终："行，我给你下载。"

原本贺大少爷的预想很美好——

他趁着这两个月的时间疯狂刷存在感，让南知感受下有他这么个人当男朋友有多好多令人羡慕，然后南知就会眼巴巴地离不开他疯狂地迷恋他！等两个月之后他就可以顺理成章地转正了！

结果他没想到，自己刚步入试用期，就被南大领导这样上了一课。

于是被玩弄了一通的贺大少爷颇有些幻想破灭的感觉，只能怨愤地去下载游戏。

他跟报复似的，下载了一大堆恐怖游戏，也不知道到底是报复谁。

两人一起玩了会儿。

起初贺大少爷还算冷静，一脸"我现在已经不怕这种东西了"的样子，结果在遇到鬼的时候，他突然开始吱哇乱叫，场面一度失控。

号叫得楼上的翟婉都忙不迭跑下来看情况："大晚上的，你作什么妖呢？"

"不是……妈，"贺弦气若游丝地坐到沙发上，"太可怕了，真的。"

闻言，翟婉疑惑地看了眼屏幕——

一堆奇形怪状的不明生物正源源不断地靠近，仿佛即将溢出。

翟婉冷不丁打了个哆嗦，斥责道："你没事带知知玩这玩意儿干什么？"

万一把知知吓到了呢？"

贺弦嘴角一抽，简直敢怒不敢言。

原本面色淡定的南知在听到翟婉的话后也不好意思了，连忙把眼镜摘下来："对不起，阿姨，是我要玩的，我就是想练练胆子。"

"噢，那没什么事了。"翟婉摆摆手，"就是让那臭小子声音小点，我和他爸明早还要赶飞机。"

南知乖巧地点头："好。"

送走了翟婉，她才转过身，把贺弦的眼镜也摘了下来："今天先不玩了，免得吵到叔叔阿姨。"

"别啊，你要想玩就玩呗，我不出声就是了。"贺弦比了个"嘘"的手势，"你好好保护我我肯定不叫。"

然而南知很是果决："不了，又不急这一天两天。"

话是这么说没错，但贺弦还是觉得没在游戏里扳回一城浑身难受："可是今天不把那只鬼打死，我睡不着觉，我害怕啊。"

南知瞥他："那你去我房间打地铺。"

本来贺弦只是想找个机会再跟南知黏糊一会儿，不想那么早睡觉，一个人睡觉有什么意思！

所以他也完全没想过会有这个走向，一时间居然没反应过来。

南知还以为他觉得自己这么说很奇怪，迟疑道："你要是不想就算了，你打完那只鬼再睡吧。"

"不不不，不打了。"贺弦顿时感觉喜从天降，立马乖乖把VR手柄收起来，"我去铺垫子，你等等我啊。"

话音还未落，他人就已经跑到卧室门口了。

等南知跟上去，就见他卷着垫子毯子枕头出来了，兴致勃勃地冲进了她的房间。

这事一回生二回熟，贺大少爷不是第一次打地铺了，这回铺得还挺好看。

南知绕开他径自爬上床。

"哎，等会儿，"贺弦忽然一把抓住她还没爬上去的那只脚踝，"你那只呆那嗦呢？"

南知被他拽得一愣："在我家。"

上次南知被他气得搬回家前，想着以后大概是要跟他老死不相往来了，所以无论怎么说也得把自己漫画拿回来。

但她实在不知道漫画被他藏哪儿了，只能跑到他房间把床上的呆那嗦拿走了，之后就一直放在了自己家。

"那你让我今晚怎么睡？"贺大少爷皱着眉，又开始找事了，"我没有呆那嗦的保护岂不是要一直恐惧不安？"

虽然南知一直知道他怕鬼，但他没想到他现在还要抱着呆那嗦睡觉，一时间有些无言。

她沉默片刻，才反问道："它不是都消失很久了吗？你一个人睡不也好好的？"

"那今晚不是特殊情况吗？"贺弦理直气壮地谴责她，"刚才那么多鬼来抓我，我当然会有心理阴影，你还把我的呆那嗦拿走了，你好残忍啊南知。"

"那本来就是我的。"南知强调道。

"我不管。"贺弦轻哼一声，"明天你得带我去把呆那嗦拿回来。"

南知搞不懂他怎么这么多事，直接把自己的脚踝从他手里抽出来，顺带还假装不小心地踹了他一脚，然后一骨碌爬上了床："知道了。"

虽然被踹了，但见她答应了，贺弦总算满意地躺了下来。

其实他今天耗费了很多脑细胞，制定了一堆计划。

当个试用期男友只是他的第一步，他深知挂个名头其实一点儿用都没有。

他得想办法了解南知的过去、深入南知的内心！他才会从那帮臭舔狗里脱颖而出！

然后让南知疯狂地迷恋他离不开他！这才是他的最终目的！

但因为南知过去十年的东西都搬走了，他无从下手去了解什么，只能想个办法跟她回家，然后再另做打算。

现在计划进行得非常顺利，贺大少爷心满意足，难得安分下来没有得寸进尺。

然而不知道今天是什么好日子，就在他关灯躺下后没多久，床上的南知忽然翻了个身。

她正对着贺弦的方向，伸手下来拍了拍他："贺弦。"

贺弦睁开眼："怎么了？"

"你要是实在害怕，"黑暗中，南知的脸色有些不太自然，她顿了顿，小声道，"那我借一半床给你睡。"

贺弦："啊？"

第十六章
我想亲你

  本来今晚能来南知房间打地铺已经够惊喜的了,贺弦没想到还能有更大的惊喜。
  这接连的喜事砸得他眼冒金星,脑海里疯狂回荡着那首歌:今天是个好日子!
  谁说舔狗舔到最后一无所有!这不是应有尽有?!
  而南知见他没什么反应,甚至一脸呆若木鸡的样子,心里难免对自己刚才的主动有些尴尬:"你要是不需要就算了。"
  听南知语气不像开玩笑,贺弦这才堪堪反应过来,噌地坐了起来,拍开床头的小夜灯,不可思议道:"需要需要,你真让我上床睡?"
  "随你。"南知翻了个身背对着他,"你要是觉得不怕鬼了可以不用。"
  "怕怕怕,我可怕死了。"贺弦一骨碌爬上床,甚至得了便宜还卖乖,"先说好啊,你可别占我便宜。"
  南知背对着他,故意蹬了他一脚:"关灯。"
  贺弦被踹得闷哼一声,默默抬手关了灯。
  灯光一灭,屋内再次陷入黑暗之中。
  两人没再聊天,空气静谧异常。
  南知倒是适应良好,毕竟这也不是第一次和贺弦睡一张床。
  但对贺弦来说,这是他第一次清醒地跟她睡一张床。
  他抱着薄被,听着耳畔轻缓的呼吸,鼻腔里又钻入了那股熟悉的柠檬香,忽然就有些心猿意马。但想着自己刚说完让南知不要占他便宜,他要是先忍不住,岂不是很没面子。
  于是他咬咬牙,翻身背对着南知,干脆拿出手机偷偷玩一会儿让自己冷静冷静。
  之前他一直在跟南知玩游戏,没看手机,现在一打开,他才发现高弛之前给他回了一堆消息——
  不是吧大哥?你这进度是不是太慢了点?
  都这么久了人家都没动静?实在不行你放弃吧,怕不是被人养鱼了。
  看到这条消息,贺弦眉心一蹙,下意识道:放屁,她才不是那种人。
  现在十一点多,高弛这个夜猫子是不可能这么早睡的,所以他消息一发出去，没几秒就收到了回复——

高弛：怎么不可能？

高弛：你都知道人家学校表白墙一把捞她的人，你隔十万八千里的又看不住。

贺呵呵：？

贺呵呵：拉黑了。

高弛：你破防了？

贺呵呵：滚。

高弛：……

当初为了面子，在南港大学和华都理工中徘徊许久，最后咬咬牙报了南港大学的事，一直是贺弦心里的一根刺。

每次想起这事，他就后悔自己当时干吗那么爱面子，但凡脸皮厚一点，顺着他爸给的台阶下去报华都理工，也不至于像现在这么惨，只能节假日飞华都才能见南知一面。

所以此刻，他还真破防了。

贺弦愤愤地把手机往枕头底下一塞，回头看向南知。

月光放肆地从半透光的窗帘中钻进来，洒落在南知身上，给她的身影勾勒出了一层浅淡的银白色轮廓。

她背对着他，薄被只盖到了腰际，即便有被子的遮挡，却依旧能看出她陷下去的腰部轮廓，细得好像他一只手就能掌住似的。

贺弦眸光暗了暗，忽然感觉喉间有些干渴。

他喉结一滚，依依不舍地收回视线，没敢再看。

他暗自平息了一会儿，深吸一口气，重新拿出手机转移注意力。

在这短短一分钟不到的间隙，高弛的消息又积了一堆——

我说点实话你别不爱听啊兄弟。

你看我和小漫，认识半年不到就在一起了，你都认识人家十年了，追也追了快半年了，人家还不肯给你个答复，说明什么？

说明人家压根儿就不喜欢你，你就是海后的一条鱼！

你好歹也是个大校草，能别这么不值钱吗？

高弛和舒云漫在一起的事，一直让贺弦觉得纳闷。

他俩算是半网恋奔现，而且还是贺弦在中间牵的线，结果人家都在一起了，他这里还没个准信。

贺弦简直匪夷所思：我就奇了怪了，你俩到底是怎么在一起的？

高弛：我和小漫？这不是很简单吗？

贺呵呵：？

高弛：卢泓那事给她伤害那么大，正好是我发挥的时候，简直天赐良机。

高弛：每天聊天嘘寒问暖，弥补感情空缺，一来二去不就成了吗？

贺呵呵：？

贺呵呵：你这不是趁火打劫？

高弛：？？？

高弛：这是趁热打铁好吗？

高弛：你能不能学学我？

贺弦学不来。

他总不能依葫芦画瓢让南知去谈个恋爱被甩吧，别说南知会不会谈，他还不乐意呢。

贺弦撇撇嘴，无语道：你有什么可学的，最多算你运气好而已。

高弛：运气也是实力的一部分啊！你要是没有机会，那就创造机会啊。

高弛：比如带她去鬼屋，她害怕的时候挺身而出保护她。

想到刚才玩恐怖游戏时，南知那副淡定的嘴脸，贺弦就感觉自己被深深地羞辱了，唇角一抽：她不怕鬼。

高弛：哦对，她还喜欢看恐怖漫画来着。

高弛：那这样，你带她去玩极限一点的项目，蹦极过山车什么的。

高弛：反正吊桥效应你懂的，按那个来就是了。

高弛：再不济你就想想她其他方面有没有受过挫折，弥补感情空缺呗，这个太宽泛了兄弟帮不了你，你得见机行事。

不知道为什么，明明是可行的方法，贺弦看着这些消息一条接一条地弹出，眉心却不由得越拧越紧。

他唇线紧抿，正要回复"算了，还是顺其自然吧"，又见高弛发了一条新消息：不过我还是劝你清醒点吧，人家很有可能不喜欢你。

贺弦眼皮一跳，删掉了刚打的那句话，直接改成了一个字：滚。

由于贺大少爷十分玻璃心还小肚鸡肠，在看了高弛的话后直接气急败坏破了大防，他把高弛拉黑了整整一个暑假。

这两个月他整天黏着南知，试图从她那里获得一丝幼小心灵上的弥补和安慰。

南知以前从来没被人这么黏糊过，起初还觉得有些不太习惯，尤其是怕被家里的长辈发现。

但时间长了，她也就睁一只眼闭一只眼，逐渐接受。

临近暑假结束，南知生日也到了。

她生日在8月30号，前几年贺弦这个时候都在补暑假作业，从来没关注过她的生日。

现在他想起自己以前对南知的态度，还不由得有些心虚。

所以贺大少爷这次难得费心思给她策划了场生日 Party，就在家开，把之前玩得好的高中同学都请来了。

曲江柔怕有家长在场，他们玩不开，于是和翟婉一起出去逛街了。

偌大的别墅里就剩下了他们这帮年轻人。

. 177 .

"知知生日快乐！"孙若芙拿着果汁笑嘻嘻地凑过来，压低声音道，"我就说贺弦是喜欢你的吧，你当初还不信我。"

回想起这事，南知也觉得当时自己有点轴。

其实仔细一想也算是有迹可循，但是她灯下黑，被贺弦那虚张声势的样子蒙蔽了双眼，愣是没想到他会喜欢自己。

她不好意思道："你看人真准。"

"那当然啦。"孙若芙得意地哼哼，又抛出了三连问，"所以你俩现在是在一起了吧？什么时候在一起的呀？他怎么追你的？"

南知被她接二连三的问题问得有些怔。

她和贺弦算在一起吗？

好像算。

但贺弦当初又说是给她试用两个月。

眼看着现在两个月即将到期，南知挠挠头，不知道该怎么回答。

她也不知道贺弦现在是什么想法。

正犹豫着，即将过期的贺某人就拎着小龙虾回来了。

他们这帮人都不可能下厨房的，所以吃饭全靠外卖，刚才点了一堆麻辣小龙虾和烧烤。

只不过南知不爱吃辣，贺弦就给她单点了份蒜蓉的。

他挤着南知在另一边坐下，一脸求夸的样子："给你点的，不辣的。"

要是平时没有其他人在，南知还能顺着他说点夸奖的话，但现在周围这么多人，她有点不好意思，哑然半晌只挤出两个字："谢谢。"

这话显然不是贺大少爷想听的，他撇撇嘴没吭声，但还是抽了副手套帮她剥虾。

看得一旁的付尧和孙若芙酸得倒牙："哎哟哎哟。"

"叫唤什么？"贺弦瞥了付尧一眼，"那么多吃的还堵不住你的嘴。"

"堵不住。"付尧酸溜溜地捂着牙，"要贺大少爷剥的小龙虾才能堵住。"

贺弦："滚一边儿玩去。"

付尧："哈哈哈。"

不得不说，付尧觉得自己来这一趟可算是开了眼了。

他跟贺弦认识的时间不算短，因为两家人生意上的关系，他从初中开始认识贺弦。

他们几个狐朋狗友出去吃饭，就从来没见过贺弦自己动手剥过虾。

这大少爷甚至都不碰海鲜这类有壳有皮的东西，生怕脏了自己的手，吃虾也是吃现成的虾仁。

而现在……

付尧看着他那副耐心给南知剥虾，还要喂到嘴边的样子，心里暗叹了一声，故意大声挤对他："贺大少爷你能不能行了？说好谈恋爱不哄人的呢？"

他这话丢出来的时候，贺弦正好把一只虾递到南知嘴边。

大概是被说得不好意思,南知抿唇笑了声,摇头道:"不用了,你吃吧。"

"哎呀。"贺弦急了,扭头看向罪魁祸首付尧,"你赶紧滚。"

"好好好。"付尧嬉皮笑脸道,"碍着您谈恋爱了,小的这就滚。"

他们一帮人差不多疯到了晚上十点多才结束。

翟婉和曲江柔也回来了,叮嘱贺弦把同学们都送回家。

今天他们没一个人敢在家里喝酒,于是贺弦跟付尧一人开了一辆车,把其他人送回去了。

南知跟着贺弦的车,挨个送女生到家。

等确定孙若芙她们都安全到家后,南知这才放下心来。

回去的路上,她翻手机的时候忽然看到了一条快递信息,顺口道:"对了,能去趟我家吗?我爸爸给我寄了生日礼物来,我顺便再回家拿点衣服去学校。"

闻言,贺弦眸光微顿,又懒洋洋应道:"行啊。"说完他便调头朝南知家的方向开去。

车在小区的路边停下,南知按信息找到快递柜,把礼物取了出来。

贺弦拿着包裹掂了掂,感觉软趴趴的:"什么东西?"

"不知道。"南知随口答道,"你看下快递单上写了吗?我爸爸说是他朋友带回国帮忙寄来的,应该写了物品信息吧。"

闻声,贺弦扫了一眼,发现写的是"衣物"。

他疑惑地道:"衣服啊?"

听他这么说,南知忽然愣了愣。

一般来说,南程锡是不会给她寄衣服的,她对穿着没什么要求,并不是非得要从国外代购衣服。

而且南程锡那么多年没跟她一起生活,也根本不了解她穿什么码数,更不懂女孩子喜欢什么风格。

但她思忖了下,可能是爸爸在国外看见适合她的就顺手买回来了吧。

南知也没再多想,准备回家再看看。

谁料她回家拆了包裹后,却发现里面并不是给她穿的衣服。

而是一堆婴儿的衣服。

南知拎着一件小小的连体衣怔愣着:"这是小孩子的衣服吧?"

一旁的贺弦也跟着顿了顿,直接把她手里的衣服抢了过去,重新装好包裹,淡定道:"这寄错了吧,明天重新寄回去。"

"……应该是寄错了。"南知回过神来,猜测是南程锡的朋友把东西寄混了,"我待会儿打个电话给我爸爸,看看是什么情况。"

"嗯。"贺弦垂眼把东西收拾好,"你去拿衣服?要我帮忙吗?"

"不用了,你又不知道我要什么样的,我自己拿就行。"南知给他倒了一杯水,"你先在这儿玩会儿吧。"

"不要。"贺弦不情不愿地咕哝,"我可以帮你去叠衣服。"

见他都跟着她起来了,南知只能随便他:"也行,但是你会叠吗?"

"我又不是傻子。"贺弦"喊"了一声,试图大展身手,一脸嚣张道,"你就看着吧。"

话是这么说,但实际操作起来的时候,贺大少爷叠的衣服属实有些丑陋,看得南知强迫症都犯了。

她一巴掌把他拍开:"你别掺和了,我自己叠。"

"不是,丑是丑了点,但是好歹叠起来了啊。"贺弦颇有些不服气,在旁边嘟嘟囔囔、骂骂咧咧,"你要是实在不满意,那你教我啊,你总不能教都不教就骂我。"

南知无奈地看了他一眼:"那你看我叠一次。"

等他俩磨磨叽叽收拾好衣服离开的时候,都将近十二点了。

再开车回到家,正好十二点整。

当时南知留下来住的第二天,翟婉就给她的浴室补上了沐浴露洗发水,但这两个月下来,贺弦还是在背地里跟她共用一间浴室……

甚至还共用一张床。

原因无他,就是贺大少爷脸皮太厚,每天都赖着不肯走。

南知感觉他那些本就不多的脑细胞都用来想这事了,总是能以各种理由留下来,一会儿是"因为和你看了鬼片不敢一个人睡",一会儿是"因为和你玩了VR腿疼不好走",一会儿是"刚才饭吃多了走不动"。

再加上他也确实说话算话,还真没怎么占南知便宜,她也就睁一只眼闭一只眼了。

所以等南知洗完澡出来,看见的就是大剌剌地靠坐在她床边,还没换衣服的贺弦。

她虽然早已习惯了,但依旧对他这种行为颇为无语,现在也不想听他那些费尽心思找的理由,直接叽咕着吐槽他:"你刚才要是去外面的浴室洗,现在都洗完了。"

"我就要在你这儿洗,不可以吗?"贺弦掀了掀眼皮,一脸正色,"谁让你的浴室香香的。"

南知搞不懂他是怎么以一副刚正不阿的表情说出这种话的,甚至还说得像是她的错。

但她也懒得跟他争,只是偏开头骂了句"变态",然后催他赶紧去洗。

等贺弦进了浴室后,南知坐在床上,忽然想起了刚才寄错快递的事。

她看了眼时间,南程锡那边和自己这里有时差,现在大概是有空的,于是直接拨了个视频电话过去。

然而铃声响了一会儿后,却突然被挂断了。

南知愣了愣,还以为是他在忙,便没再打。

片刻过后,南程锡又回了电话过来。

他声音很轻,轻到南知感觉都快听不清,像是怕惊扰了谁:"喂?知知?"

这么晚了找爸爸有事?"

南知并不是个相信直觉的人,因为她大多数情况下直觉都不准。

但不知道为什么,这次她总觉得南程锡哪里怪怪的。

她沉默了几秒,才缓缓道:"嗯,有点事,爸爸,你那个朋友好像把包裹寄错了。"

"啊?"南程锡倏地一顿,"你收到什么了?"

"几件婴儿服。"南知说。

话音一落,电话的另一头忽然顿住了。

诡异的沉默在手机两端弥漫,仿佛要贯穿屏幕。

南知听他没动静,耐心等了一会儿后又开口道:"爸爸?"

南程锡这才像回过神来似的,恍然地"啊"了一声:"寄错了是吗?我回头问问你韩叔叔,可能是他寄走的时候快递员贴错单子了。"

"嗯。"南知乖巧又沉默地应了声。

两人之间的气氛重归寂静。

另一端的南程锡默了默,大概是发现自己跟女儿已经没什么话题能聊了,只能尴尬地笑笑:"那知知这么晚了赶紧睡觉吧?明天是要回学校了吧?还要坐飞机呢,南港离宁洲还……"

"爸爸。"南知平静地打断他的话,"你已经很久没有回来了。"

话音刚落,南程锡唇瓣一颤,陡然沉默了。

见他不说话,南知继续道:"去年我高考完,你原本说会回国,但是你没有。

"今年过年,妈妈说你工作调动,外派到其他国家去了,所以你又没能回来。

"我感觉我都要记不清你长什么样了,去年我在伏洲的医院里看到一个跟你长得很像的人,出了车祸满脸是血地被推上来,我还以为是你。

"但是我转念一想,我的爸爸不可能在那个时候回国,所以我又放心了。"

说到这里,她顿了一瞬,又垂下眼继续道:"我不知道你是什么感觉,反正我每次听到你又回不来的消息,是真的很难过。

"而且,"南知抿了抿唇,终于忍不住沉声提醒他,"我考的不是南港大学,是华都大学。你为什么连这个都不记得?"

闻声,南程锡连忙道:"对不起啊知知,爸爸现在记性不好,你之前提到过贺弦上的南港,我就记混了……"

南知打这通电话也并非责怪他的意思,只是种种莫名又诡异的直觉和多次以来的失落叠加起来,再加上听他以为自己明天要去南港,才忍不住爆发了一次。

现在听自己爸爸道歉,南知又有些于心不忍,只能闷声道:"知道了。"

恰逢此刻,浴室的水声渐停。

少了淅淅沥沥的水声后,周围的空气越发安静。

南知想着贺弦马上就要出来了,正要说点什么结束对话,却听耳畔忽然传来一阵极其细微的哭声,像是一个女人做噩梦时发出来的压抑抽噎声。

· 181 ·

她整个人霎时一僵。

大概是南程锡也察觉到了什么，立刻道："时间不早了，知知睡觉吧，爸爸有些工作要处理，就先……"

他的声音覆盖了那一瞬的哭声，以至于南知都有点反应不过来，那到底是她的错觉还是真真正正从电话里传出来的。

她安静两秒，忍不住问道："你在哪儿？为什么我好像听到有女生在哭？"

"嗯？"南程锡怔了下，"我在公司驻地呢，你听到的是不是附近邻居家的女人在哭？"

听见他的回答，南知忽然感觉有些无力。

贺弦家是独栋，和邻居家的距离相隔甚远，再加上现在门窗紧闭，她并不认为有谁家的哭声会传来。

南知垂着眼沉默片刻，"可能吧。"

挂了电话，贺弦恰好穿完衣服从浴室里走出来。

他擦着头发，正要去拿吹风机，余光却瞥见南知脸色僵硬煞白，正死死地盯着手机，于是脚步下意识一顿："你怎么了？"

"我……"听见动静，南知回过神来，眼底有一瞬的慌乱。

她突然站起身，随口扯道："我有东西落楼下了，我下去拿。"

说完，她也没管贺弦的反应，径自跑了出去。

她一路冲到玄关处，打开灯，把刚才那个寄错的包裹重新拿了起来。

寄件人只写了一个字"韩"，地址在伏洲的某个小区。

南程锡口中的那位"韩叔叔"，南知在很小的时候见过，那时候南程锡创业失败后不知道该怎么办，听说就是这位韩叔叔提点的，还帮了些忙。

当时曲江柔和南程锡，还带她去登门道谢。

虽然小时候的记忆零散，但她知道这位韩叔叔的家并不在伏洲，而是南港。

因为南程锡是南港人，她记得之前全家一直住在南港，而她第一次坐上火车离开南港，已经是家里卖了房子搬家的事了。

在那之前，她从来没坐过火车去南港以外的其他城市，更不用说伏洲。

所以此刻，南知看见伏洲这个地址，脑海中那根弦在顷刻间崩断，仿佛一座高楼霎时崩塌了一样，一种难以言喻的压抑和慌乱顿时铺天盖地般袭来。

她紧紧地捏着包裹，定在原地半响都没有动静。

她感觉自己的爸爸在骗她，但是她除了这个包裹，找不到更有力的证据。

毕竟那个韩叔叔也有可能搬家，她这种胡乱猜测，也不知道该不该跟曲江柔说。

心里无措与迷茫交织，缠成了一片又一片乱麻。

就在她乱神之际，身后突然传来一阵脚步声。

贺弦下楼了。

他把毛巾搭在肩上，正随意地擦着头发，看见她站在玄关不动，视线状若无意地从她手里的包裹扫过，问道："你在干什么？"

"我……"南知整个人一僵,讷讷地转过头,莫名有些哑然。

她动了动唇,忽然发现,自己不知道该怎么和贺弦说这件事。

单凭直觉猜测自己的爸爸出轨这种事,本身就带了一丝难堪。

她非常不希望让贺弦知道。

沉默良久,她缓缓把包裹放下,捋了捋耳边的发丝,小声解释道:"我就看看这快递单上的地址清不清晰,毕竟明天还得原路寄回去。"

然而话音落下后,贺弦的视线却依旧一动不动地落在她脸上。

南知不是第一次被他这么盯着,但也许是心里那丝难堪在作祟,这回她忽然有些不太自在。

她抿了抿唇,生怕自己再待下去会暴露异常,只能故作镇定地从贺弦旁边走过,径自上楼:"回去睡觉吧。"

过了几秒,南知听见身后传来了贺弦的脚步声。

她快步上了楼,先躺进了被子里,背对着他。

贺弦动作稍慢一步,在后面慢吞吞地跟了上来,关灯进了被窝。

不知道贺弦是有所预感还是什么,这个晚上出奇地没有烦她,安静至极,连呼吸声都很轻。

南知在黑暗中紧闭着眼,不停地回想着这件事。

她不知道自己辗转反侧了多久,感觉整个夜里都是在半梦半醒间度过的。

直到窗外鸟鸣乍起,她才恍然惊觉自己好像没有真正睡着过。

生理上的疲惫和心理上的迷茫一同袭来,混沌的思绪在脑海中反复交错,南知紧咬着唇,胸口突然漫上一阵阻塞的酸胀。

仿佛有一块石头压在心头一样。

她强迫自己把这种感觉压下去,却于事无补,反而压抑到自己的眼眶涌出一片湿润。

南知吸了吸鼻子,想抬手把自己眼角溢出的泪擦掉。

然而她刚抬手,一直躺在她身旁没动静的贺弦却突然按住了她的肩膀,直接把她翻了过来。

南知怔松了下,动了动唇,嗓音软绵却微哑:"你怎么没睡?"

贺弦打了个哈欠,往南知的方向挤了挤,懒洋洋地道:"睡不着啊。"

那双灿若星辰的桃花眼此刻蒙上了一层带着困意的水雾,正直勾勾地盯着她,一眨不眨。

南知被盯得有些不好意思,再加上不想被他发现自己眼底的湿润,干脆挪开眼避开他的视线:"看我干什么?"

"我心情不好。"贺弦看着她,忽然抬手揽住她的腰,把她往怀里带,"我想亲你。"

大概是被他这突如其来的话震撼了,南知脑海内原本那些纷乱的思绪,就像是被他抬手斩断了似的,霎时一片空白。

她愕然地抬眼,眼睁睁地看着贺弦的脸离自己越来越近,最后在她鼻尖前停下。

温热的呼吸喷洒而出，落在皮肤上酥酥麻麻的。

南知呆滞地嗫嚅道："你干吗？"

"都说了想亲你了。"贺弦撇撇嘴，语气听起来似乎有些不满。

南知感觉自己很久没见过他这种阴晴不定的样子了，一时没反应过来，只是讷讷地看着他，跟他讲道理："不行，你说好不占我便宜的。"

闻言，贺弦神色恢恢地"啊"了一声："那我给你占我便宜。"

"我才不要。"南知暗暗白了他一眼，把眼角溢出来的泪抹了回去。

不知道为什么，被贺弦这么闹腾了一番，她感觉刚才喉间那股酸涩也跟着短暂地散开了一瞬。

她重新翻过身背对着他："睡觉了。"

贺弦舔了舔干涩的唇，视线暗暗落在南知白皙的后颈上，哑声道："真不能商量商量？"

"不。"

"就亲一下。"

"不。"

见她不答应，贺弦闷哼一声，又退一步道："那我想抱着你睡。"

南知搞不懂他怎么这么多小情绪，一脸莫名地回过头："你怎么了？"

"我心情不好啊。"贺弦闷闷道。

南知静默片刻。

明明她才是心情不好的那个，但不知道为什么贺弦看起来比她心情还差，她不禁有些疑惑："为什么？"

贺弦哼哼唧唧道："你要回学校了，我又看不见你了。而且转正也没个准信儿，我被白白玩弄了两个月。"

说着，他还拽了拽被子，可怜巴巴道："我怎么这么惨啊。"

南知觉得这锅她不能背，忍不住跟他讲道理："当时是你自己说的，让我试用两个月，为什么变成我玩弄你了？"

然而贺大少爷这人根本不讲道理："我不管，我就是从身到心被玩弄了。"

南知转过身，一脸匪夷所思地和他掰扯："我没有玩弄你的身，你别乱说。"

"你摸我了。"贺弦戳着她的胳膊，"你暑假回来第一天就摸我了。"

回想起那天自己鬼使神差地摸了他胳膊的事，南知还真有些心虚。但她还是清了清嗓子，正色道："我那只是不小心。"

"不小心？"贺弦被气乐了。

他学着南知那天的样子，一把握住南知的小臂，另一只手顺着她的胳膊缓缓往上划。

一阵酥痒感传来，南知瑟缩了下，忍不住抽回手，也学着他的语气道："别占我便宜。"

"你那天就是这么占我便宜的。"贺弦的手又不老实地搭上了她的腰，把她往自己怀里按。

两人的距离在顷刻间拉近。

南知一时没反应过来，正呆滞地看着贺弦灰色居家服胸前的口袋，忽然听见头顶传来一句："你看看你，又贴着我干吗？你这人能不能真诚点？想占我便宜就直说，别老睁眼说瞎话。"

南知心说谁有你瞎话说得多。

她白了他一眼，却也没把他手臂挪开，直接就这么闭上眼睡觉了。

她侧蜷着，额头抵在贺弦胸口，温热的气息混含着柠檬沐浴露的清香钻入鼻间。

不知道是不是这股香气带了点安抚人心的作用，这回她闭眼的刹那，脑海中反复回荡的不再是那些乱七八糟的事。

而是贺弦那句虎狼之词——

我想亲你。

第十七章 //
想你了

由于彻底陷入睡眠的时间太晚,他们两人这一觉直接睡到了中午。
而且还是曲江柔发现早饭没动过,才上楼来喊他们。
她先是敲了敲贺弦的房门——
没动静。
但因为贺弦毕竟是个男孩子,而且又不是她亲儿子,于是她没直接开门,而是转头敲了敲南知的房门:"知知?起床了吗?"
敲门声响起的瞬间,本就睡得不安的南知骤然惊醒。
听着自己妈妈的声音从门口传来,她反应了一瞬后,立马去推贺弦,急切地道:"你别睡了!你快躲浴室里!"
贺弦睡得比她还要晚一点,此刻被她晃醒也没回过神来,还睡眼惺忪地打了个哈欠:"啊?"
恰逢此刻,曲江柔的声音再次传来:"知知?妈妈进来了啊?"
听见声音,贺弦大概也回过神了,噌地就起来了。
眼看着门把手被按下,现在钻进浴室里已经来不及了,南知倒吸一口凉气,反手把贺弦推下了床。
"咚"的一声,贺弦没有防备,直接滚到了靠近书桌那一侧的地上,气若游丝地哼哼道:"我……咳……"
南知虽然很抱歉,但是也没有其他办法,只能潦草地把他的那床薄被扔下去,起身去接曲江柔。
于是曲江柔进来的瞬间,看见的就是床上一团凌乱的被子,以及刚起床的南知。
她疑惑地打量了一番南知,说:"你今天怎么睡这么久?我看小弦也好像没起床。"
南知囫囵搪塞道:"今天要回校,我们俩昨晚把游戏打通关了才睡的,不然就得等寒假了。"
闻言,曲江柔失笑着叹了口气:"多大人了还这么爱玩游戏。"
她倒也没多说,只是提醒道:"那你赶紧收拾一下吧,下楼吃个午饭,待会儿你就得去赶飞机了。"
"好。"南知点了点头。

. 186 .

看着曲江柔离开的背影,她顿了一瞬,心里又不免想起昨晚关于南程锡的事。

犹豫片刻,她正想着自己到底要不要提醒妈妈,就见房门已经关上了。

身后的贺弦也哼哼唧唧地爬起来了,揉着脑袋道:"好痛啊。"

被打了个岔,南知忙不迭过去道歉:"对不起,刚才时间来不及了,我也想不到其他办法。"

闻声,贺弦幽怨地看了她一眼,故意找碴:"可以,我就这么见不得人。"

这是见不得人的问题吗?

要是曲江柔看见贺弦睡在她的床上……

她很难想象曲江柔会做出什么事。

南知擦了擦额角上被吓出的冷汗,提醒他:"你赶紧回你房间去,我要换衣服了。"

南知的飞机在下午四点,到华都差不多五点半。

贺弦原定也是今天回校,但回校前,他偷偷摸摸买了跟她同班的飞机一起去了华都。

理由自然也多得很——

一会儿说是要去感受一下华都的自然风光,一会儿说是要去感受一下华都大学的文化底蕴,再一会儿又说是要品尝一下华都的特色美食。

但他又不是第一次去华都,南知一眼看穿了他的意图,于是接连反驳了几句。

她本来是想看他恼羞成怒的样子。

谁料这次贺大少爷情绪很稳定,丝毫没有破防,反而兴致盎然地看着她,看得她一阵发毛。

良久,他才气定神闲地吐露了句:"噢,你就是非得听我说点你爱听的呗?

"那行吧,真是拗不过你呢。

"我不是为了华都的自然风光文化底蕴特色美食,"贺弦眉梢一挑,仿佛真的在哄她似的,"我就是单纯想跟你多待一会儿。满意了吧?"

南知偷鸡不成反蚀把米,一时无言。

到了华都后,贺弦送她去了宿舍,又和她们宿舍的人一起吃了顿晚饭,才前往机场。

南知送贺弦上了出租车,回头就见展霜她们正一脸奸笑地盯着她,盯得她一头雾水:"怎么了?"

"你跟贺弦这两个月进展如何啊?"展霜一把揽住她的肩膀,搂着她往学校里走,"感觉你俩好黏糊啊。"

一旁的姜茵也跟着问:"在一起了?"

"哪里黏糊了?"南知觉得有点莫名其妙。

她感觉自己和贺弦以前也是这么相处的,现在也没什么太大差别。

最多……也就是晚上睡觉的时候黏糊了一点。

"这还不黏糊啊？"姜茵搓了搓手臂上的鸡皮疙瘩，揶揄道，"你俩吃饭的时候小动作一堆，他跟你说个话都快贴你脸上了，你居然还不躲，这不就是很自然的亲密吗？"

南知被说得一怔，红着耳尖道："有吗？"

可能是在试用期的时候，她想着贺弦也算她半个男朋友，所以对他宽容了一点。

想到这件事，南知忽然觉得，自己好像应该跟他说一声，他试用期通过了的事。

毕竟这么一直单方面享受着他的付出好像也不太好。

于是她没多想，立刻拿出手机开始打字。

然而敲完一行字后，她看着对话框里那句"你试用期通过了"，怎么看怎么奇怪。

就感觉贺弦真成了她的员工，而她是个公事公办的领导，然后对他发送了一条毫无感情的通知。

虽然南知在感情上确实有些迟钝，但看着这么一句干瘪无力的话，她也感受到了一丝怪异。

好像……很没有诚意。

谈恋爱应该不是这样的吧，更何况是面对贺弦那种像小公主一样的大少爷。

他应该很注重仪式感吧？

南知挠了挠头，犹豫了会儿后还是删掉了这句话，准备等国庆放假，找个时间跟他见面的时候再说。

之前南程锡那件事就像一块浅埋在南知心底的巨石，上面只是覆盖了薄薄一层沙。

等沙子被扫开，底下狰狞的巨石依旧会暴露在眼前，在平坦的路上留下一片疙瘩。

南知闲暇之余总是会想到这件事。

但她又不知道该怎么去解决。

她没法用那些十分伤人的猜疑直白地问自己爸爸，也不可能仅凭毫无证据的揣测去告诉自己妈妈。

于是这件事在南知心里压了好几天。

偶尔她也会在跟曲江柔视频的时候委婉提及一两句，包装成自己课上看到的案子讲给她听。

然而曲江柔只是当成八卦一笑了之，似乎没太放在心上。

直到大半个月过后，曲江柔忽然打电话给她，让她没课的时候最好能回家一趟。

南知不知道为什么突然喊她回去，但听妈妈语气严肃，心道可能是不太好的事，于是立刻腾出了两天时间回家。

她心里隐隐有种预感，可能和自己爸爸有关。

果不其然，等她回家后，她看见了许久未见的南程锡。

开门前，南知明显听见曲江柔和南程锡正在吵着什么，而在她打开门的刹那，两人却不约而同地停止了争吵。

南知脚步一停，站在门口，没吭声。

"知知回来了？"曲江柔招呼她进来，"你先进屋，我跟你爸爸有事要聊，聊完了我再跟你说。"

"什么事要背着我聊？"南知的视线扫向屋内的南程锡，看起来很是镇定。

她也不知道为什么，她一直觉得这层窗户纸被捅破的时候，可能会看见自己歇斯底里的样子。

但实际上并没有。

窗户纸逐渐变薄的时候，她时时刻刻都在焦虑。

而窗户纸捅破的刹那，她反倒平静得出乎自己意料，有种破罐子破摔的释然。

南知走进门，垂下眼睫，扫了眼桌子上的协议，问道："需要我帮忙吗？"

曲江柔瞬间哑然。

南程锡窘迫地苦笑一声："知知你都知道了吧？"

"差不多吧。"南知拿起那份离婚协议书，平静地一句一顿道，"爸爸，你那天的借口真的，非常拙劣。"

她随意扫了两眼，又把几张薄薄的纸放下，问他："但我还是想知道理由，能告诉我吗？"

南程锡被问得哑然。

他可以坦然地告诉曲江柔，自己和她的感情在多年没有维系的情况下越来越淡，在外面遇上了更合他心意的人。

但他不知道该怎么跟南知解释这件事。

他记得南知小时候就非常聪明，不吵不闹让人省心，小小年纪就有着出乎常人的冷静，他一直觉得这一点非常像他，也是真心喜欢自己的女儿。

但此刻，他看着自己女儿那张冷静到无波无澜，甚至有些陌生的脸，他忽然一句话都说不出来了。

他莫名感觉自己很难堪。

气氛凝滞良久。

最后还是曲江柔闭了闭眼，毫不留情地戳破了他的面具："你爸在外面有人了。"

闻言，南知毫不意外地点点头，又道："所以，我去年暑假在伏洲医院看到的人真的是你？"

"……是我。"南程锡嗓音艰涩，"但是知知，爸爸只是和你妈妈分开太久感情淡了，但对你……"

"你应该还有个孩子吧。"南知没有听完他后半句,直接开口。

听见这个问题,曲江柔在一旁平静道:"你那个弟弟走了,当时车祸早产,没活下来。"

南知顿了一瞬,点点头:"知道了。"

"所以你是因为那个孩子没了,才想到我的吗?"

"不是,知知。"南程锡急切解释,"你是我的女儿,我肯定……"

"那你女儿去年考上华都大学的时候,你应该在陪那个阿姨待产吧,不然你也不会在伏洲遇上车祸了,更不会连自己女儿考上什么学校都不记得。"南知回想起那件事,似乎还觉得有些好笑,"要是那个孩子顺利出生了,你估计也不会记得我这个女儿了。"

"还有你上次寄错东西,那些婴儿服是没用上吧?怎么不留着了?"南知完全就像一个陌生人,机械地问着这些问题,仿佛只为满足自己的好奇心,"说不定以后还有用呢。"

但是南程锡并没有回答她,最后还是曲江柔帮他说道:"车祸后遗症,他俩怀不上了,留着看着烦就干脆送人了,结果寄到你这里来了。"

听到这个原因,南知不知道自己是什么心情,也想不出该说点什么,只能淡淡地"哦"了一声。

见他们父女俩也没什么要说的了,曲江柔开口道:"知知,这次妈妈喊你回来,是想带你一起去把房子过户了,还有一些其他的东西,要去公证处做赠予公证。"

"这套房子,还有你爸爸的财产,之后都是你的。"

这是曲江柔能帮自己和南知争取到的最好的结果了。

她大学的时候和南程锡在一起,之后分分合合了这么多年,也差不多到头了。

南程锡是她的初恋,在那之前她没有和别人谈过恋爱,也不知道一段正常的恋爱或婚姻,到底应该是什么样子的。

她只能像自己长辈教的那样,努力当一个好妻子、好妈妈,当丈夫的贤内助,在生了孩子后辞职安心在家带南知,料理好家庭的方方面面,渐渐地也被磨平了棱角。

结果在南程锡创业欠债、她想重新工作补贴家用的时候,却发现自己曾经的优势已经被磨灭了,难以找到一份薪资可观又能照顾南知的工作。

好在她考的大学还算不错,认识了翟婉。

两人是四年的室友,当时的翟婉性格大大咧咧、马马虎虎,经常有需要曲江柔这个舍长兜底的时候。

也是因此,曲江柔帮过她不少忙,两人关系一直很好。

所以翟婉在听说曲江柔的难处后,立刻邀请她来自己家工作。

也是到了贺家后,曲江柔才发现一段正常的婚姻到底应该是什么样子的。

翟婉的工作,贺耀城从来不会指手画脚。

她随口一提的事，贺耀城也会记在心上。

两人也不会为柴米油盐酱醋茶的琐事吵架，哪怕斗了嘴，最后贺耀城也会认错，不到一天又和好如初。

即便人到中年，也有说不完的话、讲不完的心事。

而她跟南程锡的感情早就在时间和距离中被一点一点磨灭了。

所以曲江柔在从贺弦那里得知，那个晚上他在伏洲看到南程锡的时候，她虽然有过惊讶，却没有多少难过。

如果是以前，她可能还会哭哭啼啼地找南程锡闹，但在她见识过一段正常的婚姻后，她突然觉得没什么必要了。

因为她仔细想了下，这么多年来，这个丈夫好像一直可有可无。

她和南知日常花销很少，吃和住基本都不用花钱，翟婉给她的薪水也不低，所以南程锡打过来的钱，她甚至都没用到过。

物质上不需要，精神上给不到，她感觉离婚也无所谓了。

但她还是想尽可能地帮南知争取些本来就该是她的东西。

所以曲江柔镇定地找了律师，又跟南程锡面谈了一次，一步一步走到今天。在离婚协议上签字的时候她整个人都轻松了不少。

一直到财产公证完后，曲江柔霎时松了口气。

她看着南知面不改色的样子，欣慰地笑了笑："还好，妈妈就是怕你难过，才一直没敢告诉你，看你心情还好，我也就放心了。"

听见她的话，南知顿了顿，点头道："嗯，不用担心我，你觉得没事就好。"

南知配合着办完一切流程后，不想再留下来感受压抑的氛围，也不想再和南程锡说话，索性找了个借口飞回华都。

在进入候机室、彻底脱离曲江柔的视线的刹那，她感觉自己脑海中紧绷着的那根弦"啪"的一声，骤然断裂。

她一直以为，在她心里埋藏的事得以解决，她应该开心才对。

但现在差不多解决了，她也得到了应有的东西，她却丝毫没有开心，甚至异常烦躁。

南知怏怏地往椅背上一靠，拿出手机想转移注意力，却又不知道该干什么。

刚才待在曲江柔身边的时候还好，现在周围没了人，她的情绪突然就像开了闸的洪水般喷涌而出，来势汹汹。

南知不安地咬着手指。

这是她小时候的习惯，长大后懂事了觉得这样不卫生，所以再也没咬过。

然而现在，她心里的焦虑逐渐升温，她急需做点什么来缓解心情。

南知皱着眉重新拿出手机，跟无头苍蝇一样，在各个APP乱窜，想找点新闻或者趣事看看。

但翻了好久，她的视线最后却停留在了贺弦的微信上。

她咬了咬指关节，犹豫了片刻后，拿起了自己的包离开了候机室。

其实她自己也说不清为什么,就是觉得,如果现在跟贺弦见一面的话,他应该是有办法让她开心一点的。

至少上次他就做到了。

所以她没多想,直奔售票处买了最早一班去南港的机票。

等她到南港大学,差不多是晚上八点。

南知在学校门口,一边往里走一边给贺弦打电话。

然而不知道贺大少爷跑哪里野去了,一时半会儿居然没接通。

南知耐心等到暂时无人接听的女声响起,又挂掉电话重新打了一次。

结果这次还是一样。

她眉心紧蹙地看着通话界面,一时半会儿也不知道该怎么办,只能在南港大学里随便逛逛,等贺弦回电话给她。

漫无目的地在偌大的校园里走了一段后,她看见了一片户外体育场。

冷白的照明灯下,不少人正在球场上打羽毛球。

南知站在围网外,百无聊赖地看了一会儿后,心里不由得开始猜测贺弦会不会也在这附近打球。

思忖一番,她感觉以贺弦的爱好来看,他应该打篮球比较多?

毕竟那张上了表白墙的照片肯定不是凭空出现的。

但这一片都是羽毛球场,南知又闷头绕了几圈后,才勉强找到个篮球场。

"勉强"主要是因为,站在围网外的人太多了,她一开始没注意里面的人抢的是篮球。

直到一阵"砰砰砰"传来,听起来像是篮球拍击地面的声音,她才反应过来这里可能是篮球场。

然而南知个子不算高,站在人群后面根本看不见里面的球员。

她只能再次绕着围网走了一圈,钻到一处人少的角落探头看里面的情况。

恰好一阵惊呼喝彩声传来,南知凑过去眯着眼定睛一看——

贺弦还是像那张照片里一样,穿着深蓝底白边的无袖球衣,戴着一截同色系的吸汗带,似乎刚进完一个球,正笑着跟他的队友打招呼,并没有注意到周围的情况。

这也并不是南知第一次看他打篮球,之前高中的时候,班级之间有篮球赛,南知也看过。

她对体育比赛兴致寥寥,而且不太看得懂,所以从来没完整看完过。

然而这次的比赛,却给南知一种全然不同的新奇感。

她难得耐心地看了下去。

期间听见了无数个人在议论那位意气风发的八号球员:"那个八号是谁啊?蓝衣服的,也太帅了吧。"

"听说是大二的学长。"这两个女孩子都是今年的新生,刚军训完,还对学校里的风云人物不太熟,"哇,表白墙上也太多人捞他了吧,我这还没问呢就看到有人问了。"

. 192 .

"叫什么啊？"另一个女生凑过头去看。

"贺弦。下面还有人说他每次打球都有人捞他，不知道有女朋友没。"

听到最后这句，南知冷不丁怔了怔。

她心里忽然有些没底。

自己算是贺弦的女朋友吗？

她那条转正通知一直没有发出去，而且贺弦最近也没有提到这件事，两人看起来是心照不宣，但南知根本不知道他俩宣了什么。

反正她是很蒙的。

她也不清楚贺弦现在对她是什么看法。

一直没再提转正的事，也可能是他不想转正了？

南知抿了抿唇，心里突然有些梗。

她一手抓着围网，一手打开手机，找到贺弦的电话再次拨了过去。

虽然她知道贺弦现在肯定接不到，但她就是要打，多打几个未接电话过去，让自己站在道德制高点，之后她就可以指责他。

反正没有制高点就创造制高点，这是贺弦惯用的伎俩，她也只是依葫芦画瓢而已。

心虚地看了眼球场上的贺弦，南知感觉自己的心跳也跟着加速，居然有一种做了坏事的紧张感和刺激感。

这是她过去十九年里从来没有过的。

不知道是她电话打得实在太多了还是什么，贺弦的手机终于引起了队友的注意。

刚下场的高弛正要拿水喝，余光瞄见贺弦放在椅子上的手机亮了起来。

"没良心的祖宗"这硕大的六个字突然从屏幕中弹出。

高弛人愣住了，结果水已经倒嘴里了，搞得他呛得咳了半天："我……贺……咳咳！"

等他咳完，这祖宗的电话已经挂了。

正处于恋爱期的高弛太了解这意味着什么了，几乎是瞬间就反应了过来——

贺弦要完蛋了。

于是他立马捧着手机、穿越大半个球场去找贺弦，一路边走边喊："妈呀！弦哥！你祖宗来电话了！"

"一百多个！你没接到！你完蛋了！"

高弛的话音顺着夜风响彻球场的刹那，贺弦整个人骤然呆在了原地。

然而原本准备传给他的球已经飞了过来，他一愣神，这球不偏不倚地砸到了他的脑袋上。

"咚"的一声，砸得贺弦眼冒金星，脑袋嗡嗡的："嘶……"

周围的观众都跟着倒吸了一口凉气。

"不是，弦哥这不怪我啊！"传球的那个男生还不知道情况，连忙摆手撇清关系。

贺弦一边龇牙咧嘴地揉着脑袋，一边跟他摆摆手："换人，我不打了。"说完，他便拿过了高弛捧着的手机，匆匆下场。

"啊？这就不打了啊？"站在南知旁边的女生失落道，"太突然了吧，我还没看够呢。"

"别想了。"另一个人说，"肯定是女朋友打来查岗了啊，你没听他队友说打电话的是他祖宗吗？"

掌心的手机忽然嗡嗡响起，南知低头看了一眼，果然是贺弦回电话了。

南知四下环顾了一番，见周围已经有些人散去，到处都闹哄哄的，也没人会注意她，干脆就接了起来，小声道："喂？"

"你怎么了？！"贺弦急切的声音从手机中传来，"你被绑架了？！"

"没有。"南知搞不明白他是怎么得出这个结论的，简直哭笑不得，"为什么觉得我被绑架了？"

"一百多个电话！"贺弦怨愤道，"你什么时候给我打过这么多电话？！平时一个电话都不给我打！"

这话里话外透露出的谴责让南知不由得有些心虚，开始回忆自己是不是真对贺弦这么差。

她仔细一想，自己好像确实很少给贺弦打电话。

她在各类人际关系中都是个比较温吞被动的人，很少主动去维系关系，也不知道该怎么维系，所以除了有正经事，她基本不会主动找谁。

南知心虚地咳了咳："那，我现在这不是反思了自己，把以前没打的电话都补上吗？"

贺弦："你这个思路还挺牛？"

南知学着他厚脸皮的样子，淡定地道："那肯定的。"

贺弦轻哼一声，直言道："说吧，有什么事求我，没事你才不会给我打电话呢。"

"……真没有。"南知不知道自己在他心里到底是什么魔鬼形象，"你为什么把我想得那么坏？"

平时巧舌如簧的贺大少爷，今晚仿佛遭遇了口舌之战的滑铁卢，被她说得一愣一愣的。

这些倒打一耙的话明明都是他的台词，怎么都被南知抢去了？

贺大少爷被反问得一呆："那我也想不出你为什么给我打电话了，你总不能是想我了吧？"

贺弦清冽低沉的嗓音顺着夜风传来的瞬间，南知莫名感觉自己心尖好像颤了颤。

她眼睫微动，看着围网内已经走到门边的贺弦背影，沉默片刻后温吞道："为什么不能？"

贺弦的脚步霎时停住。

南知看见他站在门边没有继续往外走，也没有回答她的话，而是拿下了耳畔的手机，开始低头捣鼓着什么。

她疑惑道："你干吗不理我？"

"我在看去华都的机票。"

南知深知这大少爷虽然平时看着懒懒散散，但对自己想做的事行动力一直很强，生怕他又浪费钱买机票，连忙道："你别买了，我不在华都。"

贺弦顿了顿："那你在哪儿？"

其实他问这句话的时候，心里已经隐隐有一种预感了。

但他就是想听南知说。

然而南知显然不是那么容易开口的人，她故意道："你猜一下。"

"我才不猜。"贺弦哼哼唧唧，"我要买机票，买全国的。"

虽然南知心里知道这肯定是夸大其词的威胁，但不知道为什么，她又觉得这个离谱程度，放在贺大少爷身上又有那么一丝……诡异的合理。

她还真怕他乱买机票，只能道："我在南港。"

"南港这么大！南港的哪儿呀！"贺弦听她跟挤牙膏似的，简直急得跳脚，"你再不告诉我你信不信我装死给你看！"

南知见他真急了，被他逗得哭笑不得："你回头找找。"

贺弦怔愣了下，立马回过头。

南知肯定不可能在球场内，所以他的目光下意识越过了大片球场，看向了围网外的观众。

他视线投来的时候，南知听见身旁正要离开的人说了句："他会不会还要继续打啊？我看他没走呢。"

南知抿唇笑了笑，蹲下来捂着嘴小声道："你找到没呀，我旁边的人都在关注你的动向，你不走人家也不知道要不要走。"

"你别走就行了。"贺弦抬脚朝她的方向走近了几步，探头定睛看了眼，"你是不是蹲地上呢？穿的白裙子，跟个蘑菇似的。"

南知噎了噎，立马站了起来："你才蘑菇。"

蘑菇噌地长高了，贺弦也确定了她的位置，跟着弯唇一笑："等着啊。"

话落，他便转身冲出了球场。

他的身影消失在球场门外时，南知又听旁边人沮丧道："估计是不打了，走了走了，没帅哥没看头。"

周围不少人大概都是这么想的，纷纷如潮水般退去。

南知不想在这里惹人注目，干脆混在人群里，慢吞吞跟着一起走，还不忘拿起手机跟贺弦说道："你别来，这边好多人都是来看你打球的，你一过来肯定要被围观。"

然而不知道贺弦的手机有没有放耳边，他没有回答。

等南知跟着人群走了一段，就见贺弦迎面跑了过来。

大概是他这人实在是太显眼了，南知明显看见他跑过来的途中，基本上每个人都要回头看他一眼。

回头率极高,甚至还有人要目送他过来,看看他跑这么快是为什么。

南知并不习惯被人这么盯着,于是连忙绕开,走到边边角角降低存在感。

偏偏贺弦像个聚光灯。

他一路冲过来,跟没踩住刹车似的,直接冲到她面前扑了个满怀。

南知正要跟他说"别这么招摇",结果自己的脸已经撞进贺弦胸口了,还跟跄着倒退了几步,好在贺弦揽住她的腰,她才没摔过去。

南知绝望地闭了闭眼。

她不用脑子想都能知道其他人是什么眼神,干脆破罐子破摔,脸埋进去就不起来了。

让贺弦这个厚脸皮独自面对去。

但她没想到,自己这个反应看起来属实有些黏糊,反倒把贺弦整得害羞了。

他愣了愣,耳尖一热,低下头,有点不好意思却又压不住心底的暗爽,咕哝道:"你怎么撒娇啊……"

南知羞愤地在他腰上掐了一把,嗓音闷闷:"周围有人吗?"

"有啊。"贺弦是不理解她这种心情的,他从小到大就没体会过,所以也没反应过来,"这地方当然有人了,怎么了?"

"那等没人了你再叫我起来。"南知额头抵着他胸膛,一副不愿见人的样子。

贺弦本来是想借着跑过来的机会偷偷摸摸抱她一下,就算南知骂他他也能用"没刹住车"的理由混过去。

结果谁承想,现在反倒是南知不肯撒手,让他捡了个大便宜。

贺大少爷简直心花怒放,但是面上却得了便宜还卖乖。

他悠悠道:"不是吧南知?

"你想抱我抱到半夜就直说啊,找什么借口。"

只不过很可惜,事实并没有像贺大少爷想的那样抱到半夜。

因为南知羞愤了一会儿后,便开始破罐子破摔。

反正她也不是南港大学的,之后别人说什么也传不到她耳朵里。

贺弦带她去附近的餐厅吃了晚饭,一路上始终没问她为什么突然跑来南港。

似乎对她所谓的"想你了"这种理由接受良好。

等吃完饭,已经十点了,两人离开餐厅后,忽然在住宿问题上犯了难。

南知是心血来潮来的南港,没有想那么多,所以也没有订酒店。

贺弦想给她订,但是又不知道应该订什么房。

给她订单人房,把她一个人扔酒店里住好像也不好。

给她订双人房,好像又显得他多么禽兽一样。

明明两个人暑假在家也是睡一张床的,但是出来住酒店,却莫名多了一层暧昧。

贺弦挠了挠头,一脸纠结。

要不然订总统套房？
南知正吃着冰激凌，中途瞟见他的神情，顺口问了句："你在干吗？"
"我……"贺弦一顿，吞吞吐吐道，"我在看酒店呢。"
"噢。"南知点点头，继续吃冰激凌了。
似乎也没有要给他提意见的样子。
贺弦看了她一会儿，还是没忍住道："要不然你挑挑你喜欢什么样的？"
说着，他把手机举到了她面前。
南知随意地扫了一眼："都行。"
贺弦额角一跳："你别都行啊，你都行，我很不知所措啊！"
南知被他说得一愣，不知道他又哪里不知所措了："为什么？"
贺弦一脸幽怨地盯着她。
南知一脸莫名地回视他。
两人一高一矮就这么大眼瞪大眼了半响，目光在空气中摩擦交错，仿佛带着噼里啪啦的火花。
静默良久，最后还是贺弦打破了这诡异的氛围，忽然眼睛一瞪，骂骂咧咧道："你还问！你就非得听我说'我想跟你一起睡但是我又不想表现得太明显怕你又觉得我是个变态'你才甘心吗？！"

第十八章
勾引

夜晚的南港校园热闹依旧,加之正逢周五晚上,一路上都有出去玩回来的学生聊笑着路过。

但不知道为什么,明明处于嘈杂的氛围中,南知却觉得贺弦这句话一蹦出来,四下都寂静了。

她看着贺弦,张了张口,却没说话。

粉白的冰激凌渐渐融化,顺着甜筒流下一道浅粉色的痕迹,一路滴落到南知的手指上。

她被黏腻的触感惊扰得回过神来,下意识吮了一口冰激凌,又拿纸巾擦了擦手,才故作镇定地小声道:"那就按你的意思来。"

说完,她便继续向前走去。

然而贺弦却愣在了原地。

他感觉今晚的南知态度很是微妙,但又因为平时南知就神经大条,说的话大多只是字面意思,有时候的脑回路跟他完全不在一条线上,他不敢妄加揣测她话中的含义。生怕揣摩错了又冒犯到她。

所以此刻,他在接收到指令后,也只敢进行这一条命令,不敢多想其他的。

回过神来,他立马跟上南知的脚步,在她旁边咕哝道:"那我订大床房了?"

"嗯。"南知平静地点点头。

看她这一脸无波无澜的样子,贺弦心说自己刚才果然是想多了。

南知能有什么言下之意。

她就是个喜欢玩弄他的臭呆子罢了!

哼。

南知跟着贺弦在校园里逛了会儿后,又陪他去了宿舍拿换洗衣物。

只不过她没上去,只是在宿舍楼下等他。

等两人又绕了一圈去酒店的时候,时间已经不早了。

南知这两天又是处理南程锡的事,又是坐飞机,又是逛南港大学,一趟下来可以说是身心俱疲。

本来一直撑着还好,但一沾到床,她就突然不想起来了。

她进酒店房间后便蔫巴巴地躺在了床沿，一动不动，看得贺弦很是莫名。

他皱眉问道："你这是怎么了？"

"唔，"南知没有细说，只是含糊道，"坐飞机太累了。"

"坐个飞机就累成这样，"贺弦挑了挑眉，"以后你还是别跑了，等我去华都吧，不然我看你都要散架。"

"那也不行。"南知趴在床上，温温吞吞跟他扯了个玩笑，"我不来我怎么知道你会不会也藏了个女朋友在这儿。"

这话说得贺弦一愣。

她这个"也"字很是微妙。

但贺弦转念一想，这个字大概是指向之前卢泓和舒云漫的事。

他若有所思地看着她，过了好一会儿才品味出其中的意思，突然气乐了："你现在还学会吃飞醋了。"

其实南知也不知道自己刚才为什么突然说了这么一句话。

也许是想到了之前卢泓背着舒云漫脚踏两条船的事，也可能是最近南程锡让她一直以来的三观和信任受到了打击，她几乎是不过脑地就脱口而出了这句话。

因为她心底一直都觉得很奇怪——

为什么两人的感情会被距离消磨？

难道不应该离得越远越想念彼此吗？

这个问题她百思不得其解，也总想找到一些佐证，来证明自己的观点是对的。

尤其是在贺弦身上。

然而想到刚才那句试探般的玩笑话，她又感觉自己像是在对贺弦疑神疑鬼似的，顿时心虚地转过头，没看他，怏怏道："我就随口一说。"

她对这事有点逃避，所以说完后径自岔开了话题："你还不去洗澡吗？"

"你这不是还没去？"贺弦拎起她软绵绵的胳膊，"去，赶紧洗了，然后我给你吹头发，你就能睡觉了。"

南知其实也想洗澡，然而她的力气已经在这一天乱七八糟的事里用完了，只能嘟囔道："你先去吧，我休息一会儿再去。"

看她眉眼间挥之不去的倦意，原本若有所思的贺弦眉心不由得一蹙。

他觉得南知今晚的状态很不对劲。

但见她又确实很想休息，他也只能先放过她，拿着自己的换洗衣物去洗澡："那你稍微等等啊，我洗澡很快的。"

"嗯。"

浴室门关上的刹那，所有声音都在此刻被隔绝。

南知闭着眼，眼前一片黑暗，耳畔寂静无声，心里那股被贺弦覆盖下去的焦虑不安突然再次涌现。

她侧蜷在床上咬着指关节，抬眼看向浴室的那面磨砂玻璃。

· 199 ·

虽然是玻璃，但她根本看不清贺弦的身形，只能看见隐隐约约的明暗光影。

南知迟疑了几秒，最后还是没忍住，跟跟跄跄地站起身，走到浴室门前，一把打开了门。

贺弦刚脱了上衣，结果门就被她毫无征兆地打开了，难免有些错愕："你干吗？"

"我……"南知也不知道自己要干吗。

她站在门边踟蹰了会儿，最后低低道："没事。"

说完，她又径自退了出去，把门轻轻合上了。

贺弦一脸匪夷所思地看着那扇滑动的木门。

他沉默片刻，干脆重新穿了上衣走了出去。

南知已经躺回了床沿。

她背对着他，一边咬着手指一边刷手机视频。

贺弦定定地站在她身后，视线落在南知身上，若有所思地盯了她一会儿。

南知平时并不喜欢刷小视频，她最大的爱好就是看漫画。

哪怕玩手机也是在搜罗好看的漫画，或者看一些画师的图，微博关注列表几乎全是画手。

现在这种急躁地翻视频的样子，并不像她的作风。

贺弦走上前，按着她肩膀把她翻了过来："你怎么回事儿？"

"啊？"南知讷讷地转过头，"你洗完澡了？"

"没有。"贺弦往床边一坐，"你这样我怎么洗？"

南知还以为自己影响到他了，低低地说了声："对不起。"

"你道歉干吗？我又没有怪你的意思。"贺弦的手臂直接从她后腰和腿弯穿过，一把将她捞到自己腿上，"我就是想知道你怎么了。"

南知身体一轻，顿了顿，却没有挣扎。

她顺势丢下手机，闭上眼靠在他怀里。

见她一副不肯开口的样子，贺弦磨了磨牙，腾出一只手去揪她的脸："你说不说？不说小心我真亲你。"

他本意也只是想缓和一下气氛。

谁承想，南知好像真的把这句玩笑话当成了一个提议。

她靠在他肩上沉思了会儿，忽然说道："那你亲我吧。"

空气忽然凝固了。

贺弦像是定格了般，呆愣愣地看着她，没说话。

而南知也安静地回望他。

过了不知多久，这凝固的空气才被贺弦的嗓音打破。

他大概是被她的反应震撼到了，眼底透着不可思议，嘴里忍不住骂骂咧咧："你别跟我瞎开玩笑，我这人很正经，我会当真的。"

南知窝在他怀里，反问道："难道我不正经吗？"

见他整个人呆呆的，漆黑的眸一眨不眨，似乎还在消化她话里的意思，南知也没什么耐心了，直接伸手揽上了他的脖子。

南知没主动亲过人，她也不会接吻，最多就是上次被贺弦亲了一回。

但因为当时她大脑一片空白，几乎什么都不记得了，只知道别人就是嘴对嘴，所以她也就纯粹地学着把唇瓣压了上去。

即便她动作十分生涩，但湿润又柔软的触感席卷而来的瞬间，贺弦觉得自己原本僵直的身体突然一阵酥软。

他闷哼一声，放任自己顺着南知压下来的力道，仰头躺倒在床上，任由她亲着。

过了几秒，他却又像是忍不住了似的，舌尖撬开她的牙关趁虚而入。

南知没有防备，更没想到接吻是这样的，下意识想躲。

然而贺弦已经抬手按住了她的脑袋，直接翻身压住了她，让她无路可退。这种带着掠夺性的亲吻让她大脑发蒙，混沌到忘乎所以，处理不了任何信息，只能凭借最原始的感官去感受一切。

她闻到了那阵熟悉的、让她安心却又迷醉的柠檬气息。

也听见了自己如鼓般的心跳，以及若隐若现的吞咽声和急促热烈的呼吸声。在昏黄的光线下暧昧地蔓延。

南知是个学霸，她在很多方面的学习能力都非常强。

包括现在。

她顺着贺弦的力道被吻了一会儿后，忽然觉得总不能一直是自己享受，她也得礼尚往来一番。

于是她开始举一反三，试探般伸出了舌尖，舔了舔贺弦的唇。

触碰到的刹那，她明显感觉到贺弦的呼吸更急促了些，突然如狂风暴雨般加深了这个吻。

南知茫然地睁开眼，就看见了他那如羽翼般的睫毛正不停地轻颤着，沙哑低沉的闷哼声响彻耳畔。

她定了定神，忽然没忍住含含糊糊地笑了一声。

听见她的笑声，贺弦这才堪堪回过神。

他平复了下自己的呼吸，轻蹙着眉抬头，似乎对她不专心的行为很是不满。

沉默着盯了她一会儿，他又突然低下头在她柔软的唇瓣上咬了一口，不爽道："又要勾引我又要笑话我，你这人讲不讲道理的？"

南知被咬得嘴唇发麻。她下意识舔了一下："我没有笑话你。"

然而贺弦却像是没听见似的。

他眼睫低垂，视线定定地落在她色泽诱人的唇上，眸色渐深。

南知看着他漆黑的眼珠愣了愣，抬手推了他一下："不亲了，去洗澡。"

"啧。"贺弦不爽地皱起眉，"我就要亲。"

说着，他也不管南知是什么反应，径自低头压了下来，在她唇上辗转吮吸，嘴里囫囵低声道："谁让你勾引我。"

闹了一通下来，本来就疲惫的南知更没有力气了。

她感觉自己后背沁了一层汗，粘在裙子上黏哒哒的很不舒服。

只不过她精神上倒是没那么累了，尤其是在看到贺弦那张明朗恣意的脸后，她甚至还有心情跟贺弦斗嘴。

她低头看向埋在她颈窝的贺弦，忽然有个疑问："你现在还算我男朋友吗？试用期的两个月好像过了。"

闻言，贺弦没抬头，却冷笑着哼了一声："你也知道过了啊，你又不给我通知，我哪里敢问，我都怀疑自己成前男友了。"

他说话的时候，气息喷洒在颈间，弄得南知有些痒。

她瑟缩了下，有一搭没一搭地揪着他的头发："我想给你通知的，但我还是觉得当面跟你说比较好。"

稍顿，她垂眸睨了一眼贺弦乌黑的发顶，故意说了句："我之前就想通知你试用期通过了，可以转正了，但是我现在不想了。"

贺弦被她这阴晴不定的态度弄得一呆，直接把她从床上捞起来晃了晃："不是，我干吗了你就不想了？我不是一直又乖巧又安分又可爱吗？！啊？！"

南知被他晃得头晕，但是身体又软绵绵的不想动，只能动嘴骂他："你再晃我，我就更不想了。"

"不是，那你得跟我说清楚啊。"贺弦停下手，却跟耍赖的八爪鱼一样，熊抱住她，凶巴巴威胁道，"你不说就不让我转正？理由不充分，小心我去动物保护协会告你。"

南知也搞不懂动物保护协会能保护他什么，但她也懒得多想，只是闭着眼慢吞吞道："因为你男朋友义务履行不到位，我觉得你还有待考察。"

贺弦回忆着自己做的事，感觉好像也没有哪里不到位："具体说说？"

"比如，"南知一条一条列举他的罪行，"你刚才不接我电话。"

这事贺弦确实理亏，他动了动唇，想辩解什么，但最后还是只能讪讪道："好好好，这个是我的错，我没跟你报备，我下次打球前一定跟你说，还有吗？"

"还有……"南知想了想，"你刚才晃得我头晕。"

贺弦嘴角一抽，应下了这个罪名："好好好，这个也是我的错，我不该那么心急，还有吗？"

"还有，"南知微微睁开眼，抬起软绵绵的手指着他鼻子，指责道，"你不帮我洗澡。"

"什么玩意儿？"贺弦一脸震惊地摸了摸她的额头，"你也没发烧啊，说什么胡话？"

"我没有说胡话。"南知把他的手拍开，"我真的很累，我不想动，但是我想洗澡。"

看着她脸上流露出的倦怠，贺弦怔了下。

他幽深的眼眸一动不动地盯着她："你知道你在说什么吗？"

"知道。"南知冷静地道，"我又不是三岁小孩子。"

然而贺弦一时间却没答应她这个要求。

他又观察了她良久,才忽而道:"你今天怎么了?"

"没怎么。"南知不太想让他知道自己家那些乱七八糟又难堪的破事,又把话题扯了回去,甚至还来了脾气,"你到底帮不帮我洗呀,不帮我就不洗了,我就这么睡你旁边臭死你。"

最终贺大少爷还是没能拗过南知。

他顶着一张幽怨至极的脸看了她一会儿,然后认命把她横抱起来,带她进了浴室。

瞟见他这副表情,南知觉得有点好笑:"你干吗这么生气。"

"你知不知道对一个男人来说这个过程有多么折磨?"贺弦别扭地哼哼唧唧,"一个不留神,我就又成了你口中的变态了。"

南知虽然不懂,但是她还是可以想象的。

她觑着他:"反正你都已经是变态了,又不差这一回。"

"我怎么就是变态了?"贺弦无缘无故被扣了一口锅,不乐意了,甚至看起来还挺委屈的,"话不能乱说,我跟你躺一张床上那么久我干吗了吗?我除了可怜巴巴地自己压枪还能怎么办啊?"

原本南知是不懂他们这些"专业术语"的,好在她领悟力还算可以,想了想便反应过来了。

看他这副样子,南知心尖一软,偏过头小声道:"我又没有让你自己压。"

"你够了南知。"贺弦简直被她这无所畏惧的样子气乐了。

他扯了条毛巾铺在洗手池边,让她坐上去,跟个恶霸一样戳着她的肩膀,凶巴巴地警告:"你今天对我的言语挑衅已经超标了,再这样我真的要生气了。"

"哦,那如果我不想让你生气的话,"南知淡定地点点头,忽然抬手按住他的肩,凑过去啄了下他轻动的喉结,"是不是就只能行动挑衅了。"

被挑衅了一通的结果就是贺大少爷真没忍住。

他一直觉得自己定力非常可以,不然也不可能躺了两个月都老老实实的。

但他实在是禁不住南知主动。

静谧的房间内,南知带来的包就没有打开过,换洗衣物依旧安安静静地躺在包里。

床头灯光线昏黄,给画面覆上了一层朦胧的暖昧。

贺弦额角沁着细细密密的汗,他低头看向南知光洁白皙的肩膀,眼底的暗色不断翻涌,最后还是没忍住,在她肩膀上咬了一口。

轻微的刺痛感袭来,南知皱了皱鼻子,但因为她实在没力气了,只能谴责他:"你别这样……"

"就不。"贺弦顺着她的肩膀一路往上,又在她的颈窝吮了一下。

明明今天她用的也不是以往的那款沐浴露，但贺弦还是在她身上闻到了熟悉的柠檬气息，他动了动鼻子，贪婪地感叹道："你真的香香的哎。"
　　"你别。"南知被他烦得不行，抬手去推他脑袋，"这里有印子的话我明天怎么出门？"
　　闻言，贺弦只能不情不愿地"哦"一声，又弯了弯嘴角，唇瓣开始不安分地往下挪。
　　接着南知整个人骤然一颤，眼前恍若空白了一瞬。
　　她微仰着头，白嫩的脚尖蜷了又蜷，手指紧紧攥着他的肩膀，喉间忍不住溢出一丝低吟："贺弦……"
　　"嗯。"他听见了，却没松口。
　　滑若凝脂的肌肤被他温热的舌尖扫过，掀起一阵阵战栗。
　　南知双目紧闭，睫毛不停地颤抖着。
　　过了不知多久，她感受到贺弦骤然急促的呼吸以及加重的力道，忍不住喊了他一声："你……"
　　她柔软的嗓音就像是催化剂般，加剧了这场化学反应。
　　"怎么办？"贺弦在几近失控的喘息中抬起头，忽然拽过她的手，顺着自己劲瘦的腰腹逐渐下移，"又被你勾引到了。"
　　"又要洗澡了哎。"

　　南知感觉这种事就是个死循环。
　　出汗了要洗澡，洗澡了又出汗，然后再去洗澡，然后又要出汗。
　　她也没想到贺弦精力这么旺盛，一晚上下来，她感觉自己都快洗褪皮了。
　　但好处就是，她是真的没空再想那些乌七八糟的糟心事。
　　除了身体上累了点，她心情确实回暖了不少。
　　甚至在做梦的时候都想要一只和贺弦同品种的狗狗，这样养在宿舍楼下的话，她每天路过心情都会很好。
　　这一觉她差不多睡到了中午才起。
　　南知睁眼的时候，发现贺弦似乎早就醒了，正靠坐在床边看手机，似乎在和谁发消息。
　　南知看他没起，自己也不想起，低头在他腰际蹭了蹭。
　　贺弦低眸看了她一眼："你又要挑衅我？"
　　"你怎么这么矫情。"南知瞪他，"碰你一下都不行？"
　　"不行。"贺弦重重地哼了一声，"你碰一下都是在挑衅我，我有理由怀疑你图谋不轨。"
　　南知被他说得逆反，立马在他腰上掐了一把，然后背过身不再理他。
　　见状，贺弦直接撇了手机，伸出手臂从后面抱住她，下巴抵住了她的后脑勺，像是把她禁锢在怀里似的。
　　南知动了动想挣脱，结果却感觉到身后哪里不太对……

她惊呆了:"你怎么这么……"

"我都告诉你了!"她话还没说完,贺弦倒先急了。

他似乎有点委屈,又有点气恼,骂骂咧咧道:"我都说了你别老勾引我!你还非得勾引我!勾引了又不负责!你这人怎么这么过分啊!"

大概是气势上被他压倒了,南知居然真有一点心虚。

但她还是很难理解这种生理反应,试图跟他讲道理:"我又没干什么,暑假的时候我也没见你这样。"

"暑假的时候我敢让你见吗?"贺弦还真奇了怪了,"你不把我揍出去才有鬼。"

南知默了默:"那你就像那时候一样,忍一忍。"

"为什么!"贺弦抱着她开始耍赖,"没女朋友我忍,有女朋友了我怎么还要忍啊!我又不是忍者神龟!"

"你就帮帮我嘛。"他的脸在南知后颈蹭了蹭,撒娇道,"我真的好难受的,我都起不了床。"

南知这人吃软不吃硬,一听他撒娇,心里就忍不住有点动摇了。

她犹豫了一会儿,迟疑道:"那……那你快点,我有点饿我想去吃饭。"

"好好好。"贺弦忙不迭答应。

事实证明,男人的嘴骗人的鬼。

南知根本不知道时间过了多久,反正在她看来十分漫长。

她都饿得前胸贴后背了,却还要被这大少爷连哄带骗地变着法"帮忙"。

最后她真的动都不想动,吃饭都是贺弦喂到嘴边的。

"真这么累?"贺弦心虚地挠了挠眼下。

南知靠在床头吸着果汁,闻声白了他一眼,不想跟他说话。

见状,贺弦连忙凑过去亲她脸颊,眼巴巴看着她:"哎呀,别生气啊,马上你都要回华都了,就剩这么点儿时间了还要生气的话多浪费啊。"

本来南知也没真生气,被他哄了两句也就过去了,毕竟在现在的她看来,饭比贺弦重要多了。

花时间生气不如花时间吃饭。

两人吃完饭后,赶了下午的飞机回华都。

飞机上,贺弦懒洋洋地在位置上坐下,顺口问她下周国庆的安排:"你国庆准备回家吗?"

闻声,正在系安全带的南知动作一停,只一瞬后又接上:"不回。"

贺弦垂眸看着她的动作,片刻后视线缓缓上移到她脸上,懒声道:"那我到时候去华都找你。"

"嗯。"南知点点头,打了个哈欠,"我先补会儿觉。"

飞机暂时还没起飞,贺弦看着她的睡颜沉默片刻,转头打开了手机。

屏幕中,曲江柔今早发来的消息正安静地躺在微信里。

曲阿姨：小弦，我和南知爸爸的事情已经彻底解决了，说起来还是得谢谢你。

曲阿姨：阿姨也不知道你缺什么，总之你要是有什么需要帮忙的地方，尽管跟阿姨说。

看着这些话，贺弦的指腹有一搭没一搭地摩挲着手机边缘。

片刻后，他又发了条消息过去：昨天解决的吗？财产谈妥了？

曲阿姨：嗯，她爸爸对知知还是挺愧疚的，而且也没别的孩子，所以答应得很快，我也已经让知知回来一起办过公证了。

看着这条消息，贺弦眸光微凝，忽然扭头看向南知。

南知坐在窗边，温和的阳光洒落在她脸侧，给她精致的五官轮廓覆上了一层暖融的金边。

此刻，她正闭着眼浅眠，对他的目光毫无所觉。

贺弦定定地看了一会儿，忽然舔了舔唇，凑过去在她白嫩软弹的脸颊上轻咬了一口。

南知被他咬得睁开眼，下意识四下扫了一圈，又一脸错愕地转向他，揉了揉自己的脸："你刚才干吗了？"

"没干吗啊。"贺弦看起来气定神闲，"怎么了？你做梦了？"

刚才南知根本还没睡着，哪儿来的梦可做。

她气恼地在他手臂上拍了一巴掌："在外面你能不能收敛一点？"

"干吗？"贺弦撇撇嘴，看着还挺不服气，"我看我女朋友太可爱了亲一下也有错？我又没亲别人女朋友。"

两人下飞机的时候，差不多正好是晚饭时间，南知直接就带贺弦去吃晚饭了。

两人挑了一家烤鱼店。

吃饭的时候，南知顺口跟他提了句："下次你不用送我到华都了，一来一回六个小时就没了，浪费时间也浪费钱。"

贺弦这习惯是真的费钱，每次送南知都得亲自送到华都大学宿舍楼下，搞得总是要浪费两张飞机票，看得南知肉痛不已。

然而贺弦却不以为意："钱这玩意儿不就是用来花的？既然能有机会花钱买陪我女朋友的时间，那买就是赚到，有什么问题？"

他也不是第一天讲歪理了，南知虽然不敢苟同但又说不过他，只能随他去了。

两人吃完饭后又牵着手压了会儿马路，贺弦才依依不舍地放她回宿舍。

"我上楼了啊。"

"嗯。"

"你快点去机场吧。"南知朝他挥了挥手，"拜拜。"

"嗯。"

看着她进了宿舍楼的大门，身影消失在楼梯口，本应该去机场的贺弦却没有动身，而是在她宿舍楼下沉默地僵立着，一动不动，宛如一座散发着冷气的冰雕。

宿舍楼下树木繁多，周围幽深寂寥，贺弦站在影影绰绰的树影下，眼睛一眨不眨地盯着南知身影消失的位置，脑海里想象着她在得知那些事的时候，到底是怎样的反应。

愤怒？难过？

还是会像她小时候受委屈时一样，在背地里悄悄掉眼泪？

其实南程锡的事他早就有所预料。

那天在伏洲的医院里，因为他个子比南知要高一截，从他的角度看去，几乎是一眼就认出了南程锡。

他知道南程锡原本答应了南知要在她高考后回国看她，但又食言了的事。

所以在看见南程锡和另一个孕妇被推过去的刹那，他几乎是下意识往前走了一步，挡住了南知的视线。

但南知还是看见了。好在她没看清，被他几句话糊弄了过去。

然而这件事却像一根刺扎在他心头一样。

其实这些乌七八糟的破事跟他一点儿关系都没有，又不是他家的事。

更何况他没有决定性的证据，他也不爱管闲事，不想去当那个里外不是人的猪八戒。

可他察觉到异常后，依旧在惴惴不安中犹豫了好几天。

最后，他选择提醒曲江柔，但没有告诉南知。

他也没有想太多，就是单纯地不想影响她的心情。

毕竟她小的时候，还能因为一篇《我的爸爸》写不出来而偷偷掉眼泪。

他很难想象她知道这件事后会有什么样的反应。

只不过现在南知还是知道了。

想到她昨天那异常黏糊的反应，贺弦走到湖边的长椅上坐下，托腮望着路灯下波光粼粼的湖面，幽幽地叹了口气。

虽然他是希望南知疯狂地迷恋他没有错，现在也算是另一种层面上的成功，但他并不希望南知沾染上这些垃圾负面情绪。

要是这样的话，还不如就让南知继续不冷不热的呢，反正他脸皮厚也无所谓。

贺弦撇了撇嘴，垂下脑袋，拿出手机开始搜"异地恋注意事项"。

认真翻看了几条，他摩挲着下巴皱眉沉思片刻，忽然噌地站了起来，朝校门的方向跑去。

现在八点多，各大商场还没关门。

贺弦立刻打车去了市中心的一家购物中心。

等他挑选完东西回华都大学的时候，飞往南港的那班飞机正巧从天空中划过，留下一道尾迹云。

而南知却以为他已经去了机场了，还给他发了条"路上小心，到了和我说"

的消息。

贺弦看着她的消息,心虚地吸了口气,脚步却没停,依旧穿过三三两两的人群、大步流星往她宿舍楼的方向走去。

其实他已经做了一路的心理建设,但等自己走到宿舍楼下后,还是不由得徘徊了好一会儿。

一直到他酝酿好措辞,勉强压下了自己忐忑不安的心,他才拿出手机给南知打了个电话。

电话很快被接通,南知的声音顺着柔和的夜风一同传来:"你到南港了?今天的飞机好快呀。"

"……不是。"贺弦站在沉寂的夜色下,深深地吸了一口气,"我还没走。"

"你能下来一趟吗?"

手机另一端忽地安静了。

南知完全没想到他现在还没离开华都,不由得呆愣住了,消化了好一会儿才惊愕道:"你现在还在我宿舍楼下?"

"对。"贺弦怕她责怪他,难免有些心虚,说话声音也小了不少。

然而南知却没说什么,只是蹙着眉留下一句"那你等等我"然后便挂断电话下了楼。

听她要下来,平时觉得自己简直玉树临风的贺大少爷却忙手忙脚地开始整理发型和衣服。

结果风一吹来,头发还是被吹得乱作一团。他恼怒地压住额前的发丝,试图让它们乖一点。

不到一分钟,南知便急匆匆地下楼了。

她似乎刚洗完澡,皮肤水嫩到透亮,头发还没有完全吹干,肩膀上晕开了一小片水渍。

她跑得很急,说话的时候还轻喘着:"是没赶上飞机吗?要不我给你订个酒店你明天回去?"

"不是。"贺弦摇了摇头。

闻言,南知疑惑地看着他:"那你为什么没回去?"

"我……"贺弦唇瓣开开合合了半天,才勉强挤出一句,"我又想你了。"

话音落下的刹那,南知怔怔在原地,没有作声。

而贺弦的话语依旧在继续:"而且……"

他稍顿,忽然一口气道:"我不知道别人异地恋有没有结果,反正我肯定是要给你个结果的。"

话音未落,他就已经拿出了他刚买的东西,递给了南知。

南知定睛一看,好像是个首饰盒。

短暂的静默过后,她突然错愕地抬眼:"你买的……"

"戒指。"贺弦把首饰盒打开,嘟囔道,"其实应该带你挑的,但我怕你不让我买,所以我就自作主张挑了一款你可能喜欢的。"

"你要是怕戴手上太招摇,那就串成项链戴脖子上好了,反正我都给你配好了,我已经戴上了,你不许不戴。"

南知怔愣地看着那款简约的女戒,迟迟没有反应过来:"不是……你买这个干吗?"

"因为昨天是我们在一起第一天的纪念日啊!"贺弦被她呆得快要跳脚,"昨天9月21号,你赶紧记一下!"

南知见他急了,终于堪堪回过神来,哭笑不得道:"我记得的。"

但看她这半天才回过劲的样子,贺弦相当不放心,又叽叽咕咕嘱咐了一遍:"你不许忘了啊,我真的会检查的。你要忘了的话我会记仇的。"

"知道。"南知抿唇温温柔柔地笑着。

看着她弯弯的笑眼,贺弦心酥了一大半,他出神一刹,忽然上前抱住了她。熟悉的气息扑面而来,南知被他抱了个满怀。

她听见贺弦的声音从她头顶传来,似乎有些不情不愿:"要不是我还没法定……"

"你想得美。"南知察觉到他的意图,故意挤对他,"这就想把我收买了?"

"哎呀,这不是时间紧迫嘛!"贺弦愤愤地在她肩膀上咬了一口,"你要是不满意,我让我爸妈来你宿舍提亲。"

南知给了他一拳:"你说什么呢。"

"反正,"贺弦咕哝道,"你先攒着吧,到时候集齐七枚你来找我换结婚证一本。"

这话属实有点夸张了,但南知还是失笑着配合他:"那你记住啊。"

"我肯定记得住。"贺弦蹭了蹭她白皙的颈肩,黏糊糊道,"你放心好了。"

她偷偷笑着,搂住他腰的手臂又收紧了些,在他怀里小声揶揄起来:"你好黏人。"

"不行吗?"贺弦半弯着腰,下巴抵在她的肩窝,"怎么着?你不喜欢黏人的?"

南知被他问得一顿,眨了眨眼,轻声承认道:"喜欢。"

其实南知从来没想过自己会喜欢贺弦。

她还记得当初被问到理想型时自己的回答,好像跟贺弦一点都不搭边。

她的追求者里也不乏她所谓的"理想型",但从来没有谁像贺弦一样会引起她的情绪波动。

她也只在他面前体会过心跳加速的感觉。

"那万一有个比我还黏人的,"贺弦轻哼一声,故意找碴,"你是不是就要被人家黏跑了?"

"哪儿来的比你还黏人的?"南知好笑道。

然而贺大少爷对她的回答显然不满意。他掐了一把她的腰:"我不管,你先回答我。"

南知轻颤了下,又把脸往他胸口深埋了几分,小声地咕哝着:"不会的。"

话落,她停了停,转而继续道:"只要你还喜欢我,那我就肯定喜欢你。
"而且只喜欢你。"
说这话的时候,其实南知自己都有些不好意思。
她甚至做好了被得寸进尺的贺弦调侃的准备。
谁承想话音落下的瞬间,迎接她的并不是贺弦的调侃,而是后颈多出的一分力道。
她顺势抬起头,贺弦急促的吻便铺天盖地般压了下来。
他这次的吻毫无章法,仿佛只是想证明她的存在。
……
南知被亲得迷糊了一会儿。
过了不知多久,她又突然回想起他那敏感又矫情的身体,连忙抬手抵住他:"你别……你还要不要回南港了?"
"不想回了。"贺弦大言不惭道。
说着,他便再次吻了下来。
两人黏糊了好半晌,贺弦才被她推得不情不愿退开了几分。
但是他的手还牵着南知,还真有几分不想走的架势。
南知只能自己给他看机票:"你明早有课吗?"
"没有,在下午。"贺弦乖乖回答道。
"那给你订明天早上的吧,今晚先睡一觉。"南知思考了下,"住机场附近吧,这样明天也不用太早起赶路。"
贺弦厚着脸皮道:"那你陪我。"
陪你还能睡觉吗?南知白了他一眼。
大概是看出了她白眼的弦外之音,贺弦心虚地摸了摸鼻子:"我今晚保证不干什么。"
"你怎么保证?"南知轻飘飘地睨着他,"你今早还保证快点呢。"
被她吐槽了一通,贺弦幽怨地耷拉下眼,没吭声。
南知总觉得他出现这个表情的时候,特别像一只飞机耳的小狗。看得她心都要化了。
再加上她明早也没课,她不争气地产生了一丝动摇。
安静片刻,她呼了口气:"算了。那就再陪你一晚上。"

好在贺弦说话算话,当天晚上确实没折腾她。
两人安安稳稳地睡了个好觉。
就是早上起床的时候,他压着她愣是不肯起来。
"你再不起来这班飞机也要错过了。"南知抬手去推他脑袋。
贺弦在她颈窝蹭了蹭,闭着眼困倦地哼哼道:"不想早起。"
这个时间天刚亮没多久,太阳还在柔软的云端旖旎,而贺大少爷却要离开温柔乡,对他来说确实有点残忍。

但南知想到他下午还有课,咬咬牙还是把他推醒了。

于是又被贺弦以"没有亲亲真的很难起床"等各种理由连哄带骗地亲了好一会儿。

以至于明明就住在机场附近,却还是匆匆忙忙。

好在没有误机。

南知送他进了机场,看着他排队进安检口的身影,沉默几秒后忽然拿出手机,难得给他发了条矫情分的消息:想你了。

谁料贺大少爷比她还矫情。

他看见手机上弹出消息,排队排到中段的他调头就想往回走。

还是南知急急忙忙地跟他摆了摆手,把他轰了回去。

贺弦脚步停了停,只能不情不愿地收回腿,低头给她发了个问号:?

贺:勾引我?

南知弯起唇角,回复他:我就随便说说。

贺:?

小知了:你别误机然后翘课挂科了。

小知了:我绩点还挺不错的,要是我男朋友挂科我很没有面子的。

贺:……

贺弦扯唇哼笑了声,忽然抬眼朝她的方向看了过来。

初晨的阳光清澈暖融,洒向万物,生机盎然。

贺弦明明背对着窗外的阳光,但南知却感觉他看向自己的时候,那双明朗的桃花眼里依旧灿烂耀眼。

像是被晃了一瞬,南知顿时有些怔愣。

还是掌心里手机的振动让她回过神来。

她低下头,看了眼贺弦发来的图片——

一张下次见面的机票。

贺:好神奇哦。

小知了:什么?

为什么我的视线里明明能看见你。

但我居然……

又开始想你。

番外 //
后记

今年12月9号,本来南知已经计划好了要飞往南港陪贺弦过生日。

贺弦在得知后,还跟她畅想了好几天。

结果学院活动,南知临时被辅导员抓去当了两天苦力,最后实在脱不开身没能去成。

当时贺大少爷一副"好的没事你忙吧"的样子,南知还惊讶于他现在怎么变得这么善解人意。

谁承想这人在后面等着她呢。

这件事一直被他从生日第二天念叨到了寒假。

一会儿说自己二十大寿缺了个女朋友,自己二十年的人生都不完整了,最近要倒霉。

一会儿又说她没蹭到寿星的喜气,最近运气肯定不好,但是没关系,天天和寿星打视频可解。

虽然南知觉得他这些小心机真的非常拙劣,拙劣到她觉得很搞笑,但还是睁一只眼闭一只眼配合他,一直到寒假回家。

贺弦比她早放假一天,所以干脆飞到华都,等她考完试再一起回宁洲。

南知这人有个习惯,考试前什么事都不能打扰她,天塌下来都不行,所以贺弦被迫在酒店独守空闺了一晚上。

这一晚上他都在思考明天回家后要怎么从南知身上讨回来。

毕竟他这段时间损失可太多了。

只不过他的思维真的非常发散,想着想着,他又开始思考回家后他亲爱的老爸老妈应该会发现他俩的关系。

说不定当场就和曲阿姨商量着订婚了呢。

想到这里,他突然没忍住笑出了声,跟个傻叉一样躲在被子里偷乐。

然而第二天回家遭遇的种种待遇让他乐不出来了。

来机场接他们的是司机陈叔叔。

本来他以为上午这班飞机只有南知一个人,陈叔叔看到贺弦出来,还愣了一瞬:"哎?小弦你怎么也这个点儿回来?"

"噢,我……"贺大少爷罕见和气地微笑了下,正想炫耀炫耀自己和南知已经在一起了,就听一旁的南知忽然道,"顺路。"

他匪夷所思地扭头看了南知一眼。
而南知却毫无所觉,还疑惑地回望他,好像对他的眼神很莫名其妙似的。虽然他俩也算是顺路一起来的。
但谁顺路是从南港飞华都再飞宁洲的,都快成个三角形了。
贺弦嘴角一抽,想说点什么,但看南知一脸茫然,于是硬生生把话憋了回去。
而陈叔叔倒也没想太多,反正他就是来接人的,人接到了就是万事大吉。
所以,他也只顾着拎过他们的行李放到车里,丝毫没有察觉到贺弦怨念的眼神。
上车后,坐在后排的贺弦,十分不满地捏了一把南知的手。
眼看着前面的陈叔叔已经打开车门准备坐进来了,南知被吓了一跳,立刻拍开贺弦,小声警告道:"你收敛一点。"
贺弦就不明白了:"我干吗了?我不就……"
南知又拍了他一下,给他比了个"嘘"的手势。
贺大少爷很不理解。但还是坚决执行了。
他想,大概是南知在外人面前害羞,毕竟她平时也经常这样拍开他。
再加上待会儿回家就可以为所欲为了,所以贺弦也没再计较这一会儿工夫,这一路都没再作妖,老老实实、安分守己。
一直到家门口。
陈叔叔送完他们回来便离开去处理其他事了。
贺弦见车影已经消失在小区拐角,转身就抓住了南知的手,嘚嘚瑟瑟地牵着她朝家门口走去。
这回南知倒没拍开他,任由他牵着了。
所以他难免有些飘飘然,脑海中又开始畅想——
他牵着南知进门,家里的人看到后都震惊地问他们俩怎么回事,然后他再在这宛如新闻发布会般的氛围中,故作为难地解释一下他和南知的恋情,稍稍满足一下他们的好奇心。
他老妈那么有远见,听了后肯定会跟曲阿姨高高兴兴地商量起订婚之类的事,于是之后的一切就顺理成章了。
贺弦想想就忍不住翘起唇角。
他一边偷乐着一边按下密码。
大概是门锁的声音让曲江柔有所察觉,她温和的声音从屋里传出:"知知回来啦?"
南知听见自己妈妈声音的一瞬间,下意识就把手从贺弦手里抽了出来,一本正经地清了清嗓子:"嗯。"
像极了一个怕老师家长发现自己早恋的乖乖女。
正偷乐着的贺弦,唇边笑意陡然一僵。
他看着空空如也的掌心沉默片刻,抬眼看向了南知。
南知其实也有些心虚。

刚才单纯就是听见妈妈声音后的下意识反应。

就感觉自己在她面前还是个小孩,不能谈恋爱似的。

她尴尬地看向贺弦,正想解释点什么,然而那扇还差一位密码解锁的门,已经被人从里面打开了。

曲江柔站在门边,目光扫见贺弦的时候,忽然怔了怔:"哎?小弦你也回来啦?我们都以为你下午回来,你姑姑还说下午去接你的。"

正说着,屋内便传来了贺耀仪的声音:"哟,知知小弦都回来了啊?"

过了几秒,她慵懒的身影便出现在了众人的视野中。

贺耀仪穿着件灰色丝质睡袍,飘荡的衣摆底下露出一截纤细白皙的脚踝,美艳不已,看得南知不由得愣住。

就在她愣神之际,贺耀仪已经从楼上慢悠悠下来,笑意吟吟地走到她面前了:"知知现在这么大了啊,还记得我吗?你小时候我还带你开过卡丁车。"

贺耀仪比贺耀城小了一轮,今年也就三十五,而且一直没有结婚生子,现在整个人都散发着一股洒脱的魅力。

南知被惊艳了一瞬,讷讷地点头:"记得的。"

"哈,哥!嫂子!我就说知知肯定记得我的!你俩还不信!给钱!"

贺耀仪一直喜欢拿他们小辈打趣,南知反应过来后忍不住笑了笑,小声跟贺弦说道:"贺阿姨还是那么有趣。"

然而贺弦却只是看了她一眼,幽怨道:"我没趣了呗。"

冷不丁被他噎了一通,南知有点蒙。

她愣了愣,突然想起了刚才自己抽手的事可能让他有点不爽。

南知沉默了会儿,正想开口跟他解释一下:"我刚才不是……"

结果一旁的曲江柔却已经在催促他们进来吃饭了。

无奈之下,她只能先压下嘴边的话,准备等待会儿上楼了再说。

谁承想,她这个哄一半就不哄了的行为,反倒让贺弦更加不爽了。

在贺大少爷眼里,这就像是他这个男朋友见不得光似的。

想到这儿,他额角一跳,忽然冷笑出声,然后扭头就拎着两个行李箱进屋了。

只留给南知一个怨愤的后脑勺。

南知尴尬地跟上他的脚步。

等他俩坐下来,眼尖的贺耀仪发现了异样。

她的视线扫向贺弦的手指,倏地停了一下,眯了眯眼道:"你手上那玩意儿是什么?戒指?"

贺弦垂着眼,漫不经心地应道:"嗯。"

"你戴戒指干吗?"贺耀仪一脸莫名其妙,"你结婚了啊?"

这戒指南知是当项链戴脖子上的,今天她又正好穿的高领毛衣,所以没露在外面。

没想到贺弦那枚这么快就被看见了,南知略显心虚地夹菜干饭。

但她余光也轻瞄着贺弦。

可能谈了恋爱后人多少都有些矫情和敏感,一向没那么多心思的她,在这个时候也会好奇贺弦会怎么回答。

然而一旁的贺弦在状若无意地扫了眼她的手后,忽然冷笑一声,开始满嘴跑火车:"小姑,这你就不懂了啊,现在的女生都喜欢这样的男生。"

贺耀仪显然不信,狐疑地瞅了他一眼:"我听说过喜欢戴耳钉的,没听说过喜欢戴戒指的,戴戒指的不都名花有主了吗?"

"谁说的。"贺弦似笑非笑地弯起唇角,"反正在某些人看来也没什么特殊含义,就一破装饰品,哪儿来那么多讲究。"

南知默了默,没忍住用膝盖在桌子下面撞了他一下。

贺弦轻哼一声,没再开口。

不知道是不是贺弦看起来实在是太理直气壮,贺耀仪也有点半信半疑了,转向南知:"真的吗知知?现在年轻人都这样?"

南知心虚地"唔"了一声,不置可否。

听他们聊到这些,一旁的翟婉像是想起来什么似的,夹菜的间隙忽然开口道:"你都这么投其所好了,那你喜欢的那女孩你追到没啊?一年都过去了,还没个准信儿?"

这话一出口,南知和贺弦的表情都跟着凝固了一下。

但贺弦立马就回过神来了,呵呵一笑:"谁知道呢,我不敢说。"

莫名其妙被他阴阳怪气了好几通,南知几不可察地皱了皱眉,偷偷在桌下踩了他一脚。

贺弦闷闷地哼了声,终于老实了点。

看他这副不太高兴的样子,翟婉白了他一眼,只当他没追到,也懒得说他了。

"话说知知在大学有没有谈恋爱啊?"贺耀仪莞尔一笑,接过话题,"现在越长越漂亮了,应该挺多人追的吧?"

"之前我也问过知知,她还谦虚说没有。"翟婉笑眯眯道,"要我看肯定有啊,知知有喜欢的吗?"

南知被问得筷子一顿。

她明显感觉到话音落下后,全桌人的视线都向她投了过来。

包括贺弦。

只不过因为刚才自己被阴阳了一顿,她没看贺弦的眼神,只是含糊地回答:"有的。"

听她这么说,贺弦的脸色才终于缓和了几分,在桌子底下勾了下她的小腿。

南知身形一僵,忽然抬脚踩了回去。

这次她踩的力道明显比刚才要大,贺弦吃痛地倒吸一口凉气。

然而无人在意,因为大家的注意力全在南知说的话上。

"所以知知你谈恋爱了?"曲江柔并不希望南知在外地谈恋爱,因此听到这话的时候她蹙了下眉,眸光明显透着不认同。

但她还是先问了下情况:"你男朋友照片有吗?是哪里人?多大了?学什

么的？"

南知没想到自己刚进家门还没俩小时就要接受这么多盘问，一时间有些反应不过来。

直到旁边正在吃饭的贺弦跟看戏似的哼笑出声，她才堪堪回过神。

但她觉得，贺弦不开口，由她先在贺弦家说这事总有点怪怪的。

而且还是在贺弦面前回答这些问题，感觉有种被人当猴看的羞耻……

于是她定了定神，支吾搪塞道："回头再说吧妈妈。"

"这怎么能回头再说？"曲江柔不太赞同地看着她，"你还小，又没谈过恋爱，妈妈怕你被骗啊。"

"这倒也是，知知一看就是招男孩子稀罕的那种类型，别到时候被人骗了。"贺耀仪也跟着道，"来来来，跟阿姨说说，阿姨见过的男人可太多了，我来帮你分析分析。"

"我……"这一句接一句的，说得南知头皮发麻，甚至有点想自暴自弃，直接撂一句"就我旁边那个臭干饭的"。

但她想到自己在这儿被盘问，贺弦在旁边干饭，她就有点心理不平衡，抿了抿唇后还是只说道："等我待会儿找到照片再和你们说吧。"

囫囵敷衍了半天，这顿饭才堪堪结束。

贺弦先上了楼，南知在楼下又被曲江柔抓着唠叨了几句，才终于被放上去。

她一上楼，就看见贺弦跟个大爷似的跷着二郎腿，靠在沙发上。

他视线落在她身上，一动不动，就这么抱着臂直勾勾盯着她走上来，也不吭声，不知道想干什么。

而南知因为刚才他把她当猴看，也不想搭理他了，悄咪咪白了他一眼后从他旁边路过。

但贺大少爷好像比她还不满。

他目光直直地盯着她，在她路过的时候冷不丁冒出一声："哼。"

透着一股阴阳怪气的讥嘲，听得南知简直忍无可忍："你干吗？"

"哼。"贺弦满脸幽怨地睨了她一眼，闷闷道，"我还能干吗，我无非就是个没有名分没有话语权的可怜鬼罢了。"

"只能坐在这儿出两声气啊。"

"我还能说什么呢？"

贺弦这幽怨的样子看得南知真是又气又好笑。

她眸光轻瞥着他，吐槽道："你哪里没有话语权，一开始不就是你自己在说吗？"

"那我这不是看你脸色行事吗？"贺弦随手揪了个抱枕抱在怀里，耷拉着眼皮撇撇嘴，"谁让你一副不想跟我搭上关系的样子，我当然不敢直说了。"

闻言，南知陡然回想起自己在进门前把手抽出来的事，面色一顿，略显尴尬地理了理耳边的发丝："不是，我当时只是没反应过来，总感觉我和你像是早恋，所以听到我妈妈声音有点慌。"

贺弦嘴角一抽，指了指自己鼻子："你是想说我看着很幼稚吗？"

"我哪有这个意思？"南知不知道他思维到底为什么能发散到这种程度，眉心不由得轻蹙，"我是想说我们俩本来就一起长大，在我妈面前手牵手感觉怪怪的。"

"哦，那你是在指责我。"贺弦冷哼道，"指责我小时候没牵过你手，没让你养成习惯。"

那种熟悉的鸡同鸭讲的感觉又回来了。

南知无语片刻，气恼地转身就走："我不跟你讲了，你压根不跟我好好沟通。"

谁承想贺弦却比她还不爽。他看着她的背影，在她后面闷闷地念叨起来："你都那样对我了，还不哄我，还生我气，你怎么这么不讲道理？"

话音颇有些委屈似的，南知被他说得脚步一顿，忍不住回过头，无奈道："我在哄你了，我有跟你说当时我为什么那样做，但你非得曲解我的意思。"

"你那叫哄吗？"贺弦盯着她，磨了磨牙，"你那叫狡辩。"

大概是她几次三番的反应都没能让贺大少爷满意，贺弦顿时有点恼了，噌地站起身："我不要你哄了，我有的是人哄。"

说着，他便没再搭理她，拿着手机径自快步下楼了。

南知被他这反应弄得一愣，正要抬脚去追他，结果刚巧碰上翟婉和贺耀仪上楼。

她俩看见贺弦怒气冲冲地下楼，也跟着怔了怔，莫名其妙道："哎不是，你去哪儿啊？这么大火气？"

然而贺大少爷并没有回答，回答他们的是玄关处传来的震天响的关门声。

南知脚步一停，尴尬地看向翟婉和贺耀仪。

只不过翟婉早已习惯贺弦这臭脾气了。

儿子小的时候可爱，她还愿意惯一惯，长这么大了她也懒得惯着了，摆摆手跟贺耀仪随口吐槽道："他这臭脾气，上次他就把知知气跑了，这回他倒是自己先跑了，也不知道在作什么，惯得他。"

"是吗？不过小弦小时候脾气就臭。"贺耀仪听了后转向南知，意味深长地挑眉道，"你俩吵架啦？"

"嗯……"南知不好意思地点点头，含糊道，"拌了几句嘴。"

她怕再待下去可能会被问为什么吵架，于是赶忙跟着下了楼："我去找他。"

"不用了，让他自己玩去吧。"翟婉摆摆手，继续往三楼走，头也不回地说，"他这脾气就是你越惯越来劲，晾着他就老实了。"

虽然话是这么说，但南知看她们都上楼了之后，犹豫了会儿还是拿起外套出门了。

她在面对这些情况的时候是非常典型的理科思维——两人之间有问题，那就一步一步来解决问题。

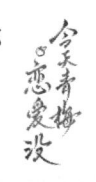

· 217 ·

所以现在她的第一反应就是找到贺弦,两人开诚布公地讲道理摆条件提需求,解决现在的矛盾。

然而刚才耽搁了会儿,现在出门的时候,贺弦早就跑没影了。

南知四下张望了一番,也不知道该往哪儿走,只能发消息问贺弦:你去哪里了?

贺弦一时半会儿没回她。

盯着手机,南知在寒风中站了片刻,把下巴缩进围巾里,又翻出付尧的微信问道:贺弦去你那里了吗?

不知道贺弦是去了还没到,还是真没去,付尧回了条语音,听起来很蒙:"没啊,怎么了?他又离家出走了啊?"

他这一贯的德行都传遍了,居然也不害臊。

无奈之下,南知只能暂时抛下面子,主动给贺弦打电话。

过了十多分钟,不知道打到第几个电话的时候,贺弦才终于接了。

他冒出的第一句话不是"喂"也不是"干吗",而是:"哼。"

南知知道他有情绪,但也不知道该说点什么让他高兴,只能干巴巴问道:"你在哪儿呢?我刚才一直在打你电话。"

"哦,你晾了我十七分钟二十八秒才知道找我,我晾回去怎么了?"贺弦不服气地叽叽咕咕,"很公平吧。"

"你回来再说。"南知站在寒风里吸了吸鼻子,耐下心来和他说,"你回来我们聊聊。"

"不要,回去又要挨训。"贺弦嗓音似乎有些沉闷。

他哼唧了一堆有的没的,也不知道是骂骂咧咧还是在数落什么,南知隔着电话没听清,只清晰地听见他最后嘟囔了一句:"我有时候都觉得,你好像根本不喜欢我。"

"只是因为你之前不开心需要人陪,所以才选中了我。"

大概是完全没想到贺弦会有这种感受,南知不由得一怔。

萧瑟的寒风冷意刺骨,她却毫无所觉,只听贺弦安静片刻后又沉声道:"算了不说了,我自己在外面待会儿,晚上回去。"

话落,他便兀自挂了电话。

耳边的声音戛然而止,南知呆愣愣地看着手机屏幕,脑海倏地空白了一瞬。

她知道自己其实一直是个不会表达感情的人,从小就是。

还是到了贺弦家之后,她才发现原来别人的爸爸妈妈感情可以好到这个程度,甚至不觉得肆意表达感情是什么难为情的事。

但大概是小时候曲江柔和南程锡为了大事小事争吵不断,给她留下了根深蒂固的印象,所以她在贺家待了这么多年还是没学会,哪怕是对着曲江柔,她也很少流露出对亲情的迫切需求。

只不过,她虽然清楚自己确实是吝啬表达感情的,但她没想到她已经吝啬到了让贺弦感受不到的程度。

南知眼睫轻垂，捏着手机的手不由得紧了紧。

良久，她看着毫无回应的手机，缓缓叹了口气，转身进了大门。

不知道贺弦这一天跑哪里去野了，他晚饭也没回来吃。

倒是在饭桌上，贺耀城随口提了一嘴，说贺弦下午好像去了趟公司，帮他把什么文件审好了，还惊讶他现在居然这么勤快懂事了。

南知抬了抬眼，没参与这个话题。

不知道是她心思都写在脸上还是什么，吃完饭后，贺耀仪突然找了部电影拉她一起看。

起先两人都安静坐在影音室的沙发上，默默盯着大屏幕看电影。

然而南知看着看着，思绪就不知道飘到哪里去了。

她的注意力完全不在电影上，每看一会儿，就要拿出手机来戳几下，然后再失落地收起手机，再看一会儿电影。

如此反复了几回——

"知知。"贺耀仪也是她这个年纪过来的人，所以一眼就看穿了她的心事，笑眯眯地八卦起她这个小辈来，"你在等男朋友的消息呢？"

南知没想到自己的表现这么明显，讷讷地应声："嗯……"

闻言，贺耀仪往她这边挪了挪，好奇地道："吵架啦？还是无缘无故就不回了？"

南知默了默，心虚得视线直飘："就……闹了点别扭。"

"噢，"贺耀仪若有所思地点点头，又问，"多大的别扭？原则性问题？"

"不是，小别扭。"南知挠了挠头，看起来有些费解，眼底又流露出一丝忸怩，"就是……我不太会表达感情。

"所以他觉得我没那么喜欢他。"

也不知道这话哪里好笑，贺耀仪愣了愣，忽然"扑哧"一声笑了出来，乐得直拍大腿："你这小男朋友还挺……"

稍顿，她斟酌了下措辞，乐呵呵道："还挺可爱的哈。"

南知也不知道这是正话还是反话，反正她是真的觉得贺弦挺可爱的，干脆替他应下了："他确实挺可爱的。"

听她这么一本正经地回答，贺耀仪的笑意莫名更深了。

她乐得肩膀直颤，断断续续地跟南知说："你这个问题吧，说简单也不简单，说难也不难。"

贺耀仪虽然没结婚，但恋爱一直没少谈，现在对此倒是颇有见解："其实还是个相互适应、相互迁就的问题，如果你能感受到他的喜欢，那就想想他平时是怎么对你的，用同样的方式对待他总归没错的。

"打个比方，比如他喜欢在朋友圈里发你的照片，那你也发他的就不会有错。他喜欢跟你分享平时看到的东西，那你也和他分享，他一样会很高兴。"

"那如果……"南知皱着脸，抿了抿唇，脸颊微微有些泛红，"就是……"

我不好意思在别人面前表现得很亲呢，但是他喜欢，那怎么办？"

"这就看你们谁迁就谁咯。"贺耀仪耸耸肩，"看你们沟通了，要是这人小肚鸡肠到无论大事小事一星半点儿都不愿意迁就，那你也就没必要在他身上耗着了。"

说完，她见南知双目空洞却面色严肃，似乎逐渐陷入沉思。贺耀仪便笑了笑，拍拍她的脑袋，十分恶趣味地拆穿她和贺弦的小秘密："不过小弦平时看起来虽然小心眼，但他对喜欢的人事物包容度还挺高的。

"我记得他小时候养过一只小狗，体型不大脾气不小，刚来的时候还把他咬了。我嫂子当时就想把它送走，结果小弦说什么也不让，被咬了也非要养着。只不过呢，跟他这人说话得讲究点方法。"贺耀仪笑眯眯地摸着下巴，"别人是扇个巴掌给甜枣，你对他得先给甜枣再扇巴掌。

"就是要先哄他两句给点甜头吃，他心情好了才乐意听你说话，有道理的他都会听的。"

贺耀仪说了半天，南知也认真听了半天，直到听完消化了她的点拨，南知才回过神来，猛地察觉到不对劲："贺阿姨你怎么知道是他……"

"哎哟，你俩真的太明显了好吗？"贺耀仪笑得花枝乱颤，"下午小弦离家出走的时候他看着可委屈了，这又一天没回来，你还一直看手机，想猜不出来都难。"

"那翟阿姨那边……"南知说得有些犹豫。

"我嫂子不是挺喜欢你的嘛，怕什么？"贺耀仪抬手捏了捏她的脸蛋，"再说了，我嫂子之前就觉得小弦喜欢你，她也没拦着。只不过听说他上次因为在追哪个女孩把你赶走了，我嫂子就觉得自己判断有误，还以为自己想多了。"

提到去年寒假的事，南知面色稍顿，心虚地小声解释道："那个是我编的。当时也是跟他闹别扭了，所以我就搬走了，但我不好意思说，就随口编了个原因。"

"啊，我说呢。"贺耀仪愣了愣，这才理清前因后果，恍然大悟道，"所以他就没追过别的女孩？追的一直就是你？"

"……可能吧。"这事南知也不敢乱说，只能含糊地岔开话题，"那我现在是不是应该主动点喊他回来？时间都这么晚了。"

"喊吧，这大少爷死要面子，你不给他个台阶下，他都不知道该左脚先进门还是右脚先进门。"贺耀仪哼笑着摆摆手，打了个哈欠，"你俩自己解决吧，我去睡觉了。"

说着，她便转身离开了影音室。

偌大的房间内转眼只剩南知一个人。

电影里聒噪的对话声依旧在继续，但她却安安静静地窝在沙发角落，举着手机捣鼓着什么，对周围的一切置若罔闻。

过了好半响，她才终于组织好语言，点击了发送。

也不知到底是不是心有灵犀，她的消息发送出去的同时，聊天框里又弹出了贺弦的消息。

只不过他的消息要比南知多多了，一下子就把她发出去的话给淹没了，似乎憋了很久实在憋不住，要一吐为快似的——

贺呵呵：你知道吗？

贺呵呵：你知道距离下午1点26分过去了多久吗？

贺呵呵：你知道1点26分意味着什么吗？

贺呵呵：你不知道，你知道个屁。

贺呵呵：我们已经8小时53分钟没有说过话了。

贺呵呵：而你，这个小没良心的，只知道惬意地窝在家里吃东西看电影。

贺呵呵：你就从来没想过你帅气可爱的男朋友会不会被人拐走。

贺呵呵：你根本！就不管！你男朋友！的死活！

最后的最后，他还要顶着这个网名发出嘲讽至极的两个字，以表达自己强烈的不满：呵呵。

南知看着手机屏幕里这如潮水般涌来的谴责陷入沉思。

她盯着贺弦的消息揣摩了许久，又结合了一番贺耀仪提点她的话，思索片刻后忽然抬手把电影关了，在悄然无声的房间里给贺弦打了个电话过去。

电话很快就接通了，贺弦闷闷的埋怨从手机里传出："八小时五十七分钟过去了，四舍五入就是九个小时。"

"都九个小时了，你才知道要给你男朋友打一通电话。"

"你这九个小时都干吗去了？"

不知道为什么，贺弦这副别别扭扭的语气像羽毛一样在她心尖挠了挠，所过之处留下一片酥痒。

恍神之际，南知脑海中顿时又浮现出贺弦头上的狗狗耳朵耷拉下来的样子。

她忽地一怔，鬼使神差地动了动唇，几乎是下意识地回答了句："都在想你。"

这句突如其来的情话直接把贺大少爷的CPU干烧了。

他耳尖腾地一红，张了张嘴，却半天都蹦不出一个字。

他俩明明……还吵着架呢，说这些有的没的是干吗呢？

难道就想靠这几个字把他哄回去？

哼，他是那么便宜的人吗？！简直做梦！

贺大少爷觉得自己精得跟猴儿一样，绝对不会上当！

只不过，虽然他心里想的是"你别以为你撒个娇我就能原谅你"，但话到嘴边，却几乎不受控地拐了个弯："哦……"

"那你早说嘛。"

"冻死我了。"

其实贺弦发消息的时候，他已经在自家门口的台阶上坐着了。

只不过因为这九个小时里，南知没跟他说一句话，不哄他就算了，居然连一句问他什么时候回来也没有,他就这么回家,总感觉自己很没面子。

毕竟他又没做错什么!而且他还是被嫌弃、被认定成见不得光的那个!

他随随便便低头,岂不是显得他毫无底线?!

贺大少爷才不干。

只不过南知不知道他已经回来了,在听到他那句"冻死了"后,下意识关切道:"你在哪儿?"

贺弦撇撇嘴,小声骂骂咧咧:"现在才知道找我,你怎么不等我在你窗户底下冻成冰雕了再来找我呢?还能拍个照发朋友圈——哎,快看我家楼下有冰雕哎!多牛啊。"

南知被他阴阳怪气得愣了好一会儿,片刻后才反应过来他的意思,忙不迭起身下楼。

这个点其他人基本都睡了,她轻手轻脚地打开门,只见贺弦正坐在门口的台阶上,一手托着脑袋,拿后脑勺对着她,整个背影都散发着一股幽怨的气息。

南知抿抿唇,反手关上门,走到他旁边跟着坐下:"你什么时候回来的?"

贺弦没看她,偏开头继续拿后脑勺对着她,怨气冲天地咕哝道:"公元前两千年。"

他这阴阳怪气的话说得她哭笑不得,想笑又怕他破防,于是南知只能清清嗓子,一本正经地问他:"那你就一直在这儿外面坐着?"

"废话。"贺弦小声嘟囔,"你不让我回去我敢回去吗?"

"可这不是你家吗?"南知觉得匪夷所思。

不知道为什么,贺弦被她噎得深深地吸了一口气。

南知看着他微微起伏的肩,这才察觉到不对,慢半拍地反应过来这是贺弦在和她要台阶下。

果不其然,下一瞬贺大少爷倏地转过头,一脸恼羞成怒的样子。

眼看着他又要开口,南知立马接过话:"那个……我有点冷,我们回去说可以吗?"

闻言,贺弦心里噼里啪啦的小火苗瞬间被扑灭。

他感觉自己刚提到喉间的气顿时被按回去了。

只不过,虽然脸色稍稍缓和了几分,但他还是紧绷着唇,故作为难地"哦"了一声,又凶巴巴地抬手把她敞开的外套往里拢了拢:"那你不穿多点。"

确定把她裹得不漏风后,他才起身去开门。

南知看着他的背影,弯唇跟了上去,心里暗暗感慨贺阿姨说得果然没错。

这人还真是个先给颗甜枣才能听话的大少爷。

她忽然有种拿到了游戏通关攻略的感觉。

进了门,暖融融的空气扑面而来,贺弦活动了下僵硬的手指,把外套随手丢在沙发上,看了她一眼后,气鼓鼓地上了楼。

南知跟在他身后,顺路倒了两杯热水,把其中一杯放在他面前。

贺大少爷在沙发上坐下,抱臂瞥了一眼那杯水,没动。

南知没察觉，只是径直坐到他旁边："我们聊聊？"
然而贺弦却置若罔闻。
他的视线从茶几上的玻璃杯上划过，又掀了掀眼皮看向南知，冷不丁说了句："我要喝水。"
南知顿了一瞬，跟着看了一眼他面前的玻璃杯。
她感觉贺弦说的话好像不是字面意思，但是她又不知道到底是什么意思。
盯着那杯热水沉默片刻，南知挠了挠头，把这次的"甜枣"理解为了夸夸。
于是她犹豫了会儿，突然拿起水杯递到他嘴边，匪夷所思地试探了句："你是想让我说那个什么……'公主请喝水'吗？"
贺弦额角一跳，扭过头来面无表情地看向她："什么玩意儿？"
"哦，那就是王子请喝水？"严谨的南知纠正了下措辞，试图让这句话更加客观。
"你真的……"贺弦盯了她一会儿，突然被她气乐了。
他闭了闭眼，又好气又好笑道："我这次又没做错什么，你就不能好好哄我一下？你哄我一下能少块肉吗？"
南知没哄过人，也不知道贺弦期待的"哄"是什么样的，只能尝试解析贺耀仪提点她的话。
她说，用和他同样的方式对待他。
那贺弦平时哄她的时候是……
南知沉思了会儿，忽然灵光一闪，凑过去在他唇瓣上啄了一口："你说的是这个？"
颇有一种在尝试完成作业的感觉。
虽然他是这么想的没错，但是这未免太不走心了点。
贺弦直勾勾盯着她，忽然闭了闭眼："南知，你还能再敷衍点儿吗？你直接气死我得了呗，还能换个不用哄的男朋友。"
"那我不会呀。"南知抿了抿唇，多少有点破罐子破摔了。
只不过她甩锅倒是学得快，立马就学到了贺弦的精髓，强撑出一副理不直气也壮的样子："你知道我不会，就不知道教我一下吗？你不教我我跟谁学？出去找人学吗？"
"我的天？"贺弦被她这倒打一耙的速度惊呆了，抬手揪住她的脸，气恼道，"你还要找人学，找谁学？"
"你管我找谁。"南知拍开他的手，又想起了今天贺弦在离家出走前说的气话，依葫芦画瓢道，"我不要你教了，我有的是人教。"
话音一落，她便干脆利落地起身往自己房间走。
贺弦眼皮倏地一跳，一把抓住她的手把她拽了回来。
南知对身后的力道毫无防备，一个没稳住直接往后倒了下去。
一阵短暂的眩晕过后，她已经躺倒在贺弦的腿上："你……"
趁她还没反应过来，贺弦又提着她的腰把她往上一抱，让她坐在自己腿上，板着个脸愤愤道:"我又没说我不教,你跑什么?能不能稍微好学一点儿?现在脾气比我还大。"

南知被他噎了噎,心里也有点恼了,没好气地催促他:"那你快教。"

"那你学着点儿。"贺弦轻哼一声,忽然伸手越过她,拿起了茶几上温热的玻璃杯,"我就教一次啊。"

南知还当他是要喝口水清清嗓子开课,没太放在心上:"快点吧。"

结果还不等她话音完全落下,贺弦沁了水的柔软唇瓣就已经堵了上来。

温热的呼吸顺势扑面而来,南知大脑霎时一片空白。

她呆愣地睁大了眼,一时之间都没有想到要闭上。

直到一股甘甜的水流从舌尖抵入,她整个人一僵,才勉强明白刚才贺弦说的喝水是什么意思。

红晕悄无声息地浮上脸颊,气息从温热逐渐变为滚烫,在两人之间交错纠缠。

南知睫毛轻颤,指尖紧了紧,下意识攥住了他的衣领。

有那么一瞬间,她甚至能听见自己喉间的汩汩水声。

本来贺弦也只是逗她一下,结果没想到两人亲着亲着,自己倒像决堤的洪水收都收不住。

不知不觉间,他的指尖已经悄无声息地勾开了南知的衣领,她白皙的颈间挂着的那枚戒指从他指尖轻轻掠过。

紧接着便是一阵力道顺势倾覆而下。

南知仰躺到沙发上的刹那,吊灯落入眼帘,她被澄黄的光线晃了一下眼,在顷刻间骤然回过神来,抬手抵住他的肩:"别、别在这儿。"

被她推了一下,贺弦深深喘着气,稍微退开了点距离,但依旧额头相抵。

两人炽热的呼吸反复交织,刺得人皮肤发烫。

他漆黑如墨点般的眸落在她眼中,晦暗不明,读不出情绪。

南知不自在地避开了他变得越发深邃锐利的视线,小声道:"回房间吧。"

宁洲的天气向来多变,原本月明星稀的天,半夜却忽然开始飘起雪。

南知侧躺在床上,看着窗外飘扬的雪花,忽然想起小时候自己最讨厌的两样东西——

宁洲的天气,和贺弦的脑子。

因为她永远预料不到他们的下一步会是什么。

前一秒的宁洲还能看见星月,后一秒就可能飘起小雪。

而前一秒的贺弦还情欲难耐,后一秒……

人就躲没影了。

南知盯着窗外的雪花安静片刻,忽然起身,朝浴室走去。

她站在门边犹豫片刻,在"直接推门突袭"和"给他留点面子"之间选择了后者。

于是她抬手敲了敲门。

静默三秒,贺弦低哑的嗓音从里面传来:"干吗?"

"就,"南知欲言又止了一会儿,"我来问问你需不需要帮忙。"

贺弦被问得沉默了。

过了片刻,他才蹦出干巴巴的两个字:"不要。"

也不知道是不是刚才贺弦的教学打通了南知的任督二脉,向来有点迟钝的她,居然从贺弦短暂的沉默和别扭的"不要"中听出了点反话的意味。

她思索了会儿,干脆直接推门进去:"那你的意思应该就是要吧。"

贺弦刚脱了上衣准备洗澡,现在被她突然袭击,澡也洗不下去了,直接气乐了:"你想干吗?"

"这不是,得看你吗?"南知从来没做过这种主动的事,心虚地摸了摸鼻子,"你需要我做什么?"

"不需要,"贺弦解开裤子上的纽扣,"睡你的觉去。"

"哦。"南知低低地应了声,转身出门。

谁料还不到半分钟,她又调头回来了,手里还端了杯水。

贺弦再一次听见开门的动静,彻底破防了。

他揉了把脸,咬牙切齿地一字一顿道:"祖宗,你到底要干吗?"

本来家里没套就够烦人的了,结果南知还非得在他跟前一晃一晃的。尤其是在看到她睡裙领口下,白皙的肌肤上泛着的点点红痕时。

虽然他是始作俑者没错,但平时没见她这么招摇,给他添堵的时候倒是来劲了。

贺弦简直又好气又好笑。

"我给你倒了一杯水。"南知把水杯放在洗手池旁,解释道,"因为听你嗓子有点哑。"

贺弦被她磨得多少有些没脾气了。

他盯着那杯水看了一会儿,欲言又止了半响,最后只是扶额无奈地摆摆手:"知道了,出去。"

"哦,但你不喝吗?"南知像是看不出来他的意思似的,"你不喝我拿走了。"

贺弦正要问她搞什么鬼,结果南知还真拿起水杯了。

她自顾自地喝了口水,接着便趁他不备,抬手压下了他的脖子,学着他之前的样子,用舌尖顶开他的唇瓣,把水渡了过去。

但因为她动作实在是生疏,中途多少有些疏漏,细流顺着贺弦的唇角、下巴缓缓而下。

最后划过他的喉结。

某个刹那,南知明显感觉他气息急促了许多。

但她的藕臂依旧勾着他的脖子没有松手。

直到贺弦的手不受控制地揽上她的腰,顺势往上一提,把她抱到了洗手台上。

大理石台面的凉意顺着肌肤袭来，薄薄的衣料没能抵御半分，南知下意识瑟缩了下，喉间溢出一丝低吟。

这一声宛如星星之火，瞬间将空气燎至沸腾。

双唇辗转，鼻息交缠，南知听着啧啧水声，白净的耳郭霎时充血。

她挂在他脖子上的手臂无意识地收拢，思绪渐飘。

然而就在她做好了一切准备的时候，贺弦却突然停了下来。

他半弯着腰，额头抵在她肩膀上，正深深喘着气，背部线条大起大落。

南知茫然地看了一会儿，耳旁却突然听贺弦小声骂骂咧咧起来："看什么看？"

"……"南知回神，抬眼瞥向他鲜红的耳郭，一时无言。

过了几秒，她才慢半拍地笑出了声。

听见声响，贺弦嘴角忽地一抽，扭头瞪她，又咬牙切齿道："笑什么笑？"

"没什么。"南知清了清嗓子，但唇角的笑意却压都压不下去。

她缓了好一会儿，才勉强压下去了几分，一脸正色道："就是觉得，你好可爱。"

南知隐约记得自己好像在哪儿看到过一句话。

大致意思是说，爱上一个人的标志就是觉得他可爱。

如果你觉得一个人帅，你还有救，但如果你觉得一个人可爱，你就完蛋了。

然而贺大少爷好像没听过这句话。

也不知道他是没理解到南知的意思，还是故意的，他顿了一瞬后，扭头轻哼了一声。

接着把她洗干净的手一把甩开，愤懑地嘀咕道："可爱有什么用？"

"？"

"还不是见不得光？"

"……"

听贺弦再次提起这事，南知心里也明白他应该确实挺在意这些的。

她坐在洗手台边，安静地看了他一会儿后，忍不住解释道："我没觉得你见不得光，我真的只是因为没反应过来才抽手的，不是不想告诉我妈妈我们俩谈恋爱的事。"

闻言，贺弦哼了一声，算是勉为其难地接受了这个理由。

他知道南知大多数情况下都是个比较拘谨的人，理智上也理解南知不是故意的。

但是理智归理智，感情归感情，他心里还是堵得慌。

他觉得自己的幼小心灵受到了打击。

于是他撇撇嘴，又开始掰扯以前的事："那你们学校还有一堆人在表白墙捞你。"

这事真不是南知能控制的。她哭笑不得道："那我也不能特意去发条表白墙昭告天下说我谈恋爱了吧，我又不是明星，好奇怪。"

"可我们学校的都知道我谈恋爱了。"贺弦抿唇盯着她。

南知愣了愣，忍不住有些好奇："你不会真去发了条表白墙吧？"

她觉得贺大少爷干这种离奇的事，反而显得很正常。

只不过可惜的是贺大少爷才懒得干这种事。

他侧目睨着她，一脸"你怎么笨笨的"的表情，咕哝道："我朋友圈发那么多你的照片，别人想不知道都难，早就传开了。"

听他这话，南知蓦地一怔。

她自己是没有刷朋友圈的习惯的，除了别人喊她点赞以外，她几乎从来不点进朋友圈。

最多就是偶然遇到一些值得纪念的事，她才会拍张照发一条，比如拿到了签名版漫画、见到了明星之类的。

最近发的一条，就是贺弦买的那枚戒指，之后她就没再发过朋友圈了。

所以她是真的没注意到贺弦发过她的照片。

南知颇有些诧异，立马就出了浴室回房间找手机。

贺弦跟着她出来，顶着一副"不信你看吧"的样子，在床边坐下。

南知趴在床上，点进贺弦的朋友圈。

一进去，朋友圈封面的照片就占据了她的眼帘。

这张照片她没见过，好像是在飞机上偷拍的。

舷窗外，蔚蓝色的天空一碧千里，雪白洁净的浮云薄如蝉翼，阳光透过云层洒落在她脸侧，覆上了一层暖黄的光芒。

她靠坐在窗边，安静地闭着眼，似乎陷入浅眠。

南知看着这张照片怔了怔，不禁问道："你什么时候拍的？"

"看吧，我都把照片换上两千年了，你一点儿都不知道。"贺弦愤愤地抓过呆那嗦抱住，背对着她躺下，语气十分幽怨，"你根本就不关心我。"

"不是……我是真的没有看朋友圈的习惯。"南知心虚地理了理头发，"而且我记得，你以前好像是不发朋友圈的。"

"以前有什么好发的？"贺弦轻哼一声，"发什么？发自己高一数学考五十啊？"

南知思忖了下，发现贺弦好像一直都是个不爱炫耀的人。

他从小到大得到的东西太多了，对他来说习以为常，他也从不觉得那些有什么好炫耀的。

再加上他也没有分享欲，懒得跟别人分享生活，所以基本上不发朋友圈。

直到跟南知在一起后。

毫无缘由，他心里莫名萌生出一种挖到了什么宝贝想疯狂炫耀的感觉。

那感觉堪比彩票中了一个亿、高考成了省状元，激动到迫切地想和人分享。

所以一直不爱发朋友圈的贺大少爷，突然就开始在朋友圈显起眼来了。

每次发南知照片，他都要被付尧、高弛等人一通狂喷。

但他从来不搭理，一律按嫉妒处理。

南知一条一条翻过去，心跳在悄无声息间逐渐加快。

一路翻到底，她才发现贺弦从之前在伏洲夹娃娃的时候开始，就在拍她的照片了。

只不过当时他拍得很收敛，照片一眼看过去都是娃娃，定睛一看才能看到角落里的她。

南知抿唇笑了笑，忽然扯住他的衣角："你什么时候开始喜欢我的？我之前都没发现。"

闻声，贺弦没回头，拿后脑勺对着她叨叨："你能发现什么？你当时就知道蒋如松。"

这旧账都不知道是几百年前的了，南知颇为无语，暗暗在他腰间拧了一把："我又没有喜欢他，你干吗老揪着这个不放。"

"哦，你没有喜欢他。"贺弦偏过头，幽幽地白了她一眼，"那问你理想型你怎么就知道蒋如松呢？我这么大个人坐旁边也没见你想到啊。"

南知觉得这锅她不能背："我也没说蒋如松。"

"嗯嗯，是孙若芙说的。"贺弦闷哼一声，开始叽叽咕咕，"也不知道是谁谈到理想型就说'我比较喜欢脾气好的，情绪稳定能相处得舒心的'。干吗？不就是嫌弃我呗？"

南知隐约记得这话她好像是在酒店房间里说的，不知道怎么就被贺弦听去了，难免有些错愕和尴尬："你怎么还偷听别人讲话？"

"我刚好就走到门口了啊，谁知道你们在说这些。"贺弦把脸埋在枕头里，一副不想面对的样子，"我当时都想调头就走了，要不是我大度……"

"那当时，我不是没想到你这么可爱么？"南知抿抿唇，辩驳道，"而且你之前对我就是不好，长得帅又怎么样，脾气那么大，我又不是受虐狂我喜欢你干吗。"

"我……"百变小弦简直百口莫辩。

他一脸匪夷所思地指了指自己，想说点什么，但是又不知道该说什么，欲言又止了半天，最后还是只能认命地嘟囔道："行，以前确实是我的错。"

"我要是有机会见到三年级的我，我就告诉他以后有个叫南知的妹妹是你未来对象，让他补你一个快乐的童年。"

南知才懒得搭理他这些天马行空的幻想。

她拿着手机，在相册里翻了一圈，准备找张贺弦的照片换成朋友圈封面图。

但因为她自己平时就很少拍照，更别提给贺弦拍照，她找来找去，也只找到了那一张姜茵从南港大学表白墙上保存下来的图。

她把照片换上，安静地盯着看了一会儿。

不知道是不是贺弦长得太好看了，她总觉得这照片就像是从网上搜刮来的明星剧照似的，非常不真实。

这照片放她朋友圈，也没人会信这是她男朋友吧，说不定以为是哪个还没火的小明星。

南知斟酌了一会儿，忽然撑起身，拿起手机绕到贺弦身前，给他拍了张照片。

贺弦虽然闭着眼，但也感觉到了她在窸窸窣窣，突然一头雾水地睁眼："你干吗呢？"

"我给我朋友圈封面换张照片。"南知看着屏幕里那张新拍到的照片，清秀的眉忽地一皱，总感觉哪里不太对劲。

但她的注意力都集中在自己应该换张生活气息比较浓的照片上，一时半会儿居然有点反应不过来。

贺弦把呆那嗦丢到椅子上，翻身探头望去——

"你可真是个天才。"贺弦看了一眼，直接被她整乐了，歪斜着靠在床头笑了出来，"你这是放我床照呢？"

"对哦。"南知尴尬地挠挠头，赶忙把照片撤了，"我就说怎么感觉怪怪的。"

然而贺弦却跟上了发条似的，笑得肩膀直颤，完全停不下来。

南知被他嘲笑了一通，难免有些恼羞成怒，红着耳尖抬手去掐他："你别笑了。"

"我真的……"贺弦乐得直拍床，说话断断续续的，"我知道我确实值得炫耀，但你倒也不必如此。"

"实在不行，"贺弦灵机一动，提议道，"要不然咱俩明天去拍个婚纱照，专门给你发朋友圈吧。"

南知抿着唇，气恼地白了他一眼，转身背对着他躺下，只撂下一句："你想得美。"

南知到底还是暂时换上了贺弦那张打篮球的照片，准备等之后有机会拍照再换别的。

翌日清晨，南知醒来后正想和以前一样把贺弦赶回他自己房间去。

谁料她抬手往旁边一摸，却扑了个空。

她揉着惺忪的睡眼定睛看了看，发现贺弦人已经没影了。

南知缓了会儿神，才慢吞吞地从床上爬起来，起身出去敲了敲对面的房门。

然而不知道贺弦这人跑哪儿去了，她敲了半天发现没动静。

南知不由得有些奇怪。她眉心轻蹙，干脆悄悄推开了一条门缝。

结果床上居然空空如也。

南知愣了愣神，转身回房间拿手机，又给贺弦打了个电话。

谁承想手机铃声在她的另一侧床头响起。

见贺弦连手机都没带，估计就在家里哪个角落猫着呢，南知干脆放弃了打电话，出卧室去找他。

她在台球室影音室绕了一圈，都没看见人，最后居然在一个意想不到的地方听见了贺弦的声音——

厨房。

低低的聊天声从门内传来,南知脚步倏地停滞。

她顿了顿,还在门口探头看了一眼。

结果就看见了曲江柔和贺弦正站在料理台前做早饭,两人还在聊着什么。

平时贺大少爷十指不沾阳春水,进个厨房都要他命,现在居然在这里看见了贺大少爷的背影,南知简直不可思议。

她正要往里走,就听曲江柔笑着说了句:"其实如果是你的话,我还挺放心的。"

南知再次定在了原地。

原本她是准备今天找个机会和曲江柔摊牌的,但她没想到贺弦居然早就找好机会了。

这人是真的鸡贼,背着她起了个大早跑下来帮着她妈妈做饭,想借此机会来挽救自己这些年来的形象。

如此心机,结果她妈妈居然还真吃这一套。

南知简直又无语又好笑。

她站在门边踟蹰了会儿,最后还是没去打扰他们谈心,干脆转身上楼,准备等贺弦回来再说。

过了差不多十分钟,贺大少爷终于悠悠哉哉地上楼了。

他看起来心情颇好,喉间还哼着歌。

只不过他似乎不知道南知刚才下过楼,推门进来的时候,他还故意卖了个关子,嗯嗯瑟瑟弯唇道:"醒了?猜我刚才去干吗了?"

南知已经躺回去刷微博了,闻声从被窝里探出头,配合着随口一猜:"吃饭。"

"我就只会吃饭?我是饭桶?"贺弦不服气地瞪着她。

"你确实也吃得不少。"南知半张脸躲在被子里,偷笑着跟他翻旧账,"我昨天在饭桌上被盘问的时候,你就一直在干饭。"

"那是我怕说错话了让你不满意。"贺弦撇着嘴在床边坐下,也懒得让她猜了,把她从被窝里挖出来,"快起床,等下家里有大事要发生。"

看他这么兴致勃勃的样子,本来还想说"我都知道了"的南知话音一顿,忽然不想拆他的台了。

万一泼了他的冷水,他那小狗耳朵估计又要耷拉下去了。

于是南知轻笑一声,十分配合地起了床,顺便还在他的软磨硬泡下,化了个全妆隆重下楼。

他俩下去的时候,其他人都已经坐在餐桌边了。

贺耀仪扫见他俩的身影,扭头看了过来,朝南知暧昧地挑挑眉,好像在问"你们两个和好了"?

南知不好意思地点点头。

两人走到餐桌边坐下。

屁股刚沾上椅子,贺弦正想开口宣布他的人生大事,结果坐在对面一无所知的翟婉忽然抬了抬眼,瞥向贺弦:"对了,你今天下午有时间没?"

"嗯?"贺弦顿了顿,咽下嘴边的话,下意识回答,"有吧。"

"有的话就跟我和你爸一起去趟机场。"翟婉一脸正色道,"你章叔叔,还记得吧?他们家回国了,之前你外公的手术就是人家帮忙的,我们去接人家一趟再请人家吃个饭。"

对他们家来说,这些人情往来确实比较重要,所以贺弦没多磨叽,利索应了下来:"噢,好。"

然而翟婉下一句话却让他惊呆了:"对了,你章叔叔小女儿跟你差不多大,有机会就认识一下,反正你也找不到对象,多认识一个多一分概率。"

话音落下的瞬间,正在吃饭的所有人几乎都停了下来。

南知趁此机会调侃地觑了他一眼,仿佛在说——这就是你说的大事?

被她的眼神扫射得一个激灵,贺弦慌乱地瞄了眼南知,急忙道:"妈你说什么呢?我有对象,谁说我找不到了?"

翟婉莫名其妙地看了他一眼:"昨天问你不还没有?"

"我昨天也没说没有。"贺弦撇了撇嘴,"我只是说我不敢说。"

然而翟婉却只当他爱面子不好意思说。

毕竟这孩子小时候尿裤子都能穿一天死活不吭声,屁大点儿的年纪就特别爱面子。

再加上,她一直觉得贺弦之前喜欢过南知,但南知从小看起来就对贺弦没什么兴趣,还被气跑过,自家儿子估计是很难追到人家了。

所以她想着,贺弦十有八九是为了面子,不想在南知面前承认自己没对象,所以才支支吾吾遮遮掩掩。

翟婉无可奈何地摇了摇头,给他留了点脸,懒得再搭理他了。

谁承想她越不搭理,贺弦却越来劲,反而有种上赶着跟她敞开心扉聊天的架势——

"妈,我真有女朋友。

"长得好看。

"脾气很好。

"学习也好。

"反正干什么都好,你肯定喜欢。"

本来翟婉已经不想理他了,结果他还这么追着念叨,所以她有点忍无可忍了。她放下筷子,匪夷所思地打量着他:"人家长得好脾气好学习好干什么都好的姑娘看上你什么了?

"看上你这副没有灵魂的皮囊吗?"

闻言,原本正要说话的南知和曲江柔忽然没忍住笑了出来,就连贺耀仪、贺耀城都跟着偷乐了。

其实,贺大少爷在某种程度上承受能力很好,被亲妈这么数落也从来不放心上。

但他不能忍受南知的嘲笑。

听见南知笑声的刹那,贺大少爷这下是彻底破防了,玻璃做的少男心噼里啪啦碎了一地。

他咬了咬牙,在桌子下面拿膝盖拱了南知一下,从牙关挤出了句:"你自己来说!你看上我什么了!"

见他恼羞成怒,南知这下是彻底没忍住了,笑得肩膀直颤。

对面的翟婉看见他俩这意味不明的互动,才堪堪反应过来,错愕的视线蓦地转向了南知。

对上翟婉的目光,南知终于没好意思再笑得太放肆,只能清清嗓子,抿唇笑着低声回答了贺弦的问题:"大概……我也看上你长得好脾气好学习好干什么都好了吧。"

本来贺弦是准备来宣布大事的,结果这顿饭却在翟婉的盘问中结束。
翟婉是看着南知长大的,也向来知道她文静不惹事,对她倒是极其放心。
反而是对自己儿子贺弦,翟婉一度怀疑南知是不是被贺弦胁迫了。
最后问得贺弦从自闭到破防。
还是曲江柔笑吟吟帮着打了个圆场。
南知吃完饭上楼的时候,还能听见贺弦跟在她身后小声叽叽歪歪,语气相当不服:"怎么就觉得你是被胁迫的了?说得好像我有多恶劣多不讲理似的。"
"我是那种人吗?"
"我除了亲你那次以外,平时明明都安分守己……"
听他碎碎念了一会儿,南知忍了一路笑,最后还是没忍住又笑出了声。
她这一声简直是压垮贺大少爷的最后一根稻草。
他立马就炸毛了,大步走到前面揪了一把南知的脸,怨愤道:"你还笑?!你刚才都不帮我说话!就知道笑话我!"
"我没,"南知强忍住笑意,"只是我实在没有插话的余地。"
然而贺弦还是相当不满意,他依旧幽幽地看着她,谴责道:"你根本就不知道要护着你男朋友。我很难想象自己以后要过什么日子。"
"那对面是翟阿姨呀,"南知忍着笑辩解,"如果是别人,我就护着了。"
可惜正在气头上的贺大少爷并不想听她狡辩。
他恼怒地瞪了她一眼:"不跟你说了,我接人去了。"
话落,他转身就想走。
南知看着他的背影沉思了下,忽然想起了贺耀仪点拨她的话,下意识伸手拽住了贺弦。
贺弦嘴上毫无耐心地说着"你别拽我",腿倒是停下来了。
南知望着他,松开手笑吟吟道:"就是告诉你一声,你晚上早点回来,我这边也有大事要发生。"
闻言,贺弦眸光一动,原本紧绷着的脸色霎时多云转晴。

他觑了眼南知，强压下心里的窃喜和迫不及待，故作镇定地咳了两声，开始拿乔："是吗？那你现在稍微发生一下，我勉为其难地等你两分钟，看看晚上值不值得我早点回来。"

南知最看不惯他这种摆谱的样子，懒得理他，直接面无表情地推他下楼："算了，你还是别回来了。"

等在窗口目送贺弦坐车离开后，南知才去把自己的行李箱从桌子底下拖出来，打开里面的夹层。

一个藏蓝色的丝绒首饰盒被藏在了最内侧。

南知打开确认了一眼，见没什么问题，便把它塞进了贺弦的枕头里，又稍微整理了一番让它不至于一眼被看出来。

这对戒指是她在贺弦生日前，用自己这几年的奖学金和压岁钱买的，因为贺弦说过要集齐七枚，那她干脆就帮他加快一下进度。

本来是想在他生日的时候给他，结果那天没能去南港，她就先压下来准备今年新年再给他了。

但她最近看贺弦似乎特别执着于要个"名分"的事，她干脆也就不拖了，趁早哄他开心一下。

不然这大少爷又得蔫巴巴自闭几天。

南知收拾完"预谋作案现场"后，又回到了书桌前，拿出平板电脑，准备趁下午没事画几张憨大叉和小鸡智的故事，再画一对情侣头像。

她最近为了考试，有段时间没登微博了，一打开突然发现涨了一大批粉丝，现在都快近百万了。

就连私信都是99+。

南知一脸莫名地点进私信，就见有不少人在催她画憨大叉。

还有人表示自己是看到朋友都在发憨大叉的表情包，觉得憨大叉很可爱，所以顺藤摸瓜找到微博来了。

看到这条，南知这才想起来，上个月好像是有不少人问她能不能画几张憨大叉的表情包。

当时她想着也不难，干脆就照着百变小弦平时五花八门的状态随手画了一套，上传到了微信平台。

喜怒哀乐、上课摸鱼、"贩剑"撒娇、卖萌装傻、气到跳脚，什么千奇百怪的姿态都有。

结果谁承想，这套表情包最近被大范围飞速传播，突然就在网上火起来了。

南知面色尴尬地看着憨大叉围兜上的那个"HX"。

……也不知道这臭鸭子有没有火到会被贺弦看到的程度。

她心虚地眨了眨眼，继续翻未读私信。

南知一直有些强迫症，红点点必须都点掉，再加上之前她从来没享受过这种人气这种待遇，所以她每条都认真看了一遍。

直到一条来自某家文化创意公司的私信。

这家公司的工作人员向她发出了合作邀请，想签下她憨大叉系列的IP，并表示会有专业的运营团队进行开发推广，来扩大IP影响力。

南知指尖一顿，目光在这条私信停驻了片刻。

她只是个业余画画的，对这方面只能说是一知半解，更不了解这些公司，也没想到自己随手画的表情包会火。

现在突然接到这种签约邀请，她心里有点没底。

所以她思忖了下，没立刻答复，想等自己这几天做下功课看看情况再说。

她把这个问题记到备忘录里，便没再看私信，准备先把今天的图画了。

前段时间她就挺想画憨大叉和小鸡智的情侣头像，但是因为要考试，没什么时间，只能先撂着。

后来又整天跟贺弦腻在一起，她就更不可能在他面前画以他为原型的表情包了。

他这人小肚鸡肠的，不气炸才怪。

所以现在南知趁着自己好不容易得空，赶忙画了一对情侣头像出来，准备忽悠贺弦换上。

只不过，她这回小心谨慎了许多，给憨大叉换了身帅气的小西装，没有再带那个指名道姓写着"HX"的围兜。

小鸡智也换上了漂亮的小裙子和蝴蝶结。

画里，西装憨大叉贱兮兮地叼了朵玫瑰似乎想要告白，而裙装小鸡智则是偷偷摸摸准备了一朵玫瑰背在身后，似乎也想告白。

两人的心意一明一暗，一张一弛，一个外放，一个内敛。

南知定定地打量了一会儿自己的杰作，又添了点可爱的背景，这才偷笑着把图上传到了微博上。

此刻的南知还不知道，自己那一句"有大事要发生"，让贺弦心神荡漾、抓耳挠腮了一整天。

他坐车在想，走路在想，吃饭在想，脑海中的思绪飘来飘去，总是控制不住去猜南知到底准备干吗。

挨了几个小时过去，一直到晚上九点多，和章家的这顿饭局总算结束。

回去的路上，贺大少爷还嫌司机陈叔叔开得慢，中途非要换他自己来开。

最后还是翟婉提醒他在饭桌上喝过一杯酒，贺大少爷这才作罢，只能一再催促陈叔叔开快点。

司机小陈感觉轮胎都要冒火星子了。

等贺弦火急燎地到家，却发现自己回来得不凑巧。

南知恰好在浴室洗澡，还没出来。

于是贺大少爷又被迫等了一会儿。

他听着浴室里淅淅沥沥的水声，跟只猴一样在屋里上蹿下跳、抓耳挠腮了半天。

谁承想等了二十多分钟,南知还是没洗完。

他看着浴室门玻璃透出的暖光,强忍住想推门进去的冲动,开始拿起手机在浴室门前走来走去。

一边听着水声,一边百无聊赖地刷起微博打发时间。

结果刚打开微博,首页第一条就是南知今天发的情侣头像。

贺弦一愣,下意识地点开了评论区。

——情侣头像!我反手直接发给我男朋友!

——还想要憨大叉表情包!多来点多来点!

——哈哈哈哈,这个憨大叉怎么这么骚包!

——一人血书求憨大叉的周边,比如玩偶公仔钥匙扣什么的!出了我必入!

——现在是两人血书了。

——三人!

贺弦平时很少刷微博,只有偶尔弹出来自@小知了nz的推送时他才会点进去。

所以他一直都没发现南知画了一套憨大叉的表情包,更不知道憨大叉的热度居然都这么高了。

直到现在,他顺着南知发的微博指引,才在微信里搜到了那一套以他为原型的表情包。

他翻了一圈那些稀奇古怪的表情,越看脸色越黑——

"什么嘛。"贺大少爷对这些卖萌"贩剑"的表情包颇为不满,扭头瞪了一眼浴室门,咕哝着自言自语,"我哪有这样啊。"

他一边骂骂咧咧"一天天的就知道在背后诽谤我",一边对着屏幕戳戳点点,把这个系列的表情包加进了自己的微信。

添加完,他又轻哼一声,大度又豪气地点了个打赏。

大概是有一套以自己为原型的表情包的感觉很是新奇,贺弦在等南知出来的过程中,又把这套表情包翻出来看了好几遍,目光从"什么东西"渐渐变成了"好像还行"——

其实吧,看多了,感觉这蠢鸭子也挺可爱的。

就是少了点什么……

贺大少爷思索片刻,跟做贼似的瞄了一眼浴室门。

听见里面水声依旧,他迅速地切回微博界面,偷偷摸摸给南知的评论区和私信里各发了一条——

QxQ:表情包里为什么没有亲亲?想要亲亲。

评论和私信一发出去,贺弦又像是做贼心虚般瞟了一眼浴室的方向,然后以迅雷不及掩耳之势关了微博。

现在南知应该还不知道他关注了她微博的事。

而他也暂时不准备挑明。

一方面是,他觉得南知既然没有主动告诉他,那自然是有她的道理,他故意去拆穿她的话,多少会让她有些尴尬。她脸皮又那么薄。

而另一方面是……

大概是恶趣味使然,他觉得"狗狗祟祟"地看她微博给她留言,居然有种很奇妙的刺激感……

就像是在开盲盒,可以从另一种视角看到不同的南知,时不时就会有惊喜发生。

听着浴室的水声,贺弦心里暗爽,翘了翘唇角,又故作镇定地切回到微信界面。

现在南知还没洗完澡,他闲得发霉,再加上又藏着几分想嘚瑟炫耀的心,贺大少爷突然开始跟发癫似的,在付尧他们几个兄弟群里疯狂刷憨大叉的表情包。

贺呵呵:[帅]

贺呵呵:[Hello]

贺呵呵:[记仇]

贺呵呵:[好烦]

贺呵呵:[嘿嘿]

付尧:???

付尧:搞什么?

贺呵呵:也没什么。

贺呵呵:就觉得这表情包挺可爱,拿出来跟你们分享一下,不用谢。

付尧:……

周麟:我女朋友早发给我了,你什么冲浪速度。

付尧:这玩意儿可爱跟你有啥关系啊?你倒还蹭起来了。

贺大少爷冷哼一声,心说你们这群一无所知的人类,懂这些表情包的含金量吗?

他正要撸起袖子打开语音跟付尧对喷,结果不凑巧,南知正好洗完澡出来了。

于是他刚到嘴边的话蓦地刹了个车,被强行按了回去。

贺大少爷呛了一下,抬眼看向南知。

她穿着毛茸茸的珊瑚绒睡裙,从氤氲的水汽中慢吞吞走出来,正拿着毛巾擦拭发丝上的水。

冷白的灯光洒落在她饱满水润的脸上,显得她更加白嫩清透,皮肤宛如剥了壳的鸡蛋吹弹可破。

她出来的时候,还不知道贺弦已经回来了,余光看到他在房间还吓了一跳:"你什么时候回来的?"

"刚回。"贺弦的目光定定地落在她身上。

刚才浴室门一开，那缕还未散去的柠檬清香便随着温热的水汽扑面而来。

香气侵入鼻间的刹那，贺弦感觉自己心神一颤，像是被羽毛轻轻扫过心尖。

他深深吸了口气，也顾不上骂付尧了，反手就把手机往床上一丢，没忍住抱住她在她脸颊上咬了一口。

香软又滑腻，像是含了一颗甜汤圆，这种触感让贺弦倏地飘然起来，不禁想得寸进尺。

谁承想他的唇瓣正要落到南知的唇上，结果肩膀却被她抵住了。

贺弦动作一顿，就见南知凑到他面前嗅了嗅："你是不是喝酒了？"

闻言，贺弦"啊"了一声："喝了一点。"

南知自己已经洗完澡了，不想沾上醉鬼的气息，所以直接无情地把他拍开："走开，快去洗澡。"

"干吗呀，嫌弃我呢？"贺弦撇了撇嘴，不爽地蹭了过去，"我又不臭。"

"你一股酒味。"南知瞥他一眼，倒也没挣扎，只是确认了句，"你现在是喝醉了还是没喝醉？要是喝醉了那大事就明天再说。"

毕竟这人喝醉了十有八九要断片。

好在贺弦对自己现在的酒量还算有数，骄傲地轻哼道："没有，我就喝了一杯。"

看他一副讨夸的样子，南知勉为其难配合道："哦，那你挺棒呢。"

虽然她的话十分敷衍，但贺大少爷这次罕见地没有找碴。

因为他的注意力都集中在南知之前预告的"大事"上。

他一脸迫不及待地问："所以你的大事呢？现在可以告诉我了吧？"

"待会儿吧。"南知的视线飘忽了一瞬，从枕头上一晃而过。

她觉得这事要是她自己主动说出来好像就没什么意思了，于是推托了下："等你洗完澡再说。"

然而贺大少爷却对她这种卖关子吊人胃口的行为相当不满："哎呀！你差这一会儿吗？"

他之前顶着翟婉无语的眼神，催了一路陈叔叔，飞驰回来就是为了这件事，结果南知居然还要吊他胃口。

他忍不住对这种恶劣行为进行了谴责，甚至还开始上升高度，耍赖道："你现在不告诉我，我待会儿洗澡就没法专心。

"我不专心，就容易被水呛着。

"我被水呛着，就容易失去生命！

"你难道想让我失去生命吗？！"

南知搞不明白就这点小事怎么就上升到了"失去生命"的高度了。

最可怕的是，她理了一下他的逻辑，居然还觉得没有哪里不对⋯⋯

南知甩了甩头，推开他，终究还是没有被他带跑偏："我哪有这个意思，你不要曲解我。"

"那你告诉我，我就不曲解你。"贺弦一脸期待地看着她，光线映在眼底亮晶晶的。

然而南知早已习惯了贺弦这种软硬兼施的耍赖套路。

她跟免疫了似的，缩了缩身子从他怀里钻出来，反手去推他："别想了。我不会跟不洗澡的臭酒鬼说话的。"

南知趁贺弦去洗澡的工夫，把头发吹干，钻进被窝再次打开了微博，准备把剩下的未读私信回复完。

刚才她洗澡的这段时间里，又有几条新私信飘了上来。

南知按顺序看过去，突然发现了一个眼熟的名字——QxQ。

这人虽然经常换头像，但是永远都是憨大叉和小鸡智的图，已经不止一次出现在她评论区了。

几乎每次出现，都是在问关于憨大叉和小鸡智的事，似乎是个死忠粉。

有时候她画一些指桑骂槐的画内涵贺弦，他也会跳出来问为什么要这么画。

比如上次她说自己没灵感是因为最近没跟憨大叉说话，他看到后还要问为什么不跟憨大叉说话。

像是一个十分好学的好奇宝宝。

而这次也不例外。他又跳出来问问题了——

表情包里为什么没有亲亲？想要亲亲。

不知道为什么，南知感觉前半句还好，但看到最后四个字的刹那，她的脑海中倏地闪过了贺弦的身影。

她下意识就代入了贺弦的脸，毫无缘由。

南知呆滞地看着这个人的微博名，沉默片刻后，忽然鬼使神差地点了进去。

这位QxQ的微博里面空空如也，没有留下任何线索。

但微博IP在宁洲。

南知看着"宁洲"两个字沉默了。

她抿了抿唇，总觉得巧合得很诡异。

这人不会真的是贺弦吧……

那她以前画了那么多骂他的画……

想到这里，一阵心虚感霎时涌了上来，南知忍不住重新翻了一遍自己的微博，想看看自己以前到底都画过什么。

正回忆着，浴室里的水声戛然而止。

然而南知翻得太入迷，一时间没有察觉。

直到贺弦擦着头发从里面出来，视线状若无意地从南知手机上扫过："嗯？你刷微博呢？"

听见他的声音，南知被吓了一跳，思绪骤然回拢，下意识就熄了手机屏。

贺弦看着她，一脸疑惑地挑了挑眉。

意识到自己刚才的动静太大了，南知强迫自己定下神来，故作镇定道："嗯，随便看看热搜。"

.238.

大概是为了做戏做全套，她又重新拿起了手机，继续点开微博，假装出一副泰然自若的模样。

只不过这次她没再细翻自己的微博，而是切了出去看热搜。

闻言，贺弦意味深长地"噢"了一声，将她脸上透出的慌乱尽收眼底。

某个瞬间，他突然感觉，南知画的那张憨大叉"贩剑"的表情包好像也没什么问题，甚至还有点传神。

因为他现在，是真的还想犯贱再逗她两句。

于是他强压下嘴角的笑意，装作浑然不知，故意试探道："对了，我好像还没有你微博号呢。"

"……哦，是吗？"南知心虚地关掉微博，切换到了其他APP界面，将这个话题含糊带过没再应声。

然而贺弦却越聊越来劲。他笑了笑，继续问："要不咱俩互关一下？"

南知沉默了。她有些纠结。

一方面是自己确实画了不少暗骂贺弦的画，被他看到了肯定少不了一顿斤斤计较，说不定还要缠着她"索赔"。

另一方面是她又很好奇……好像那个QxQ到底是不是贺弦。

她感觉某种程度上这个号给她的感觉和贺弦非常契合。

但贺弦这一脸一无所知的样子，又让她的猜测有些站不住脚。

南知抿了抿唇，在脑海里飞快地列举出了此刻存在的几种可能性——

1. 贺弦不是QxQ，就是单纯想和她互关，这种情况下，被他看见了以前的画，是她理亏。

2. 贺弦是QxQ，但不知道"小知了nz"是她，就是想多要几个表情包才给她发的私信。但她觉得自己微博名都那么明显了，他看不出来才有鬼，所以这种可能性不大。

3. 贺弦是QxQ，也知道"小知了nz"是她，现在说互关纯粹是为了逗她看她乐子，赌她不会真的告诉他。这种情况她可以反过来谴责他视奸她微博的事，占据制高点。

沉思了一番，南知默了默，觉得最后一种可能性最大。

于是，她干脆眼一闭，迎难而上。

她暗自咬咬牙，跟着赌了一把，但面上还是淡定的样子："好，你微博叫什么？"

这回轮到贺大少爷唇边的笑凝固了。

他愣了愣，像是有些难以置信的，一脸呆滞道："啊？"

南知直直地盯着他的眼睛，又问了一遍："你微博叫什么？"

不对吧……这好像跟他想象的剧本不太一样。

贺大少爷以为自己这样问，会收获一个手足无措、支支吾吾的呆头鹅南知。

然后他就可以站在道德的制高点谴责她，居然连一个微博号都要隐瞒男朋友！

接着他还能借此机会肆无忌惮又理直气壮地"酱酱酿酿"……

谁知道南知居然应下了？！

这回轮到贺大少爷手足无措、支支吾吾，沦为一只呆头鹅了。

他张着嘴呆呆地"啊"了半天，眼神疯狂躲闪飘忽。

飘了好一会儿，他才想出一条缓兵之计，有一搭没一搭地擦着头发，心虚地含糊道："我微博名好像有点复杂，忘了。我先去吹个头发，待会儿告诉你。"

"没事。"南知见他一副为难的样子，十分善解人意地朝他伸出手，莞尔，"你把手机给我，我来帮你点关注就可以了。"

贺弦沉默地看着南知白里透红的手心，一时间居然不知道该怎么回应她的话。

他是不是……玩脱了？

虽然在南知面前也不是第一次玩脱了，但他莫名觉得这次可能会有些严重。

毕竟是他主动提出了要互关。

他刚还顶着"QxQ"的名字给她发过私信。

而南知的微博号又那么明显，带了她自己的首字母"nz"。

种种迹象都表明，他这个"QxQ"只要见过这位"小知了nz"的微博，基本上都会联想到南知。

也就证明他刚才就是明知故问逗她的，性质极其恶劣。

偏偏南知还在朝他微笑，那双弯月般的笑眼仿佛已经看穿了一切。

看着南知的脸，贺弦犹豫了片刻后，还是想垂死挣扎一下："也不急吧，待会儿……"

"可是，"南知脸上笑意盈盈，但语气却出奇平静，"刚才不是你自己要互关的吗？

"你这么出尔反尔，我是不是可以合理怀疑，你之前跟我表白的话也都不算数？

"那你这个人还有信誉度可言吗？"

贺弦被她的逻辑惊呆了。他错愕了一刹，还以为自己在她这里的信用值清零了，连忙磕磕巴巴道："不是，你别上升高度呀……我这就是开个玩笑，你别曲解我。"

这话听着颇有些耳熟，南知觑了他一眼，正色道："那你跟我互关我就不曲解你。"

贺弦嘴角一抽，沉默了良久，最后还是认命了，不情不愿地掏出手机递给南知。

南知轻哼了声，拿过来点开微博一看——

"果然是你。"南知看见那个"QxQ"，立马抬头看向他，咬咬牙忍无可忍道，"你早知道我的微博号是这个了吧，还在这儿给我装？想看我笑话？"

"哎哟哎哟，"贺弦顶着尴尬到微红的耳尖，忽然抬手扶住脑袋，装出一副弱不禁风的模样，"没吹头发，我头疼，听不清你在说什么，我得先把头发吹了。"

话音一落，他便拿起旁边置物架上的吹风机，转身大步流星地钻进了浴室，反手把门一锁。整个背影看起来精神抖擞，跟刚才娇弱的样子截然相反。

南知气恼地看着那扇紧闭的浴室门。

她抿着唇，听着里面传来"呜——"的吹风机声，心里有点窝火。

隔着门瞪了里面的贺弦好半响，南知也不等他了，扭头就把灯关了，整个人埋进被子里，占据在床的正中间。

大概还是有点气不过，她又伸手把椅子上的呆那嗦和床头的玉桂狗够了过来，一边一个，塞进了被子里。

彻底占领了贺大少爷的床位。

于是等贺弦从浴室里出来的时候，他第一眼看到的就是床上鼓鼓囊囊的被子，跟一座连绵不绝的雪山山脉似的，此起彼伏。

他心虚地挠了挠眼下，认真扫视了一番这座"雪山"，感觉自己好像只能睡山脚了……

不过没关系，反正他不要脸。

贺弦径自走上前，伸手进被窝，一把抓住呆那嗦的尾巴把它揪了出来。

然后自己取而代之，拱了进去，整套动作行云流水一气呵成。

只不过，就在他调整好位置准备去搂南知的时候，被窝里的南知忽然一脚踹了上来。

冰凉的脚心直接贴到了他小腿上。

贺弦下意识地按住她的脚，眉心一皱："你怎么这么冷？"

"不要你管。"南知挣扎着又踹了他一下，"我刚进来当然还没焐热。"

"哦。"贺弦在黑暗中眨了眨眼，总算逮到机会了，"那我帮你焐。"

"我不要。"南知一脸气恼地推开他，"走开，回你房间睡去。"

"别啊。"贺弦死皮赖脸地往被窝里蹭了蹭，小声道，"我错了我跟你道歉，我不该偷偷看你微博。"

然而南知在意的根本不是这个。她就是觉得，贺弦这种明知道她微博，还瞒着不说故意，甚至还要逗她的行为让她产生了一种羞耻感。

因为她画过不少亏心画，这感觉无异于在背后指名道姓说人坏话结果还被当事人听见了。

她一想到这些，尴尬和羞愧便一同涌上心头，让她顿时无所适从，甚至有点恼羞成怒，想找个地缝钻进去。

于是南知一把推开了贺弦，转身拿后脑勺对着他，一副不想见人的样子，看得贺弦连连告饶："对不起嘛，我就是不小心找到你微博了，当时咱俩那关系我也不好和你说。"

"你别记我隔夜仇呀，你这么一记仇，还能睡得好吗？"

他哔哔叨叨说了一通，可算把南知说动了点。

但她依旧拿后脑勺对着他，闷闷道："你什么时候发现的？"

贺弦被问得顿时哑然。

迟疑两秒，他臭不要脸地蹭着她后颈小声道："高三。"

"高三？"南知惊呆了。

她想过贺弦可能是看到了她在圈子里火起来的小漫画，也可能是看到了她最近火爆网络的表情包。

唯独没想到，他居然那么早就发现她微博了。

南知忍不住转头看他："那会儿我微博还没多少粉呢，你怎么找到的？"

"就是你那本漫画嘛，"贺弦讪讪地眨了眨眼，"签名上写了'小知了'，所以我就随手搜了下，结果就找到你微博了。"

"所以，"南知突然有一种生无可恋的感觉，"你看我骂你看了三年？"

"……差不多吧。"贺弦含糊道。

南知额角一跳，忽地背过身，还把被子一起卷走了。

突然没了被子的贺弦冷不丁一哆嗦，厚着脸皮蹭过去，掀起一个小被角给自己盖上，小声道："你别生气，你要是觉得不好那我就取关了。"

南知咬咬牙："你还想取关？"

"那……"贺弦也不知道这事现在要怎么解决了，只能虚心求教，"那您说怎么办吧，小的听着就是了。"

南知："你让我静静。"

贺大少爷只能蔫巴巴听命："哦，好吧，那我闭嘴了。"

话落，他又小心翼翼地扯过了一点被子："我要闭嘴了。"

"我真闭嘴了啊。

"对了，你想揍我你跟我说，不要半夜偷偷揍我。"

南知摆了摆手，把脸埋在枕头里，凶巴巴地一字一顿道："闭嘴。"

贺大少爷终于安静下来。

只不过这人安静归安静，他在这种静谧沉寂的氛围中依旧睡不着。

本来之前他们说好的有"大事"发生，结果被他这一通"贩剑"给整没了。

贺大少爷现在简直心痒难耐。

但是因为南知在生气，他也不好意思提这事了，只能默默独自在南知身后躺着。

然而他躺着也不算老实。

每隔一会儿，他就试探性地往南知的方向蹭过去一点。

一开始两分钟蹭一点，之后就变成了一分钟蹭一点。

过了片刻又变成动不动就蹭一点。

直到南知另一侧的玉桂狗被挤得骨碌碌滚到床下，南知猛地回头看向他，这人才跟被定格了一样，没再乱动。

南知默了默，凶巴巴地瞪了他一眼，把玉桂狗捡回来往他脸上一甩——

"干吗呀！谋杀亲夫呢你？！"贺大少爷被拍了一嘴毛，直接弹起来"呸呸呸"。

南知总算心理平衡了几分。

她轻哼一声，没理他，继续背对着他睡觉。

贺弦也算有眼力见儿，见她这反应，心里猜测她应该算是不生气了，于是试探性地伸手揽过她的腰——果然没被揍。

贺大少爷顿时有点飘飘然。

他表面上安静了一会儿，实际上灵魂在猛烈挣扎，挣扎半响后他还是没忍住，厚着脸皮贴过去，得寸进尺地问出他心心念念了一天的问题："对了，你说的大事呢？"

"没了。"南知故意道，"不想跟你说了。"

"别呀，我真错了。"贺大少爷可谓是能屈能伸。

他戳了下南知的腰，故作可怜道："你告诉我呗？我今天回来的时候催了一路陈叔叔。

"我本来还想自己开车的，但是因为我喝酒了差点被我妈骂死。

"就连我爸都笑话我，笑了我整整一路。

"现在我妈和我爸肯定还在背地里说我坏话。

"我都要没脸见人了。"

说着说着，他还摆出一副真没脸见人的样子，把脸往枕头里一埋，就留个余光偷瞄她。

南知默了默，转头瞅了他一眼，心里不由得有点犯嘀咕——

这人是没有触觉吗？

他就不觉得这个枕头硌得慌吗？

那首饰盒也不小吧……

南知简直匪夷所思。

她犹豫片刻，委婉地提醒道："你别对着我，转过去。"

她本意是想让贺弦转个身用脸在枕头上碾一圈，看看能不能感受到那个首饰盒。

结果贺弦却以为她还在生气，立马跟八爪鱼一样熊抱住她："我不。"

南知生无可恋地白他一眼，伸手去推他："你别压着我。"

"我不。"

"走开。"

"不！"

两人磨叽了半天，最后南知终于忍无可忍。

她爬起来，一把将贺弦的枕头从他脑袋底下拽了出来，拎起来抖了几下。

没多久，一个藏蓝色的丝绒首饰盒啪地砸在了贺弦的脸上。

贺弦被砸得一蒙，揉了揉鼻子："什么玩意儿？"

他捞起那盒子摩挲了下。这触感……

· 243 ·

缓了缓神，贺大少爷一个激灵，连忙起身打开床头灯——

"你……"贺弦盯着首饰盒里的戒指看了许久，才愣愣抬头，"你买这个干吗？"

"不是你自己说的？"南知脸颊泛红，好在床头灯光线昏暗，不太能看得出来。

她重新躺下，背对着他，小声道："你自己说的，要集齐七枚，所以我帮你加快下进度。"

贺弦呆滞地把盒子里的戒指拿出来。

南知的审美偏素净，不爱张扬，所以依旧选择了简约款，基本以菱形切面为主，嵌了半圈碎钻。戒指内侧刻了两个人的首字母。

看着这枚戒指，贺弦沉默了好一会儿，忽然凑过去问她："你什么时候买的？"

"你生日之前。"南知闭着眼，嘀咕道，"本来想你生日时给你的，但没去成南港，就想着等新年再给你。

"但你最近给我扣了个'不喜欢你'的帽子。"南知抿抿唇，忽地睁开眼，"我就想着干脆就今天给你吧。

"我想说，我没有不喜欢你，我只是不知道该怎么跟你表达。

"我们很多方面好像都不够默契，观念也不一样，我也很惊讶你居然会喜欢我这种无趣的人……"

"谁说的？"听到这里，贺弦没忍住打断她的话，从身后抱住她，"谁说你无趣了啊，你在微博上画画骂我的时候不挺能耐的？"

南知暗暗在他手上掐了一把："反正，我就是想告诉你，我没有不喜欢你，我也愿意耐心跟你磨合，你不要胡思乱想生闷气了。"

床头灯光线昏黄，在静谧的氛围中尽显暧昧。

贺弦安静听着她一句一句和他解释、讲道理，视线却直勾勾地落在她雪白的后颈上，一眨不眨。

直到她最后一个字音落下，他忽然伸手把她翻了过来。

南知一愣，茫然地看着他："干吗？"

"你就不能好好跟我表个白吗？"贺弦撑着脑袋，垂眸看向她，又低头在她唇上啄了一下，嗓音清冽，"正经的那种。"

南知搞不明白自己怎么就不正经了，莫名其妙道："我刚才不是在正经跟你表白吗？"

"你那算什么表白？"贺弦轻啧一声，似乎很是不满，"什么叫'没有不喜欢你'？这个家就你是学霸啊？还双重否定表肯定呢？"

被他这么一吐槽，南知面颊微热，低声道："我……"

她知道贺弦想说什么，但她"我"了半天，还是感觉被他盯得不好意思，最后干脆自暴自弃起来："算了，你爱听不听。"

"哎呀，你不说就不说，凶我干吗。"贺大少爷见她不肯说，又开始要赖，

"哪有人这么表白的，凶死个人。"

"你难道第一天知道我凶？"南知瞥他。

"那倒不是。"贺弦哼哼唧唧道，"你来我家第一天，我就知道你肯定没看起来那么乖。"

"结果还真被我猜对了，你就知道在我妈和阿姨面前装乖，对我就冷冷淡淡，还不耐烦。"

听他提起这事，南知噎了噎："我哪有？"

"你怎么没？就为了一个遥控机器人……"贺弦轻哼一声，揪了一把她的脸，"我不就没带你玩吗？结果你把我妈都招来了，害我被我妈揍了一顿。"

这事是南知第一天到贺弦家的时候发生的，说起来她也有些尴尬。

小时候她没玩过遥控机器人，就感觉挺新奇的，但她也不敢去问贺弦要，只是在旁边眼馋地看着。

当时贺弦也不搭理她，就自顾自地玩。

大概是她那眼巴巴的表情将心思暴露得太过明显，翟婉一眼就看出了她的想法。

再加上贺弦从小就被惯得没边，什么都不愿意跟别人分享，在她和贺耀城面前都护食，好像全家的东西都是他的一样，别人碰都不能碰。

所以翟婉便想着趁此机会，让贺弦拿出哥哥的样子，跟南知分享，改改他这臭毛病。

结果贺弦死活不乐意，下意识地觉得南知拿去玩了肯定就不还他了，还恼怒地推了南知一下。

虽然南知跟翟婉说了自己不介意，但翟婉觉得自己儿子这反应让她有点下不来台，干脆把他拎到楼上教育了一顿。

从此南知就被贺大少爷记在了记仇小本本上。

但南知想了想，她觉得这也不能全怪她，毕竟她只是多看了几眼那个机器人而已。

于是她不禁辩驳道："那也不是我的错，翟阿姨对我好所以我听她的话，你对我那么不好，我当然冷淡了。"

贺大少爷想了想，大概也是发现自己理亏，霎时噤了声。

他偏过头，要面子地岔开了话题，把南知买的戒指递到她手里："不翻旧账了，你先帮我把它戴上。"

南知觑着他："你自己不能戴吗？"

"你懂不懂浪漫？"贺弦嘴角一抽，不乐意了，"你给我戴一下怎么了？我又不是不给你戴。"

虽然南知觉得大半夜的不睡觉在这儿互相戴戒指实在有点蠢，但她感觉以贺弦这娇滴滴的样子，不给他戴估计又要闹了。

于是南知只能失笑地摇摇头，一脸无奈地把戒指给他戴上。

谁料戴上去的时候，贺弦忽然挑了挑眉，冷不丁轻哼道："行吧。

"想跟我结婚是吧？
"看在你深得我意的份上，我勉为其难答应你的求婚。"
南知怔愣了下，这才反应过来贺弦在诓她。
看他那一脸嘚瑟的样，她无语地把自己的那枚戒指放回了首饰盒里，淡声学着他的话道："行吧。
"既然你这么为难。
"那我还是不强人所难了吧。"

// 番外
婚后

最近贺大少爷……现在已经进化成了小贺总的贺大少爷，招了个生活助理。

这位生活助理叫宗博，是个刚毕业的小伙子，今天刚入职第一天。

早上一来，还没等他把集团大楼逛完、熟悉好工作环境，就被急急忙忙安排去跟小贺总一起开会了。

会议内容很无聊，就是集团的各个子公司高层都轮流汇报一些屁话，接着再画个大饼说有望完成目标吧啦吧啦。

反正宗博看小贺总快睡着了。

他想了想，默默在笔记本上记下——

小贺总开会习惯：

1. 睡觉。

十一点五十分，距离废话大会还剩十分钟结束的时候，宗博突然看到小贺总朝他的方向扫了一眼。

十分有眼力见儿的他立马凑了过去，恭恭敬敬问道："贺总怎么了？"

贺弦四下瞥了一圈，借着假装咳嗽的姿势捂住嘴，鬼鬼祟祟地和他说："去我办公室，把我抽屉里的两个饭盒拿去热一下，微波炉转三分钟会吧？"

"会。"宗博虽然没想到自己的第一项任务居然如此朴实无华，但他还是稳住了表情，了然地点点头，装作有重要工作任务的样子，理直气壮地离开了会议大厅。

出了门，拿出笔在笔记本上又记下一句——

2. 吃了上顿想下顿。

宗博没有想到，小贺总抽屉里的饭盒居然是两份爱心便当。

他看着那两个爱心荷包蛋，心里酸溜溜地想着，应该是小贺总的老婆给他做的吧，夫妻俩还挺恩爱。

作为单身狗的他感觉牙都要酸掉了。

他一边揉着脸，一边把饭盒拿去加热。

等他加热完回来的时候，正巧看到小贺总拎着西装回来。

贺弦朝他招招手，把西装外套丢给他："你来得正好，跟我走一趟。"

"好。"宗博坚决执行上司安排的一切任务，没有多嘴。

于是，他就莫名其妙地被带到了另一家公司……

应该说是一家工作室。

这家工作室处于宁洲寸土寸金的万煌路，交通便利，周边设施齐全，位于市中心，去哪里都很方便，再加上附近的公司大多实力雄厚，优质单身男女特别多，这里可以说是宁洲白领最理想的工作地点。

宗博望着这栋高耸入云的写字楼，心想这里可能是子公司？

他怎么没被分配到这里呢，通勤时间能少二十分钟。

宗博沉沉地叹了口气。

然而贺弦无心关心他这些矫情兮兮的小心思，只是自顾自地迈入了写字楼。

宗博只能拎着便当快步跟上他的脚步，试图超过他，抢在前面帮他按下电梯。

进了电梯，宗博尽职尽责地问他："贺总，我们去几楼？"

"十二楼。"贺弦淡声道。

闻言，宗博迅速按下"12"，又透过墙壁上的镜子，暗暗看了贺弦一眼——这就是霸总吗？说话都这么冷冷淡淡的。

宗博觉得长见识了。

然而他没想到的是，更让他长见识的还在后面。

电梯门一开，贺弦就大步流星地走了出去。

宗博没反应过来，连忙跟上。

一直等到贺弦走到一面玻璃门前，他才堪堪停下脚步，转身问宗博："我饭呢？"

"在这儿。"宗博忙不迭递给他。

贺弦接过保温袋看了一眼，又摸了摸里面饭盒的温度，确定没什么问题后，才朝门内走去。

宗博立马跟上。

他还没来得及了解过这家子公司，所以也并不清楚集团旗下还有这么可爱的公司——

入口处放了一对情人节主题的玻璃钢玩偶，是网上很火的那个表情包"憨大叉和小鸡智"，两个胖乎乎的玩意儿正一左一右隔空比心。

一路进去，左侧的墙面上还画了它们的表情包，姿态五花八门。

而右侧摆了整整一面墙的展示架，全是憨大叉和小鸡智的盲盒手办以及抱枕钥匙扣之类的周边，书柜上还有不少漫画书。

宗博忍不住"哇"了一声。

他声音本来不大，偏偏这办公室里的人都在安静埋头赶图，所以这一声冒出来显得极其突兀。

走在他前面的贺弦倏地回过头，皱了皱眉。

宗博连忙闭了嘴。

但是他秉承着要认真做好每一项工作的原则，在安静了一会儿后又忍不住凑上去问道："贺总，您待会儿是要见什么人吗？我先做下准备工作。"

闻言，贺弦古怪地看了他一眼，一时间没说话。

而宗博却诚挚地看着他，紧张道："我第一天入职，还不太熟悉子公司的领导，所以想提前做个准备免得待会儿出丑，让您也尴尬。"

贺弦默了默："不用了，你就坐会客室等我，顺便叫份外卖吃吧。"

"那怎么行？！"宗博知道这份高薪工作来之不易，所以绞尽脑汁想证明一下自己的价值，好坐稳这个位置。

于是他顶着一脸庄重严肃的样子，正色道："我怎么能让您一个人去？如果有重要的事项，我得帮您记下来！"

"还有万一沟通的时候出了什么差错，您需要台阶都没人给您搭！"

贺弦嘴角抽了抽，忍无可忍道："我跟我老婆吃饭要什么台阶？"

话落，贺弦无语地瞥了他一眼，也懒得再跟他废话，撂下一句"你自己点饭吃，我报销"之后，便进了门。

留宗博一个人在原地傻眼。

贺弦轻车熟路地穿过外面画师助手的办公室，径直来到南知的门前。

他悄咪咪地推开门，探了个脑袋进去："我进来了啊？"

"进。"南知正埋头赶图，听见他声音，连头都没空抬一下。

见她这冷漠的态度，贺弦撇撇嘴，反手把门关上，拎着保温袋走到她面前："还没画完吗？"

"没有，还早着呢。"说着，南知瞅他一眼，小声抱怨，"还不是怪你？"

闻言，贺弦讪讪地坐到了她对面，假装没听见。

南知在毕业后没有按曲江柔说的那样，去考公找一份稳定的工作。

而是选择了将自己的爱好当作职业，继续画画创作表情包IP。

虽然一开始曲江柔坚决反对，但在南知和之前那家来找她的文创公司合作了一段时间后，憨大叉的热度再创新高，曲江柔见她确实做出了一番成绩，态度也跟着松动了些许。

再加上还有贺弦在旁边帮着说话，几年下来，她也没再插手过南知的事。

所以现在，南知自己成立了一家工作室，来运营憨大叉和小鸡智的IP形象，她也能够拥有更多的自主权。

而前段时间，憨大叉和小鸡智的故事签了漫画出版，今天正好是南知漫画的截稿日。

但她图还差一部分没画完，所以她一大早就跑来工作室赶图了。

本来她都计划好了，八点过来，画一上午就差不多了。

结果她早上一睁眼，都已经九点多了。

偏偏贺弦还不叫她。

以至于今早她出门的时候火急火燎的，看得正在厨房煎鸡蛋的贺大少爷一脸心虚。

他拿着铲子从厨房岛台后面绕出来："你别急着走啊，早饭不吃了？"

·249·

"来不及了，我都起晚了。"南知急急忙忙穿鞋，中途还忍不住吐槽他，"都怪你。"

想到昨晚闹腾的事，贺弦悻悻地挠了挠眼下："那你稍微等两分钟，我把饭……"

话还没说完，玄关处便传来了"砰"的一声关门声。

贺大少爷系着和他风格一点都不搭的憨大叉围裙，一手举着铲子，满脸呆滞地望向紧闭的大门。

想到这儿，贺弦虽然心里觉得确实理亏，但他还是咕哝着把锅甩出去："什么破出版社，截稿日期就不能放长一点？"

南知懒得和他计较这些，只是轻哼了一声表示不满。

她一边继续埋头画着图，一边顺口跟他说："你自己先吃吧，我画完再吃。"

贺弦低头迷惑地看了一眼手里的饭，又抬头愤愤道："你早饭就没吃，现在还不吃，你是要上天？"

"我真来不及。"南知皱着眉疯狂赶图，"刚才就被催了，我得两小时之内画完给他。"

然而也不知道这句话哪个字戳到了贺大少爷的玻璃心，原本他一直笔挺地站在她桌前，垂眸看着她乌黑的发顶，不吵不闹的，谁承想沉默片刻后，他却忽然猛地一拍桌子。

"砰"的一声，南知被吓了一跳。

她迷茫地抬头，就见贺弦突然硬气了起来，瞪着她闷闷道："我真的是受不了你了！"

这突如其来的变故让南知有些反应不过来。

她心里一空，正一脸错愕地望着贺弦，却又见他开始在她桌前走来走去，嘴里不停地叨叨——

"昨天不吃今天也不吃。"

"我做的饭这么好吃，你凭什么不吃！"

"不吃是吧？行。"

贺弦愤愤地看了她一眼，冷不丁把桌上的饭盒端了起来，表情看起来咬牙切齿的，似乎已经恼羞成怒。

见他这个动作，南知还以为他生气了想摔碗，正要开口安抚，却见他直接端着碗绕过了她的工作台。

有那么一瞬间，南知甚至觉得他这架势像是要把饭扣她脑袋上。

然而下一瞬，气恼的贺大少爷却用脚随意勾了个椅子过来，往她旁边一坐，重重地哼了一声——

"不就是想让我喂你吃吗？"

"行，你赢了。"

"喂就喂，有什么大不了的。"

"来，张嘴，啊——"

与此同时——

门外，正周旋于各位画手小姐姐之间、跟她们一起吃饭、插科打诨的宗博，忽然听见门内传来了"砰"的一声。

似乎是惊天地泣鬼神的拍桌声。

还紧跟着一串愤怒的抱怨。

宗博吓得筷子都掉了。

直到他听见贺总在里面说了句"不吃是吧？行"，他才勉强回过神来，整个人头皮一麻，忍不住问旁边的画手小姐姐："贺总平时这么凶啊？对老婆也这么凶？"

画手小姐姐一言难尽地看着他："不是，你第一天来，还不清楚情况。"

宗博心说这情况不都摆在眼前了吗？

他嫌弃地往南知画室的方向看了一眼，愤愤地和她小声说道："不管什么情况，他这么凶自己老婆就是不对啊。"

"唔。"旁边另一位运营小姐姐看不下去了，插话告诉他，"没有，以后你就知道了，贺总就是纸老虎。

"他指不定在里面怎么求南知姐吃饭呢。还有，"她捂着嘴偷笑道，"平时他俩要是有什么意见不合，你优先听南知的。"

"可是我是贺总的生活助理啊。"宗博挠挠头，"要是越过贺总去听贺总夫人的，那他会不会不高兴？"

提起这事，运营小姐姐好像很有经验的样子，一把抓过旁边的实习生弟弟："你问他吧。"

宗博和那实习生大眼瞪小眼了一会儿，实习生像是想起了什么痛苦的回忆似的，不情不愿道："你要是不听南知姐的，他只会更不高兴。而且他还会反问你，他都不敢不听南知姐的，你怎么敢的啊？"

被点拨了一通，宗博顿时醍醐灌顶，忙不迭在笔记本上记下第三条——

3.万事优先贺夫人。

南知赶稿赶到下午一点半，终于把稿子都画完发过去了。

她伸了个懒腰，余光却瞥见贺弦绷着个脸站在那儿收拾碗筷，突然忍不住有点想笑。

大概是瞥见了南知翘起的嘴角，贺弦抿了抿唇，突然恼怒道："我再也不给你做饭了，你根本就不想吃，烦人。"

"我没有不想吃。"南知坐在位置上笑意吟吟地搂着他，把脸埋在他腰间，"我这不是才刚闲下来吗？"

看她还算有眼力见儿还知道要哄他，贺大少爷的脸色终于缓和了些。

但他还是强行绷着脸，嘀咕着恶狠狠恐吓道："下次你再这样我就真不做饭了，让你吃不着，馋死你！"

南知小声嘟囔："我又不是不会做。"

然而因为她脸埋在他腰间，说话瓮声瓮气的，贺弦没听清，冷不丁蹙了下眉："你骂我什么呢？"

"没骂你。"南知含糊把话题带了过去，"对了，今晚妈妈喊我们去吃饭来着，不用回家做饭，你知道的吧？"

"嗯。"贺弦随口应了一声，把饭盒放回保温袋里，漫不经心道，"说是有重要的事要跟你说。"

闻言，南知点点头："其实我都知道得差不多了。"

前几个月，她就听说曲江柔认识了一位叔叔。

好像是贺耀城的好友，叫钟儒鹤，是位大学教授。前不久回国来贺家拜访了一番，结果对曲江柔一见钟情。

据说他的妻子在三年前因为车祸去世，留下了两个儿子。

大儿子倒是长大了，和南知贺弦差不多大，现居国外。

倒是小儿子，今年好像才四五岁，跟着他一起回国了。

不知道如果曲江柔真跟这位钟叔叔发展下去会是怎么个情况。

南知虽然不反对，但也难免有些忧愁。

万一又碰上个渣男……

大概是看出了南知的想法，贺弦揪了一把她的脸："放心吧，钟叔叔人还不错，晚上见到了你就知道了。"

贺弦这说的倒是实话。

钟儒鹤自小就和贺耀城认识，所以贺弦小时候也没少见他。

在他印象里，这个钟叔叔品行端正，总戴着一副细框眼镜，看起来温文尔雅，还会带着他一起看书，教他道理。

只不过自他七岁之后，钟儒鹤就出国了，之后便很少见了。

然而他没想到的是，钟儒鹤这人确实品行端正高风亮节，却架不住家里有个混世魔王——

当晚，南知和贺弦到达约定的酒店、在停车场下车的时候，碰上了一个小男孩。

小朋友年纪不大，看起来还没上小学，长得白白胖胖，顶着一头微卷的毛，在车身夹缝中穿行，好像是在找人。

本来南知没看见他，但她刚从车里下来没走几步，这小孩却突然撞她腿上了。

大概是重心不稳，自己这么一头撞过来，往后仰了两步后，直接摔坐在地上了。

南知倏地一愣。

也不知道这小孩是反应迟钝还是什么，他坐在地上蒙蒙地看了她几秒，才"哇"的一声开始哭。

南知还以为他摔疼了，忙不迭把他从地上抱起来："对不起对不起，我刚才没看见你。"

然而这小鬼却不依不饶，一边哭得涕泪横流，一边作势想要打她："你完了……我要让我爸爸……"

"干什么呢？"贺弦刚去后备厢拿东西，现在正巧绕了过来，一把捏住那要挥过来的肉手，眉头轻蹙，"哪儿来的小屁孩？"

"不知道。"南知摇摇头，"刚才突然冒出来的，撞我腿上摔着了，估计有点疼。"

贺弦轻哼一声，凶巴巴地捏了一把他的肉脸："小小年纪不学好，还学会碰瓷打人了？"

那小屁孩哭得一抽一抽的，气势却丝毫不输，甚至还能跟贺弦吵起来："你才……才不学好！小心我让我爸爸揍你！"

"哦，那你爸电话多少，我让他来揍我。"贺弦自己就是个放大版的混世魔王，所以完全不怵这种口出狂言的小屁孩。

他乐了一声，从裤子口袋里拿出手机，选择用魔法打败魔法："快点儿，不然我就打110把你这个恐吓犯给抓走。"

大概是这个年纪的他还没有遭受过社会的毒打，短短四五年的人生中也没有见过敢对他这么横的人，那小屁孩像是被吓得噎住了似的，哭声戛然而止。

他咽了咽口水，泪珠就这么挂在胖乎乎的脸上，划过的痕迹像是两根面条。

南知简直又气又好笑，抬手拍了贺弦一下，又拿出纸巾给小屁孩擦脸："别吓他了，你看他哭得多可怜。"

闻言，贺弦嫌弃地哼了一声，低头在手机上捣鼓着什么："不知道这小孩哪儿来的，还是送派出所去吧。"

也不知道这话怎么吓着那小鬼了，他抹了把眼泪急吼吼道："不行！你不能把我送去派出所！"

"为什么不能？"贺弦好笑地看着他，"不送派出所，难道送孤儿院？"

"我才不用去孤儿院。"小胖墩干巴巴地说着，"我有爸爸，我不去孤儿院。"

"那你倒是把你爸电话告诉我。"贺弦看了眼时间，也不想跟这小屁孩废话了，催促道，"赶紧的，我和这个姐姐还有事。"

那小孩瞅了他一眼，突然吐了吐舌头："我就不告诉你。"

"你这小屁孩。"贺弦嘴角一抽，作势就要抓着他的手，结果那小孩人虽然胖胖的，动作倒是挺灵活，直接往南知身后一躲，探了个脑袋出来跟他吵架，"我讨厌你，我不告诉你，我要告诉这个姐姐。"

"可以。"贺弦看似好脾气地点点头，实则冷笑道，"反正这个姐姐会告诉我的。"

小屁孩嘴一瘪，又想哭了。

眼看着时间一点一点过去，南知也不想再在这事上浪费时间了，连忙安抚那小孩："你叫什么名字？爸爸电话多少？姐姐帮你联系你爸爸。"

· 253 ·

小胖墩吸吸鼻子，抬头瞅了眼贺弦，又往她身后躲了躲，拉着她的手让她弯腰，在她耳边悄悄道："我叫钟允，我爸爸电话是……"

看这架势是悄悄话，奈何停车场太过安静，站在一旁的贺弦听得一清二楚。

听着那一个个数字落入耳中，贺弦忍不住乐了，一边在手机上拨电话号码，一边欠欠地硌硬这小鬼："我也知道你爸爸电话了，我马上就让你爸爸来揍你。"

"你……"钟允像是有什么小秘密被讨厌的人听见了似的，顿时急了，作势就想要拿拳头捶他。

但因为手太小，直接被贺弦接了个正着，还钳得死死的。

他两只手都被贺弦抓着，一时间挣脱不开，只能眼睁睁看着他给自己爸爸打电话："喂？请问是钟允的爸爸吗？您儿子在……"

"爸爸救我！"钟允听见电话通了，立马开始胡说八道，"这个人是劫匪！他把我和一个姐姐绑架了！"

"你这小屁孩怎么谎话连篇？"贺弦皱着眉，正要说点什么，就听手机另一侧忽然传来了自己亲爹的声音——

"小弦你碰上小允了啊？"贺耀城乐呵呵道，"他说要下去见南知姐姐，所以就跟你曲阿姨下楼找你们了。"

闻言，贺弦愣了愣，消化了一会儿才反应过来这小鬼是谁，立马扭头看向南知，跟她比了个口型：钟叔叔儿子，好像跟曲阿姨走散了。

南知垂头看着这个正在抱着她大腿的小孩，莫名有些尴尬。

所以……这算是她未来的弟弟吗？

南知默了默，一时间不知道该说点什么。

倒是钟允，小小年纪也看明白了情况，仰头瞅了南知一眼："喔，原来就是你啊！

"你就是我爸爸跟我说的那个姐姐，叫什么……南知是吧？"

南知点点头："你知道我？"

"我当然知道。"钟允哼了一声，"我爸爸说了，如果他跟曲阿姨结婚，那你就是我姐姐。"

小小年纪知道得倒挺多，南知正要夸他聪明，结果还不等她说出口，就听着小不点儿又改口道："但是我不想让你当我姐姐！"

闻声，南知和贺弦皆是一怔。

两人下意识对视了一眼，气氛莫名有些尴尬。

南知看向抱着她大腿的钟允，心里猜测估计是小孩不想有个后妈，所以连她这个姐姐也不想认。

于是她缓缓蹲下来，跟他平视，想好声好气开解他一下。

谁承想，她刚蹲下还没说话，钟允却忽然抱住了她的脖子，哔哔叭叭道："我爸爸说了，在外面不能随便碰别的女孩子，更不能抱她们，只能抱自己以后的老婆。"

"但是我现在抱你了!"钟允松开她,叉着腰理直气壮道,"所以从今天开始——"

"你就是我老婆了!"

虽说童言无忌,但还有一句话叫"说者无意,听者有心"。

贺大少爷头一次当了一回有心人。

他拎着这小屁孩上楼的时候,正巧遇上火急火燎找钟允的曲江柔。

于是贺弦趁此机会教育了钟允一番,指责他多么给人添麻烦。

还把他甩掉曲江柔、自己一个人乱跑的事告诉了钟儒鹤。

导致钟儒鹤也教训了钟允一顿。

钟允垂着脑袋,假装乖巧地听爸爸在说自己,忍不住瞄了一眼告密的贺弦。

贺弦正若无其事地坐在椅子上玩手机,也不知道是手机好笑还是他挨骂好笑,反正他很明显地翘起了嘴角。

自此,他看贺弦的眼神越发怨怼。

偏偏这还不够。

饭桌上,贺弦还要继续和钟允作对,跟没完没了了似的——

钟允想吃鲈鱼,贺弦直接把转盘转到自己和南知面前,让他的小短手够都够不到,只能急得团团转。

钟允想喝饮料,贺弦直接把饮料给南知满上了,瓶子里一滴都不剩。

钟允拿着杯子来找南知撒娇,贺弦反手就拿出一壶温白开给他倒上了,甚至还要似笑非笑地摸摸他的脑袋:"多喝白开水能长高,我就是喝白开水喝大的,小不点儿。"

气得钟允想揍他。但是他爸爸还在盯着他。

而且,面前这人看着确实很高,钟允比了比自己的身高,又想到刚才在停车场被他一把捏住的丢人场景,他估摸着自己肯定是揍不过的。

再加上他爸爸一直告诉他,大丈夫能屈能伸。

所以他暂时先按捺住自己要报仇的心,气鼓鼓地跑回自己位置。

坐下来后,他便没再作妖。

然而他不知道,自己的心思都写在脸上。

虽然看起来闷不吭声的,但那表情明显是又开始暗自琢磨起了什么。

贺弦拿起杯子喝了口水,无语地笑了一声,偏头跟南知告状:"那小屁孩简直蔫儿坏。"

顿了顿,他忽然又骄傲地轻哼起来,似乎觉得自己比那小屁孩还要坏:"但还是我更胜一筹。"

果不其然,贺弦猜对了。

饭后,原本钟儒鹤准备带钟允回家。

谁料这小屁孩却因为记恨上了贺弦,愣是不肯回,非要跟着去贺弦家,想把仇报回去。

. 255 .

但他面上却十分嘴甜地表示:"我今天晚上不想回家!我想和贺弦哥哥一起玩!爸爸可以吗?"

听见他闹起来的动静,正准备上车的贺弦忽然扭头看了他一眼。

他手臂轻飘飘搭在车门上,低眼居高临下地看着钟允,凉凉地扯了扯嘴角,语气像是个残忍又爱逗趣的恶魔:"贺弦哥哥不同意哦。贺弦姐夫倒是可以。"

钟允小小年纪就会记仇了,甚至还早就领悟了"卧薪尝胆"的道理。

虽然他很不想认曲江柔这个妈妈、南知这个姐姐,更不想管贺弦叫姐夫,但他为了报复贺弦对他的折磨,还是在众人的目光下,勉为其难地小声挤出了两个字:"姐夫……"

"嗯。"贺弦满意地点点头,嘴上却欠欠道,"但姐夫就不带你去。"

话落,他便上车关了门。

钟允看着那扇紧闭的车门,气了好半天。

一旁的钟儒鹤还在喊他上车:"小允,回家了,不要闹你南知姐姐了。"

但钟允却置若罔闻,又扭头去拍副驾驶的门,摆出哭唧唧的样子,眼巴巴道:"南知姐姐!我想跟你们一起玩!"

"求求你了,我在家都没人陪我玩!"

南知这人吃软不吃硬,看一个小朋友这样,她还真有点受不住。

她心里一软,便偏过头眼巴巴看向贺弦。

贺弦这人也吃软不吃硬,看自己老婆这样,他也有点受不住。

他心里一软,便咬咬牙从车上下来:"行行行。"

南知从车窗探出头,就见贺弦拎着钟允去找钟儒鹤说了什么,然后又拎着钟允折了回来。

他打开车门,把钟允往后座一塞,凶巴巴警告道:"我告诉你啊,就让你住一晚,这一晚上你老实点儿,明天你就回家去。"

钟允仰着脑袋看他,嘟嘟嘴,"哦"了一声以示同意。

然而把他带回家后,这小孩却逐渐原形毕露。

原本在楼下和翟婉、贺耀城他们聊天的时候,他还乖乖巧巧的,哪怕是曲江柔和他说话,他也乖乖回答了,没有表现出抵触情绪。

然而等他像个尾巴似的跟着南知、贺弦上楼,他就露出原本混世魔王的样子了。

钟允指着沙发旁边的那个展示柜,嚷嚷道:"这是不是那个臭鸭子?"

"什么臭鸭子?"贺弦不爽地敲了一下他脑壳,"人家叫憨大叉。"

"哦,臭鸭子。"钟允自顾自地念叨起来,指了一下柜子里的手办,"我想要这个。"

他年纪不大眼光倒好,小手一指,就指向了憨大叉和小鸡智的情人节盲盒隐藏款。

当时贺弦非要去拼一把自己的手气,结果花费大价钱抽了一堆才抽到。

现在他怎么可能把隐藏款拱手让人?

贺大少爷才不会惯这种小屁孩，于是果断拒绝了："你别想了，这是我和你南知姐姐的。"

大概钟允早就发现了这两人之间的事都是南知说了算，所以又转头找南知撒娇去了："南知姐姐！"

贺弦额角一跳，就听那小鬼又开始了："我想玩一下那个玩具，但贺弦哥哥不给我，我能不能玩一下？就玩一下。"

鬼才信他只玩一下。

贺弦作为曾经家里的混世魔王，可太清楚这种小孩脑子里都打什么主意了。于是他立马把钟允拎了回来，警告道："别做梦，不给就是不给，没事干你就去找你曲阿姨玩，别在这儿打扰我跟你南知姐姐。"

他本意是想让这小不点儿跟曲江柔增进一下感情，毕竟现在曲江柔和钟儒鹤的事已经提上日程了。

这小孩的情绪还是要安抚一下的，早点让他适应和曲江柔的生活也好。

然而不知道为什么，钟允却跟个小煤气罐一样，毫无征兆地炸了："我才不要！"

他愤愤地瞪着贺弦，大吼道："我不要找她！后妈是会毒死白雪公主的！"

"她万一毒死我怎么办？！

"我才五岁！"

南知被他吼得一愣。

就连贺弦都没反应过来居然有人变脸比他还快，一时怔在了原地。

于是，这两人就这么茫然地听着小煤气罐在那儿咋咋唬唬："你们都想让我爸爸跟她结婚是不是！

"我才不要！我不会让他们俩结成的！

"你们等着吧！"

南知没想到他对这件事这么抵触，愣了一瞬后忙不迭蹲下来安抚他："其实不是所有的后妈都会像白雪公主里的王后一样，也有很多……"

然而钟允的脑回路却很轴，脸一偏硬气道："我不管。反正等我们俩结婚了！他们俩就结不了了！"

他突然冒出的这句话简直没头没尾，一旁的贺弦听得一头雾水："什么玩意儿？你跟谁结婚？"

"跟南知姐姐！"钟允冲着他重重地哼了一声，"我懂的！爸爸和曲阿姨结婚的话，我和南知姐姐就是姐弟，那我们就结不了婚了。

"那反过来，如果我和南知姐姐先结婚，爸爸和曲阿姨不就结不了婚了吗？

"有什么问题！"

闹了半天，他这一晚上都对"要和她结婚"的事耿耿于怀原来是这么个原因。南知完全没有想过他是这样的逻辑，一时半会儿有些哭笑不得。

但是她又不能完全用大人的逻辑去跟他讲道理，只能一点一点耐心跟他掰扯："不是这样的。

"钟叔叔和我妈妈结婚，主要是因为他们互相喜欢，所以才选择结婚。

"既然他们互相喜欢，那我们两个做什么都影响不到他们的感情，你想的这个方法其实是没有用的。

"我们什么都不用做，只要尊重他们的选择就好。"

也不知道这种说法对小孩子来说会不会太深奥，钟允迷惑地皱着小脸，消化了半天才勉强懂了一点，反问道："所以，就算你当我老婆，也没法让我爸爸不结婚是吗？"

"是的。"南知抬手刮了下他的鼻子，莞尔一笑，"而且，你以后也不要再乱说谁是你老婆了，也不是抱一下就能结婚，是彼此喜欢才能结婚。"

闻言，钟允撇撇嘴，忽然仰脸看向站在一旁的贺弦，指着他好奇道："那你也是因为跟他互相喜欢，所以才结婚的吗？"

"当然啦。"南知笑吟吟地看了眼贺弦，又和钟允解释，"姐姐又不是笨蛋，为什么要找不喜欢的人结婚？"

听见她的话，贺大少爷忽然哼笑一声，得意扬扬地揪了一把钟允胖乎乎的脸，那居高临下的姿态像是个绝对的胜利者："所以懂了没？还不快叫姐夫？"

"哼。"钟允躲开他的手，不服气道，"搞不懂你到底喜欢他什么？

"他好讨厌啊。

"我不喜欢他。"

其实贺大少爷是无所谓这小屁孩对他的看法的，喜不喜欢他的又能怎么样。但他最不能忍的是，这小孩居然在南知面前煽风点火。

"你这小……"他皱着眉轻啧一声，正要反击，结果还不等说完，却见南知忽然眨了眨眼，弯着唇角温声软语道——

"虽然有时候他是有一点点讨厌。

"不过没关系。

"我喜欢就行了呀。"

钟允的脑回路其实也很简单。

无非就是听了白雪公主的故事后，觉得全世界的后妈都和恶毒王后一样，所以怕曲江柔会对他不好。

好在南知和贺弦一个唱红脸一个唱白脸，一个安抚一个恐吓，软硬兼施，双管齐下，倒也算是把这小魔王说通了。

深夜，贺弦把内心终于有一丝松动的钟允拎到曲江柔那边去后，总算得以解脱。

他一脸兴奋地跑回了二楼，跟大金毛似的往床上一扑——

"干吗呀你？"南知搞不懂他又在开心什么，一脸疑惑地从被窝里抬起头，"你笑什么？把钟允送走这么开心？"

"那不废话吗？"贺弦想到钟允，脸都要垮地上了，幽怨道，"那小孩可真烦，我都没空跟你过二人世界了。"

然而南知却觉得,他俩从小到大过的二人世界可太多了,以后只会更多。差这一会儿也不算什么。

她无奈地摇摇头,继续把头埋在被子里刷微博了。

贺弦跟着钻进被子,手臂揽过她的肩,捏着她胳膊上的软肉,窃喜道:"跟你商量个事儿?"

"什么?"

"你把刚才的话再说一遍呗?"

南知抬头,莫名其妙地看了他一眼:"什么话?"

她今晚说的话可太多了,因为钟允真的是个小话痨,看见什么都能唠两句。

一会儿指着游戏问这个怎么玩,一会儿又指着展示柜的憨大叉问为什么有这么多,一会儿又跑去台球室门口说要打台球——听得南知脑袋嗡嗡的。

见她自己都不记得了,贺弦哼了声,像是讨要补偿似的在她唇心咬了一口:"就你跟钟允说的,我有点讨厌那个,后半句是什么来着?"

南知本来都快忘记那段羞耻的话了,现在又被他提起来,忍不住吐槽道:"你确实有点讨厌。"

贺弦不乐意了:"你刚不是这么说的!"

"是吗?我忘了。"南知开始装傻。

她把手机放到床头充电,故作茫然地缩回被子里:"什么呀,我不知道,睡觉了。"

"行,你不知道是吧。"贺弦冷笑一声,"就知道我讨厌是吧?那我就讨厌给你看。"

话音还未落下,南知就已经感到了宽大的手掌滑落至她的腰际,自己的衣摆似乎被撩了上去。

她一怔,心虚地推开他:"别,家里这么多人呢。"

她脸皮还是薄,一想到楼上还有长辈和小朋友,就觉得隔着天花板做这种事怪怪的……

然而贺大少爷的脸皮这么多年却没见削薄。

他没理她,径自低头在她脸颊的软肉上咬了一口。

南知推了推他,无奈地道:"你怎么老喜欢咬我脸?你属狗的?"

贺弦这毛病好像老早就有了,但南知想着反正也没留下牙印,就没问过。

这次他咬得比之前要重,南知忍不住有点好奇。

只不过贺弦并没有什么具体的理由。

他若有所思地盯着她的脸看了一会儿,眸色却莫名越来越沉。

南知看着他的眼睛,忽然察觉到不对劲,连忙捂住他的嘴:"问你话呢,别想那些有的没的。"

闻言,贺弦回过神来,眉梢微挑,忽然伸出舌尖,从她手心轻拂而过。

痒意从手心扩散,南知陡然缩了缩手。

于是贺弦趁此机会又在她脸上亲了一口,轻笑道:"你照镜子的时候不会感觉自己的脸很软很香吗？像个汤圆。"

"知道了，说我胖呢。"南知白了他一眼，佯装嗔怒地推开他。

她自从跟贺弦在一起之后确实圆润了一点，但完全没到胖的程度。

再配上本就白嫩的皮肤，整个人看起来就香香软软的。

贺弦被她纤长柔软的手一推，心尖酥得像是瞬间融化了似的，灵魂都快飘起来了。

他反手捏住她的手把她往怀里一拽，唇贴上了她的耳尖，含糊地谴责她："你能不能诚实点儿？又要拒绝我又要勾引我，欲拒还迎呢？哪有你这样的啊？"

炽热的气息喷洒在耳畔，南知耳尖一红，手抵着他胸膛，辩解道："我哪有勾引你？你别乱说。"

"没勾引我你躺我旁边干什么？"贺大少爷理直气壮道。

南知被他这理由给惊呆了。她动了动唇，一时间居然没想出来到底要怎么反驳。

趁她没回神，贺弦弯着笑眼，唇瓣直接压了下来。

熟悉到骨子里的柠檬香顿时充斥鼻间。

南知闭了闭眼，乌黑的睫毛陡然一颤。

电流般的酥麻感宛如从血液蔓延至四肢百骸，她白藕般的手臂顿时松了下来，软趴趴地搭在贺弦挺拔结实的背上。

一滴热汗从下颚滑过，滴落在南知的下巴上。

贺弦眼眸微合，漆黑的目光从眼底流露，定定地盯着南知微颤的眼睫。

过了不知多久，他忽地低笑一声，垂头吻向她的眼睛，带着她一同共赴无边的夜色。

番外
if 线

自南知搬到贺家到现在,已经六年了。这六年里南知和贺弦的关系还挺融洽。

但最近,两人突然闹了点矛盾。

正是因为他们俩的关系太融洽,融洽到学校里传出一些风言风语,说是他们两个人在谈恋爱。

南知从同学那里得知这件事时,整个人都呆了呆,完全不能理解怎么会有人这样想。

但她也没准备去理解,因为她有更在意的事——

如果老师知道了,还因为误会他俩早恋请了家长,那她该怎么跟曲江柔和翟婉解释?

如果她们不信怎么办?会不会影响到曲江柔的工作?

想到这儿,南知霎时一僵,心情忐忑无比。

她沉思了一下午,决定晚上回家后找贺弦说清楚。谁承想这一说,居然让贺大少爷炸了毛:"你这是什么意思?要跟我绝交?"

"不是绝交。"南知连忙摆摆手,"是避嫌。"

"到底有什么嫌?"贺弦从来没被谁避过嫌,完全不能理解南知这种脑回路,不由得恼怒道,"你就是嫌弃我。"

南知沉沉地叹了口气。

她总不能就直接告诉他,自己怕翟婉误会,到时候可能会牵连到曲江柔的工作问题。

虽然是合理的猜测,但当着贺弦的面这么揣测他的妈妈,总感觉不太合适。于是南知咬了咬唇,没说话。

她不说话,贺弦就觉得她是说不出个所以然,就是单纯地不想跟他扯上关系。

贺弦看着她面露为难的样子,沉默片刻后,终于还是面无表情地点点头:"行。"

"避嫌就避嫌,有什么了不起的?"

两人在这一天后,突然进入了奇怪的冷战状态。

这种状态一直持续到了中考结束。

中考后回学校那天，南知在自己桌子里发现了一封信。

信封很可爱，粉色底色上点缀着几朵小花，看起来是手绘的，背面封口处还印了个半透明带闪的火漆印章，整封信仪式感满满。

南知捏着信封，翻来覆去地看了两遍，最后在信封正面的右下角找到了很小的一行署名——

杜文谦。

说实话，看到这个名字，南知有点意外。

杜文谦是他们班的一位学霸，成绩和她不相上下，看起来挺白净，但气质和五官并不出挑，又戴着一副黑框眼镜，是别人记不住长相的路人脸。

平时腼腆寡言，他们两人之间的交集只有探讨题目，除此之外再无其他。所以南知也没想到他会给自己写信。

盯着手里的信封沉默半响后，南知犹豫了下，还是没有拆。

她正想着怎么找机会把信还回去，然而不知道是她太出神了还是什么，居然没有察觉到自己桌边有人。

直到那个人的手伸过来把她的信抽走，南知才堪堪回过神来，猛地抬起头。

只见贺弦正站在她旁边，指间夹着那封信，正轻蹙着眉，低眸端详着什么，脸色明显不太好看。

南知一愣，总感觉这样不太合适，万一被杜文谦看见了，多少都有些尴尬。于是她下意识就想伸手拿回来。

然而贺弦却抬手一躲，不爽地反问道："你急什么？"

南知顿了顿，又收回了手，平静地和他解释："我不急，我就是感觉你这样做不太合适。"

"我这样做不太合适？"贺弦像是被她气笑了。

他在她眼前甩了甩指尖的信，皮笑肉不笑道："到底是谁这样做不太合适？你才多大的年纪就想着谈恋爱了？曲阿姨知道吗？"

说着，他话音一顿，又几不可察地闷哼了声："跟我传谣言的时候你不躲得挺来劲的？我还以为你多安分守己呢，没想到……"

"我没有要谈恋爱。"被他误解了一通，南知忍不住皱着眉和他讲道理，"这是别人给我的，我都没拆，准备还回去来着。"

闻言，贺弦的视线在她脸上扫了一圈。

大概是感觉她确实没说谎，他脸色总算缓和了几分，但眉心依旧轻蹙着："哦，是吗，怎么证明？"

南知心说这能怎么证明？

而且干吗要跟你证明？

她也不知道贺弦什么时候这么爱管闲事了，无语片刻后，随口敷衍了句："这有什么好证明的？"

"证明不了？"贺弦见她这副态度，冷笑一声，"那我拿给曲阿姨了。"

虽然她只是收到一封情书、什么坏事都没干,但是她也并不想把这点小事捅到曲江柔那里。

南知听他准备告状,难免有些气恼:"我又没干吗,你干吗这么小题大做?"

"我小题大做?你不知道现在学校严打早恋吗?"贺弦说得理直气壮,仿佛自己占领了道德高地,"我只是遵守校规校纪而已,这也叫小题大做?"

南知说不过他,干脆自暴自弃地不理他。

她偏过头,开始气哼哼地收拾自己桌子里的东西。

见她不吭声了,而且脸色不太好的样子,贺弦一顿,后知后觉地发现自己惹她生气了。

他尴尬地挠了挠眼下,磕磕巴巴道:"不是……我,我就是不希望你因为这种事影响学习,我就提醒你一下,你干吗生我气。"

"我知道,不用你费心。"南知嗓音闷闷,"我本来就没准备谈恋爱,就是因为想还回去才没拆。但你干吗要突然跑过来一通指责,我只是收到一封信而已,又没做错什么。"

贺弦被她撑得噎了噎,蹲下来趴在她桌边,下巴抵在桌面上,罕见地道了次歉:"那、那算我错了,你别生气啊。

"我帮你把信还回去?"

南知搞不明白他什么时候这么好心了,总感觉其中有诈:"不用了,我得自己跟人家说清楚。"

"行吧。"贺弦不情不愿地把信放下,嘀咕道,"那你好好说啊,别太给人家希望了。"

南知当然不会给人家希望。

先不说自己准不准备谈恋爱,就算准备谈,杜文谦也不是她喜欢的类型。

于是当天离校的时候,南知找到杜文谦,把这封信还了回去。

杜文谦虽然失落,但还是没好意思说什么,只能怅然离去。

只是在离开前,他问南知,这次要是考上了同一所高中,还能不能当朋友。

这种事自然是没法拒绝,毕竟两人之间又没有深仇大恨,拒绝当朋友也太说不过去了。

所以南知答应了。

当晚回家吃完饭上楼后,贺弦一把逮住了准备回房间的她,问道:"你把情书还回去了?"

"还了呀。"南知觉得他可真八卦,但还是顺口解释了两句,"我留着也没有用,毕竟我也不喜欢他。"

闻声,贺大少爷那颗悬了一整天的少男心,这才缓缓归位。

但他还是多问了句:"噢,那他怎么说?"

南知回忆了下:"就说,如果之后考上同一所高中,还能不能当朋友。"

也不知道这话哪里有问题,贺弦眼睛一瞪:"你怎么回答的?"

· 263 ·

"我答应了呀。"南知如实道,"这总归要客套下。"

他才不信那小子就是为了跟她客套一下!

南知和杜文谦的成绩相近,当然能考上同一所高中,这话说得明明就是在给自己留余地。

贺弦听得额角突突直跳。

然而南知却毫无所觉,自顾自地回了房间。

看着她缓缓闭合的房门,贺弦磨了磨牙,简直匪夷所思——

这么呆的姑娘上辈子到底是什么时候开窍追到他的?!

离谱!

事实证明,贺大少爷的担心并不是多余的。

因为一个月后,杜文谦还真以"考上了同一所高中就继续当朋友"的名义,约南知出去玩。

南知接到电话的时候,正巧抱着一堆脏衣服往洗手间走,准备丢洗衣机里。

于是坐在客厅沙发上打游戏的贺弦,就听见南知隐隐约约对着电话说道:"明天吗?去哪里?"

闻声,贺大少爷耳朵一动,立马丢开游戏手柄,蹑手蹑脚地往洗手间的方向走。

随着距离的拉近,南知的声音也越发清晰——

"都有谁呀?"

"这么多人?都是我们班的?"

"唔……可以吧,不过我最近起得有点晚。"

"行,那就十一点,华趣天地。"

据贺大少爷这七年的观察下来,南知的社交圈极小。

除了小学同学,就是初中同学。总之都是班里的同学,外班都不认识几个。

而他们俩同班这么多年,同学都是同一拨,如果班里真有什么活动,那贺弦必定是最先得到消息的那个。

现在贺弦这边没动静,南知那边却有消息,只能说明一点——

手机另一端的人在忽悠她。

另一端的人是谁已经不重要了,管他是杜文谦还是张文谦王文谦,反正都是在觊觎南知的癞蛤蟆罢了。

贺弦扯了扯嘴角,在短短几秒内已经在脑海里制定出了应对方案。

他就不信了!小小一只想吃天鹅肉的癞蛤蟆,他还比不过了?!

于是第二天南知出门后没多久,家里就突然出现了一道"狗狗祟祟"的身影。

正在花园里悠闲地浇着花哼着歌的翟婉,余光冷不丁瞟见有一坨高大漆黑的身影路过,下意识就往那边扭头看了一眼——

"我天。"翟婉被贺弦这全副武装的样子震惊了,吐槽脱口而出,"大夏天的,你又戴口罩又穿长袖干什么?还搞个墨镜,就你显眼?"

好在有口罩挡着，没人知道贺大少爷被调侃得臊了个大红脸。

他推了推墨镜，羞耻地"哎呀"了一声："我这防晒呢！这么大个太阳！"

翟婉看了眼天上的太阳，无语地摇摇头，又继续浇花了，嘴里还不忘嘀咕着："前段时间顶着大太阳出去打篮球撒野的时候没见你防晒，现在晒黑了点你倒是来劲了。"

贺弦虽然听见她数落自己了，只不过他不想在这事上浪费时间，索性假装没听见，径自走出了大门，试图偷偷跟上南知的脚步。

哼。他倒要看看。

这呆不棱登的南知到底被人家骗过去干吗了！

别到时候被人家卖了还替人家数钱！

周末的华趣天地门庭若市，玩偶巡游一波接着一波，还搭建了舞台举行时装秀，广场上人来人往，热闹非凡。

杜文谦告诉南知，会合地点在人流量相对较少的三号门。

然而等南知穿过人海，如约来到华趣天地的三号门时，却发现门口并没有她熟悉的班里同学。只有杜文谦一个人。

南知脚步霎时一顿。她挂了电话后，其实隐隐有疑惑过为什么通知她班里同学聚会的会是一直腼腆寡言的杜文谦。

但她又转念一想，人家虽然平时话不多，但不代表人家在班里没朋友拉他聚会。

再加上她不太想以恶意揣测别人，所以她还是赴约了。

谁承想杜文谦居然还真的骗了她。

南知抿了抿唇，慢吞吞走上前，勉强抱了一丝希望问道："其他人呢？还没来吗？"

杜文谦安静片刻，脸色微微泛红，似乎有些不好意思："啊，对，他们还没来。"

闻言，南知看了眼时间——10：55。

还有五分钟。

她默了默，决定等到十一点整再看看情况。

大概是杜文谦也察觉到了她微妙的情绪，一时间也没好意思说话，唇瓣开开合合了半天也没蹦出一个字。

一直到十一点整。

南知终于忍不住问道："他们怎么还没来？"

杜文谦沉默了一会儿。

他确实不太会撒谎，支支吾吾了半天，最后还是只能红着脸解释道："抱歉南知，其实是我自己想约你出来，但是我怕你不同意，所以我就……"

这点杜文谦倒确实是猜对了。

如果他单独约南知，南知还真不会来。

她觉得两人也不是很有共同话题，没有什么聊天的必要，一起玩也不知道该玩什么。

所以现在南知察觉到他的欺骗，多少有些恼。

但她面上却尽量收敛着没有显露，只是道："可是你这样做我也不会同意。"

被她这话一噎，杜文谦大概也察觉到了她对自己的态度，只能连声道："抱歉，我只是……"

南知叹了口气。她不是很关心杜文谦到底是因为什么骗她出来，她只是单纯地不喜欢这种方式。

沉默半响，她还是摇了摇头："我知道，但是我也很抱歉。"

与此同时——

全副武装的贺大少爷正"狗狗祟祟"地躲在不远处巨大的兔子玩偶后。

他屏气凝神地盯着南知和杜文谦的一举一动。

起先他们俩似乎没什么交流，只是单纯地站在那儿，似乎还真在等人。

贺弦冷笑一声，心说还真装得有模有样。

过了几分钟，他又见南知和杜文谦说了些什么，最后摆了摆手，转身独自进入了商场。

全程没超过三分钟，转折来得猝不及防。

见只剩杜文谦一个人低头站在那儿，贺弦沉思了一番，而后抬步跟上了南知。

他推了推墨镜，轻哼一声，心里骄傲地想着——

看来南知还是挺聪明的嘛。

没上这小子的当。

南知独自一人去了商场四楼的书店。

她想着反正都出来了，干脆买点书回家，毕竟暑假还有一个月，总得找点事打发时间。

只不过因为她方向感不太行，再加上这家书店迁移重装，还缩小了面积，她在偌大的商场转了很久，才找到了搬到角落的书店。

南知走到漫画专区找书，随意翻看了一会儿后，忽然听身后有两个女孩子小声议论道："真的假的啊？不会是什么明星吧？"

"说不准，毕竟捂那么严实，普通人大夏天捂成那样干吗呀？"

"你拍到了吗？给我看一眼，说不定我认识。"

"拍到了，个子很高气质也很出挑，但捂成那样你能认识吗？"

虽然那女生嘴里这么说着，但还是拿出手机给她看了。

另一个女生眯着眼辨认了半天，最后还是失落道："不认识，不过这身材、气质确实看起来像明星。"

原本南知对明星之类的并不感兴趣，她也没准备八卦这些。

然而当她转身准备去她们那一侧的书架找书的时候，却无意间瞥见了那个女生的手机屏幕。

即便只有潦草的一眼,但南知却莫名觉得这身形十分眼熟。

尤其是那黑色衣服胸前的史努比。

于是刚抬起脚的南知又忍不住缩回了脚,一边在心里默默道歉,一边又悄咪咪地多看了一眼。

这下她倒是看清了——

照片里的人虽然戴着墨镜,但那发型确实和贺弦一模一样。

更何况他也有一件印着史努比的衣服。

南知匪夷所思地皱了皱眉。这人难道真是贺弦?

那他捂成这样……是来商场做贼的?

恰好那两个女孩子拿了书离开,南知回过神来,一脸古怪地拿出手机。

她有点好奇贺弦是不是真的来了。

但当自己点开贺弦的微信时,南知准备打字的手又陡然犹豫了。

她感觉贺弦应该也懒得跟她说这些,如果猜错了,他说不定还会觉得她莫名其妙。

安静片刻,南知还是强压下自己的好奇心,放弃了挣扎——

算了,关她什么事。

她默默收起手机,垂下眼继续在书架上找书。

意兴阑珊地扫了一眼面前的书名,她随手抽出了一套合眼缘的漫画,准备把上中下册一套带走。

然而她这一抽,原本书架上摆满了的书,顿时空缺了一部分出来。

于是南知还没来得及收回的视线,就猝不及防地撞上了对面……

一只史努比的眼睛。

她看着那眼熟的黑色T恤,默了默,忽然转身,轻手轻脚地绕到了书架的侧面,偷偷探了个脑袋过去。

只见刚才照片里那位大夏天全副武装的勇士正站在书架的另一侧,已经摘了口罩,也不知道是嫌热还是什么。

如果说之前捂得太严实,南知还不确定对方是谁,那现在看见了下半张脸青涩又不失锋利的轮廓线条,以及薄唇和高挺的鼻梁形状,她明显就能认定——

这人肯定是贺弦。

于是南知思忖了下,趁他不备猝不及防地开口:"你戴墨镜看得清字吗?"

也不知道贺弦是听见她声音条件反射还是什么,下意识回了一句:"还好还……"

然而话音未落,他又突然闭上了嘴,倏地扭头,目瞪口呆地看向她:"什么?!"墨镜都快滑到鼻梁上了。

南知看着他那双从墨镜上方半露出来明显透着错愕的眉眼,她强压下想翘起的嘴角,尽可能平静地扫量了他一番:"你这是干吗?来书店抢劫?"

"我……"贺弦噎了噎,支吾了半晌才磕磕绊绊道,"哦,我……就我妈说我最近打球晒黑了点,所以我就防晒呗。"

说着,他似乎还希望得到南知的认可,立马把口罩戴上,跟她示意道:"你看这样,是不是就不会被晒了?防护得多全面啊。"

南知定定地看着他,收紧嗓音里的笑意,轻咳两声:"确实挺全方位的,但是……"

她指了指天花板:"你不是在室内吗?为什么要戴墨镜?"

"我忘摘了。"贺弦立马就摘了墨镜。

然而南知却还是觉得他这样子有些好笑。

不是嘲笑他,就是单纯觉得,他这种犯蠢的样子和平时那副冷冷淡淡阴晴不定的感觉不太一样。

甚至还给了她一种很微妙的惊奇感,让她萌生出了"这人居然还挺好玩"的想法。

所以她的嘴角一时半会儿也压不下去。

而站在她对面的贺弦,看着她那起起落落挣扎了半天的嘴角,还以为自己被嘲笑了,难免有些恼羞成怒:"你笑什么?我就防晒而已你也要笑?"

"你以为谁都像你一样天生丽质晒不黑啊?"

"长得漂亮了不起啊?"

大概是从贺弦嘴里听到夸人的话很是少见,南知被他说得一愣,唇角也跟着顿住。

而贺弦却还没反应过来,依旧在那里小声嘀嘀咕咕,眉眼半耷拉着,似乎在谴责她:"就知道笑话别人……"

说着说着,或许是察觉了南知没吭声,贺弦这才掀起眼皮扫了她一眼。

结果就见南知正一脸古怪地看着他,仿佛哪里不太对似的。

跟她目光相触的刹那,贺弦整个人一呆,脑海中霎时闪过了自己下意识脱口而出的话。

他都说了什么啊!

贺大少爷的表情瞬间僵硬。

他并不想让南知发现自己心里的小秘密,于是他回过神来后连忙撇清关系:"不是,我可没有觉得你漂亮啊!"

"不是不是!我也不是说你不漂亮的意思……"

"我是说,我只是在阐述客观事实。"

"对,就是不带一丝一毫主观情绪的阐述。"

"和我自己的想法无关。"

"你可别误会什么啊。"

本来南知只是觉得,从贺弦嘴里听见夸人的话很神奇,并没有误会什么。

但她没想到,她明明还什么都没说,贺弦却急急忙忙地解释了这么多……拙劣的借口。

这此地无银三百两的行为看得她整个人都呆滞了。

她一脸蒙地看了他好半晌，才"哦"了一声，慢吞吞道："我知道，就是你觉得我很漂……"

"不是我觉得！"贺大少爷现在听不得这么主观的词，"我没有觉得你漂亮，我只是在阐述事实。"

"哦好，你没有觉得。"南知点点头，"那就是因为我长得还算漂亮，所以让你迫不得已阐述我漂亮的事实？"

怎么越绕越奇怪了。

但是他一时之间也没反应过来哪里奇怪，支支吾吾了半晌，最后还是只能自暴自弃地揉揉头发："算了算了，你漂亮你最漂亮行了吧。"

话落，贺弦便像是不想再面对这件事了一样，兀自从书架高处上抽出一本书，愤懑地走到桌前坐下，背对着她，一副不想再搭理她的样子。

看着他的背影，南知挠了挠头，总觉得哪里很微妙。

贺弦这是恼羞成怒了吗？

但是为什么呢？

南知很难理解刚才的事到底有什么好恼羞成怒的，不就是夸了她一句吗？

她还没不好意思，他倒是先不好意思起来了。

她觉得大少爷的少男心可真难猜。

反正也猜不出来，南知想了想干脆放弃了，准备拿着书去结账。

临走前，她倒是跟贺弦道了个别："我先回去了，你在这里看书吧，拜拜。"

谁料她刚转身准备离开，一阵力道却陡然扼住了她的手腕，把她往后一拽。

南知被他扯得往后退了两步，直接坐到了他旁边的位置上："你干什么？"

"你这就走了？"贺弦像是觉得不可思议似的。

他指了指自己的鼻子："我们俩顺路哎，你陪……等我一下能怎样啊？会少块肉吗？"

听了他的话，南知莫名沉默了。

她感觉两人的状态好像又即将回到之前的"走路搭子"时期。

甚至，贺弦还呈现出了一种黏人的症状，居然连看书都需要搭子。

南知忍不住吐槽了一句："一个人看不是更安静吗？而且你刚也没叫我等你。"

"那我现在叫了。"贺弦拍了拍她的肩膀，"你，就坐这儿跟我一起看书。"

她搞不明白贺弦这是什么症状，正想问他是不认字需要人陪读吗，就听他突然小声嘀咕起来，语气仿佛透着一丝微妙的受伤："我也真是搞不懂，我到底怎么你了。

"学校里躲着我，学校外还要躲着我，我是瘟神吗？

"明明其他人都喜欢我，就你不喜欢我。"

南知想说自己并没有这个意思，也没有不喜欢他，只是觉得一个人看书更方便。

但是她又觉得，"没有不喜欢你"这句话说出来也太奇怪了。

双重否定表肯定,听起来像是她在表白似的。

沉默片刻,她看着贺弦那张耷拉着眉眼、闷闷不乐的脸,最终还是放弃挣扎,瞄了一眼他桌面上的书,随口将话题扯过:"你这书我看过了。"

闻言,正趴在桌上的贺弦脸色一顿,作势就要把书合上:"那我去找本你没看过的。"

然而南知却拦住了他:"算了。"

她默了默,鬼使神差地答应了他的要求:"就看这本吧,我跟你一起。"

南知也没想到,她和贺弦这个不安分的大少爷,居然能安静地坐在书店里看两个小时的书。

最后还是她看得眼睛有点酸了,才堪堪结束。

她抱着自己之前选的漫画起身,跟贺弦嘱咐道:"你去把书还了,我先去结账。"

"噢,好。"大概是被顺毛撸了两个小时,贺大少爷难得好脾气地乖乖应声。

收银台在书店门口,南知抱着书过去排队。

前面还有三四个人,她正百无聊赖地看着商场过道开过的小火车,谁承想,她居然意外瞥见了玻璃门外的杜文谦。

他手里抱着一只巨大的玩具熊,正四处张望,似乎在找人。

恰好南知的队伍前进了一位,她跟着往前迈步。

结果刚挪上前,就暴露在了杜文谦的视线中,跟他撞了个正着。

南知倏地一顿,面色略显尴尬。

杜文谦显然也有点尴尬,但他似乎不想错过今天的机会,于是立马朝南知的方向走来。

他快步走到南知面前,也不管南知呆愣的表情,自顾自小声道:"那个……对不起,但是我的礼物之前就准备好了,就等着你来取的。我不想浪费,所以……"

谁料他话音还未落,南知也还没从他突然的到来中回过神,就听身后蓦地传来了贺弦的声音:"干吗呢?"

他似乎刚拿了什么东西来结账,一手把东西往收银台上一扔,另一手把南知拽到自己身后,皱着眉不耐道:"怎么还没完没了了?"

闻言,南知和杜文谦皆是一愣。

南知感觉贺弦话里有话,而杜文谦是完全没想到贺弦会出现在这儿。

甚至……还跟南知很熟的样子。

怔愣片刻,他转而看向南知:"你们一起的吗?"

闻声,南知这才缓缓回神。

但她也不知道该怎么回答,毕竟她和贺弦不是一起来的,但又在一起看书,她一时间居然不知道自己算不算跟贺弦一起。

只不过还不等她想出个所以然,贺弦就已经帮她回答了:"嗯,怎么?"

"那你们……"

杜文谦并不是个能言善辩的人，尤其是在居高临下的贺弦面前，他气势显得弱了一大截，甚至连话都说得磕磕巴巴。

不明白贺弦对杜文谦哪儿来的这么大敌意，南知看得有些于心不忍，她叹了口气，往前走了一步帮杜文谦解了围："你的好意我心领了，礼物你就带回去吧，让你破费了。"

话落，贺弦忽然扫了她一眼。

然而南知并没有察觉，依旧在使眼色让杜文谦离开。

只不过杜文谦也好像没有察觉，依旧固执地把礼物推给南知："不贵的，这是我夹娃娃换的，我拿回去也没用，你就顺便带走吧。"

眼看气氛僵持不下，南知犹豫了会儿，还是只能把礼物收下："那谢谢了。"

刚说完，一声嗤笑骤然从身旁传来。

南知身形一顿，转头望去，就见贺弦瞥了她一眼，而后绕开她，径自到收银台前结账。

整个背影都写满了"不爽"二字。

看着情绪明显不对的贺弦，南知愣了愣，跟杜文谦道别后，走到了贺弦身后。

她正想着应该说点什么缓和气氛，余光却瞟见了收银台上几套花里胡哨的火漆印章。

好像是贺弦拿来的。

送上嘴边的话题不要白不要，于是南知顺口就问道："你怎么买这个了？"

闻言，贺弦闷哼一声："我有钱没处花。"

不知道他究竟哪里来的脾气，南知抿了抿唇，但还是勉强耐下性子继续聊："那个东西很难弄的，不小心就会被烫到。"

"哦。"贺弦点点头，把火漆印章和她的那套漫画装起来，一把拎走，"知道了，不过我现在不想弄了。"

"我要把这玩意儿放在我的床头，提醒我有多么愚蠢。"

听着他这阴阳怪气的话，南知忍了忍，但还是觉得匪夷所思。

她憋了一会儿，忍不住问他："你很讨厌杜文谦吗？为什么突然生气？"

然而这句话却宛如石沉大海杳无回音。

贺弦并没有回答她。

他只是状若无意地扫了眼她怀里的玩具熊，绷着脸反问一句："我就搞不明白了。"

"什么？"

"这破玩意儿，"贺弦抬手扒拉了下那只熊的耳朵，像是在泄愤似的，"你就这么想要？"

"你想要早说啊，我能给你抓一卡车。"

"什么？"南知起初没反应过来贺弦的话，顺着他的动作往熊脑袋上瞟了一眼,她才堪堪意识到,"你说这只熊?"

"不然呢?"贺弦唇线紧绷,嗓音也闷闷的。

南知实在没想到他会因为这个熊生气。

但她静默片刻后还是和他好声解释起来:"我想着不要太让人家下不来台,干脆就收下了,也不算很贵重。"

"哦,你倒还挺好心。"贺弦轻瞥着她,冷笑道,"希望你对每个人都这么好心。"

南知虽然在感情方面略显迟钝,但不代表听不出来别人的阴阳怪气。

现在被他阴阳怪气了好几通,尤其是在她好声解释的情况下,她难免也有些恼:"你干吗这样说话?我又没做错什么。"

说着,她也跟着来火了,语气难得冲了起来:"再说了,我收谁的东西,收什么东西,又跟你有什么关系?你干吗要指责我?"

这事本来就是贺弦没立场还理亏,此刻被南知这么一噎,他一时之间也不知道该反驳些什么:"我……"

见他半天蹦不出几个字,南知耐心也耗尽了,抱着熊扭头就想走。

"哎,不是!"贺弦看她要走,连忙拽住她的胳膊,"你走什么?"

"我为什么不能走?"南知有些气恼,"就许你有脾气?不许我有脾气吗?"

"不是……我没那个意思。"贺弦见她似乎真生气了,抿了抿唇,也顾不上别扭了,难得纡尊降贵地跟她告饶,"好好好,对不起,我错了,我就是……"

话音稍顿,贺弦怔怔了一会儿,似乎不知道该怎么跟南知解释自己刚才生气的缘由。

更不想让南知发现自己心里的秘密。

于是他沉默片刻,只能硬着头皮扯了个荒唐至极的理由:"其实我就是……看上你这只熊了。"

南知:"啊?"

"就是吧,本来我以为你拒绝了杜文谦,他应该会伤心地把熊扔到垃圾桶,然后我就可以趁虚而入把它捡回家。

"但你收了,我不就没机会了?所以我不爽啊。"

大概是自己也觉得这个说法太过荒谬,贺弦顿了几秒,心虚地觑了她一眼,但嘴上依旧理不直气也壮:"干吗?你这什么表情?现在这熊在你手里,你就说给不给吧。"

对于贺弦这荒唐离谱的理由,南知消化了好一会儿。

完全没想到他居然是这样的脑回路,她简直觉得又好气又好笑。

低头看了一眼自己怀里的熊,南知收敛了些恼意,哭笑不得地叹了一口气:"你怎么会喜欢这种玩偶的?"

贺弦看起来实在不像是会喜欢这种毛茸茸玩具的人。

只不过话音一落,她脑海里又莫名闪过了小时候他们第一次见面时的场景——

原本贺弦准备送给她的小熊玩偶,下一秒就被他舍不得地收回了。

这么一看,好像也有迹可循?

于是南知顿了顿,没再吭声。

"我怎么就不能喜欢了?就许你喜欢,不许我喜欢?"贺弦嘀嘀咕咕地瞅了一眼那只烦人的熊,又皱眉揪住它的耳朵,"你就说给不给吧,不给小心我抢劫啊。"

说着,他把自己的墨镜和口罩戴上,指了指自己全副武装的模样:"看到了吗?"

南知简直没眼看。她默了默,无奈地和他解释:"这是别人送的东西,我转送给你不太好吧。"

"有什么不好的,送了就是你的了,还不是你想怎么处置怎么处置?"贺弦不爽地看了她一眼,干脆自己动手把熊抢了过来,"别说了,就是我的了,别那么小气。"

南知就没见过如此横行霸道的人,简直震惊了:"你这人怎么……"

"我这人就这样。"贺弦自暴自弃道,"你要是想要我给你抓呗,不就一只破熊,我都说了我能给你抓一卡车,这个送我能怎样?"

大概是看不惯他横行霸道还要吹牛皮,南知直接白了他一眼:"那你去抓一卡车吧,抓不到就把这只还我。"

"抓就抓。"

说着,他也不管南知什么反应,径直握住她的手腕,带她上扶梯:"走啊,我给你抓。"

这是南知第一次领教贺弦抓娃娃的本事。

她属实没想到,贺弦居然没吹牛,他还真是抓娃娃的一把好手。

他玩起来就跟进货一样,要不是他没开卡车来,她怀疑这人真的能抓一卡车。

此刻,他俩虽然没有卡车,但好在还有店里的小推车。

两人各自推了一个,上下两层堆得满满当当,看得旁人艳羡不已:"哇!这是高手啊?!"

"你还不学学人家?"

"怎么学啊?待会儿看看他怎么抓的?"

听着旁人议论的声音,南知心里突然萌生出一丝好奇。

她往贺弦的方向挪了两步,小声问道:"这个有什么技巧吗?"

"嗯?"闻言,贺弦觑她一眼,"想知道?"

南知一脸正色地点点头。

"哦,那你过来点儿。"贺弦朝她勾了勾手,一副神神秘秘的样子,"别被人听见了。"

南知觉得也有道理,于是顺着他的话往他那边又挪了两步:"什么技巧?"

"技巧就是,"贺弦垂眼,目光在她雪白的耳朵上扫了一眼,而后半弯下腰,凑到她耳边低声道，"出门前拜一拜娃娃神，让他来帮你。"

"啊？"南知没听说过这什么神，怔了怔后忍不住追问，"谁是娃娃神？"

贺弦的个子在这两年又往上蹿了蹿，所以即便他现在半弯着腰，却依然比南知高一点。

他低垂着眼睫，目光从眼底流露出来，在她脸上打了个转。

见他不说话，南知又问了一遍："谁是娃娃神？"

闻声，贺弦这才回神，眉梢忽地一挑，弯着唇角道："哦，当然是我啊。"

"你看啊，"贺弦一手把自己的推车甩到她面前，试图用实力证明，"我这还不是娃娃神？"

南知看着他这副臭屁的样子，这才反应过来自己被耍了。

她气得抿起唇，瞪了他一眼："难道我拜拜你就能抓到娃娃了？"

"怎么不能？"贺弦轻哼道，"虽然你这技术不一定能抓到娃娃。

"但是娃娃神能帮你抓到娃娃啊。

"有我这个娃娃神你就偷着乐去吧。"

大概是不信贺弦这个"邪"，在之后的很长一段时间里，南知在路过娃娃机店的时候，总是会顺路进去抓抓看。

而贺弦就这么跟在她后面，一边嘲笑她，一边又屁颠屁颠帮她抓。

久而久之，南知被打击得不想抓了，干脆就把贺弦当成工具人，指哪儿打哪儿。

偶尔碰上认识的同学，他俩还会大方地送人家几个。

这种状态一直持续到了高一寒假。

这一年的春节，有贺耀城的不少生意伙伴来拜访，其中还有带着自己孩子来的。

人家出了个小孩，贺家自然也要出个小孩陪着玩，所以贺弦就被揪下楼当"苦力"了。

因为南知不是贺弦家的人，也没这个义务，倒是幸免了。

于是她就一个人待在房间里看看漫画、画几张画，十分惬意。

然而不知道是不是她的惬意戳着了贺大少爷的玻璃心，他好像就看不得她这么惬意似的，突然跑来敲门。

闻声，南知放下漫画，从床上爬起来跑去开门："来了。"

她打开门，发现门口站着的居然是刚才还在楼下忙里忙外的贺弦，一时有些讶异："怎么了？"

也不知发生什么了，贺弦唇弦紧绷，似乎有些难以启齿。

看着他这副表情，南知关切地道："你不舒服吗？"

"不是。"贺弦支吾了一会儿，才烦闷地揉着头发道，"就，来了个女生，我不知道能带人家玩什么。"

· 274 ·

稍顿，他才补了句："帮我一下？"

南知也不是很擅长和陌生人打交道，她尴尬道："可我也不知道。"

"那，你就来帮我缓和下气氛呗，我实在不知道该跟人家聊什么。"贺弦看着也很纠结，他双手合十，朝着南知别别扭扭撒娇道，"哎呀，拜托拜托，就一会儿，她爸走了就好了，别对我见死不救啊。"

南知这人吃软不吃硬，见贺大少爷都这么纡尊降贵请她出山了，她只能无奈道："那好吧……但我也不保证能缓和气氛，我可能只是去当雕塑的。"

"行行行。"贺弦也管不了那么多，连忙把她请出来。

南知走到二楼客厅一看，发现沙发上果然坐着一个和他们差不多大的女生。

那女生听见脚步声，也跟着回过头来，两人的视线撞个正着。

目光相触的刹那，南知莫名感觉对方有些面熟。

那女生显然也觉得她眼熟，看见她后明显愣了一瞬，而后恍然大悟般"啊"了一声："你不是那个……南知吗？"

"对。"南知笑着点点头，但没想起来自己到底在哪儿见过她，"你认识我？"

"我们年级谁不认识你呀。"那女生笑盈盈道，"长得漂亮成绩又好，我们班好几个男生都打听过你呢。"

说着，她又把手机拿出来："既然见到了就是有缘，加个微信吧？我是三班的齐潇，我们两个班还是同一节体育课呢。"

南知没想到她这么自来熟，愣了愣才想起来自己手机还在房间里，连忙道："你稍微等我下，我去拿手机。"

"你坐着吧。"站在她身后的贺弦突然抬手，一下把她按在沙发上，"我去给你拿。"

话音未落，他就已经调头往回走了。

看着贺弦的背影，一旁的齐潇眨了眨眼，调侃道："你们感情真好呢。"

"之前我们班男生去打听你联系方式，都被他堵回去了，语气冲得不得了。"

"贺弦肯定喜欢你。"

兴许是这句话并不在南知对贺弦的"认知"范围内，这种暧昧微妙的字眼落入耳中的刹那，南知整个人都僵住了。

恰好此时贺弦已经找到她手机出来了，一路嘀嘀咕咕道："你手机藏什么小秘密在里面了？放的位置那么刁钻，我找半天。"

说着，他把手机递给她："喏。"

然而南知却依旧沉浸在齐潇带给她的震撼之中，许久未能回神。

只是在听见声音后，眼珠才缓慢地转向了贺弦，直勾勾却出神地盯着他看了好一会儿，一时间没有回话。

贺弦看着她这呆滞的表情，有些莫名其妙，又有些好笑，忍不住拿手机的边角戳了戳她白嫩柔软的脸："你这是干吗呢？"

"不是吧？帮你拿个手机而已，这就被我帅傻了？"

"我的天，那我要是帮你写个作业，你岂不是要被我帅昏过去啊？"

. 275 .

南知会不会被贺弦帅昏过去，她不知道。

她只知道自己现在被震撼得快昏过去了。

这种震撼，并不是单纯因为那句"贺弦肯定喜欢你"所带来的惊讶。

更多的是因为，这句话就像是一块缺失已久的拼图，在这一刻倏地归位，让整个画面归于完整。

南知忽然觉得，如果给贺弦平时那些阴晴不定的行为，都加上"喜欢她"的前提……

好像看起来就没有那么阴晴不定了。

比如又要笑话她又要帮她抓娃娃。

比如面对杜文谦时没由来的敌意。

再比如一些莫名的黏人症状……

在这个大前提下，那些毫无道理的事在这个瞬间似乎都有迹可循。

这种认知让南知整个人都怔住了。

一种微妙的、难以言喻的情绪从心口弥散开，说不清道不明，跟往常相比简直天差地别。

以前不是没人和南知说过"谁谁谁喜欢你""谁谁谁好像暗恋你""谁谁谁又来打听你"，但当时她的反应都很平静，甚至转头就会抛到脑后。

然而这次却截然不同。

她说不清自己到底是什么心情，只知道心脏在某个瞬间陡然加速，震颤到鼓膜都能听到回响。

像是紧张，又像是慌乱，甚至还有一丝担忧和害怕。

却并没有让她抗拒抵触。

南知从未有过这种感觉，也无从分析自己出现这种反应的缘由，只能定了定神，强行让自己从这股复杂的情绪中抽离出来。

她轻吸一口气，尽可能故作镇定地接过贺弦拿来的手机："谢谢。"

不知道是她演技还算过得去还是什么，贺弦只是看了她一眼，便兀自在她旁边坐下，然后从茶几底下拿出游戏手柄准备带她俩打发时间，没有多说。

见他没有察觉异样，南知顿时松了口气。

她稳住心神，点开微信和齐潇交换了联系方式后，接着便安安静静地当起了缓和气氛的雕塑，偶尔接替齐潇玩两局游戏。

大概是有些事情暴露了之后就会特别引人注意，南知心里有了猜测后，突然发现，贺弦以往那些被她忽视的小动作，其实都非常明显。

比如总是喜欢挤着她坐。

再比如经常陪她玩一些他觉得无聊的游戏。

又比如玩游戏的时候一边要嘲笑她菜，一边又要教她玩，一边还要暗戳戳给她放水。

只不过，南知并不觉得这些表现一定就指向"贺弦喜欢她"这件事，说不定只是心血来潮。

再加上她不是个自恋的人，在彻底确认一件事前，她总会持观望态度。

所以即便她心里有了猜测，也完全没有说出来的想法。只是一边默默观察着、分析着、揣摩着，一边尽可能地将两人的关系维持原样。

然而可惜的是，并非所有事都能悄无声息地进行。

她自认为的暗中观察，时间一长，次数一多，频率一高，也难免会被贺弦撞见几次——

第一次是在某天的体育课上，老师给他们班和三班的男生组织了一场篮球友谊赛。

原本南知是不爱看比赛的，因为她对篮球实在没什么兴趣。

之前被贺弦拉着看了一回，只不过因为中途就跑走了，还被贺弦吐槽"没有集体意识"，幽怨地念叨了她一整天。

但今天不知怎么，她在听说有自己班的篮球赛时，准备回教室的脚步骤然一停。

脑海中的第一反应居然是，贺弦好像挺喜欢打篮球的。

他可能也会上场吧。

于是她顿了顿，又装作凑热闹的样子，跟其他女生一起调头回了操场。

南知到篮球场的时候，比赛早就开始了，场上气氛正胶着。

大概是帅哥效应，这节上体育课的班级几乎全来看比赛了，边上围了好几圈人，堵得满满当当，水泄不通。

南知在外面转了几圈，都没能挤进去，只能听见各种惊呼和呐喊。

直到比赛过去了好一会儿，她才勉强找到一点松散的空隙，开始往里钻。

她在人群中挤来挤去，费了九牛二虎之力终于挤到了前排。

谁料她刚从第一排钻出来，刚要扭头找贺弦的位置，却听头顶上传来"扑哧"一声笑。

南知听着这熟悉的嗓音，愣了愣，霎时抬起头。

结果就看见贺弦正拿着一瓶水，眉梢轻挑，侧头意味深长地打量着她，似乎已经看了很久的，嘴里还不忘调侃："我的天，稀客啊。"

贺弦那戏谑的表情，明显是看到了刚才她费尽心思挤来挤去的样子。

南知脸色一顿，莫名的热意泛上耳尖。

这种窘态被他看见多少有点尴尬，但她面上还是故作镇定地移开目光，看向场上的其他人，假装自己只是为了前排观赛。

而第二次，是在某节语文课上。

那段时间也不知道贺弦私底下都干吗了，语文月考居然超常发挥，写了一篇情绪饱满、辞藻华丽、立意深刻的高分记叙文，直接惊艳四座，还被老师拿去在年级传阅。

最后传回班级的时候，老师又拿出来点名表扬了一通他的作文。

谁承想夸了几句后，语文老师突然瞥见贺弦的默写分数，然后话锋一转，又公开处刑了一通他的默写："我说贺弦，你这默写错别字是不是太多了点儿？

"'知之为知之'这么简单的五个字也能错两个?"

"你写出四个一模一样的'知'的时候,就没感觉哪儿不对吗?"

"这跟你英语答题卡涂了整整齐齐一排 A 有什么区别？"

话音刚落,其他同学顿时嬉皮笑脸哄笑成一团。

还有几个反应快的,已经在笑声中把暧昧的目光投向南知了,视线在她和贺弦之间睃着。

南知起初没反应过来,还是孙若芙在旁边捂嘴偷笑说"你说贺弦是不是考试都惦记着你呢",她才意识到贺弦写的居然是"知知为知知"。

她怔了怔,一种异样的微妙顿时浮现于心头。

她几乎没多想,便已经鬼使神差地回过头,看向了贺弦的方向。

只不过她没料到的是,自己刚一回头,就这样毫无征兆地撞进了贺弦的目光。

向来厚脸皮的贺大少爷,难得被老师同学调侃得面颊泛红,现在正扶额臭着脸偷瞄着南知的方向。

他大概是以为,以她的反射弧,肯定不会察觉到什么,所以他也没收回视线,就想看看南知有什么呆不愣登的反应。

以至于那两道遥远的视线在越过整个教室和他交错的刹那,直接打了贺弦一个措手不及。

视线两端的人皆是一愣。

南知看见他居然也在看自己,脸色顿时僵住,立马把脑袋转了回去,垂下眼盯着卷子,没再看他。

但随着她动作轻轻扬起的马尾,却暴露了她心底的慌乱。

而远在后门口的贺弦,眸光一滞,就这样盯着她那缕乌黑的发尾看了好一会儿。

下一瞬,他像是察觉到了什么似的,眨了眨眼,突然弯唇笑了起来。

他笑声虽然不大,却笑得肩膀直颤,整个人一抖一抖的。

看得一旁的付尧一脸蒙:"你被骂了也笑得出来？"

然而贺弦却还是在笑,甚至笑得比刚才还要张扬。

再配上他那微微泛红的耳尖,整张脸看起来就跟春心荡漾了似的。

兴许是从来没见过贺大少爷能笑出一股"少女的娇俏",付尧简直鸡皮疙瘩都起来了。

他搓了搓胳膊,抬手戳了下贺弦笑得微颤的肩膀:"大哥,你别笑了我害怕。"

不知道到底听见了没,反正贺弦没搭理他。

他手肘撑在书桌上,目光紧紧盯着南知的马尾,托腮自顾自地笑了好半天,才冷不丁傻乐着蹦出一句——

"我的天。"

"她怎么会这么可爱啊！"

这么几次对视下来，南知也察觉到自己好像露出了马脚。

所以之后的一段时间，她都强忍着没再去观察贺弦这只小白鼠。

听见贺弦的名字，她抿着唇不回头。

听见贺弦的声音，她撇开头装没听见。

大老远看见贺弦的人，她直接一个大跨步躲远点。

就连放学回家坐同一辆车，她都要把贺弦当空气，能不说话就尽量不说话。

试图撇开和贺弦的一切关系。

只不过南知忘了，有个词叫"过犹不及"。

她越是这副故意避开的态度，贺弦就越能发觉异常，甚至越要在她面前显眼。

尤其是想起她那张故作淡定的脸，贺大少爷心里突然涌出一股暗爽，爽得他整个人都有些飘飘然。

飘着飘着，他又逐渐萌生出一个念头——

一不做二不休，坐在书桌前畅想未来的贺大少爷，在捂着脸春心荡漾地乐了一会儿后，突然打开了自己的抽屉，把之前买的信纸信封和火漆印章全都拿了出来。

贺弦看着桌上这些花里胡哨的东西，挽了挽袖子，骄傲地哼了一声，心道——

他最近书可没少看！

不就是情书吗！

谁还不会写了！

只不过由于贺大少爷过于矫情，他的每一封情书都需要精雕细琢，甚至还要练字。

以至于一个月过去了，他一封都没送出去。

每天就跟练笔似的，废稿堆成山。

所以两人的关系依旧处于原来的状态，毫无进展。

好在南知本来就没想着跟贺弦有什么进展。

因为她又理智分析了一番现在的情况——

马上就要高二分班了，也不知道贺弦准备选什么科，而她也未必跟贺弦在一个班。

在这种关键时期，为了杂七杂八的事分心并不是明智的选择。

所以早恋这种事，对她来说是完全不可能的。

既然没想在这个时候谈恋爱，那贺弦对她到底是什么态度，好像也就不那么重要了。

现在顺其自然才是最佳选择，想太多只会适得其反。

有什么事以后再说吧。

想明白了这点后，南知便收敛起了之前那些乱七八糟的小心思，没再纠结于这些，全身心地投入到了学习之中。

然而她不对贺弦动心思，却不代表别人也不对贺弦动心思。

某天吃完午饭回去的路上，南知偶然碰见了同在广播站的高二学姐。

学姐一看见她，立马眼睛一亮，快步跑了过来："知知，我本来还想去找你来着，没想到这么巧遇上了。"

"你有空吗？能不能帮我个忙？"

南知在广播站的时候没少受她照顾，跟她关系还挺不错，所以没多想便应道："嗯，什么忙？"

"我东西没带来，你能先陪我去趟教室吗？我请你喝奶茶。"

那位学姐在高二(1)班，就在一楼，所以并不算远，南知也就干脆地答应了："可以的。"

她跟着学姐来到高二教室门口。

学姐从座位底下拿出了一个小礼品袋，跑出来递给南知："知知你能帮我把这个带给你们班贺弦吗？"

听见贺弦的名字，南知怔了一瞬，垂眼看向那个礼品袋。

淡蓝色的纸袋上印着粉色的爱心和烫银的花体"Love Story"，袋口系着一个银色蝴蝶结，看起来精致又可爱，透着一丝异样的暧昧气息。

南知看着那串英文默然片刻，忍不住问了句："这个是？"

"唔……"学姐似乎有些不好意思，把她拉到一旁小声解释道，"就是……我之前体育课上看到过他，反正就你懂的，你帮我把这个带给他。"

"他们班我只认识你，所以拜托啦。"

"明天我请你喝奶茶。"

闻声，南知又看了眼那个可爱的礼品袋。

沉默须臾后，她抿唇笑了笑："奶茶就不用了，这个我会带到的。"

南知确实也说话算话。

当晚回家后，她便拎着礼品袋去敲贺弦的房门了。

她想着，这个既然是人家要给贺弦的东西，那怎么处置也轮不到她来决定，所以即便她心里有些沉闷，但还是信守承诺，准备把这东西带给贺弦。

敲门声传进屋内的时候，贺大少爷正趴在书桌前，在信纸上圈圈画画，一本正经地给他的情书作点缀。

听见动静，他回过神来，从桌上抬起头，把自己的情书收好，不紧不慢地过去开门，故作淡定道："有事？"

"嗯。"南知犹豫了几秒，慢吞吞把礼品袋从身后拿出来，"这个给你。"

闻言，贺弦顺势垂眸扫了眼那个袋子。

这样的包装，一看就是精心准备的礼物。

他还以为南知突然开窍了，暗喜地弯了弯唇，而后又抬眼看向她有些别扭的表情，清清嗓子，不动声色道："噢，送我的？"

"嗯。"南知点点头。

听她承认了，贺弦忽然就按捺不住内心的紧张和惊喜了。

他接过东西，立马就想把礼袋拆开。

谁承想他刚扯开上面的银色丝带，就听南知又迟疑着补充道："这个是高二（1）班的一个学姐让我转交给你的。

"你看下要不要回复吧。

"我也可以帮你带话。"

大概是觉得南知这话说得有些荒谬，贺弦愣了好半晌，才勉强消化了这句话的意思，不可思议道："你说什么？"

"我说，"南知还以为他是真没懂她说的话的意思，还想跟他解释一遍，"这个是高二（1）班的……"

然而话还没说完，贺弦听了一半便直接打断了："所以，这不是你给我的？"

南知犹豫了下，点点头。

"你是帮别人转交的？"

"嗯。"

贺弦看了眼那精致可爱的礼袋，忽地气笑了。

他指尖勾着那袋子，在南知眼前晃了晃："你知道这玩意儿送我是干什么的吗？"

南知也跟着瞅了一眼，如实点头道："大概知道。"

看着她这诚实的样子，贺弦霎时有些窝火。

他绷着唇忍了一会儿，忽然"啪"的一声，把礼袋往她怀里一摔，凉凉道："知道你还给我？"

南知怔了怔，抱着那袋子，略显心虚道："学姐拜托我了，人家对我挺不错的，我不好拒绝。"

然而贺弦却沉着脸，皮笑肉不笑道："噢，那人还挺好。"

"你这么好的学生不知道不能早恋？"

南知无语片刻："知道，但我只是帮忙带下东西，又没有逼着你和人家谈恋爱，谈不谈不还是看你自己吗？"

"那你就没想过我可能会谈？"贺弦冷笑着盯着她，"你还对我挺放心的。"

南知看着他暗含愠怒的脸，安静须臾，沉沉地叹了口气，和他好声说道："你可不可以别这么夹枪带棒的？我只是应朋友要求帮她带个东西。

"你要不要回复、怎么回复，都是你和她之间的事。你对我发脾气也没有用。"

"你觉得这是我和她之间的事？我都不认识她我和她能有什么事？"贺弦的逻辑显然和南知不一样。

在他看来，如果真喜欢一个人，是不可能把别人示好的礼物带给对方的。

就像他拦下了很多其他男生送给南知的情书和礼物。

. 281 .

而现在，南知把其他女生的礼物带给他，对他来说简直就是一种默许。
而她也完全不在意这种事。
想到这一点，贺弦突然就炸毛了。
他气得笑了一声，漆黑的眸光直勾勾落在她脸上，一动不动。
南知被他盯得发毛，正想说点什么缓和气氛，却听他磨着牙凉凉道："南知，我就奇了怪了。"
"你到底是真傻还是装傻？"
"我什么意思你看不出来啊？"
"非得气死我是吧？"
大概是没想到贺弦能这样破罐子破摔地质问她，南知不由得有些惊愕，整个人愣在了原地。
然而还不等她反应过来到底该如何回应的时候，贺弦却瞪了她一眼，直接"砰"的一声把门关上了。
力道大到整条走廊仿佛都带着震颤的回音。
听着耳间的余音，饶是南知再迟钝、再不确定贺弦对她的态度，现在被这么明目张胆地暗示了一通后，也能彻底明白他的意思了。
虽然这暗示有些凶巴巴的。
南知看着紧紧闭合的房门，抿着唇，小心翼翼地收起了那个礼品袋，把轻微的褶皱抚平。
踌躇片刻，她还是没有再去敲门，也没有去戳破那张不该戳破的窗户纸。
翌日，她把礼品袋重新带回了学校，准备中午吃完饭之后拿去还给那位学姐，再找个委婉的说辞和她解释。
只不过她没想到的是，就在她匆匆忙忙吃完饭回教室拿这个袋子的时候，却意外地撞见了贺弦。
也不知道贺弦跑哪里吃饭的，居然比她回来得还早，正趴在桌上神情恹恹地玩手机。
此时教室里除了他们两人以外再无他人。
南知看见他的身影，脚步霎时停在了后门口。
兴许是察觉到了动静，贺弦侧目瞥了她一眼，没说话，片刻过后又继续玩手机了。
见他这副对自己爱搭不理的态度，南知也就没去热脸贴冷屁股，踌躇两秒后干脆绕过他，回到了自己座位上。
她弯腰从书桌下层拿出了那个礼物袋，拎着便准备出门。
谁承想她刚直起身，后门口的贺弦突然冒出一句："等会儿。"
南知顿了一下，转头看向他："怎么了？"
贺弦把手机往桌子里一撇，起身走了过来。
他站到她面前，朝她摊开左手："给我张纸。"
南知愣了愣："什么纸？"

"随便。"贺弦蹙了下眉,不耐道,"草稿纸 A4 纸餐巾纸什么纸都行。"

南知不知道他要干吗,沉默须臾,干脆就近在草稿本上给他撕了一张下来。

贺弦接过后,又顺手从她桌上的笔袋里抽了一支笔,弯下腰抵着她桌面,在草稿纸上写下一行字——

抱歉,我有喜欢的人了。——贺弦

然而,南知第一眼注意到的并不是贺弦写的内容。

而是贺弦的字。

看着这行苍劲有力的字迹,南知莫名有种恍如隔世的感觉。

当时贺弦那张被年级传阅的语文卷子,笔迹多少带了点狗爬的意思。

怎么现在突然这么好看了?

这种讶异甚至盖过了她对内容的好奇,南知一时间有些出神,没有意识到贺弦的暗示。

贺弦在纸上落下最后一笔,把笔帽一扣,拎着纸在她眼前晃了晃,试图把每一个字都晃进她的眼睛里:"懂我意思没?"

纸张在空气中微微抖动的声音倏地传来,南知霎时回过神,接过那张纸,塞进了礼物袋里:"懂的。"

见她还算开窍,贺大少爷的脸色总算缓和了几分。

他清了清嗓子,正要说点什么,就听南知又补了句:"放心,我会把你的字条带到的。"

南知也不知道为什么,明明她都说她懂了,百变小弦的脸色却越来越难看。

又不是没帮她带。真是奇怪。

甚至之后的几天,贺大少爷都没给过她好脸色,说话语气还挺冲,仿佛她欠了他五个亿。

但南知并不觉得自己做错了什么,好心帮他带东西,他居然还这个态度,搞得她也是又恼火又郁闷。

所以她一气之下就不再搭理贺弦了,两个人就这么进入了冷战状态。

每天上学放学也不一起走了。

南知借故在后面磨磨蹭蹭,贺弦见她这种故意避开他的态度,更是窝火,也拉不下脸来跟舔狗一样等她,干脆就自己憋着气走了。

就这么持续了好一段时间后,也不知道是谁发现了异常,还传出了八卦。

传得沸沸扬扬,连年级其他班的同学都知道了。

以至于上体育课的时候,齐潇还偷偷摸摸从自己班的队伍蹿过来问她:"你俩是不是吵架了啊?"

"唔……"南知思忖了下,又继续装作若无其事的样子搪塞道,"可能吧。"

话音刚落,正巧三班的体育老师吹哨了。

原本想继续询问情况的齐潇只能暂时压下心底的八卦之魂,匆匆忙忙地回到自己班级的队伍中。

虽然齐潇是跑了，但她提起的事却依旧在南知脑海中挥之不去。

南知呆在原地沉默片刻，一边心不在焉地热身，一边又忍不住朝贺弦的方向望了一眼。

今天体测，男生那边也要跑一千米，他刚跑完下场，正站在草坪边上喝水。

这种运动项目对他来说向来轻松，所以他看起来好像也没多累，只是依旧臭着脸，眉眼间阴云密布，这些天都是这个德行。

也不知是不是察觉到了南知的视线，他拧上瓶盖的瞬间，余光没由来地往南知的方向扫了过来。

目光相撞的刹那，南知霎时收回了视线，一触即离。

正巧体育老师喊她们女生到跑道上就位，南知乱神间没好意思再看贺弦，匆忙地跟着其他人一起走到起跑线的位置站着。

"快点儿站好，别老往内圈凑，外圈起跑也一样的。

"鞋带什么的都系好。

"来各就各位——"

体育老师的声音随着风一同飘来，却在南知耳畔打了个转，然后匆匆离去。

南知沉默着，整个人有些心不在焉，几乎没听进去几个字。

她清秀的眉心微拧，思绪混乱依旧，脑海中如一团乱麻，她也不知道自己到底在思考着什么。

只知道哨声响起的刹那，她无意识地跟着其他人一起冲出了起跑线。

"我说大哥，走了啊，看什么呢？打球去啊。"付尧跑完一千米仍然体力充沛，转着个篮球招呼贺弦。

然而贺弦却没搭理他。

他紧皱着眉，眸光直勾勾地跟着南知的脚步移动，一眨不眨，跟黏人家鞋上了一样。

付尧一脸蒙地顺着他的视线看了眼，却没看出什么名堂，一脸莫名道："你看什么呢？"

"你看她，"贺弦蹙着眉，低声说了句，"鞋带是不是散了？"

付尧一愣，这才跟着看向南知的鞋："好像真是。"

看着南知似乎毫无察觉的样子，贺弦脸色一僵，霎时倒吸一口凉气，忙不迭跟着冲了过去。

然而南知都已经跑了大半圈了，再喊她系鞋带也于事无补，他也只能提醒她后半段小心着点："喂！南知！"

谁料南知瞄见他，却莫名侧过了头，似乎不是很想搭理他的样子。

贺弦看她这态度，臭着脸轻哼一声，故作不耐地提醒她："你鞋带没系好啊姐姐，你自己注……"

大概是有些话还真不能提，贺弦那句"注意点儿"还没说完，本来跑得好好的南知却因为他的话骤然分了个神。

她低头看向鞋带的刹那，脚步顿时错乱起来，一下没落好点，直接踩在了

· 284 ·

自己松散的鞋带上。

下一瞬，南知被踩住的那只脚反应不及，整个人倏地往前一扑——

钻心的痛感在顷刻间顺着掌心和膝盖往四肢蔓延。

南知摔得有些发麻，缓了几秒才想起来抬手。

结果手一抬，就见红色塑胶跑道的颗粒沾了满手，混着渗出的血迹，显得掌心异常狰狞。

她正想撑着爬起来，结果一阵力道直接猝不及防地揽过她的腰，把她往旁边草坪一带。

转眼间，刚才在她后面的同学就像风一样冲了过去。

"我真服了，你可真是我祖宗。"贺弦简直要被气死了。

他拽过她手腕心疼兮兮地看情况，结果嘴上又要骂骂咧咧："你不是很牛吗？你不是考前要检查八遍笔袋考后要检查八遍答题卡吗？怎么跑个八百米不知道要检查八遍鞋带了？"

本来南知摔倒了就烦，又想到之后要补测八百米更烦，现在一听贺弦这半个罪魁祸首还要在这儿骂骂咧咧，心里的烦躁在瞬间就达到了顶峰。

她不耐烦地推开他，从草坪上爬起来就想走："你好烦呀！"

贺弦一呆，正要跟着起身，就见体育老师已经朝这边走来看情况了。

他迎面走过来，看见南知膝盖那里的校裤都磕破了，蓝色的布料渗着红色的血迹，还粘着橡胶颗粒，简直惨不忍睹，也不忍心说她什么，"哎哟"了一声后嘱咐道："你先去医务室处理一下吧，体测回头再说。还能不能走啊？要不要人背你去？"

"能走。"南知不好意思地点点头，解释道，"是我没系好鞋带，我回头来补测吧。"

"行行行，你先去消个毒什么的。"体育老师朝她摆摆手，转头就近招呼已经体测完的贺弦，"哎，贺弦，待会儿把你的篮球放一放，先送人家去趟医务室。"

听见贺弦的名字，南知连忙摆摆手："不用了，我没崴到脚，就是膝盖和手有点疼，我自己能去。"

说完，她便没在这里逗留，转身朝学校医务室的方向走，连看都没看贺弦一眼。

等南知闷头穿过偌大的操场、走到学校林荫小路的时候，她才冷不丁想起来，自己刚才一直散着的鞋带还没来得及系上。

她倏地顿住脚步，低头看了一眼。

小白鞋上，原本雪白的鞋带，因为从操场拖到了这里，已经变得又黑又红，看着脏兮兮的。

她默了默，抬脚甩了一下那根鞋带，正准备蹲下身系起来，结果肩膀却被人往后扒了下。

南知动作一停，就见贺弦不知道什么时候跟了过来，正臭着一张脸，走到她面前。

那气势汹汹的架势，不知道的还以为他要揍她呢。

南知显然也被他的气势震得愣住了，下意识地往后仰了仰。

谁承想下一秒，原本居高临下臭着脸的贺大少爷，突然蹲下身，凶巴巴地扯过她的鞋带，狠狠打了两个蝴蝶结。

系蝴蝶结的时候，他好像还嘀咕了句什么，跟蚊子叫似的。

南知没听清，只发现他哼唧了几句后却没站起身，而是转了个方向背朝着她。

她盯着他清瘦却不失挺拔的脊背沉默片刻：“干吗？”

"上来啊。"贺弦的表情像是有些无语，但明显红了一圈的耳郭却出卖了他。

他等了一会儿，见南知没动静，于是又开始蚊子叫了，从鼻间不情不愿地哼唧道："愣着干吗？赶紧的呀，没听老师刚才让我送你去医务室吗？"

南知见他又不好好说话，斜了他一眼后兀自绕开他："不要，我自己能走。"

贺大少爷难得放下身段去背人，结果热脸贴冷屁股，顿时有点下不来台。

但看南知那血淋淋的膝盖和掌心，他又于心不忍，只能跟个尾巴似的继续跟在她身后，嘴里依旧硬气得很："我好心好意背你，你干吗不要？"

"你好心好意我就要接受吗？"南知头也没回，嗓音闷闷的，"一边说自己好心好意，一边又跟别人欠你的一样跟人发脾气，就你有脾气？"

贺弦这才反应过来她为什么生气，愣了一瞬后立马跟了上去，走到她旁边磕磕巴巴解释道："我、我没有对你发脾气的意思。"

"我刚才就是一时心急有点口不择言。"

"我不是凶你，我就是……"

话音稍顿，他又突然降低了音量，烦闷地自暴自弃道："哎呀！我就是有点担心你不行吗？"

看着贺弦那张别别扭扭还透着一丝红晕的脸，南知思绪忽地一滞。

她感觉贺弦这人变脸可真快，今早还对她爱搭不理的，现在居然又能担心她了。

南知有点哭笑不得，想吐槽他两句，但最后还是没作声。

大概是脸面这玩意儿丢了一次之后，也无所谓丢第二次了，所以贺大少爷跟开了闸似的，终于愿意好声好气道："对不起嘛，我真不是怪你。你看摔的又不是我，我没事怪你干吗啊，我真的只是担心你。"

南知虽然在某些方面反应有些迟钝，但还不至于分不出别人的好心和恶意。

她能感受到贺弦刚才凶巴巴的缘由，也知道他确实是好心。

但她都摔成那样了，却还要听他苛责，她难免有些窝火，所以才闹了脾气。

现在贺弦和她道歉了，又放下脸面解释了原因，她这人又吃软不吃硬，自然也没有咄咄逼人的意思，摆了摆手示意道："好了好了，我知道了。"

听她愿意搭理自己了,贺弦的视线忍不住往她那边飘了飘,小声问道:"息怒了是吗?"

"嗯。"

"真不生气了?"

"嗯。"

"哦,那……"贺弦喉间一滚,图穷匕见,"让我背一下?"

虽然南知的擦伤看起来有点狰狞,但都是皮外伤,还没到走不了路的程度。

再加上她并不想在学校里惹眼,被他背着也怪尴尬的,所以她果断地拒绝了他的提议。

对此,贺大少爷表示了强烈的幽怨和不满。

但因为南知死活都不肯让他背,他抗议了一番后,最后还是只能悻悻地应下,陪着她去了医务室。

中途他还给曲江柔打了个电话,让她帮忙给南知送了一条运动裤过来。

等他去校门口拿运动裤的时候,正巧赶上体育课下课,孙若芙她们跑到医务室来看南知。

南知的伤口已经处理得差不多了,但当孙若芙看见南知腿上和手上的纱布时,还是倒吸了一口凉气:"嘶,磕破这么大一块,消毒的时候得多疼啊。"

好在南知不是很怕疼,清理伤口的时候她也没说什么,反倒是贺弦嘶嘶叫了半天。

回想起贺弦当时那眉心紧锁倒抽凉气的样子,南知莫名觉得有些好笑,没忍住笑了声。

看她居然还能笑出来,孙若芙简直佩服:"不是吧知知,你都不疼的吗?"

"是挺疼的,不过也不是不能忍。"南知的伤口已经包扎好了,她站起身动了动,"还好,能走路就行。"

闻言,孙若芙不由得向她比了个大拇指,感慨道:"要是我我都想请假回家了。"

说着,她又忽然想起了什么,往医务室老师的方向看了眼,小声道:"对了知知,刚才是贺弦送你来的吗?我过来的时候刚好看他出去。"

"嗯。"南知点点头,但又觉得她突然问这个问题有些奇怪,疑惑道,"怎么了吗?"

"也没什么,就是我前几天还以为你俩吵架了呢。"孙若芙拍拍心口,"我担心你俩闹矛盾嘛。"

孙若芙托着腮,好奇地打探起来:"你觉得贺弦这人怎么样?我感觉他好抢手啊,不止我们学校,连其他学校都有人来打听他。你呢?对他有感觉吗?我看他对你挺……"孙若芙停顿了下,挤眉弄眼道,"挺特别的呢。"

"我……"南知实在不擅长回答这类问题,被问得有些无措,"他挺好的,但我不准备谈恋爱。"

"你是不准备现在谈,还是不准备跟他谈?"孙若芙好奇地挑了挑眉。

. 287 .

南知沉默了会儿："我是不准备现在和他谈。"

"呀！"孙若芙察觉到她话中的深意，抬起手肘一脸揶揄地拱了她一下，"所以说你还是对贺弦有感觉的？"

"……我也不知道。"南知也没这方面经验，只能凭直觉猜测，"可能吧，虽然他脾气差了点，但我不讨厌他。"

甚至还觉得他……有点可爱？

但后面半句南知并没有准备说出来。

她想了想，忽然有些迟疑："不过前提是考上一所大学吧。我爸爸妈妈就是异地，我不喜欢异地。"

"啊？我感觉这对贺弦有点难度吧？毕竟要赶上你这成绩可不容易啊。"孙若芙思索片刻，"你准备考哪儿啊？考和你同一个城市的大学呢？也不用异地。"

"我想考华都大学。"南知思忖了下，如果是贺弦的话她可以勉为其难宽容一些，"如果都在华都，好像也行。"

但这些乱七八糟的事，她自己想着也没什么用，关键还是得看贺弦的态度，所以她也没在这事上纠结什么，随意道："到时候再说吧，还有两年呢。"

稍顿，她又别开眼，小声说："而且，他这个人总是变来变去的。说不定到时候，他就不喜欢我了呢。"

由于南知的伤口还需要养一段时间，曲江柔这周末做饭都比以往更加谨慎，生怕她吃了什么不该吃的东西影响愈合。

在饭桌上，她看着南知手上的纱布，忍不住问了她两句："怎么搞的呀？听小弦说你跑步鞋带没系？"

"嗯……"提起这件事南知有点不好意思，"跑步前和朋友聊天忘了，没太注意。"

看她掌心还缠着纱布，曲江柔也不好责怪她，只能嘱咐她以后小心点别再磕着碰着。

倒是上楼的时候，跟在她身后的贺弦，忽然酸溜溜地嘀咕了句："也不知道什么事那么有意思，还能让你这个强迫症忘了检查鞋带。"

南知虽然听见了他的话，但并不准备搭理他。

他直接挡在她面前，愤愤道："你聊个破八卦把自己都摔成这样了，还要去聊？有这工夫你怎么不好好学习？"

"我聊八卦也能好好学习。"南知一脸平静地绕开他，"比你学得还好。"

贺弦被噎得没话说，只含糊地扯了个事："有个叫蒋如松的，最近在打听你高二准备选哪科。"

南知："就这点事？你那么紧张干吗？"

贺弦喉间一滚："我紧张了吗？"

南知看着他，面无波澜地点点头。

"哦，那主要是因为，"贺弦轻咳两声，装出一副一本正经的样子，"我不忍心看到一个大学霸为了情情爱爱的就违心地选自己不喜欢的学科，耽误前途。"

话落，他还觑了南知一眼，戳着她肩膀正色道："听见了没啊大学霸。"

南知哭笑不得地叹了口气，难得厚着脸皮应下了这个称呼："大学霸知道的。大学霸知道自己要干吗，不会早恋的。"

听她这么说，贺大少爷的脸色才稍微好看了点，但还是嘴硬地威胁道："这可是你说的啊。反正最近学校搞了举报有奖，一对小情侣五十块，你要敢谈我就敢赚。"

从来没见过贺大少爷这么缺钱，南知白了他一眼，但还是顺毛安抚了句："上大学前我不会谈的。"

说到这里，她话音倏地一停，又接上一句："更何况现在谈了，到时候要是没考到同一个城市，还得异地，很麻烦。"

闻言，贺弦怔了怔，又点点头："噢，那确实。"

稍顿，他鬼鬼祟祟地瞅了南知一眼，装作随意的样子问道："那你准备考华都？"

这事毋庸置疑，以南知的成绩上华都大学不成问题。

但被贺弦这么一问，原本准备点头的南知突然停了下来，反问道："你问这个干吗？"

"……怎么了？我就不能参考下学霸的选择吗？"贺弦理直气壮地看着她，"学霸的选择肯定有道理啊，我参考一下很合理吧。"

见他浑身上下嘴最硬，南知无可奈何地笑了笑。

但她也没有戳穿他的想法，只是"嗯"了声："我第一志愿应该就是华都大学了。"

"哦……"贺弦点点头，没再吭声。

等南知回了卧室后，依旧站在走廊的贺弦，才"狗狗祟祟"地拿出手机，在搜索引擎里输入了一行字——

华都大学历年分数线。

回到自己的房间，南知看了眼时间，准备先把澡洗了再写作业。

只不过因为她的伤口不好碰水，她把换洗衣物拿出来后，突然感觉有点犯难。

但最近天气热了，她也受不了不洗澡的黏腻感，所以还是硬着头皮去洗了。

谁承想，她刚一出门，却碰上了在她门外兜兜转转的贺弦。

不知道他是什么时候来的，正拎着张卷子在她门口来回踱步，一脸纠结。

南知看见他，一头雾水地打量了他一番，正想问他要干吗，结果余光无意一扫，却瞄见了他手里的卷子，顿时恍然大悟道："你要抄作业吗？我还没写，你晚点再来吧。"

· 289 ·

"谁要抄作业了！"贺弦没想到自己在她心里的形象这么不堪入目，立马不爽了，幽怨道，"我就不能是来请教问题的吗？"

在南知看来，贺弦这人平时挺懒散的，能不为难自己绝不为难自己，做个题全靠缘分，做不出来就拉倒。

好在他以前的基础还算扎实，还能吃吃老本，所以他进了高中后，成绩一直不上不下的，总是在中不溜的位置徘徊。像现在这么好学的样子可不多见。

所以南知难免有些惊疑："你今天这么好学？"

虽然南知是一本正经地说实话，但贺大少爷还是有点害臊。

他抿抿唇，臭着张大红脸道："你就说教不教吧。"

不知道是不是觉得这句话杀伤力不够，他还要幽幽地补一句："不教小心我一气之下气死在你房门口，你看着办吧。"

好在南知没有欣赏别人被气死的兴趣。

更何况贺大少爷好不容易有了点学习积极性，南知自然也不会去打击他。

于是她无语又好笑地点点头："教是可以教，但我得先去洗个澡。"

"洗澡？"贺弦的目光下意识下移，看向她包扎着的膝盖。

宽松的五分裤下，那层纱布还渗着一丝血迹，和她雪白的小腿形成鲜明对比。

贺弦视线一滞，突然皱了皱眉："你都摔成这样了，怎么洗啊？别到时候发炎了，一天不洗又不会死。"

"没事，我就擦……"南知刚想说点什么，但转念一想，她跟这个大男人分享洗澡的细节干吗，顿了顿后红着耳尖道，"反正我自己会注意的。"

"你能不能行啊？不能行我……"贺弦莫名卡了下壳，声音渐低，"我喊曲阿姨过来帮你。"

"行的，我又不是小孩子。"南知摆摆手，"你先自己写会儿作业吧，有什么不会的我出来给你讲。"

说完，她便钻进了浴室里。

推拉门瞬间闭合，贺弦看着半透光的玻璃踌躇片刻，走过去抬手敲了下门："那，我去你房间等你？"

也不知道浴室内的南知有没有听见，这话落下后，一时间没有回音。

气氛莫名有些凝固。

贺大少爷愣了愣，猛地发觉这话说得好像哪里怪怪的，连忙补充："我是说写作业，要是不方便就算了，我去客厅。"

见她好像依旧没回应，贺弦抿了抿唇，转身就准备朝客厅的方向走。

谁承想短暂的沉默过后，南知的声音突然从浴室里传出："茶几上不好写作业，你去我房间吧。"

大概是没想到南知会同意，贺弦呆呆地"哦"了一声。

直到沉闷又悠远的水声透过浴室门传出，他才慢半拍地反应过来，出神地盯着磨砂玻璃眨了眨眼，没忍住红着脸傻乐出声。

南知这态度。

至少说明……还是信任他的吧?

想到自己又进了一步,贺弦连走路的脚步都快飘起来了。

他拎着卷子,一路飘到南知的书桌前,乖巧地坐下,捧着脸继续傻乐。

不知道是不是心情太过激动,他这一乐,乐到南知洗完澡出来,他都没写一个字。

一阵带着水汽的温热柠檬香悠悠传来,钻入鼻间。

贺弦笑容一滞,刚要扭头,就见旁边忽然伸来一只细嫩白皙的手,冷不丁把他放桌上的卷子抽走了。

"你……"南知一言难尽地看着那卷子,似乎还有些不可思议,翻来覆去地确认了好几遍才继续道,"你怎么一道题都没写?"

贺大少爷不好意思说自己太激动了给忘了,只是把卷子小心翼翼地抽回来,讪讪道:"我刚才在酝酿写作业的情绪,马上写。"

南知很难理解写张数学卷子要酝酿什么情绪,被他说得一怔:"你考试也要酝酿这么久的情绪吗?"

贺弦说了个瞎话有点圆不回来,只能硬着头皮点点头:"对啊,我是灵感型选手。"

南知才不信他这鬼话,被他忽悠得有些恼:"你要是不想写作业就回你自己房间去。"

"我写的!"贺大少爷连忙抓起笔开始看题,"嘘,悄悄的,我要来灵感了。"

南知懒得再搭理他,从书包里拿出自己的卷子,默默在一旁写作业。

她做题算快的,所以写完时也早。

但贺大少爷就不一样了。

他原本收工早是因为从来不为难自己,做不出来拉倒,然而现在突然要在难题上下功夫,他这一磨蹭,一时半会儿根本写不完。

等他写到后面,南知都开始复习英语单词了。

看贺弦那抓耳挠腮的样子,她有些于心不忍,凑过去指了指他没写的那道题,提醒道:"你少画了一条辅助线。"

距离一拉近,那抹弥散在空气中的柠檬香又骤然钻入鼻间。

贺弦正在转笔的手一滞,耳尖莫名红了。

他往旁边躲了躲,低声道:"你别……"

南知看他这副躲闪的样子,还以为他是跟题杠上了不想让别人提醒,于是收回了手:"那你自己再思考思考吧。"

谁承想,她刚一收手,贺弦又不乐意了,一巴掌就把她的手按在了桌上,气急败坏道:"哎呀,你这人……教个题都不教完吗?有没有责任心了啊?"

话语间,温热的触感猝不及防笼罩下来。

南知整个人一僵,视线下意识落在了贺弦那只比她大了一圈的手上。

贺弦也跟着怔了怔,目光转而看向自己的手。

气氛在顷刻间陷入一片尴尬的沉寂中,静默得仿佛耳畔只剩下两人如鼓般的心跳声。

过了不知多久,南知骤然回过神来,把手一缩,随手拿了支笔在自己的单词本上画了两下,低垂着眼睫不自在地小声道:"你把 C 和 P 连线就行了。"

闻声,贺弦也跟着反应过来,"啊"了一声,慌乱地挪开视线拿起笔开始做题。

两人之间的空气再次静谧下来,只剩笔尖和纸面的摩擦声沙沙作响。

过了片刻,贺弦余光忽然往南知的方向扫了一眼,低声嘟囔了句:"我不是故意的。"

听见他的声音,南知正盯着单词出神的目光突然一凝,没有答话。

其实她是不知道该回答什么,但贺弦却以为她生气了,继续道:"对不起嘛,我真的不是故意的,我没有耍流氓的意思,我就是……"

"好了好了。"本来这事他不提也就算了,现在再次提起,南知被他说得脸颊有些发烫,连忙阻止道,"知道了,我没有生气,你快点写吧。"

"哦……那你干吗不理我。"贺弦幽怨地撇撇嘴,又继续写卷子了。

空气再次安静下来。

这种静谧一直持续到了十二点,贺弦把所有卷子写完的时候。

他伸了个懒腰,悄悄瞄了南知一眼,见她的单词本半天没翻页,疑惑地凑过去看了看:"你怎么还在看这个单元?"

南知被他问得一愣,反手把单词本合上,一脸正色道:"巩固知识,你不知道吗?"

贺弦本来还奇怪以她的记忆力居然要巩固这么久吗,结果余光一瞥,却瞥见了南知略显慌乱的眼神。

他脸色顿了顿,忽然弯起了唇角,勉为其难地认可了她这种学习方式:"行吧,你成绩好你说的算。"

南知不想听他打趣自己,在心里默默白了他一眼后,胡乱地收起桌上的书本卷子:"写完了就回去睡觉,我困了。"

贺大少爷现在心情颇好,所以也很好说话,没多废话就拎着卷子走了。

只不过临走前,他还探了个脑袋进来,小声问道:"明天我还能来吗?"

已经缩进被窝里的南知,伸手"啪"的一声把灯关了。

猝不及防的黑暗顿时笼罩下来,只剩走廊昏暗的光线钻进来,将门口一隅照亮。

贺弦怔了怔,就听南知的声音从黑暗中传来,轻柔得像从心尖一掠而过的羽毛,扰得人心痒不已——

"看你表现。"

这一句话让贺大少爷又心神荡漾地傻乐了一晚上。

虽然他不知道南知要看他什么表现,但他也知道,自己不能表现得太弱智。

要是什么题都拿去问南知,那只会显得他很笨的样子。

于是每天贺大少爷就专门拿不会做的难题来找南知。

卷子上没有就从教辅资料上找，总归要弄出一两道来，看起来不知道有多好学。

结果一来二去，到期末的时候，贺弦的成绩居然突飞猛进了，年级名次往前蹿了一大截，把其他同学吓了一跳。

"我的妈呀！大哥，你怎么还背地里卷起来了呢？"付尧看着贴在教室门口的排名表，愕然道，"你这个叛徒，居然偷偷学习然后惊艳所有人？"

对此，贺大少爷臭屁地哼了一声，没有回话，看起来十分不屑的样子。

付尧最看不惯他这种嘴脸，于是贱兮兮地硌硬他："虽然你是进步了，但跟三班那个蒋如松还差一大截哦。"

付尧："哦，对了，他马上还跟我们同一个班哦。"

今天分班情况出来了，南知和贺弦都在一班。

只不过他没想到蒋如松也分到一班了。

这小子运气也太好了吧？

想到这儿，贺大少爷整个人都不好了。

他看了眼正在收拾书桌准备搬教室的南知，唇线紧绷着走了过去。

一道阴影从桌边笼罩下来，正在整理书本的南知愣了愣，抬头说道："怎么了？"

"我……"贺弦面色一滞，勉强收敛起刚才被付尧打击出来的不爽，低声道，"哦，我来帮你搬东西。"

现在高三已经高考完了，最近刚把教室腾出来。

高二的已经搬到高三教室了，今天轮到他们这群高一的往高二搬。

本来搬教室就是一件麻烦事，现在有人乐意帮忙，南知自然没有拒绝的道理。

于是两人各自分工，没几趟就把东西搬完了。

只不过进了高二（1）班的教室后，南知四下张望了一番，突然抱起放在最后一排的书往前走。

看她冷不丁起身，已经准备在后排和南知一起"安家落户"的贺大少爷陡然一怔，立马扯住了她的T恤袖口："你上哪儿去？"

"我往前坐一点。"南知不喜欢坐后排，会被前面的人挡住不说，而且还有点看不清黑板。

闻声，贺弦跟着往前看了一眼——

教室里的人差不多都到齐了，前面只有第二三两排各剩一个空位。

只不过南知想坐前面倒不是问题，问题……

这两个位置都在蒋如松旁边。

一个在蒋如松前面，一个跟蒋如松隔了个过道。

看见蒋如松这个人，贺弦整个人都不好了。

他拽着南知袖口的手又捏紧了几分，就是不肯松。

南知被他拽得一愣,虽然觉得他有点奇怪,但还是好脾气解释道:"我不喜欢坐最后一排,我有点近视,看不太清。"

"那我给你记笔记。"贺大少爷开始耍赖,"我不近视。"

这又不只是记笔记的事,南知被他说得哭笑不得。

她也不懂他这次怎么会如此执着于座位的事,明明之前他们也没坐一起。

南知叹了一口气,把袖口从他手里抽出来,拿他之前说的话堵他:"不是你说的吗?大学霸不能为了情情爱爱的就违心地选自己不喜欢的位置,耽误前途。"

也不知道为什么,这话一落下,贺弦好像被人拉了闸似的,整个人呆滞了。

南知疑惑地看着他的反应,默默回忆了一番自己刚才说的话——

反应过来后,南知的脸颊腾地就红了。

她慌乱地挪开视线,也顾不得贺弦的反应,转身抱着书就跑了。

而贺弦也堪堪从刚才的怔愣中回过神来。

他动了动唇,似乎是想喊住南知说点什么。

但过了片刻,他绕在嘴边的一个个字,还是只化作了一声春心荡漾的笑。

已经跑到第二排坐下的南知,缓了好一会儿神才勉强从刚才尴尬的情绪中脱离出来。

她趴在桌上,开始思考自己剩下的那些书要怎么拿过来。

刚说了那么尴尬的话,现在再去贺弦旁边拿书,岂不是更尴尬了?

南知苦着脸叹了口气,心道自己怎么就说了那种话。

然而就在她懊丧不已的时候,"砰"的一声骤然从耳边传来——

一摞书被撂在了她桌边。

南知一呆,就听贺弦在她头顶轻哼了声,嘀咕道:"跑得倒快,书都不要了。"

她微微侧过头,正犹豫着是不是得和他说声谢谢,余光却瞟见贺弦已经拎着自己的书,在她斜后方的空位上坐下来了,甚至还拿了餐巾纸擦桌椅,大有在这里"安家落户"的意思。

大概是察觉了她的目光,正在擦桌子的贺弦忽然朝她的方向扫了一眼。

南知连忙收回视线。

其实贺弦和蒋如松这俩大高个坐第三排,看着还挺"鹤立鸡群"的。

但好在刚搬教室第一天,老师也不管这些,只是招呼他们轮流上来做自我介绍,跟大家认识一下。

校园的风云人物大家基本都认识,比如校花校草和学神。

像贺弦这种级别的校草,基本就没什么好介绍的了,人一进来没谁不认识,寥寥两句就说完了。

而南知也不是话多的性格,再加上又是校花和学神的范畴,上台后不好意思地说了几句,就下去了。

她后面一位是蒋如松，她下来的时候正好轮到蒋如松上台。

　　南知在听别人自我介绍的时候总是很认真。

　　一方面是她觉得尊重一下人家。

　　另一方面是，她在年级里确实不认识什么人，再加上她有点轻微脸盲，所以每个人她都得努力去记，尽量把名字和脸对上号，免得以后尴尬。

　　但当她刚坐下、准备好好记下一位同学的脸和名字的时候，一个小纸团却从她右侧擦肩而过，骨碌碌滚了几圈，掉到了她腿上。

　　南知扭过头，就见贺弦绷着个脸，朝纸团努了努嘴，示意她看。

　　见状，南知一头雾水地拆开纸团。

　　只见上面写了两行质问——

　　看这么认真，那大学霸肯定能回答我的问题吧？

　　问：我孰与台上蒋公美？

　　由于贺弦这一打岔，南知在之后的很长一段时间里，都没能记住蒋如松的名字。

　　每次看见他，她脑海中下意识想到的就是"蒋公"。

　　以至于有时候跟他说话，她开口都会愣一下，然后慢半拍地喊一声"蒋同学"，来掩饰她一时半会儿想不起人家名字的尴尬。

　　听得贺弦总是在一旁直乐。

　　然后南知就会在背地里暗戳戳白他一眼。

　　这些小插曲不胜枚举，也算是给枯燥又乏味的高中生活增添了一丝调味剂。

　　不长不短的两年转瞬即逝，南知高考依旧稳定发挥，总分超了华都大学历年分数线一大截，几乎稳进。

　　贺弦也因为抓学习抓得早，成绩提高了不少，再加上心态是真稳，高考发挥得也不错，分数和南知相差不大，报华都大学也不成问题。

　　这可把翟婉和贺耀城高兴坏了，说什么也要在开学前给他办个升学宴。

　　然而，贺弦并不想参加这种破宴会，给一帮叔叔阿姨当猴儿围观有什么意思？

　　所以他想也不想，就跟着南知一起去伏洲毕业旅行了。

　　毕竟跟南知玩可比被围观有意思多了。

　　谁承想，他们俩从伏洲回来后，翟婉和贺耀城却依旧没有放弃筹备升学宴的事。

　　无奈之下，贺弦只能跟赶鸭子上架一样，给人当猴儿看。

　　原本翟婉想着既然南知也考上了华都大学，订酒店的时候干脆把名字一起捎上。

　　但曲江柔觉得非亲非故的不合适，到时候也不好解释南知和贺弦的关系，婉拒了她的好意。

　　然而最后不知怎么，南知的名字还是出现在了酒店的屏幕上，和贺弦一起。

　　曲江柔看着屏幕上滚动的字幕，霎时一愣。

一旁的翟婉笑着解释道:"是小弦要求的,他怕南知被忽略了心里不开心,所以硬要我加上了。"

"这怎么好意思?"曲江柔犹豫道,"毕竟这是……"

"说实话,我是把知知当家里人的。"翟婉笑了笑,偏头看向远处正在和南知逗趣的贺弦——

也不知道贺弦刚才干吗了,好像把南知惹着了,搞得南知一脸羞恼,不想搭理他的样子。

于是贺大少爷只能在一旁厚着脸皮哄人。

翟婉看着他们的方向,视线微凝,忽地莞尔,补了句:"而且我觉得小弦也是。"

闻言,曲江柔的目光也顺着她的方向望去,迟疑道:"他俩……"

"他俩这状态不是挺好的吗?"翟婉挽着她往酒店里走,"放心,小弦也是你看着长大的,他什么人你最清楚了,不会欺负知知的。"

虽然贺弦确实不会欺负南知,但并不妨碍他觉得南知在故意"欺负"他。

自从拿到录取通知书后,他就开始掰着手指数日子,数南知什么时候会来找他告白。

因为他一直以为,当他顺利被华都大学录取后,就该到南知和他表白的时候了。

但大概是自尊心和先入为主的意识蒙蔽了他的双眼,贺弦从小到大一直坚定不移地认为,以后南知肯定会跟他表白的。

所以他就这么安静地等着南知来认领他了。

谁承想,录取通知书寄来之后,南知却好像完全没有跟他提那些事的想法。每天就跟往常一样,没有任何波动和变化。

起初一段时间,贺弦还自我安慰着,大概是因为这些天和同学一起出去旅游,每天周围人都不少,南知可能不好意思跟他说什么。

然而等他俩从伏洲回来、只有他们两人相处的时候,南知依旧没什么动静。这下贺大少爷开始急了。

他每天都刷存在感似的,在南知面前转悠来转悠去,上蹿下跳跟只猴儿一样,一直蹿到了今天的升学宴。

一进酒店,他就开始跟南知显摆今天是他们两个人的升学宴,还特意强调是"他们两个人"。

结果却被路过的付尧一家人听见。

付尧在一旁挤眉弄眼就算了,谁料付尧爸爸还跟着顺口打趣他俩:"哟,原来是你俩的升学宴啊,我差点儿以为是你俩的喜酒呢。"

被长辈这么调侃了一通,南知闹了个红脸,扭头羞恼瞪了贺弦一眼,然后就不搭理他了。

所以贺大少爷只能在旁边厚着脸皮哄人。

但哄着哄着，他心里也泛起了点小委屈——

喜酒怎么了！

她就这么嫌弃跟他的喜酒吗？

贺大少爷难免有些憋闷，以至于之后吃饭的时候都有些闷闷不乐的。

一旁的南知察觉到他情绪低落，疑惑地看了他一眼："你怎么突然不高兴了？菜不合你口味？"

"不是。"贺弦烦闷地戳了戳碗里的丸子。

过了几秒，他又像是想起了什么似的，状若无意地提起最近的八卦："就是刚听说我们班班长和隔壁班班花在一起了。"

他的本意是想用别人的恋爱来拨一拨南知的恋爱神经，暗示她已经到了可以谈恋爱的时候了，赶紧来找他表白吧。

谁承想，南知不仅没被拨动，她还愣了一下，紧张地反问道："你是喜欢隔壁班班花了吗？"

贺弦额角一跳："什么？"

南知看他的脸色比之前更阴沉了，这才慢半拍地反应过来自己说了什么。

她心虚地喝了口果汁，小声解释道："你看起来不太开心，又提起这事，我还以为是因为……"

"南知。"贺弦忽然冷笑出声，打断了她的话，语气似是恼羞成怒，又似是匪夷所思，"你是在跟我装傻吗？你就非得气死我是吧？"

"行，可以。"贺大少爷咬牙切齿地点点头，拿起酒杯转身就走，"我不用你气。

"我自己会找个地方死一死的你满意了吧！"

于是升学宴后半段，贺弦没再待在南知旁边，而是拿着酒杯到处给叔叔伯伯们敬酒。

由于他成年了，大家显然没有轻易放过他的意思，一个个怂恿着他喝两口，美其名曰"长大了该锻炼酒量了"。

虽然每个人都没让他喝太多，但架不住人多，一来二去之后，贺弦也喝了不少。

再加上贺弦以前没喝过酒，等宴会结束，他喝得整个人都有点迷迷瞪瞪了，一上车倒头就睡。

南知看看他这状态，也顾不得刚才两人还闹了别扭的事，叹了口气，伸手帮他把车窗打开了点。

然而她刚探过去，贺弦却脑袋一歪，直接歪在了她的肩上。

重量霎时压了下来，南知动作停了停，突然就没敢动了。

又过了一会儿，贺大少爷大概是发现南知个子比他矮，靠肩膀睡脖子太酸了，干脆往下一滑，直接仰面滑到了她腿上，开始躺着睡。

看他似乎睡得还挺香，南知简直气笑了。

她叹了口气，报仇似的掐了一把他醉意盎然的脸，然后就随他去了。

一直到车开到家门口，贺大少爷才堪堪醒来。

他迷迷糊糊地爬起来，揉着眼睛四下望了望。

南知见他起了，便打开车门下车："到家了，回去再睡。"

闻声，贺弦这才慢半拍地从车上下来。

八月份的宁洲夜晚依旧燥热，好在空气还算清新，晚风一吹，倒是吹散了几分醉意。

贺弦发晕的脑袋清明了一瞬，反手关上门，忽然喊住了南知，冒出句："你就不能……"

走在前面的南知回过头，疑惑地看着他："不能什么？"

"不能扶着点我吗？"贺弦似乎很不爽的样子。

他臭着脸，叽叽歪歪道："我头好晕。"

看在他之前确实喝了不少的份上，南知哭笑不得地叹了口气，依他所言扶着他进了家门。

她把贺弦送回他房间后，便回自己卧室拿了换洗衣物去洗澡。

谁料她洗完澡出来，却见刚才明明躺在自己房间的贺弦，正软趴趴地靠在她门口敲门。

南知擦着头发，一脸莫名地上前："你有事找我？"

听见她的声音，贺弦这才缓缓地挪开盯着房门的视线，开始盯着她。

过了一会儿，他突然别别扭扭道："我等了你好久。"

"啊？"南知顿了顿，以为他说的是在她房间门口等了好久，解释道，"我刚才去洗澡了，你没注意浴室的水声吗？"

大概是今晚的酒精作用，让贺大少爷变得有些迟钝，他听见南知的话后，也只是靠在门边垂眼看着她，漆黑深邃的眼眸一动不动，一时没吭声。

南知走上前打开门："你有什么事要找我吗？"

闻言，贺弦突然神色恹恹地挪开眼，还是刚才那句话："我等了你好久。"

听他总是强调这句话、几乎没法沟通，南知终于意识到这人醉得不轻了。

明明这人喝完酒看起来挺正常的，怎么这铺垫这么长，现在才开始发酒疯？

南知也没法把他一个醉鬼扔走廊上，只能勉为其难让让他，和他好声好气道："好，对不起，你来找我是有什么事吗？"

大概是顺毛撸有点作用，贺弦终于改口了。

他眸光一顿，小声道："我……"结果蹦出一个字后，他又不说话了。

南知一脸莫名地看着他："怎么了？"

"我、我能有什么事找你！"贺弦忽然抬高了音量，装出一副气势汹汹的样子，语无伦次道，"应该你有事找我才对！"

南知被他吼得一愣，"啊"了一声，顺着他的意点点头："对，我要跟你说件事来着。"

见她这态度还算好，贺弦的脸色总算转晴了点。

他轻哼一声，抬了抬下巴："那你说吧。"

看那架势，像是在说"给你个机会"。

南知犹豫着擦了擦头发："我就是想跟你说……"

大概是她也不知道自己现在该说点什么，话音忽然一停，憋了好一会儿才憋出三个字："早点睡。"

这三个字显然不在贺大少爷的预想范围内。

他愣了一瞬后，忽然就炸毛了："你这人怎么这样啊！"

"我怎么了？"南知怔了怔，一头雾水。

也不知道是气得还是喝高了，贺弦的脸颊依然泛着明显的红晕。

他唇角紧绷，目光定定地看着她。

如果是平时，他摆出这个表情，说不定还能吓唬一下南知。

但现在配上他那泛红的双颊，整个人的气势毫无说服力，反而还演变成了一种莫名的委屈。

看得南知怔了怔，忍不住有点想笑。

贺弦盯着她偷偷弯起的唇角，沉默片刻后，突然气急败坏道："你还笑？！"

"啊，对不起。"南知不想跟醉鬼计较，所以认错态度良好。

只不过她知错不改，依旧抿唇偷笑："我就是觉得你看起来有点可爱，没忍住。"

这是贺大少爷生平第一次被人形容可爱。

要是别人这么说，他肯定要跟那人好好掰扯几个来回，如果是付尧，他俩还得打一架。

但这话从南知口中说出来，他顿时就哑火了。

贺弦默了默，勉为其难地接下了这个形容，别扭道："可爱有什么用？还不是没人表白？"

南知搞不懂他怎么会有这种问题，疑惑地皱起眉："不对吧，跟你表白的人不是很多吗？我看上次回校的时候……"

"你这人！"贺弦见她居然还在一本正经地讲道理，又炸毛了。

他背着手在南知面前走了几个来回，突然谴责道："我就没见过你这么呆的学霸！

"我明明都这么喜欢你了！

"你跟我表一下白，能怎么样啊？！"

最后一个字音落下的瞬间，整个二楼仿佛被隔绝了似的，霎时陷入无边的沉寂，就连空气也在此刻被凝结。

南知没有从贺弦的话中回过神来。

贺弦也没从自己脱口而出的心声中反应过来。

两人就这样在静默的氛围中对视着。

过了不知多久——

南知动了动唇，这才恍然"啊"了一声："你是说这事你等了我很久吗？"

贺弦脸色紧绷："不然呢？"

闻言，南知再次沉默。其实她也等了贺弦很久。

不是她矫情不愿意说，而是在她看来，贺弦更像个三分钟热度的人。

他总是一会儿一个样，上一秒还在开心，下一秒就沉默了，今天感兴趣的事，明天也可能就没兴趣了。

所以她担心，今天他喜欢的人，明天他就不喜欢了。

她不知道贺弦现在是不是还像之前一样喜欢她，所以她也在等贺弦给她一个答案。

只不过南知没想到，贺弦在这事上居然这么讲究，好像非得等她先说似的。

想到这儿，南知失笑着叹了口气，解释道："可是我也在等你来找我。

"我知道你之前可能喜欢我，但你总是阴晴不定的，一会儿一个样，我不知道你现在是不是还喜欢我。"

大概是没想到南知居然是这么想他的，贺弦颇为不服气地嘀咕："我哪有一会儿一个样？我明明一直都喜欢你。"

说着，他似乎是怕南知不相信，还咕咕哝哝地罗列出了南知的日常："你喜欢看漫画，每次去书店都要买漫画，还会临摹他们的画。

"你化学学得最好，总是在化学课上开小差画小人。

"你还最讨厌跳远，每次跳连自己身高都跳不到。"说到这儿，贺弦忽然瞅了她一眼，又得意道，"然后看我跳得远，你还眼巴巴地盯着我，羡慕得口水都要流下来了。"

这话属实是夸大其词，南知忍无可忍道："我哪有流口水？！"

"你就有，你午睡还流过口水，还是我给你擦的。"贺弦轻哼一声，拿出手机晃了晃，"我还有照片。"

南知听得一愣，下意识就想去抢他手机，气恼道："你怎么偷拍别人丑照？"

"哪儿丑了？"贺弦把照片翻出来独自欣赏了一番，"美得很。"

南知又伸手去抢他手机，然而抢了半天没抢过他，只能闷声道："你给我看一眼。"

"那你跟我表白。"贺弦虽然喝醉了，但始终没有忘记自己的目的，"我手机只给我女朋友看的，你又不是。"

"那我跟你表白有什么用？"南知瞪着他，跟他认真盘逻辑，"跟你表白的女生那么多，也没见哪个成你女朋友，不还是看不了你手机？"

被她绕了一通，贺弦居然觉得她这话还挺有道理，怔愣地反问她："对哦，那怎么办？"

"你……"南知憋了憋，红着脸小声道，"你给我当男朋友，我就是你女朋友了，你的手机就可以给我看了。"

这个无懈可击的逻辑得到了贺醉鬼的认可，他想了想后，乖乖点头："那好吧，我现在是你男朋友了。"

说着，他便伸手将手机递给南知。

南知睨他一眼，嘀咕着去拿手机。

谁料还不等她碰到手机边缘，贺弦却突然收回了手。

她愣了愣，一抬头，就见贺弦正弯唇看着她，那双灿若星辰的桃花眼，此刻也跟着勾出了两道笑意盎然的弧度。

紧接着，她就听贺弦冷不丁冒出一句："你这人怎么比我还会装啊？

"你明明都这——么喜欢我了，还非要套路我？"贺弦越笑越猖狂，最后笑得肩膀直颤，"跟我表个白不就完事儿了？嘴硬。"

被贺弦调侃了一通，南知脸颊发烫，但依旧故作镇定道："谁让你要拍我丑照。"

"都说了美得很。"贺弦轻哼一声，把手机递给她，"看在你现在是我女朋友的份上，我就给你看看我珍藏的照片吧。"

看着面前的手机，南知没好气地抢了过来。

只不过还不等她问密码，已经亮起的屏保就出现了一张照片。

照片里，南知正安静地趴在课桌上午睡。

她侧着脑袋，小半张脸埋在臂弯。阳光从窗外洒落进来，给她的轮廓镀上了一层柔和温暖的金边，显得整个人的气质淡然娴静。

而照片下方，还有一只手朝她的方向比了个心。

南知看着这张照片愣了会儿，抬头问他："我哪有流口水？"

"啊，"贺弦随意地应了一声，胡扯道，"那当然是被我擦了。"

这话一听就是在忽悠她，南知气得在他胳膊上拍了一巴掌，恼羞成怒道："你这人一点也不诚实，我要分手五分钟。"

"不行！"贺弦现在刚有了名分，最听不得这两个字，哪怕五分钟也不行。他迅速把手机夺回来，点进朋友圈，一阵行云流水的捣鼓后突然抬起了头："没用了，我已经昭告天下了，别人都知道我们俩在一起了，你跟我分手就是罪大恶极。"

南知不知道他干吗了，抢过他的手机一看——

他刚才跟发酒疯似的，接连发了好几条朋友圈。

每条都是南知的照片，甚至还是九宫格，张张不重样，完全就是在刷屏。

再加上他狐朋狗友众多，即便是大半夜，也依旧有不少人点赞和回复。

付尧：够了！你够了！你快删了！我看不得你们这帮臭情侣！

周麟：弦哥牛啊，这么快就秀起恩爱了是吧？

孙若芙：哇！哇哇哇！

眼看着评论数激增，南知手忙脚乱地去帮他删除。

然而贺弦却不乐意了，当即就把手机抢回来，跟宝贝似的捂了起来："干吗？你不想公开？"

"不公开的恋爱都是耍流氓，你这个大流氓！"

南知被他气得直乐:"那你发一张不就行了?发那么多已经引起民愤了。"

"那又怎么了?我的朋友圈我乐意。"贺弦把手机藏在背后,撇撇嘴咕哝道,"我就爱发我女朋友他们管得着吗?"

"再说了,"话到一半,他忽然顿了顿,一脸正色道,"别人能在朋友圈发自己喜欢的东西喜欢的景,我干吗不能发自己喜欢的人?

"而且你长这么好看,我还发出来给他们看,都便宜他们了。

"他们看见了就偷着乐去吧。"

他这言论属实让南知震撼了好一会儿,但她又实在没法说他什么。

默然良久,她只能一脸哭笑不得地摆摆手:"算了,你开心就行。"

他们俩折腾了这一出,时间已经进入深夜。南知不想和贺弦再废话,二话不说直接把他推回房间,催他洗澡睡觉。

好在今晚贺弦得偿所愿,心情颇为晴朗,自然是事事都顺南知的意,被催了一通后立马乖乖去洗澡了。

南知也回到了自己房间,默默爬上了床。

空调在静谧的房间内低低作响,南知缩在被窝里,脑海中反复回想着今晚发生的事,依旧觉得有些不可思议——

她居然真的和贺弦在一起了。

居然真的和平时阴晴不定的贺弦在一起了。

刚才在门外的时候还没反应过来,现在南知独自一人待在房间里,她明显感受到一种忐忑的激动逐渐从心底破土而出。

激动是激动在她终于和自己喜欢的人在一起了。

而忐忑,还是因为百变小弦太百变了。

她不知道也不敢猜他的这份喜欢能持续多久。

她感觉自己在得到一个承诺前,可能要一直处于这种忐忑之中了。

然而就在南知缩在被窝里甜蜜挣扎的时候,枕边的手机忽然嗡嗡振了起来。

她睁开眼,拿过手机一看,发现是贺弦发了条消息过来。

他大概是洗完澡了,也和她一样躺在床上睡不着,用大脑放电影。

放着放着,他心里突然萌生出一丝疑惑。

贺:我有个问题。

小知了:什么?

贺:你总觉得我阴晴不定。

贺:可是我明明阴天也喜欢你,晴天也喜欢你。

贺:打雷下雨刮风下雪每时每刻我都在喜欢你。

贺:我到底哪里不定了啊?

小知了:……

// **出版番外**
惊喜

  封闭的落地窗没能封闭住暖金色的夕阳，阳光依旧穿过清澈的玻璃，分毫不落地照了进来，在工作台上投下一片光影。
  南知放下笔，抬手捏了捏发酸的右肩。
  又是一轮赶稿日，她最近几天一直待在工作室，就连睡觉也是在休息室睡的。
  好在她早就料到会有这样的情况，几个月前让贺弦给她的工作室重新装修了一下。
  有了浴室和床，她休息得倒也算舒服。
  南知优哉游哉地伸了个懒腰，顺手拿起桌面的手机。
  从早上起床一直忙到现在，这会儿总算腾出时间看手机了，她随意翻了翻。
  但出乎她意料的是，今天的手机居然一反常态地安静。
  平时动不动就消息轰炸提醒她"吃饭""睡觉""起来走动走动"的贺大少爷，此刻正安静地躺在列表里，毫无动静。
  南知疑惑地看着手机，葱白的指尖在屏幕上滑动了几下——
  没有欠费，WiFi 也正常连着，信号什么的都没问题。
  大概是贺弦在忙？
  想到这里，南知倒也理解了。
  毕竟她自己也忙了这些天，都没空回贺弦消息，贺弦忙起来不发消息也很正常。
  这么一琢磨，她也就没再多想，把画稿整理好发送出去后，便准备去找贺弦。
  南知乘着电梯下楼，中途给贺弦发了一条消息：还在集团吗？想吃什么我给你带。
  原本她以为贺弦在忙，一时半会儿大概也看不到消息，准备先回家拿点东西再去他那里。
  谁承想，还不等她把手机放进口袋里，贺弦的消息就已经跳了出来，但只有短短一个字：哼。
  看着这没头没尾的"哼"，南知愣了愣，问道：怎么了？
  憨叉：哼哼。
  鸡智：？？？

憨叉：哼哼哼。

鸡智：……

这满屏的"哼"都快让南知不认识这个字了。

南知一脸疑惑地走出电梯门，给他打了个电话过去。

电话很快被接通，只不过另一端传来的又是一声气吞山河的："哼！！！"

大概是没料到能听到这么"凶猛"的一声，南知被震撼了几秒，才堪堪反应过来，哭笑不得道："你怎么啦？谁惹你了？"

"还能有谁啊。"贺大少爷哼哼唧唧地阴阳怪气起来，"当然是某个只知道赶稿的人啊。"

面对贺弦的指控，南知顿了顿，不免有些心虚："最近是有点忙，没顾得上你，你不开心了？"

其实今天早上贺弦来过她的工作室。

只不过当时南知一起床就开始为画稿焦头烂额，连饭都没空吃，实在顾不上他。

当时贺弦倒是没说什么，默不作声地给她喂了顿饭后便走了。

不过以贺大少爷记仇的功力来看，他现在表露出不开心倒也正常。

"那我肯定不开心啊。"贺弦又重重地哼了一声，"我不光不开心，我还……"

稍顿，他莫名停了下来，似乎在思考怎么才能把这件事的严重性表达出来。

过了两秒，他大概是思考完了，重新接上了刚才的话，甚至还加重了语气："我还——离、家、出、走、了！"

这一字一顿的架势让南知意识到了事情的严重性。

毕竟贺大少爷向来想一出是一出，真离家出走也不是没可能。

但他既然接了这通电话还明确告诉她，说明还是有商量余地的。

于是南知思索片刻，顺着他问道："你去哪里了？要我去接你吗？"

谁料她话音刚落，手机另一端的贺大少爷反而更炸毛了："你看吧！今天早上我跟你说的话果然没听。"

被他这么毫不留情地指出来，南知心虚地轻咳一声。

但这事确实有她的问题，所以她也无从辩驳，只能好脾气道："抱歉，当时满脑子都是画稿的事，没仔细听。

"能再和我说一下吗？我现在闲下来了。"

贺大少爷这人向来吃软不吃硬，听南知这么温和，他也就没再说什么，只是闷哼了声，嘀嘀咕咕道："我早上就跟你说了我要出差。

"半个月。

"国外。

"结果你就知道点头'嗯嗯嗯'，一句话也不和我说。"

经他这么一提醒，南知才慢半拍地回忆起来，今天早上贺弦好像是提到过什么"半个月"的事。

但她当时只以为贺弦在说半个月之后她那场签售会，于是就"嗯嗯"了几声过去了。

"……原来你在说出差呀。"南知尴尬地笑了笑，不好意思道，"你出发了吗？我接下来半个月都没什么事，要我陪你一起吗？"

"哼，不要。"贺弦撇了撇嘴，虽然心里有些怨念，但还是认真解释了一通，"我已经下飞机了。

"你熬了那么多天夜，还是在家休息吧，等我回去你再想怎么补偿我吧，我先记仇十次。"

"哼。"

虽然贺弦话是这么说，但南知觉得也不能全听。

毕竟这大少爷阴阳怪气说反话的次数也不少，有时候还会"钓鱼执法"。

比如上次，他突然夸她工作室新来的实习生弟弟长得帅，她只不过是顺口应了一句，就被他揪着不放，各种腻歪地"索赔"。

以南知的经验来看，说不定这次贺弦还是在说反话，故技重施。

要是她真不去，估计又要被他一通"索赔"。

况且……

南知顿了顿，目光微凝，指尖在屏幕上划拉了下，把界面切换回了锁屏界面。

锁屏壁纸是她最近刚换的。

就是前几天贺弦来她工作室的时候。

当时，休息室的床明明已经布置好了，但贺弦就是不肯去睡，还撒泼耍赖，只想坐在她工作台前的沙发上，说是要看着她赶稿。

结果看着看着，这人就睡着了。

南知放下画笔一抬眼，就看见贺弦窝在沙发里。

乌黑的发丝凌乱地散在额前，少了几分平时工作时的凌厉，多了几分曾经青涩时的柔和，懒洋洋的，像只猫。

南知眸光微顿，几乎没有思考，就将手机拿了出来，偷偷给他拍了张照。

等她回过神来，就发现自己的壁纸已经换成这张照片了。

此刻，南知看着手机壁纸，偷拍的心虚和莫名的窃喜混杂着从心底升腾。

不可否认……

与其说是贺弦想让她陪他，不如说她其实也想和他一起。

南知的指腹在手机边缘摩挲了片刻，没再犹豫，一边拿出柜子里的行李箱收拾东西，一边给宗博发了条消息，打听他们出差的具体地点，然后买了张最早的机票，直接飞了过去。

不知道为什么，贺弦总觉得他的生活助理宗博下飞机后好像变得有点奇怪。

出差前，这人一直兴奋得不得了，说自己还没出过国，有空的话要把附近逛个遍。

甚至还兴致勃勃地做了一份攻略。

结果落地还没多久，这人突然就安静了，像是打的鸡血失效了似的。

而且还时不时看几眼手机，仿佛生怕错过什么重要消息。

原本贺弦是懒得管这些的，毕竟出差之余想体会当地的风土人情也是人之常情，只要不耽误工作就行。

但因为宗博的表现实在太过明显，就连吃饭的时候都在抓耳挠腮，晃到了贺弦的眼睛，所以他最终还是没忍住问了句："你跟女朋友吵架了？"

宗博被问得一愣，抬起头，如实回答道："啊？贺总我还没女朋友呢。"

"那你是被暧昧对象抛弃了？"

"……啊？我也没暧昧对象啊。"

"那你一分钟看八百次手机？"

被他这么一说，宗博忽地顿了下，干笑着挠了挠头："哈哈……没有啦，其实是……"

说到这里，一道灵光突然从他脑海内闪过，话音也在这个瞬间戛然而止。

他那一直没什么恋爱细胞的大脑在这短短几秒里，难得竭尽全力思考了一番——

南知姐突然来问他出差地点和酒店地址，应该是有原因的。

至于原因是什么……宗博猜测很有可能是要过来。

但这个问题又是可以直接问小贺总的，而南知姐却拐了个弯来问他，极有可能是想给小贺总一个惊喜。

既然是个惊喜，那他就没必要提前把这事说出来了。

想到这里，宗博立刻把到嘴边的话咽了回去，改口道："其实是，我邻居家的小姑娘让我给她带点东西回去，我在和她确认呢，哈哈……"

"邻居？"贺弦似乎不太能理解为什么要给邻居带东西，顺口问了句，"你们关系很好？"

"对对！"宗博连连点头，胡诌道，"从小一起长大的小姑娘，爱美，想让我帮她带两支什么口红回去……"

闻言，贺弦心领神会般点点头："噢，青梅竹马啊？"

"算是算是。"宗博随口应付。

他这话说得倒也算合理，所以贺弦听了后也没怀疑，只是略有出神，而后又莫名问了句："你每次出差，她都会让你帮带东西吗？"

"唔……对的对的。"宗博不知道贺弦为什么问这个，应付着。

"这样啊……"

好在贺弦也没多问，说完他便继续心不在焉地吃饭了，左手有一搭没一搭地拨弄着手机。

见好像暂时糊弄过去了，宗博终于松了口气，心里开始盘算着南知姐大概什么时候下飞机。

他自诩是一位负责的生活助理，虽然直属领导是小贺总，但这么长时间下来，他早就看出来了小贺总的直属领导其实是南知姐！

· 306 ·

照顾好南知姐总归没错的!
所以现在,他不免有些担心南知姐在路上会不会出什么意外。
好在临近回酒店前,他发的几条消息终于有了回音。
南知姐:我下飞机了,你方便接电话吗?
看着这条消息,宗博悬着的心在这个瞬间轰然落地。
他激动得热泪盈眶,连忙抓起手机疯狂敲字回复南知。
bobobomm:方便方便!我打给你!
发完消息,他便捂着屏幕抬头,跟贺弦说道:"贺总,我去打个电话。"
"哦。"贺弦倒也没多说,只是没什么表情地点了点头,"去吧。"
话音一落,宗博便抓着手机屁颠屁颠地跑了。
看着他雀跃的背影,贺弦撇撇嘴,视线转移到了一旁的手机上——
又是没动静。
发消息也不知道回。
哼。
别人的青梅就知道要主动联系人家,怎么他的青梅一点动静都没有?
难道果真应了那句话……得到了就不珍惜了?!
想到这里,贺弦脑海内的弦骤然紧绷起来。
他抿着唇,盯着安静至极的手机看了好一会儿,最终还是没忍住,四下张望了一番,然后拿起手机鬼鬼祟祟地打了个电话过去。
按理说这个时间点,应该是南知洗完澡坐在床上看恐怖漫画的时候,有大把的闲心可以接他电话。
可谁承想,贺弦的电话刚打过去,得到的回应居然是一道冰冷的女声在告诉他占线。
贺大少爷顿时就傻眼了。
他愣愣地盯着电话看了好半响。
南知的交友圈并不广,也没有和别人煲电话粥的习惯,说什么事都言简意赅,对她来说聊天不如安静看书。
所以他也从来没见过南知在这个时间点和别人打电话。
现在听着电话里的女声反复告诉他占线,一种难以言喻的不安和无措顿时扑面而来。
他呆滞地盯着手机又打了几通,直到宗博打完电话回来在他面前坐下——
"贺总?"宗博发现贺弦正在对着电话发呆,下意识问了句,"你怎么了?"
听见声响,贺弦这才堪堪回过神来。
他面色微顿,敷衍般撂下一句"我也去打个电话"后,便跟神游似的走了。
他走到僻静的洗手间,捏着手机沉默片刻,才酝酿好措辞,深吸一口气再次打了个电话过去。
好在这次南知倒是接得很快:"喂?怎么啦?"
"你干吗不……"

听见她柔和欢快的嗓音，原本正准备愤愤吐露一长串腹稿来指控她的贺弦，顿时和哑火了似的，蔫了下去。

其实他很想问，刚才她在和谁打电话，聊得这么欢。

他还想说别人的青梅都知道要喊人家帮忙，怎么她就不知道。

明明他们都结婚了，但每到出差的时候，又感觉她好像也没多需要他似的。

贺弦唇瓣张了又张，欲言又止了好几回，好像有很多想说的，可最后还是只说："哦，没什么，就是想问问你，有没有什么需要我带的东西，我等下去逛逛。听说这里能买到最近很火的那个狗狗挂件？还有你喜欢的漫画……"

"嗯？"听他叽里咕噜了一长串，南知顿了顿，还是答道，"不用啦，这么晚了别逛街了，早点回来休息吧。"

不用不用，又是不用。

贺弦抿了抿唇，突然幽怨道："这也不用那也不用，下次就是连我也不用了呗？"

"……嗯？"这冲天的怨念扑面而来，扑得南知骤然一愣。

她思索片刻后，慢半拍道："怎么会这么想？你是在因为今天早上的事生气吗？"

"我才没有。"贺弦不爽地撂下话，"我又不是那么小肚鸡肠的人。不说了，我就随便问问，你不需要就算了，我还有事，先挂了。"

话音一落，通话声便在这个瞬间戛然而止。

南知看着跳转回桌面的手机，顿了一刹，终于反应过来了什么。

她点进通讯录里，再次发了一条消息给宗博。

贺弦原定的计划是，吃完晚饭后两人直接回酒店，养精蓄锐准备明天见合作方。

所以宗博也是一直按照这个计划给南知做安排的。

他提前把酒店地址发给了南知，还帮她约了车直达酒店。

现在算算时间，她应该已经往酒店赶了。

然而他没想到的是，贺弦打了个电话回来后，计划突然就赶不上变化了。

也不知道这人受了什么刺激，非得去逛街，不逛他还不乐意。

宗博一想到在酒店等他们回去的南知，立马急得火烧眉毛，忍不住问了句："贺总，之前不是说要回去早点睡觉的吗……"

"你不是做了一堆攻略想逛逛？"贺弦睨了他一眼，轻哼道，"我在附近逛逛，你要是不想逛就回去。"

话落，他便没再多说，径自沿着灯火通明的长街往前走。

宗博踌躇片刻，只能咬牙跟上，一边跑一边给南知汇报：南知姐，贺总去逛街了，可能要晚点回去……

好在贺弦没有走太远。

他散漫地迈着步，视线从街边的店面淡然扫过，也没往里走，就好像真的就是单纯逛逛。

再加上酒店就在前面不远处，宗博观察了一段路下来，也逐渐安心了。

他心想着，贺总再逛一会儿肯定就会回去了。

那让南知姐等等应该也不是什么大事，于是他再次汇报：南知姐，贺总应该快回去了，他就是随便逛逛。

然而他刚发完消息抬头，却看见贺弦走到街角的一家书店门前。

他霎时停下了脚步，抬眼看向门头。

见状，宗博也骤然停住，顺着他的视线往上瞟了一圈——

这家书店并不在宗博的认知范围内。

因为它和其他书店都不太一样，没有书香气息，也没有文墨气息，只有阴森冰冷的恐怖气息……

门口灯光昏暗，玻璃窗上贴着残破的恐怖漫画和恐怖小说的海报，以及蜘蛛网贴纸。

门头也装修得极其斑驳，似乎还特意涂上了红色油漆，宛如一家恐怖密室逃脱。

推开门的时候，甚至能听到"嘎吱"一声，在寂静的夜色中更显惊悚。

如果不是宗博在做攻略的时候看到过，他根本没法想象这会是一家书店……

宗博咽了咽口水，在贺弦身后小声问他："贺总，你该不会想进去吧？"

贺弦喉间一滚，轻咳两声，答非所问道："这个是网上很火的那家书店吧？"

"对的，很多人打卡。"宗博挠挠头，"听说是专门装修成这样的，里面都是恐怖漫画、恐怖小说之类的书，我反正没胆子看。不过，听说他们圈子里的人特别喜欢这家店，说店主有自己的藏书，能淘到绝版、典藏版什么的，我不太懂。"

闻言，贺弦沉默了两秒，低低道："是吗？"

"贺总，走吧？虽然这里是书店但怪吓人的，要是想看我们找个时间白天再来？"

"白天哪有时间来。"贺弦撇撇嘴，从口袋里拿出手机，翻到了备忘录界面。

这个备忘录是专门用来记录南知想买的恐怖漫画和小说的，有些打钩的是已经收集到了，还有几套一直没能买到。

贺弦出神片刻，也不知想到了什么，指尖在屏幕上划动了几下。

接着又沉默了许久，最终还是深吸一口气，一咬牙一闭眼，抬步迈进了书店大门。

见他进去了，宗博在后面急得团团转："哎，贺总！你等……"

还不等他说完，贺弦的声音就从门内缓缓传来，带着阵阵回音："你要是害怕可以不进。"

"要是害怕可以不进……"

"害怕可以不进……

"可以不进……

"进……"

听着这惊悚的回声,刚要抬脚跟进去的宗博还是弱弱地收回了脚,忙不迭打了个电话给南知。

原本准备先回酒店放行李的南知,在接到电话后立刻赶来了书店。

她一下车,就看到在书店门口蹲着的宗博。

而贺弦不知所终。

南知急匆匆走到他面前:"宗博?贺弦呢?他还没出来?"

"没有,我一直在门口呢。"说起这事,宗博不好意思地挠了挠头,"对不起啊南知姐,我实在不敢进去,这店看着怪吓人的,又黑又恐怖。你说它这店装修得这么暗,怎么看书啊,不费劲吗?"

这家店南知倒是听说过。

据说老板是个恐怖小说迷,专门开了一家店当自己的藏书馆,吸引同好。

平时门店也不对外开放,除非有人预约了才开,偶尔会开个书友会。

今天贺弦大概是正好撞上了有人在店里。

南知看了一眼门上的英文海报——

《秘密案件》新书交流会。

看着这一行字,她思索片刻,转头和宗博说道:"我进去找他,你先回去休息吧。"

说着,她便直接推开门往里走。

这家店的老板有个怪癖,一楼全部布置成了他喜欢的恐怖小说里的场景,长桌、酒杯、骷髅头、摇曳的蜡烛……什么奇奇怪怪的东西都有,就是没有书。

南知之前就了解过这家店,所以也就没在一楼逗留,直奔二楼,想看看贺弦是不是在买书。

谁料还不等她顺着狭窄昏暗的楼梯上楼,一道细微的脚步声就从头顶的楼梯上传来。

其间还夹杂着极其微弱的碎碎念:"富强、民主、文明、和谐……"

且不说这声音有多熟悉,光听他这念叨的内容,南知也能猜出来上面是谁。

她好笑地叹了口气,出声叫住了他:"贺弦。"

她本以为贺弦在听见自己名字后不至于像现在一样害怕,谁承想,南知刚喊出口,贺弦碎碎念的声音戛然而止。

取而代之的是一阵东西滚落的声音。

接着她的小腿便被一个有些分量箱子撞到,整个人不由得倒吸一口凉气:"嘶……"

"谁!"贺弦好像终于回过神来,颤着嗓子道,"谁在那儿?!"

南知揉了揉被撞到的小腿,没好气地回了句:"鬼。"

听见熟悉的声音，贺弦这才确定楼下好像真的是南知的声音，终于急急忙忙从楼梯上下来。

他借着墙壁上那微弱的烛光定睛一看，眼睛在这个瞬间陡然亮了起来，像是荧荧火光映照在眼底："知知？！"

南知轻哼一声不想理他，径自把滚落到她腿边的东西捡了起来。

她在黑暗中摸索了一番，发现好像是个书箱。

"你怎么在这儿？"贺弦快步走到她面前，蹲下来看了看她小腿，"刚才被砸到了吗？我……"

"没事……哎呀，你别捏我。"一阵酥痒感从小腿传来，南知陡然收回了腿，轻轻踹了他一脚。

贺弦撇撇嘴，站起身不满道："我怕你被书箱砸到嘛，这书箱还挺沉的。"

"你不回酒店，就是为了买这个？"南知借着微弱的灯光，分辨出了书箱上的书名，正是最近刚出的《秘密案件》典藏全集，还没翻译好就被贺弦买到了。

"我……"贺弦被她问得一顿，干巴巴道，"我才不是特意来买的，我就是路过，不信你问宗博。

"我既然都路过了，那总得进来看看吧。

"我既然都进来看看了，那总得买点什么吧。

"不然空手而归那多亏啊，我才不是专门给你买的呢。"

"……这样啊。"南知淡定地点点头，抱着书箱往外走，"其实我来也是为了买这个，既然你都买到了，那我就买机票回家吧。"

"不是……你来都来了，这么急着走干吗？"贺弦跟上她的脚步，在她身后嘀嘀咕咕道，"留在这儿逛逛呗。虽然……我很忙，但是我可以勉为其难地抽空陪你逛逛。"

见他还在嘴硬，南知觑他一眼，故意道："可是贺总这么忙，我随便打扰不太合适吧。"

"有什么不合适的？"贺弦磨了磨牙，"我们都老，夫，老，妻了，你怎么还客气起来了？"

他说这话的时候，"老夫老妻"四个字语气很重，像是在强调着什么。

南知听出了他的弦外之音，点了点头："是呀，都老夫老妻了，怎么有事还喜欢憋着不说呢？"

突然被她戳穿，原本还在装模作样的贺大少爷，瞬间就变成了一只泄了气的皮球。

他耷拉着眼，小声咕哝道："我哪有憋着不说。

"我最近跟你说的时候，你老不搭理我。

"就比如刚才……"

说着，他偷偷瞟了南知一眼，又继续嘟囔起来："人家宗博和他家的青梅竹马聊得可欢了，结果我家的连声都不吱，问你要什么，你也很敷衍。

"你好像根本就不需要我。

"还真是得到了就不珍惜了。"

"腻了呗,烦了呗,嫌弃我了呗。"

"……什么跟什么呀。"南知被他这散发的怨气弄得哭笑不得,"我那时候在飞机上呢。"

"噢,对,还有这事!"贺大少爷冷笑一声,"偷偷摸摸跑过来也不告诉我,害我胡思乱想了好久,罪加一等按律当猪。"

"我这不是想给你个惊喜嘛。"南知尴尬地挠了挠头,"不过我好像不太擅长这些事,没让你惊喜反而让你不高兴了。"

恰好两人走出了昏暗的书店,街边璀璨的灯光映照在两人脸上。

贺弦觑了她一眼,见她脸颊上飘着浅淡的红晕,忽然没由来地笑出了声。

南知还以为他是在嘲笑自己,颇有些恼羞成怒,虽然依旧面不改色,但嗓音中却夹杂了一丝不自在:"你笑什么?"

"笑你呗。"贺弦又笑了一声,抬手捏住了她泛红的脸,"笑你脸红得跟猴屁股一样。"

"你才跟猴屁股一样。"南知恼怒地瞪了他一眼,抱着书箱快步往前走,看起来不想搭理他了。

见状,贺弦轻咳两声,跟上她的脚步:"哎呀,别生气嘛,就是好久没看到你脸红了,总感觉还有点新鲜。"

南知撇撇嘴,小声吐槽他:"恶趣味。"

"怎么就恶趣味了?"贺弦听起来颇为不服,"我就这点爱好了你还不能让让我?"

南知白了他一眼,没再理他。

倒是贺弦,心情似乎陡然多云转晴,走在一旁叽叽歪歪道:"还说我喜欢憋着不说呢,你不也一样嘛。你倒是说说呢,突然坐飞机过来是想干吗?"

"我说过了呀。"南知视若无睹地往前走,"为了来买书。"

没听见自己想要的回答,贺弦牙疼般抽了口气,直接把南知怀里的书箱抢了过来:"这是我买的,你没买到,你在这儿留几天慢慢买吧。哦,对了,这家店主脾气很古怪的,一般人没法从他手里买到书,除了我。"

怀里突然一空,南知放下手,一脸淡定地看向他:"是吗?那我得留多久才能从你这个中间商手里买到书?"

"嗯……至少……"贺弦算了算自己出差的时间,"至少也得半个月吧。"

"好吧,那我就留半个月吧。"南知轻哼一声,"要是半个月没买到我就送中间商去那家店上夜班。"

贺弦回头看了一眼已经远去的店面,依旧觉得阴冷气息尚存,不由得打了个寒战。

他转头又捏了一把南知的脸,愤愤道:"你是真不管你老公死活。"

"谁让他是小气鬼,一套书都不肯算夫妻共同财产。"南知理直气壮地拍开他的手。

"行行行,什么也别算了,"贺弦简直被她气笑了,"给你给你都给你,算你个人财产。"

闻言,南知这才弯了弯唇,从他手里拿过书箱抱在怀里。

看着她那副心满意足的小表情,贺弦也跟着翘起唇角。

他弯下腰凑到南知面前,眨了眨眼:"你有想去玩的地方吗?我听宗博说做了一大堆攻略,应该有不少好玩的地方。

"我明天争取早点跟合作方谈完回来,和你一起去逛逛。"

听他这么说,南知略微思索了下:"不用那么麻烦。"

她本意是想让贺弦好好工作,等工作完了再一起看看去哪里玩,谁料贺弦一听这话又跟个地雷似的不乐意了:"为什么啊?你不想和我待在一起?好啊,你果然不需要我,我这命可真苦啊呜呜呜……"

"不是啦,我是说……"南知好笑地摇摇头。

她踮起脚抬手揉了揉他的头发,轻声解释道:"我是说,你就算回来晚了也没有关系。

"我会一直等你的。

"就像你等我吃饭、等我赶稿、等我回家一样。

"不管多久。

"都会一直等你的。"

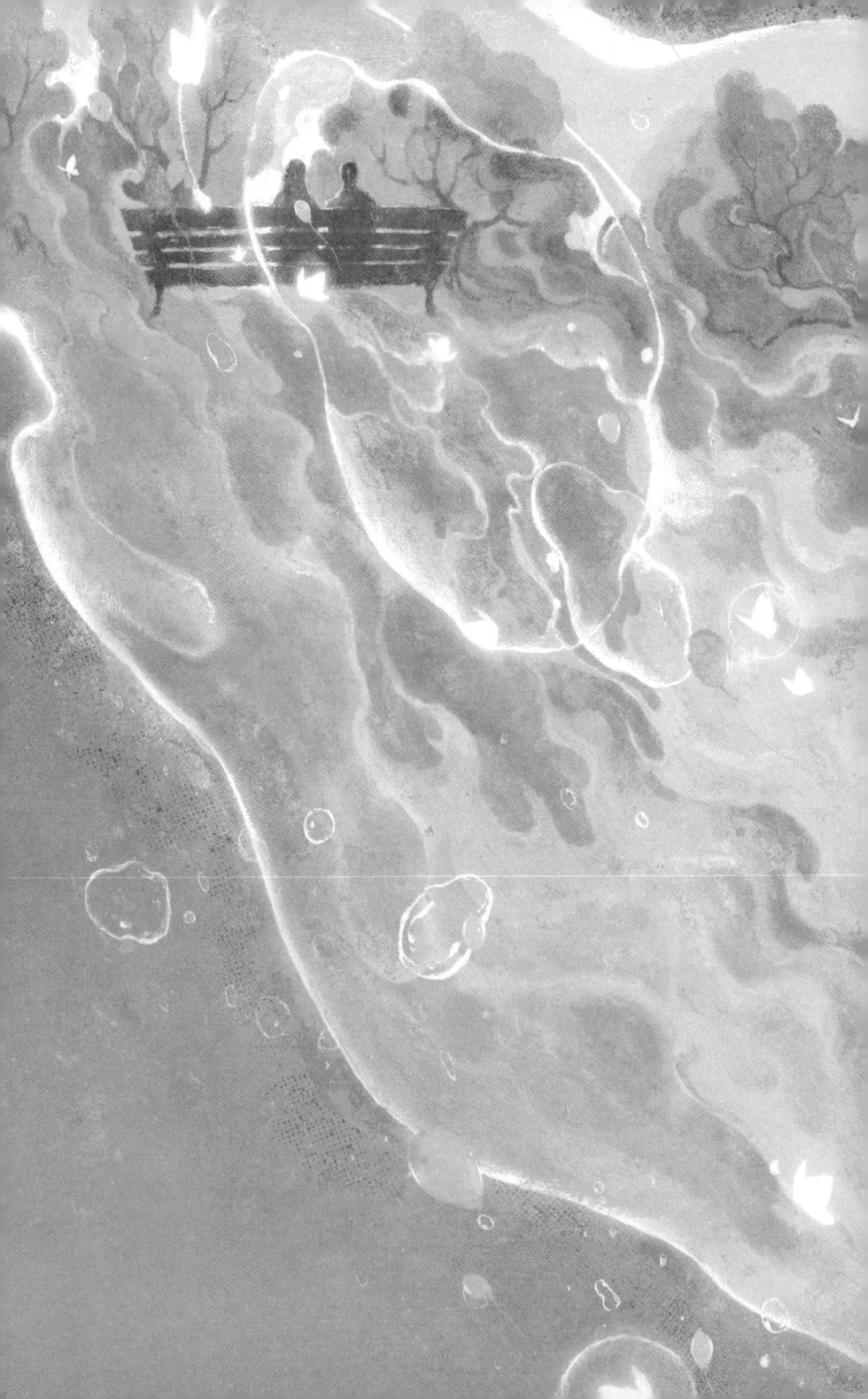